许钧翻译论丛

文学翻译的理论与实践

翻译对话录（增订本）

许钧　等著

译林出版社

图书在版编目（CIP）数据

文学翻译的理论与实践：翻译对话录/许钧等著．—增订本．—南京：译林出版社，2021.5
（许钧翻译论丛）
ISBN 978-7-5447-8500-6

Ⅰ.①文… Ⅱ.①许… Ⅲ.①文学翻译－研究 Ⅳ. I046

中国版本图书馆 CIP 数据核字（2020）第 227306 号

文学翻译的理论与实践——翻译对话录（增订本）　许　钧／等著

责任编辑　韩继坤
装帧设计　侯海屏
校　　对　蒋　燕
责任印制　颜　亮

出版发行　译林出版社
地　　址　南京市湖南路 1 号 A 楼
邮　　箱　yilin@yilin.com
网　　址　www.yilin.com
市场热线　025-86633278
排　　版　南京展望文化发展有限公司
印　　刷　江苏凤凰新华印务集团有限公司
开　　本　718 毫米 ×1000 毫米　1/16
印　　张　22.75
插　　页　4
版　　次　2021 年 5 月第 1 版
印　　次　2021 年 5 月第 1 次印刷
书　　号　ISBN 978-7-5447-8500-6
定　　价　78.00 元

翻译的价值是无可估量的
——“许钧翻译论丛”总序

从大学毕业至今，已经近45年了。回想这40多年走过的路所做的事，我自己觉得最有意义的是翻译。我曾不止一次地说过，我做的工作，基本上只与翻译有关。我做翻译，包括口译与笔译，口译做过同声传译，也做过学术翻译、陪同翻译，有机会认识了联合国前秘书长加利、著名哲学家德里达、诺贝尔文学奖得主勒克莱齐奥等先生，有的还成了很好的朋友。笔译主要是文学翻译，也译过一些重要的学术著作。在做翻译的基础上，我对翻译进行思考，进行研究。除了做翻译，研究翻译，我的主要工作是教翻译，培养做翻译、研究翻译的人才。这几十年来，我之所以坚持不懈地做翻译、研究翻译和教翻译，是因为我对翻译重要性的认识在不断深入，因为我们都知道不同民族的交流离不开翻译，社会的发展离不开翻译，世界的和平也离不开翻译。

我从翻译出发，通过翻译研究，把目光投向了人类悠久的翻译历史，在历史的审视中，对翻译的本质、翻译的作用、翻译主体的活动、翻译研究的发展和翻译学科的建设进行思考。感谢译林出版社的厚爱，系列推出我的翻译研究成果。可以说，这套“许钧翻译论丛”记录的就是我40余年来在翻译与翻译研究的道路上对翻译的思考与探索的印迹。

翻译活动是丰富的，有多种形态。雅各布森将翻译活动分为三种类型：符际翻译、语际翻译和语内翻译。符际翻译和语际翻译，我们译学界有过不少研究，但对语内翻译，似乎关注不多。我在《绕不过去的翻译问题》一文中曾谈到，“一个民族的文化是不断创造、不断积累的结果。而翻译，在某种意义上，则是在不断促进文化的积累与创新。一个民族的文化的发展，不能没有传统，而不同时代对传统的阐释与理解，会赋予传统新的意义与内涵。想一想不同时代对‘四书五经’的不断‘翻译’，不断阐释，我们便可理解，语内翻译是对文化传统的一种丰富；是民族文化得以在时间上不断延续的一种保证”。

翻译的价值是无可估量的。在我看来，翻译的价值是多方面的，有社会价值、文化价值、语言价值、创造价值和历史价值。对于翻译的社会文化价值，我们现在了解得比较多了。从整个人类社会发展来看，翻译能够克服语言差异造成的阻碍，达成双方的相互理解，为交流和对话打开通道。正是借助翻译，人类社会才从相互阻隔走向了相互交往，从封闭走向了开放，从狭隘走向了开阔。从某个具体国家民族的社会文化发展来看，翻译通过对别国先进科技和文化的介绍，能够引进知识，开启民智，塑造民族精神和国人思维，在特殊时期甚至能对社会重大政治运动和变革实践产生直接的影响，成为一种文化的构建力量。

而翻译的语言价值观，从根本上说，就是如何认识翻译活动对语言产生的作用和影响问题。翻译是一种特殊的写作活动，又与写作活动不同，两种语言的交锋很容易创生“第三种语言”，进入译者母语后，能够从句法、词汇等方面丰富并拓展后者。梁启超曾讨论过佛经翻译文学对汉语的直接影响，据他介绍，当时日本人编了一部《佛教大辞典》，其中收录“三万五千余语”，暂不论这“三万五千余语”是否完全进入汉语系统，可以肯定的是，创造新词的过程是汉语逐渐丰富的过程。另外很重要的一点是，新词汇也意味着新观念，语言上的变化也会对思想观念、思维方式造成影响，如是观之，我们就会明白为何“五四”运动前后，几乎所有进步报刊都登载了翻译作品，而鲁迅、刘半农、沈雁冰、郑振铎、瞿秋白等人又为何会如此热衷于翻译了。

关于翻译的创造性，学界关注不够。翻译本身是一种创造性活动，只有凭借译者的创造才能实现。而且当我们讨论翻译的社会、文化和语言价值时，实际上已经涉及了翻译在这些层面所表现出的创造力。而当“本我”意欲打破封闭的自我世界，向“他者”开放，寻求交流，拓展思想疆界时，自我向他者的敞开，本身就孕育着一种求新求异的创造精神。与此同时，翻译中导入的任何“异质”因素，都是激活目的语文化的因子，具有创新作用。

在当今的时代，我特别关注在全球化的语境下，翻译应该承担的使命。在我看来，全球化和世界一体化给翻译提供了更广阔的发展前景，另一方面也赋予了翻译更为重要的使命。2002年，联合国前秘书长布特罗斯-加利曾访问南京大学。当他得知我多年来一直从事翻译实践与研究后，充分肯定了这一工作的重要性，还为我正在撰写的《翻译论》题写了一句话：“翻译有助于发展文化多样性，而文化多样性则有助于加强世界和平文化的建设。”我认为这句话很好地定义了翻译在全球化时代的使命。全球化有其积极的一面，但其负面影响也不容小觑。加利访问南京大学时，曾发表了题为《多语化与文化的多样性》的重要演讲。在演讲中他指出，世界化进程会对文化产生直接的影响，甚至有可能危及文化多样性。他的这种担忧并非没有根据。在当今的国际社会，某些国家以强大的经济势力为基础，以经济利益为诱饵，在推动经济一体化的过程中，谋求强势文化的地位，甚至表现出十足的“文化霸权主义”。面对这种现状，不难理解会有越来越多的人呼吁对“文化多样性”的维护，而翻译因其本质属性，能够而且必须在维护“文化多样性”过程中承担重要使命。

那么，翻译要怎么做，才能承担起维护文化多样性、加强世界和平建设的使命呢？通过研究，我认识到，我们应该从跨文化交流的高度去认识翻译。有几点特别重要：一是在理解翻译的本质时，要坚持将翻译视作一种“跨文化的交流活动”。翻译不仅仅是一种语言转换活动，更是一种跨文化的交流活动，它在世界文明进程中扮演着重要而独特的角色。作为不同语言、文化之间的“转渡人”，译者对“文化多样性”及其重要性的体认应该更为深刻，也因此承担了更为重大的责任。只有正确认识翻译，充分看到翻译的跨文化交流本质，译者才有可能在自己的实践活动中对文化因素更为敏感，对保存和传达文化因素更为谨慎。二是在翻译中，要以平等的态度去善待各种不同的语言。加利在南京大学所做的题为《多语化与文化的多样性》的演讲中就曾指出，语言多样性与文化多样性之间存在着千丝万缕的联系，语言多元是维护文化多样性的基本条件，而世界的民主与和平有赖于语言与文化的多元，因为在他看来，“一门语言，它所反映的是一种文化和一种思维方式。说到底，它表达了一种世界观。如果我们听凭语言单一化，那将导致一种新型的特权群体，即‘话语’的特权群体的出现！”翻译如要为维护语言多样性做出贡献，就要坚持开放与交流的文化心态。三是要发扬翻译精神，勇敢承担历史赋予翻译的使命。南京大学的程章灿教授在读了我的《翻译论》后，曾写过一篇富有真知灼见的读后感。在文章里，他指出，我们正处于一个翻译的时代，而翻译的时代不可缺少的是翻译精神。他从我对翻译本质的定义出发，将翻译精神总结为“交流、传承、沟通、创造与发展”五个方面。实际上，我们所提倡的对不同文化的尊重，在翻译中努力再现语言、文化差异，都是这翻译精神的体现。发扬这一翻译精神，实际上便是在准确定位翻译的同时，勇敢承担起语言、文学、文化、社会、历史等种种层面的使命，而加利所说的“发展文化多样性，加强世界和平文化建设”的历史使命自然也被包括在了里面。

在对翻译进行思考与研究的同时，30多年来，我和翻译教学与研究界的同行一起，一直致力于翻译学科的建设。在这方面，我们的努力一直没有停止。在中国翻译协会成立30周年之际，我为《中国翻译》撰写了一篇长文，题目为《翻译研究之用及其可能的出路》。过去常有人说“翻译无理论”，现在翻译理论实实在在地存在了，不少人又说“理论无用”，这种对翻译研究的实用主义态度危害不小，它在很大程度上限制了我们对翻译本质的形而上思考、对翻译过程的多层面研究以及对翻译价值的多元化追求。我本人在翻译实践过程中是有明确的理论追求的，而且我认为这非常重要。理论意识在译者选择原作、研究原作、确定翻译策略、解决具体问题等方面都有很大的帮助。而翻译活动的经验总结、理论升华更能对今后自己和他人的翻译实践有所启迪和助益，避免实践的盲目性。本论丛所收入的《文学翻译批评研究》《文学翻译的理论与实践——翻译对话录》《文字·文学·文化——〈红与黑〉汉译研究》等著作，就是在这一方面探索的结晶。

事实上，从最朴素的翻译思考到今天多视角多方法的科学理论，翻译研究在不断加深人们对翻译本身的理解，深化了人们对翻译复杂性和重要性的认识。如果没有翻译的语言学研究，翻译活动可能还囿于经验主义的层面。如果没有翻译的文化研究，我们可能还无法对制约翻译产生与接受的机制具有如此全面自觉的意识。而对翻译理解的深化也促使人们从社会交流、文化传承、语言沟通、创造精神和历史发展等多元角度来看待翻译的价值，对翻译的重要性有了更加全面的认识，有利于在维护文化多样性、促进世界和平方面进一步凸显翻译的重要性。回顾我的翻译探索之路，可以看到自己的学术视野不断拓展，对翻译的理论思考也不断深入，《翻译论》《翻译学概论》《二十世纪法国文学在中国的译介与接受》《傅雷翻译研究》等著述，集中地展现了我和翻译界的同仁在翻译理论、文学译介与翻译家研究等方面所做的重要工作。

翻译研究为我们理解和探索人类交流的历史开辟了一条新路。翻译是人类跨文化交流的一种重要形式，我们甚至可以毫不夸张地说，一部翻译史，就是一部文化交流史。作为一个翻译学者，我清醒地认识到，翻译历史悠久，形态丰富，翻译的许多问题需要我们继续研究与探索。鉴于此，这一论丛是开放性的，我会加倍地努力，不断给读者奉献有关翻译研究的新成果。

许钧

2020年10月22日

于南京黄埔花园

目录

再版序

时间过得真快,《文学翻译的理论与实践——翻译对话录》出版就快十个年头了。与这部书问世相关的人与事常常浮现在我的脑中。在我们这个浮躁的年代,文学翻译似乎成了一种很奢侈的追求,过去那些翻译大家所体现的精神和达到的水准好像离我们渐渐远去了。他们的丰富实践,他们的探索思考,他们的追求和影响,如今愈发显得珍贵。

翻开书,我忽然有一种伤感,为岁月无情而伤感:当年与我对话的那一张张或严肃,或深沉,或微笑的脸庞,不少已经与我相隔在另一个世界。伤感中,却也有一丝慰藉:与我有过心灵交流的那些翻译大家,健在的还在笔耕,还在翻译,还在不懈地追求;离去的永远活着,用他们以心血化作的伟大译作滋养着广大的读者,用他们融入了深刻思考的翻译思想启迪着翻译界的后人。

前不久,我到青岛去参加国家留学基金委组织的项目评审,顺访了中国海洋大学,有幸与日本文学翻译家林少华重逢。我和林少华兄有二十多年没有见面了。他有丰富的翻译经验,改革开放早期引进国内的日本电影和电视剧,有不少是他翻译的,在影视翻译界很有影响。他翻译的村上春树的作品更是为广大的文学读者所喜爱。他告诉我,我撰写和编著的那些翻译理论著作,他最喜欢的是《文学翻译的理论与实践——翻译对话录》。他说,这样的好书很少。他经常读这本书,觉得有关文学翻译的一些重要问题,在书中都可以找到某种答案或某种思考线索,还说其中提出的很多问题带有根本性，值得不断探索。其实，林兄这番话的意思，许多翻译界的朋友与我探讨翻译问题时，也常常说起。当初我承担教育部重点项目“文学翻译基本问题研究”，在《译林》杂志编辑部的支持下，决定对国内不同语种的优秀翻译家进行访谈，就文学翻译问题展开交流和探讨，目的主要有两个：一是在理论的层面，希望通过学习比较前辈优秀的译作，对他们留下的宝贵的翻译经验进行分类、整理、归纳、分析和研究，借助文艺学、语言学和文化研究的最新理论成果，对文学翻译的一些具有共性的基本问题进行历时和共时的分析比较，进而上升到理性的思考，作出合理的、科学的描述和阐释，为我们认识文学翻译的本质，把握、处理好翻译中面临的各种关系，采取各种可资借鉴的手段，实事求是地研究和解决好翻译中的基本问题，提供指导，同时对中国文学翻译理论的系统、科学研究，可以提供比较可靠的依据。二是在实践的层面，通过对谈，或通过通信，以笔谈的形式，与翻译家一起交流，以问题为中心，以他们丰富的翻译实践经验为基础，结合他们在实际翻译中所遇到的障碍和困难，对涉及文学翻译的一些重要方面进行深层次的思考与探索，进而挖掘他们的翻译思想，总结他们的翻译策略和方法，为年轻的翻译工作者指路。此外，我们也感觉到，这些优秀的翻译家都上了年纪，迫切需要及时地把他们宝贵的翻译经验总结出来，并在理论上有所升华，留给下一代。应该说，我们的目的是达到了。《文学翻译的理论与实践——翻译对话录》出版后，两岸三地的译界同仁给予了高度的评价，《中国翻译》、《中国比较文学》、《外语与外语教学》、《江海学刊》、《中华读书报》、《文汇读书周报》和《文学报》等报刊发表了一系列评介文章，充分肯定了这部著作的学术价值和实践指导意义。在近十年里，该书为从事翻译研究的同行提供了丰富的理论思考的资源，成了译学界引用最多的参考书之一。

国内译学界对该书的重视，也促使我把其中的一些重要的观点和思想做了进一步的归纳、梳理和研究。我曾用法文撰写了长文《翻译的实践经验与理论升华》，发表在加拿大*META*杂志上，引起了国际译学界同行的广泛兴趣。如今看来，文学翻译虽然是最具个性的翻译活动，但其涉及的一些基本问题是有共性的，值得深入研究；理论问题虽然深奥，但只要与实践紧密结合，有针对性，有的放矢，对丰富多样的翻译实践就一定会有指导性。在这个意义上加以衡量，《文学翻译的理论与实践——翻译对话录》没有过时。其研究的方法，其探讨的问题，其总结的经验，其揭示的意义，反而会因时间的流逝而显示出更珍贵的价值。

前辈的精神对我来说，是一份取之不尽、用之不竭的遗产。这些年来，我对翻译更加钟情，对翻译的理解也不断加深。有不少媒体的朋友、译界同行，还有学生，愿意与我就翻译与文化问题交流看法，留下了一些文字。借《文学翻译的理论与实践——翻译对话录》再版之际，我对它们做了整理，一起收入本书。这些新收入的篇什也都是围绕翻译的对话，尽管它们并不仅仅涉及文学翻译，但考虑到如今的理论研究常有与实践脱节的倾向，我想还是保留初版的书名，借此强调理论与实践相结合的重要性。

许　钧

2009年6月29日

于南京大学研究生院

传统与创新
——代引言

/许　钧

中国文学翻译最早可追溯到六朝时期，较为系统地译介外国文学则是近一个世纪的事。在这一个世纪中，一代又一代的译家奉献了大量优秀的文学翻译作品，为吸取外国文学养分，促进我国文学的发展，增进中外文学、文化的交流，起到了重要的作用。拿季羡林先生的话说，“中华文化之所以能长葆青春”，“翻译之为用大矣哉”。在长期的文学翻译活动中，众多译家积累了丰富的经验，并就译事进行了多方面的思考，对翻译活动、文学翻译的特殊本质、文学与文化的关系等提出了许多精辟见解。近二十余年来，我国翻译界日益重视对这些宝贵经验和独特见解的整理和思考，一些译家和翻译研究、教学工作者还对文学翻译进行了理论探讨，出现了一批重要的成果，如王佐良的《论诗的翻译》、许渊冲的《翻译的艺术》、张今的《文学翻译原理》和申丹的《小说文体学和小说翻译》等，为我们研究文学翻译打下了坚实的基础。如果在这一基础上，我们能通过学习比较前辈优秀的译作，对他们留下的宝贵的翻译经验进行分类、整理、归纳、分析和研究，借助文艺学、语言学和文化研究的最新理论成果，对文学翻译的一些具有共性的基本问题进行历时和共时的分析比较，进而上升到理性的思考，作出合理的、科学的描述和阐释，对我们认识文学翻译的本质，把握、处理好翻译中面临的各种关系，采取各种可资借鉴的手段，实事求是地研究和解决好翻译中的基本问题，具有重要的实践指导价值，同时对中国文学翻译理论的系统、科学研究，可以提供比较可靠的依据，具有重要的理论价值。

正是基于以上的考虑，在《译林》杂志编辑部的支持下，我们从1998年开始，在《译林》杂志上开辟了专栏，就翻译，特别是文学翻译的一些基本问题，有针对性地与国内译坛的一些卓有成就的著名翻译家，通过对谈的方式进行探讨，让各位翻译家结合自己丰富的翻译实践，畅谈各自对文学翻译的独到见解和体会。三年来，我们有机会得到了国内数十位有影响的老一辈翻译家的支持，搜集到了许多珍贵的鲜活的文学翻译研究的第一手材料，在对谈交流的基础上，对翻译家们的翻译经验、体会进行了梳理。一些老翻译家认为，通过对谈和交流，特别是通过思考我们在对谈中提出的问题，他们对自己的翻译实践进行了反思与总结，在理论上有了新的认识与提高。可以说，对谈与梳理的过程，也是一个从经验体会向理论思考发展，传统的翻译思考不断得到丰富与创新的理论升华过程。

对我们来说，每一次对谈，都是向老一辈翻译家了解、学习和研究的过程。在这个过程中，我们或当面向老一辈翻译家请教，或通过一次次电话，进行步步深入的探讨，或通过通信，以笔谈的形式，对翻译问题进行深层次的思考与探索。每次交谈前，我们都要通过各种途径，尽可能全面地了解有关翻译家的翻译与翻译研究情况，搜集有关的资料，如翻译界对他们的翻译的评论，他们对翻译的体会与思考以及翻译理论界对他们的研究，等等，通过认真的学习和研究，针对每一个人的翻译实践和翻译思想，提出供他们进一步思考的具体问题。无论是对谈，还是笔谈，我们都紧紧围绕着这些问题，步步深入。可以说，最后展现在翻译界同行和广大读者面前的谈话录，是一次次交流与深入思考的结果。像萧乾先生，他是在医院中与我们进行交流与笔谈的。针对我们提出的问题，他于1998年1月8日、2月1日和3月12日，先后三次在医院给我来信，谈他对翻译的看法。据他夫人文洁若说，当时，他因患心肌梗死住院治疗，病情十分严重。但对翻译问题的探索，萧老先生非常重视，在病床上先后写了六页文字，全都是密密麻麻的小字。他给我们留下的，不仅仅是珍贵的文学翻译研究资料，更是一笔无价的精神遗产。又如叶君健先生，他是中国读者非常熟悉的翻译家，他译的《安徒生童话全集》伴随着新中国一代又一代少年儿童的成长。作家陈丹燕曾将此书比喻为“我的圣经”。我与叶君健先生有过两次很长的对话，都是通过电话进行的，一次是在中国作家协会组织的全国文学翻译座谈会后不久，确切的时间是在1996年11月3日下午，谈话后我写过一篇很长的日记。当时只知道叶君健先生身体不是很好，但从电话里听先生的声音很有劲，心想一定没有大碍。后来我听说先生患了绝症，住进了医院，心里一直挂念着他，也一直希望有机会就童话的翻译问题向先生请教。转眼到了1998年农历正月初六，我抱着试试看的心理，打电话给先生拜年，顺便再提几个有关翻译的问题。电话是叶君健先生夫人接的，她得知我的意思后，说叶先生病得很重，连尾骨都碎了，躺在床上。我不忍心打扰他，急忙请夫人转达我对先生的问候，正想挂下电话，不料从电话那边传来叶老先生微弱的声音，问是谁打来的电话。当他得知是我打去的电话，并想谈谈翻译问题时，叶先生欣然接过电话，与我谈了起来。他那平静的声音、充满智慧的话语和富有启迪性的翻译经验谈，尤其是他对年轻的翻译工作者的殷切希望，永远地铭刻在了我的心间。后来，萧乾先生走了，叶君健先生走了，赵瑞蕻先生也走了，他们的离去，是中国翻译界、文化界的无法弥补的损失，但让我感到一丝欣慰的是，在他们走之前，我有机会向他们请教了有关翻译的一些基本问题，留下了他们对翻译的精辟见解与珍贵的经验。

三年来，我们选择了20位翻译家，进行了较为系统的研究。他们都具有相当的代表性，涉及的语种有英语、俄语、法语、德语、意大利语、西班牙语和日语。在他们中间，有蜚声中外的文化大师，有独树一帜的语言学家，有成就卓著的诗歌翻译家，有文学研究成果累累的学者，有的长期担任翻译出版工作的领导，有的毕生从事文学翻译作品的编辑工作，有的对翻译有着深入而系统的研究，有的本身就是作家、诗人。在向这些著名翻译家请教时，我们充分考虑到他们的特点，从各个角度对翻译，特别是对文学翻译的一些具有共性的问题进行探讨。我们认为，文学翻译，有其特殊性。文学，是文字的艺术，文化的一个组成部分，而文字中，又有文化的沉淀。文学翻译既是不同语言的转换活动，也是一种艺术再创造活动，同时也是一项跨文化的交流活动。在这种复杂的活动中，无论哪个译家，都必然会遇到与上述三个活动过程相关的客观问题。不同的译家，虽然对文学翻译可能有不同的看法，但都无法回避文学翻译的语言、艺术审美以及文学所具有的社会、文化功能方面所面对的基本问题，诸如：如何对待原作，是“忠实”还是“再创造”？是致力于原作的文字形式转换的对等，还是寻求艺术效果传达的近似？是“异化”还是“归化”？翻译家如何处理作者风格与译者风格的关系？如何发挥翻译主体的作用并保持客观性？如何认识文学翻译的目的、功能和艺术本质？如何衡量、评价一部译作的成功与否？对这些具有共性的基本问题，老一辈的翻译家们，在他们长期的翻译实践中，或多或少都有过这样或那样的思考。尤其对文学翻译中所遇到的障碍和困难，他们都有着深切的体会，并积累了许多经验，在文字、文学、文化等各个不同层次探索过克服这些障碍的方法与手段。无论是他们的理论思考，还是翻译方法或技巧，对我们年轻的翻译工作者，都有着重要的参考、启迪与指导意义。下面，根据交流的情况，我们结合译界普遍关心的问题，将老一辈翻译家的有关思考与见解作一简要的梳理与介绍。

一、“翻译之为用大矣哉”

翻译是什么？从事翻译理论研究的人，恐怕都避不开这个问题。追究其中的原因，我想至少有两条：首先，回答“是什么”这个问题，仿佛是一切科学研究的根本起点。研究物质，首先必须回答“物质是什么”；研究文学，必须回答“文学是什么”。翻开各种“概论”，比如“美学概论”，首章势必要谈“美是什么”，或者反过来问“什么是美”。其次，只有明确了翻译是什么，才有可能明确翻译的界限，明确翻译关涉的重要问题，从理论上去加以探讨。回答这个问题，我想至少可以从几个角度去考虑：一是从哲学本体论的角度，着重探讨翻译的本质；二是从翻译的目的或任务的角度，界定翻译是一项什么样的活动；三是从翻译的形式角度，看翻译有多少种类型。在与老一辈翻译家的对谈中，当我们涉及这个问题时，我们发现他们往往从翻译的目的或作用这个角度，去看翻译是什么。季羡林先生认为：“不同的国家或民族之间，如果有往来，有交流的需要，就会需要翻译。否则，思想就无法沟通，文化就难以交流，人类社会也就难以前进。”[1]在这里，我们可以看到，翻译是因人类相互交流的需要而生，从这个意义上说，寻求沟通，促进交流，是翻译的目的或任务所在。对此，赵瑞蕻先生也持同样的观点，他在不同场

1　季羡林，许钧：《“翻译之为用大矣哉”》，《译林》，1998年第4期，第210页。

合，不止一次地指出：“翻译是一种国际文化交流，每一位真诚的译者的背上都有一个重担；只要天下存在着不同的人类社群，就必然存在着不同的文化，存在文化交流的需求。文化交流不仅能够促进不同文化的共同进步，而且在增强各国各族人民的友谊，保卫世界和平，使人类免于战争，免于苦难，免于法西斯暴政等方面具有重大意义。正如鲁迅在《捷克译本》中说的，人类最好不要隔膜，而应该相互了解。文学翻译正是构成文化交流的桥梁之一。”[1]明确了翻译的目的所在，有助于我们从理论上去探讨翻译的本质。就其形式而言，翻译是一种语言的转换，但就其本质而言，翻译是意义的传达，是一种交流活动。就其根本而言，翻译以克服语言的障碍，变更语言的形式为手段，以传递意义，达到理解，促进交流为目的。在这个意义上，把翻译理解为一种人类的文化交流活动，是十分正确的定位。从人类发展历史来看，翻译确实起着推动文明进程的重要作用。季羡林先生以中华文化的发展为例，强调了翻译的重要性：“英国的汤因比说没有任何文明是能永存的。我本人把文化（文明）的发展分为五个阶段：诞生，成长，繁荣，衰竭，消逝。问题是，既然任何文化都不能永存，都是一个发展过程，那为什么中华文化竟能成为例外呢？为什么中华文化竟延续不断一直存在到今天呢？我想，这里面是因为翻译在起作用。我曾在一篇文章中说过，若拿河流来作比较，中华文化这一条长河，有水满的时候，也有水少的时候，但却从未枯竭。原因就是有新水注入，注入的次数大大小小是颇多的，最大的有两次，一次是从印度来的水，一次是从西方来的水。而这两次的大注入依靠的都是翻译。中华文化之所以能长葆青春，万应灵药就是翻译。翻译之为用大矣哉！”[2]确实，在人类思想与文化的交流中，翻译的作用是毋庸置疑的。翻译，不但能促进一个民族文化的延续，还能拓展它的生命。从文化交流的高度来认识翻译活动，无疑有助于我们从更深的层次来把握翻译活动的本质，也有助于我们以积极、认真的态度去进行翻译实践，去处理在翻译中遇到的实践问题。同时，对翻译在人类文明交流和发展中所起的作用给予充分的评价，也有利于人们正确认识翻译的地位，是对翻译地位的承认，这对从事翻译工作的人们来说，也无疑是一种肯定和鼓励。

1　赵瑞蕻，杨苡，许钧：《翻译与创作》，《译林》，1999年第2期，第209页。
2　季羡林，许钧：《“翻译之为用大矣哉”》，《译林》，1998年第4期，第210页。

明确了老一辈翻译家对翻译的目的、任务和作用的认识，对我们进一步理解他们的翻译活动无疑是有帮助的。我们在学习巴金先生的译文时，发现巴金对自己的翻译有着明确的认识。他认为自己不是严格意义上的翻译家。他说："我记得有一位外国记者问过我：作家一般只搞创作，为什么我和我的一些前辈却花费不少时间做翻译工作。我回答说，我写作只是为了战斗，当初我向一切腐朽、落后的东西进攻，跟封建、专制、压迫、迷信战斗，我需要使用各式各样的武器，也可以向更多的武术教师学习。我用自己的武器，也用拣来的别人的武器战斗了一生。在今天搁笔的时候我还不能说是已经取得多大的战果，封建的幽灵明明在我四周徘徊！即使十分疲乏，我可能还要重上战场。"[1]在巴金先生的这段话中，我们可以清楚地看到，翻译对他而言是一种武器，一种手段，是为了战胜黑暗，求得光明。他对翻译的认识，自然不只是停留在纯粹的文字转换的层面上。在与前辈翻译家的交谈中，我们可以深切地感受到一点：他们把翻译工作当作一项神圣的工作去做，当我们问及他们为什么要做翻译工作时，他们的回答与我们年轻一代的回答往往是不同的。在特殊的年代，他们对翻译有着不同的理解与认识，对从事翻译工作也有着特殊的动机。著名的俄国文学翻译家草婴先生明确指出："我从事翻译工作最初是为了参加反法西斯斗争，想通过翻译让读者了解反法西斯斗争的真实情况，从而增加中国人民对抗日战争胜利的信心。其次，我一向喜爱俄苏文学，因此也想通过翻译让中国读者欣赏到一些好的文学作品，丰富大家的精神食粮。我之所以介绍肖洛霍夫的作品，是因为我认为在苏联作家中，肖洛霍夫是继承19世纪俄国现实主义文学传统很出色的一个，尤其是继承托尔斯泰的传统，发扬他的人道主义精神。"[2]在对具体作品的选择中，不少翻译家也始终把翻译当作革命事业的一部分。著名翻译家屠岸在回顾自己的翻译道路时，对我说："我译惠特曼的诗，开始时是出于对他的爱好。我爱他雄浑、自由、奔放的诗风。对他在美国南北战争时期写的诗，尤其喜爱。我把译他的52首诗结集，以《鼓声》为书名，于1948年在上海自费（用'青铜出版社'名义）出版。惠特曼是林肯总统和北方联邦政府的支持者，这部译诗集中有不少诗篇歌颂南北战争中北方的战士，歌颂

1　巴金：《〈译文选集〉小序》，《译林书评》，1996年10月30日，第1版。
2　草婴，许钧：《"老老实实做人，认认真真翻译"》，《译林》，1999年第5期，第210页。

林肯。而我的这部处女译著出版时正值中国人民解放战争进入决战阶段，我借它的出版作为象征：支持以延安为代表的北方革命力量，预示这场战争将导致全中国的解放。"从这些翻译家谈到的翻译动机，我们可以看到，翻译活动在不同的时代，有着不同的追求，打着鲜明的时代标记。通过他们的谈话，我们也就可以更深刻地理解为什么鲁迅要把翻译比喻为普罗米修斯，比喻为播火者。

二、对翻译选择的影响因素

在翻译活动中，翻译动机和目的直接影响着对作品的选择。考察中外翻译的历史，再结合我国老一辈翻译家的翻译实践，我们不难看到，还有许多因素，对他们选择作家、选择作品加以介绍、翻译，起着制约的作用。在解放后的一段时间里，我国的外国文学翻译工作有一个明确的宗旨，叫作"为革命服务，为创作服务"。苏联和有关社会主义国家的文学的翻译介绍工作受到特别的重视。在那个时期，对翻译作品的选择，主要根据"政治"和"艺术"这两个标准，而在这两者中，政治是首位的。对许多翻译家来说，选择怎样的作品加以翻译，政治和思想因素往往是首位的。草婴先生先后花了20年时间，向中国读者系统地介绍托尔斯泰的作品。他说他之所以选择托尔斯泰，首先是因为托尔斯泰有着丰富的人道主义思想，其次是由于托尔斯泰作品的艺术魅力。叶君健先生翻译安徒生，是因为安徒生在他的作品中，"以满腔的热情表达他对人间的关怀，对人的尊严的重视，对人类进步的颂扬"[1]。屠岸先生既是著名的翻译家，也是一位具有丰富出版经验的管理者。他在谈到影响翻译的选择因素时说道："意识形态对翻译作品的选择与处理有很大影响，这是事实。50年代中苏'蜜月'时期，也是俄苏作品译本出版的黄金时代。当年欧美古典文学作品占一席之地，是由于我国文艺政策中有'洋为中用'一条，同时，也可说借了'老大哥'的光。苏联诗人马尔夏克的莎士比亚十四行诗俄译，在苏联卫国战争期间全部登载在《真理报》第一版上，战后出单行本，又获得斯大林奖金。所以我译的《莎士比亚十四行诗集》的出版不会受到阻碍。法捷耶夫在《谈苏联文艺》一文中指出：'欧美资产阶级在它发展的时候，也曾有过优秀的文学作品，但现在欧美作家与这种进步文学传统

1 叶君健，许钧：《翻译也要出精品》，《译林》，1998年第5期，第201页。

相对立，走向没落的道路……我们的文艺好像是联结点，我们吸取他们的好的成分，创作自己新的东西，再传给下一代。'新中国成立初期在对外国文艺的政策上与法捷耶夫所代表的苏联的政策是一致的。所以从50年代到70年代，我国出版界对欧美的现代作品一概拒之门外。60年代中苏分歧公开后，对苏联的当代作品也当作'修正主义'作品而打入冷宫。60年代初，人民文学出版社（或以作家出版社名义）以'内部发行'形式出版过一批'黄皮书'（用黄色纸做封面，没有美术设计），包括欧美现代作品和'苏修'作品的译本……还出版'内部参考'的刊物《外国文学新作提要》，以供有关领导和业务干部参考。'文革'期间，一切外国文学译本，包括'内部发行'的，都停止出版，内部参考的刊物也一律取消。'文革'结束后，特别是党的十一届三中全会决定实行改革开放政策以后，对外国文学译本出版的种种禁锢才被一一打破，迎来了文学翻译的春天。"[1]方平先生有感于政治因素对翻译所起的负面影响，谈到了在"文化大革命"中他偷偷摸摸做翻译时的情况："'文化大革命'的时候，像《红与黑》《高老头》《复活》这样的世界文学名著都遭到了猛烈的批判，莎士比亚在当时的命运还算好些，因为马克思、恩格斯称赏过，打狗看主人的面，不便抓出来示众。那个时候，除了古巴、越南、阿尔巴尼亚的作品外，外国文学都批倒批臭了；你却还在私下搞翻译，这不是在贩卖封资修的黑货吗？罪名不下于今天的私贩大麻、海洛因。那时候我翻译过莎士比亚的悲剧，只能偷偷摸摸，是见不得人的勾当，就像封建社会中的小媳妇，夜半偷偷出去与自己以前的情人幽会，在那种紧张的心态下，可想而知，既没法谈爱情，也绝对搞不好翻译。当时的意识形态是在我的外国文学评论中留下了较鲜明的烙印。现在回过头来重读发表在揪出'四人帮'后的一些评论，可清楚地看到，处在当时排山倒海的政治斗争的形势中，我还没完全被异化，良知还没完全丧失，可是在思想上却被压弯了腰，我私下写了些当时绝无发表可能的论文，自以为试图谈自己的看法，实际上不自觉地按照既定的政治调子、既定的模式，用当时那一套政治语言，当作我自己的思想、自己的语言，多么地可悲啊！这是一个非常时期，它用火和剑，强制你按照它的政治调子去思想，彻底剥夺了属于你个人的思维空间。"[2]

1　屠岸，许钧：《"信达雅"与"真善美"》，《译林》，1999年第4期，第209页。
2　方平，许钧：《翻译的得与失》，《译林》，1998年第2期，第203页。

改革开放，迎来了我国文学翻译的春天，老一辈翻译家们更是焕发了巨大的翻译热情。他们求真求美，把更多的目光投向了作品的文化内涵、审美价值和艺术性。萧乾先生在选择作品时，特别强调必须“喜爱它”：“只是译的必须是我喜爱的，而我一向对讽刺文字有偏爱，觉得过瘾，有棱角，这只是我个人选择上的倾向。”“由于业务关系，我做过一些并不喜欢的翻译——如搞对外宣传时；但是我认为好的翻译，译者必须喜欢——甚至爱上了原作，再动笔，才能出好成品。”“从菲尔丁到里柯克，我译的大都是笔调俏皮，讽刺尖锐，有时近乎笑骂文章，这同我以‘塔塔木林’为笔名所写的倾向是近似的。”[1]著名文学翻译家文洁若有着自己明确的选择标准，她说：“我喜欢选择那种具有强烈的艺术感染力的作品来译。例如凯瑟琳·曼斯菲尔德的作品就给人以美感享受——语言美，情调美。日本近代作家泉镜花的《高野圣僧》，芥川龙之介的《海市蜃楼》和《橘子》，以及80年代去世的女作家有吉佐和子的短篇《地歌》和《黑衣》，至今健在的水上勉的散文《京都四季》，大都是以敏锐的观察力和细腻的表现力见称，表达了日本传统文化的审美情趣。对日本作品我还有个标准或原则：着重翻译那些谴责日本军国主义对我国发动侵略战争的作品，其中包括天主教作家远藤周作的《架着双拐的人》和三浦绫子的《绿色荆棘》。”[2]在新的历史时期，屠岸先生也有自己的标准：“我选择作品进行翻译，有自己的标准：一、在文学史上（或在现代、当代舆论上）有定评的第一流诗歌作品；二、同时又是我自己特别喜爱的、能打动我心灵的作品。选择第一流作品，是为了要把最好的外国诗歌介绍给中国读者，把外国的‘真善美’输送到中国来；选择我喜爱的、能打动我的作品，因为这样的作品我才能译好。对生命力不能持久的畅销书，我不感兴趣。作为出版社负责人，考虑选题就应当更全面，视野更广阔。对入选原著的语种、原作者的国别，要扩大，时代的跨度，要延长。出版社推出外国文学作品的译本，要从改革开放的角度着眼，从中国与世界各国进行文化交流的角度着眼，从不同爱好、不同层次的广大读者的要求的角度着眼。作为文学出版社，应当出第一流的、古典的和现当代的外国文学作品，作品的文学性是第一选择标准。有些产生重大影响的作品，其文学价值或许还没有定评，

---

1 萧乾，文洁若，许钧：《“翻译这门学问或艺术创造是没有止境的”》，《译林》，1999年第1期，第210页。

2 同上。

但对读者具有认识价值，也可列入选题。"[1]对翻译作品的选择，不仅仅是译者本人的事，出版社在某种意义上，掌握着取舍的决定权，而在我们这个时代，经济因素往往左右着出版社对一部作品的选择。我们现在常说的"社会效益"和"经济效益"，成了最为重要的标准。老一辈翻译家们在选择作品翻译时，虽然受着一些无法左右的因素的影响，但他们个人的一些观点和选择标准对我们今天来说，仍然是有着启迪意义的。

三、翻译的标准和原则

在翻译界，特别在文学翻译界，长期以来一直流行着一种观点，那就是"翻译无理论"。不少人认为，文学翻译作为一种艺术，全凭译者个人的修养、领悟和表现力，没有理论可言，也谈不上什么标准与原则。但是，我们一直认为，文学翻译作为一项实践活动，一项艺术活动，它不会是完全盲目的，其中应该有一些规律可循。带着这样的想法，我们在与翻译家的对话中，有意识地对他们在翻译活动中所遵循的一些个人原则或观点进行发掘、归纳与总结。通过交谈，我们看到，在他们长期的文学翻译实践中，翻译家们对如何翻译，如何更好地传达原著的精神，再现原著的风貌，实际上都是有着自己的主张或追求的。他们都认为，通过翻译，他们在实践中渐渐积累了经验，从中领悟到了一些有规律的东西。李芒先生认为，关于翻译的标准或原则，他"不管在翻译一篇作品之前，是否明确地意识到这个问题，实际上在多年来的实践中已经形成了自己的一套主张"[2]。

在交谈中，我们发现严复在1898年提出的"信达雅"三原则，对翻译家的翻译实践仍然具有重要的指导作用。在20世纪80年代末90年代初，翻译理论界曾经有过一场讨论。有人甚至认为严复的"信达雅"说严重限制了翻译研究的视野，长期束缚了人们的思想。有的观点相当激烈，如黄雨石就说："严复在开一代翻译之风、着意介绍外国新思想等方面的确立下了不可磨灭的功绩，他的这一套翻译理论，无可讳言，却显然是完全错误的。"[3]对严复的"信达雅"之说，一个世纪以来，评说纷纭。我们知道，严复在译《天演论》时，深感自己的局限，感叹翻译三难"信达雅"，并对三难作了详细分

1 屠岸，许钧：《"信达雅"与"真善美"》，《译林》，1999年第4期，第208页。
2 李芒，许钧：《翻译，再现原作的再创作》，《译林》，2000年第1期，第204页。
3 沈苏儒：《论信达雅——严复翻译理论研究》，北京：商务印书馆，1998年，第107页。

析。的确，严复最初提出三难，并不是作为翻译标准提出来的，但是，在这之后的一百多年间，严复的“信达雅”说渐渐引起了许多翻译家的共鸣，表现出了强大的生命力，对翻译实践也起到了积极的指导作用。罗新璋认为，理论的价值，在于对实践的指导，严复的“信达雅”说之所以能遍播久时，原因正是它对翻译实践有着指导意义。叶君健先生明确指出：“衡量一部翻译作品的成功与否，要有一定的标准。我觉得，严复在一百年前提出的‘信’‘达’‘雅’，仍不失为比较切合实际、比较科学、比较容易掌握的翻译标准。我甚至认为严复提出的‘信’‘达’‘雅’，应该也是世界各国从事翻译工作的人的一个准绳，有普遍意义，可以适用于任何文字的翻译。根据我的经验，若在翻译中遵循这三条原则，辩证地处理好三者之间的关系，就能避免失误。”[1]

屠岸坦言：“我对严复的‘信、达、雅’三原则，始终信奉。这三者中，我认为‘信’是中心，是主导，也是关键。正如人生三标准‘真、善、美’，‘真’是根本，‘真’的内涵是‘善’，外延是‘美’。没有真，也就不存在善、美。信好比真，达、雅是信的两个侧面。没有信，就谈不上达、雅。不达，就不能说信了。对读者负责必须与对作者负责统一起来。对雅，我的理解是对原作艺术风貌的忠实传达。”[2]

李芒对“信达雅”之说的看法是：“严复的三难说，在我国的翻译实践中起过积极的作用。惟‘雅’说，在这里可能做‘优美’解。‘优美’可指多数文词应如此，说来并不算错，但解释、理解和应用起来，可能会产生因人而异的结果。本来，译家如若水平高，这个‘三难说’特别是其中的‘雅’，并不会发生什么负面影响，但如若是初学翻译，或者译品较多但并不高明的人，就往往会对它加以片面的理解，在译文中一味追求他自己认为的‘雅’，有时反而会弄巧成拙。”“总的讲，‘信’不外是对译家的基本要求，‘信’包括原作的内容、形式和形式中的风格；‘达’一般地说，文学作品的文章大都是顺畅的，译文当然也不应有佶屈聱牙的痕迹；‘雅’与‘达’虽同属于语言风格，但‘雅’与否和‘雅’的程度，在文学作品中却多有高低和浓淡之别。一律求之以雅，就可能在尺度上出现不够准确的偏向，如若苛求于严复的话，这

---

1 叶君健，许钧：《翻译也要出精品》，《译林》，1998 年第 5 期，第 202 页。
2 屠岸，许钧：《“信达雅”与“真善美”》，《译林》，1999 年第 4 期，第 204 页。

恐怕能够算是一条了吧？我所说的可能发生负面影响，指的就是这一点。”[1]

郭宏安的观点也很明确：“在中国的翻译界，自严复提出‘译事三难：信、达、雅’之后，又有‘忠实、通顺和美’‘不增不减’‘神似’‘化’等说法提出，主张虽多，又各据其理，然就其可操作性来看很少有‘信达雅’这样可触可摸、可施可行的。我甚至有一种近乎愚钝的想法，这种种的说法似乎都还或近或远地在‘信达雅’的树荫下乘凉。当然也有不少人想破此‘三难’之说，但看来是攻之者众，破之者寡，譬如攻城，打开一两个缺口，整座城池却依然固若金汤。到底是什么原因呢？怕是‘信达雅’三难确是搔着了文学翻译的痒处。只要我们与世推移，对‘信达雅’之说给予新的解释，就会给它灌注新的生命力。”[2]

严复提出的“信达雅”说，确实如郭宏安先生所说，简明扼要，具有操作性，但对其中的“雅”字的理解，至今仍有各种不同的观点。精通英法两门外语的许渊冲先生把“雅”字归结为中国文艺学派的翻译理论的根源。他在此基础上进一步发展，提出了“三美”论：“‘美’指意美、音美、形美‘三美’；用英文来说，就是best words in best order。best words指具有意美、音美的文字，best order指具有形美和音美的次序。”[3]郭宏安先生则着力于对“雅”进行新的阐释，他认为：“‘信、达、雅’中，‘雅’字最难解，容易起争论，许多想推倒三难说的人亦多在‘雅’字上发难。如果一提‘雅’，就以为是‘汉以前字法句法’，就是‘文采斐然’，是‘流利漂亮’，那自然是没有道理的，其说可攻，攻之可破。然而，可否换一种理解呢？以‘文学性’解‘雅’。有人问：‘原文如不雅，译文何雅之有？’提出这样的问题，是因为他只在‘文野’‘雅俗’的对立中对‘雅’字作孤立的语言层次上的理解。如果把事情放在文学层次上看，情况就不同。倘若原作果然是一部文学作品，则其字词语汇的运用必然是雅亦有文学性，俗亦有文学性，雅俗之对立消失在文学性之中。离开了文学性，雅自雅，俗自俗，始终停留在语言层次的分别上，其实只是一堆未经运用的语言材料。我们翻译的是文学作品，不能用孤立的语言材料去对付。如此则译文自可以雅对雅，以俗应俗，或雅或俗，皆具文学性。如同在原作中一样，译文语言层次上的雅俗对立亦消失于语境层次上

---

1 李芒，许钧：《翻译，再现原作的再创作》，《译林》，2000年第1期，第205—206页。
2 郭宏安，许钧：《自设藩篱，循迹而行——谈翻译风格》，《译林》，1999年第3期，第217—218页。
3 许渊冲，许钧：《翻译：“美化之艺术”——新旧世纪交谈录》，《译林》，1998年第3期，第202页。

的统一之中。如此解‘雅’，则‘雅’在文学翻译中断乎不可少。”[1]

从翻译家们对翻译的原则与标准的看法中，我们似乎可以得出这么一个结论：翻译活动不应该是盲目的，它应该遵循某些原则或标准。一个世纪以来，尽管有不同的看法，但严复的“信达雅”说渐渐被接受，随着时代的发展和翻译实践的不断丰富，一代又一代的翻译家不断给严复提出的观点注入了新的活力。

四、“翻译的过程，也是研究的过程”

如今的翻译研究，已经不局限于译作与原作的纯语言上的对比和正误评价。翻译是怎么进行的？怎么着手进行翻译？翻译一部书，有哪些重要的步骤？这些具体的问题，都涉及翻译的过程。近20年来，翻译理论界对翻译过程予以更多的关注，从不同的角度，对翻译的过程进行探索，像法国的释义派理论，从口译的具体过程入手，对翻译的整个过程作了较为深入的研究，提出翻译的“三阶段”说：理解、脱离原语语言外壳和重新表达。对翻译过程的研究，有助于揭示翻译的思维活动规律。目前，这方面的研究要取得更深的进展，还有赖于别的学科，如神经语言学、心理语言学的发展。但是，翻译是一项实践活动，对其中取得的一些经验进行总结与梳理的过程，实际上也是一个理论化的过程。正是基于这样的想法，我们在与翻译家的交流中，对上面提出的那些具体问题进行了探讨。

从理论上讲，翻译可以明确地分为两个主要阶段，一是理解，二是表达。但在实践中，这两个阶段不是断然分开的，两者之间有交叉，有相互的影响。草婴先生翻译一部作品，要经过三个步骤，他的经验很有值得借鉴的地方。他向我们介绍说：“我翻译一部作品一般要经过三个步骤：第一步是熟悉原作，也就是反复阅读原作，读懂原作，考虑怎样较好地表达原意，通过几次阅读，使人物形象在头脑里逐渐清晰起来。第二步是动笔翻译，也就是忠实地逐字逐句把原著译成中文。第三步是先仔细读译文，看有没有脱漏、误解的地方，逐一加以更正；然后再从中文角度来审阅译稿，务使中文流畅易读，有时也请演员朋友帮我朗读译稿，改正拗口的地方；在交编辑审读后，再根据

---

1 郭宏安，许钧：《自设藩篱，循迹而行——谈翻译风格》，《译林》，1999年第3期，第218页。

编辑所提的意见，认真考虑，作必要的修改。”[1]江枫先生是诗歌翻译家，他认为：“翻译作为一个过程，第一步当然是对原作的理解，而且必须力求甚解。但不是每首诗都能一读便解和甚解的，即便是读中国诗也有一个逐步理解和由浅入深的过程，因此译者译诗首先应该尽可能全面地了解诗人，了解他的思想，了解他的审美价值观。译雪莱就必须了解雪莱的思想、生活和他那个时代。雪莱学识渊博而爱作玄思冥想，译他的诗还常有必要到诗外下大功夫补课。”[2]

在谈到对原著的理解时，许多翻译家都提到了对原作进行深入研究的必要性。意大利文学翻译家吕同六先生特别谈到了翻译与研究的关系：“我的体会是，文学翻译离不开文学研究，研究也需要翻译。两者之间的关系是你中有我，我中有你，互相促进，相辅相成。”“文学翻译不是对原作依样画葫芦的简单劳动，不是‘传真’(fax)。它是科学的、创造性的劳动。翻译一部文学作品，需要对作家，对另一种语言、另一种文明，有较为深入的理解与研究。在这个意义上，研究是翻译的前提，是翻译的指导，并贯穿翻译的全过程。不妨说，译者应当是学者。一位学者型的译者，比较容易寻得两种文明的契合点，缩小出发语与归宿语之间的距离，比较容易找到自己的翻译风格，使自己的翻译靠近‘化’的最高境界。”“在某种意义上说，翻译的过程，实际上也是研究的过程。在翻译中，你整个身心和全部情感都融合到作家笔下的艺术世界里，融合到人物的内心世界里去了，体验着主人公们最隐秘的、最微妙的思想、情感的脉动，你就能真切地、深层次地领悟到一般阅读难以领悟到的东西，就能充实与深化你对作家、作品的认识与研究。举例来说，70年代末，我写过有关皮兰德娄的一些文字，后来，陆续翻译了他的剧本《亨利第四》《给她穿上漂亮的衣服》《寻找自我》，在这基础上撰写的论文，就同以前的研究文字不可同日而语。前几年，我又译了皮氏生前的最后一部剧作《高山巨人》，我由此写出了一篇论述他晚年戏剧创作的论文，充实了我以前的研究成果。”[3]李芒先生也持同样的观点，他在谈到日本作家松尾芭蕉的俳句的翻译时说：“我从实践中深深地感到，在实际下笔从事翻译之前，必须对所译作品进行多方面的深入研究。比如，上举松尾芭蕉的俳句译

1 草婴，许钧：《“老老实实做人，认认真真翻译”》，《译林》，1999年第5期，第213页。
2 江枫，许钧：《形神兼备：诗歌翻译的一种追求》，《译林》，1998年第6期，第210页。
3 吕同六，许钧：《“尽可能多地保持原作的艺术风貌”》，《译林》，1999年第6期，第207页。

例中暴露出的种种问题，都生动地说明译者对松尾芭蕉以及俳句并未进行过比较深入的研究，并不真正了解松尾芭蕉和俳句的艺术特点，因而翻译起来必然会出现各种各样的纰缪。”“话又说回来，即便进行过深入研究，也难说就对原作理解得万无一失了。因此，在实践中出现差错，是在所难免的现象。只是经过仔细的研究以后，这种现象相对会避免一些罢了。正是出于这种实际情况，必须不时地对自己的翻译方法和译文进行必要的检查和反思，一经发现不妥之处就尽快加以改正。”[1]

理解是翻译活动的重要一步，是基础。在阅读原著和理解原著的过程中，译者的活动并不是纯客观的，也不是被动的。翻译家们在他们的实践中，都深深体会到，对原作的理解过程，是个不断学习，不断领悟，不断深入的过程。而且，“译者在理解原文的阶段，在揣度与领悟原作当时的意义的过程中，就受到他本人的人生修养、文化知识水平和艺术欣赏趣味等因素的限制，他所达到的理解程度，就不一定完全与原作的本意相吻合”[2]。叶君健先生所提出的问题，实际上是译者作为阐释主体所存在的局限性。对原文的理解与阐释，不是一个译者一次就能彻底完成的。尤其是艺术个性强的原作，往往有相对来说比较大的阐释空间，需要一代又一代译者不断去挖掘。也许正是这个原因，一部作品可以同时拥有多个译本，或在不同的时代会不断出现新的译本。

五、“翻译不是‘复制’，它确实有‘再创造’的一面”

对许多不懂翻译的人来说，翻译不外乎是一种语言符号的转换，只要用一种语言符号去代替另一种语言符号，把意思传达过来就行了，但是，做过翻译，特别是做过文学翻译的人，看法不可能这么简单。译作与原作到底是一种什么样的关系？译作是对原作的一种模仿？是一种再创作？对我们提出的这些问题，翻译家们结合自己的实践，进行了十分深入的思考，从各个角度谈了自己的看法，不仅对我们的翻译实践有直接的指导价值，同时，也具有很高的理论价值。

谈到原作与译作的关系，必然要涉及作家与译家的关系，翻译与创作

1　李芒，许钧：《翻译，再现原作的再创作》，《译林》，2000 年第 1 期，第 205 页。
2　叶君健，许钧：《翻译也要出精品》，《译林》，1998 年第 5 期，第 203 页。

的关系。对这一问题，我们所接触的翻译家有不少在理论上都有自己明确的观点。方平先生认为："文学翻译与创作自然有区别，属于不同的艺术范畴。翻译可以说是一种'二度创作'。创作可以充分发展自己的个性，天马行空，潇洒自如；而翻译具有依附于原作的从属性这一面，不免束手束脚，是戴着镣铐跳舞的艺术。因此一位文学翻译家的特殊禀赋首先在于他具有一种敏锐的感受力，他体贴入微，善解人意，以至于心心相印，将自己的个性与原作的个性融合在一起。同样重要的是，还得加上把这种感受变为自己的艺术冲动，并且展现出意到笔到、恰如其分的表达能力。"[1]叶君健先生觉得，"作者有他的作品替他说话。我们做翻译，要了解原作者的感受，只能从他的作品的字面上去推测，去领悟字里行间所蕴涵的精神和意义。这说明翻译是不能不以原作为依据的"。但同时，叶君健先生认为，翻译的过程，是一个"再解释"的过程："一部作品，在岁月演变过程中，在不同译者的笔下，可以被染上不同的颜色，呈现不同的面貌，这一点也不奇怪。因为翻译不是'复制'，它确实有'再创造'的一面。"[2]

许渊冲先生在谈到翻译和创作的关系时，特别强调文学翻译的创作地位，他认为："21世纪是世界文学的时代，文学翻译一定要成为翻译文学，也就是说，翻译作品本身要是文学作品，才能成为世界文学的一部分，因此，未来的文学翻译一定要提高到文学创作的地位。郭沫若早就说过：文学翻译'与创作无以异'，'好的翻译等于创作，甚至超过创作'。至于翻译与创作的共性，我曾把创作和翻译都比作绘画，创作以现实为模特，翻译不能只以原作为模特，而要以原作所写的现实为模特。这就是翻译与创作的共性。"[3]李芒先生结合日本文学的翻译实践，认为翻译是一种再创作，但必须以再现原作为原则。他指出，再创作，不能忽视"再现原作"这一重要的前提。再现原作，就要"在内容构思、结构安排、形象塑造和语言运用等方面，都必须尽力尊重和再现原作"[4]。郭宏安先生在讨论译者与原作者的关系时，则从译者的心态角度，谈到译者面对一部原著，可能会出现三种心态：高于原作的心态、与原作平等的心态和低于原作的心态。他认为，译者采取第一种心态，

1 方平，许钧：《翻译的得与失》，《译林》，1998年第2期，第203页。
2 叶君健，许钧：《翻译也要出精品》，《译林》，1998年第5期，第203页。
3 许渊冲，许钧：《翻译："美化之艺术"——新旧世纪交谈录》，《译林》，1998年第3期，第202页。
4 李芒，许钧：《翻译，再现原作的再创作》，《译林》，2000年第1期，第204页。

“就会取俯视的姿态，认为原作不尽符合自己的审美情趣和标准，句子过长或过短，结构显得怪异，词汇也不如想象中那么丰腴华美，他试图在译文中予以补救或美化，进行所谓的‘文学翻译’。他想象原作者若用译语进行创作，当会更美。于是，他就用一系列美的词汇来翻译他认为不美的原文中的词汇，他把原来过长的句子截短或过短的句子拉长，任意改变句子的结构，他甚至为了审美的目的而对原作有所增删，例如把作者暗含的意思挑明，把原文中的极具民族特色的明喻和暗喻换成译语民族习见的比喻”。若取第二种心态，译者则“会取平视的姿态，仿佛两个朋友，执手相对，一言一语，一颦一笑，都在对方的心里引起同情的理解，达到心心相印的程度，就是说，译者完全融入原作”。若采取第三种心态，“就会取仰视的姿态，仿佛面对大师，先就有一种谦虚和崇敬的心情。你得尽心地去理解和体会，理解其含义，体会其风格，然后才会想到如何用译语加以传达。理解当然是理解原作说了什么，还要理解它是怎么说的。如果是一部名著，它就存在着多种阐释的可能性。作为译者，他就要把这种可能性表达出来，而不是用自己的阐释排斥其他的阐释，固定或限制读者的想象力”。就他本人而言，他说：“我不敢自诩原作者的朋友，也不敢期望与原作者平起平坐，我只能小心翼翼地跟随他，尽可能忠实地传达他的意思，既不过亦无不及。我会选择合适的词汇，而不是美的词汇，尤其要避免采用具有民族特色的成语，我不会无条件地回避西化的译法。我也可能有不理解的地方，虽经种种的努力仍是不解，那么，我不会强作解人，我会如实地翻译出来，我相信有比我高明的读者。”[1]

杨武能先生对翻译素有研究，他以阐释理论为指导，认为“文学翻译即阐释，是指译事活动的总体和本质。这是一种特殊意义的阐释，一种文学的和艺术的阐释，它显然不同于一般的解释和学理性的阐释，因此必须具有以下一些特点：一、在总体上，它是完整的全面的；二、在内容上，它是深刻的；三、在形式上，它是直观的和演绎性的；四、从译者方面看，它是主动的和积极的；五、从原著和作者看，它是相对的和发展的。具体讲，一般意义的阐释比较自由，为阐释一首短诗乃至一句箴言，学者们既可以言简意赅，也可以长篇大论，甚至写成大部头的著作；翻译家的阐释却受到严格的限制，必须全面地显现出原著的义、形、声、情、味、量、质，等等。译一首诗只能还以一

1 参见郭宏安：《略说译者的心态》，《译林》，2000 年第 2 期，第 207—209 页。

首有着同样——实际上多半只能是相近——义、形、声、情、味、量、质的诗，切不可随意改变和增减。这是何等高的要求啊！视文学翻译的本质为阐释，完整而全面的阐释，对文学翻译的特点和要求作如是观，我想，一些有争议的问题也许就比较容易解决了。例如，既为阐释，就不可能不带上译家即阐释者的个性和主观色彩，就不能不允许他在一定的限度内进行创造和发挥。既为阐释，就一定会随着时代、社会、历史、文化和语言环境的发展变化而发展变化，因此便不可能定于一尊，产生所谓永远不得取代的'定本'"[1]。杨武能先生的这种观点，从某种意义上说，是对文学翻译研究的一次深化。他提出的五个特点，对我们认识文学翻译的本质，区别一般翻译与文学阐释的任务，把握文学翻译的度，都具有启迪意义。

六、翻译的主体性

在以往的翻译讨论中，经常谈到译者所处的尴尬位置。最通俗的说法，是"一仆二主"，作为仆人，译者服务于原作者和读者。在以再现原作为前提的再创作活动中，若我们客观地对译者的活动进行观察、分析，我们就能发现，无论是对原文的阅读、理解，还是对原文的阐释与表达，译者始终起着最为主要的作用。我们在与翻译家的交流中，对译者作为翻译活动的主体，如何在有限的创作空间里，充分发挥译者的主体作用，进行了探讨。应该看到，在已有的翻译研究成果中，对翻译方法和技巧的研究，占有较多的比重，但这类研究往往只存在于技的层面，在对翻译技巧的研究中，对不同翻译主体的作用少有涉及。可实际上，作为翻译的主体，翻译者的主观因素，其个性、气质、心理禀赋、知识面、语言应用能力，乃至译者的立场、道德因素，无不对翻译活动起着直接而重要的影响。

许渊冲先生强调要把文学翻译提高到文学创作的地位，他指出："朱光潜先生说过：'从心所欲，不逾矩'是一切艺术的成熟境界。我认为，这也是文学翻译的成熟境界。'不逾矩'就是严复的'信'，就是'不倍本文'。而语言学派译论只谈'不逾矩'，却不谈'从心所欲'，这就抹杀了文学翻译的创造性。"[2]从这一观点出发，他认为译者应该充分发挥创造性，并提出了"三

1　杨武能，许钧：《漫谈文学翻译主体》，《译林》，2000年第3期，第215页。
2　许渊冲，许钧：《翻译："美化之艺术"——新旧世纪交谈录》，《译林》，1998年第3期，第202页。

化”的原则：“翻译可以算是‘化学’。化就是原作者用译语的写作。文学翻译是化原文为译文的艺术，是化原文之美为译文之美的艺术，用的方法，我看主要是等化、浅化、深化三种。举一个例子吧。我译《毛泽东诗词集》，其中有一首叫《屈原》，第一句为‘屈子当年赋楚骚’。‘屈子’音译Qu Yuan；‘当年’如果直译为that year，反而不知道为哪年，不如意译，深化为long long ago；‘赋’是‘赋诗’的意思，译成rhyme，可以算是‘等化’；‘楚骚’指楚国的《离骚》，译成Sorrow after Departure音节太多，‘浅化’为一个词grief；全句译成Qu Yuan had rhymed his griefs long long ago。由于原语文化与译语文化之间的差异，特别是语言方面的差异，译文不可能与原文完全做到等化，所以还要有‘深化’与‘浅化’为手段，作为补充，才能将原文化为译文。如三化手段运用得当，就会收到好的效果。”[1]罗新璋先生对文学翻译有自己独到的见解，他认为在文学翻译中，译者应该有所追求，特别在文字上，要追求艺术性。他还举傅雷的翻译为例，说明“文学需要提炼文字，艺术应高于现实”。他说：“《约翰·克里斯朵夫》开头一个句子：Le grondement du fleuve monte derrière la maison. 它直译过来——大江的轰隆轰隆声，从屋子后面升上来——既信且达。傅雷译成‘江声浩荡，自屋后上升’，而成名句。可见文学翻译也需要提炼文字，也需要讲究文字之美。还平淡以平淡，是一种文字追求；于平淡中见精彩，也是一种文字追求。文字提炼不提炼，成品半成品，与译者的美学追求有关，批评家自可评议。但中文的好不好，文字上下的幅度，比西文要宽。这本身提供了从平淡到精彩的多种可能。”[2]在平淡中追求精彩，这在一定意义上说明了译者自觉的主体创造意识。叶君健先生认为，文学翻译要有精品的意识，要鼓励有个性的翻译：“一部译作有没有生命力，主要取决于译作有没有个性。一部文学作品在被移植到另一种文字中时，能否把原作的精神表达出来，是一个最重要的问题。原作的精神，也就是作者创造时的精神活动的表现究竟是怎样的，这就得费踌躇了。在这里面，译者个人的思想感情就起了作用，牵涉到译者的个性、品格和修养方面。表现原作的精神和风姿，是译者学识、思想感情和文学修养与原作相结合的结晶。这种结合本身是一种再创造，译者应该通过对原作

1 许渊冲，许钧：《翻译：“美化之艺术”——新旧世纪交谈录》，《译林》，1998年第3期，第206页。
2 许钧，罗新璋，施康强，袁筱一：《谈文学翻译中的再创造》，《译林》，1998年第1期，第204页。

的尽可能的消化，把原作再创造为本国文字中的文学佳作。”[1]杨武能先生从文学翻译的特性出发，对译者的主体作用和如何发挥作了辩证的分析。他强调指出：“大家都讲文学翻译是艺术再创造。译家失去了个性，不能发挥主体作用，何来文学，何来艺术，何来创造？果真如此，文学翻译岂不仅只剩下了技能和技巧，充其量只可称作一项技艺活动；译家岂不真的成了译匠，有朝一日完全可能被机器所代替！当然，这个创造不能随心所欲，甚或天马行空，像一般作家和诗人那样，而是严格地受到原作的制约；所谓再创造的‘再’，就意味着制约。具体讲，译者发挥主体作用和创造性，有一个‘度’的掌握问题：译者的创造必须在原著设定的界限里进行，必须忠实地再现原著的意和形，必须尽量适应和满足原著的风格要求；译者的个性切忌过分显露，‘喧宾夺主’，以至译什么作家、什么作品都带着明显的译者的个人标记，读起来都是一个调调，一个味道。总而言之，译者主体性和创造性的发挥，必须以不损害原著的思想内涵和艺术风格——特别是艺术风格为前提。”[2]

七、风格的再现

谈文学翻译，不可能不关注风格的再现问题。在探讨中，几乎每一个翻译家都谈到了对风格的理解以及对再现原作风格重要性的认识。对他们来说，风格，是原著艺术生命最重要的体现，文学翻译若忽视原作的风格，不着力于对原著风格的再现，那无异于断绝原著的艺术生命。翻译家们结合自己的翻译实践，充分发表了自己的看法和观点；应该看到，在对原著风格再现的问题上，翻译家们都有着清醒的理论意识，在如何再现原作风格上，也有许多值得借鉴的经验。

在我国文学理论界，对风格的界定是十分宽泛的，它似乎无所不包，从大的方面，有时代的风格，民族的风格；从小的方面，作者笔下选择的一个章节、一个词或一个句式，无一不是作者风格的体现或标志。总之，风格体现在文艺作品内容和形式的各种要素之中，体现出不同作家、艺术家的艺术特色和创作个性。在文学翻译中，翻译家们最为关注的是原著的文字风格。

---

1 叶君健，许钧：《翻译也要出精品》，《译林》，1998 年第 5 期，第 204 页。
2 杨武能，许钧：《漫谈文学翻译主体》，《译林》，2000 年第 3 期，第 214 页。

林一安先生说："我觉得在翻译的过程中，最难把握的，最难表达的，是作家的风格，这是翻译界面对的一个普遍的疑难问题。不要说我们相对稚嫩的西葡语翻译界，就连具有长期丰富经验，成熟老练的英、法、俄等语翻译界，同样也存在这一个难题。读原文，我们看得出来，博尔赫斯、科塔萨尔、加西亚·马尔克斯、巴尔加斯·略萨的文字风格是不一样的，但是这种只能意会不可言传的文字风格，要准确把握传达，难度极大。不过，也不是绝对不可能，重要的是，我们首先要知道作家创作某一部作品时运用什么样的文字或语言风格。例如，加西亚·马尔克斯写《百年孤独》时，运用一种童稚的眼光和口吻来陈述故事，所以，在翻译时，文字应该是浅显通俗的，而文绉绉的艰涩的书面语言，显然不合适，因为那不是作家的创作初衷。又如，博尔赫斯的文字经济、简约、干净、利落，译文就不能啰嗦，拖泥带水。"[1]

对风格的理解，翻译家们认为不能太狭隘。具体到原著文字风格的再现，由于不同的语言之间存在着实际上的差异，在传达上存在障碍。但是，障碍的存在，并非意味着风格不可以再现。郭宏安先生指出："风格是一种微妙而又模糊的东西，如果难以言传，至少是可以感觉到的。语言固然不同，但使用语言的人基本上是有同感同嗜的，否则操不同语言的人之间就是不可交流的。幸亏事实上并非如此。中国古人说'文如其人'，法国作家莫泊桑说风格是一种'在其全部色彩和全部强度上表达一件事物的唯一的、绝对的方式'，等等。因此，原著的风格是存在的。当然，以一种语言传达另一种语言所传达的风格是困难的，也是不可能完全传达的，然而这并不意味着连部分地传达也是不可能的，更不意味着连传达的努力都不必做。其实，完全的翻译本身就是不可能的，然而人们仍在努力地进行着翻译；不少人都说'诗不可译'，然而仍有大量的诗被译过来译过去；就是认为'风格不可译'的人，其实也在努力地使译文的风格贴近他所译的原作。如果我们的确不能在原文和译文中像司空图那样分出24种风格，毕竟还能分出姚鼐所说的'阳与刚之美'和'阴与柔之美'，以及差强人意的多种色彩，当然这是需要译者多费脑筋的。"[2]

对原著风格的再现，必须以识别原文的风格特征，领悟原文的精神风

1 林一安，许钧：《拉美文学的介绍与翻译》，《译林》，2000年第5期，第214页。
2 郭宏安，许钧：《自设藩篱，循迹而行——谈翻译风格》，《译林》，1999年第3期，第215页。

貌、行文气势和神韵为基础。草婴先生认为："凡是好的作家都有自己的风格，这种风格是他长时期生活和写作逐渐形成的，我们读名家的文章都会清楚地感觉到他独特的风格，而不会跟其他作家混淆……至于如何传达原作者的风格，我想这是一个十分复杂的问题。我还是强调理解与领悟，这是传达的前提。只有理解领悟了原作的风格，才能想办法传达，而正确传达原作的风格是翻译家首要的任务。"[1]屠岸先生也持同样的观点，且在具体的翻译过程中有着自觉的追求："我的译诗要求是既要传达原作的风格美、文体美，也要传达原作的形式美、音韵美。(这是追求的目标，能达到多少是另一回事。尽善尽美是永远不可能的。) 要传达原作的精神和风格，译者就应当做到深入体验作者的创作情绪，使译者的心灵与作者的精神契合，译者的灵魂与作者的灵魂拥抱在一起。这话也许说得有些'玄'，但我认为可以向这个方向努力。我译莎士比亚十四行诗，译济慈的六首'颂'和十四行诗，常常把原作诵读多遍，有些篇是诵读多年，烂熟于心，能够背诵的。这样可帮助掌握原作的风格和神韵。"[2]

在传达原著风格这一问题上，每一个译家都感到存在着局限和障碍，但面对障碍，是绕着走，还是想方设法去克服，这里涉及翻译者的态度问题。福克纳是当代中国读者十分熟悉的一个作家，他的作品对中国作家产生了重要影响。就翻译而言，福克纳的作品体现了典型的意识流特征，以晦涩、抽象、句子冗长、结构复杂、难于理解而著称，李文俊先生在翻译福克纳的作品时，面对障碍有着十分积极的态度。他说："福克纳作品风格多样，语言丰富多彩，给译者带来很大的困难，但这也是挑战，是'露一手'(display——这个英文词是听钱锺书先生聊天时说的) 的机会。遇到描写人物的生动刻画以及精彩对话时，我总是特别亢奋，一些自己都念不准的生僻字眼，也会从脑海深处泛起。倘若不能用确切的汉语表达，我会感到愧疚，仿佛对不起作者、读者，也对不起祖宗传下来有几千年历史的文字。应该说，没有哪一种思维，哪一种境界，是不能用汉语准确表达的。贫乏的不是汉语，而是自己对汉语的掌握。我觉得译者应该有多种'套路'，他应该掌握自高雅到俚俗无数层面的语言，但凡有需要，他'箱底'里都有存货可应付裕如。读古典名著，读现代

1　草婴，许钧：《"老老实实做人，认认真真翻译"》，《译林》，1999年第5期，第211—212页。
2　屠岸，许钧：《"信达雅"与"真善美"》，《译林》，1999年第4期，第204页。

文学大师的作品以至新时期语言更为泼辣鲜活的作品，读一些港台作品，这当然都有好处。更重要的是向老百姓活的语言学习。”“我的办法是：开始译一部作品时，边译边找感觉，一遍一遍地修改，直到觉得色调、节奏、语气上大致与原作相符了，然后再往下译，一边译一边继续调整。对于一个译者来说，最重要的是对艺术与语言的敏感、悟性与鉴别、判断能力。”[1]

如何再现原作风格？翻译家们从不同角度，结合自己的实践，提供了许多途径。他们的一些做法和尝试，对我们的文学翻译具有现实的指导作用。比如翻译一部作品，对一部作品的风格有所领悟后，动笔翻译前最好尽量先找同类题材或风格相似的中国文学作品来读。季羡林先生在翻译《罗摩衍那》时，就注意利用中国文学的某些体裁和形式，来有效地传达原著的文体：“具体到《罗摩衍那》的翻译，一开始我并没有过多考虑该用怎样的文体进行翻译。鲁迅说过：‘诗须有形式，要易记，易懂，易唱，动听，但格式不要太严。要有韵，但不必依旧诗韵，只要顺口就好。’我当时就想译成这样的诗。但有个疑问，用这样的诗体译史诗妥当吗？最好是以中国古体长篇叙事抒情诗，如以《孔雀东南飞》为样板，把原诗译成类似七绝那样的民歌体。印度史诗，就其本质而言，本来就是伶工说唱的东西，这样译，更能够表达原诗的精神与风采。我进行了尝试，想把诗译成七绝，但很困难，后来，译到六篇下一半的时候，我还是回过头来，用类似七言绝句的民歌体来翻译。所以说，我译的《罗摩衍那》，前后的文体是不够统一的，究竟哪一种更好，还需要讨论。”[2]季先生的实践说明，传达原作风格并非易事，需要不断追求。

关于风格的传达，我们注意到初学翻译者往往陷入一种误区，把风格的传达局限在文字层面，斤斤计较于一字一词之得失，只看重局部的模仿和对应，忽视对整体的把握与再现。然而，老翻译家们从他们的翻译实践中体会到了处理好局部与整体关系的重要性。他们的观点是辩证的。郭宏安特别强调了注意把握总体风格的重要性。他以夏多布里昂和斯丹达尔的翻译为例，认为“风格的传达不在字句，而在文章的总体效应和感觉”。通过他的谈话，我们可以明确地认识到，“风格并不是一种虚无缥缈的东西，我们翻译一部外国文学作品，必须注意原作者到底选择的是什么样的句式、什么样

1 李文俊，许钧：《译者应该有多种“套路”》，《译林》，2000年第2期，第204—205页。
2 季羡林，许钧：《“翻译之为用大矣哉”》，《译林》，1998年第4期，第209—210页。

的篇章结构、什么色彩的词汇来表达的，但仅仅注意这一点还不够，还要去充分领悟和感受作者通过这样的选择，在总体上达到了一种什么样的效果。只有两者的结合把握，才能保证在翻译中尽量不走原样，不失原味。在对原作风格有基本把握的基础上，翻译中从大处着眼，从小处着手，有意识地去追求，尽可能贴近原文风格，是一个有责任感的译者所必须做到的。所谓从大处着眼，我想就是整体的气势、神韵；所谓从小处着手，就是注意字词色彩的选择、句式的选择等等”[1]。在实践中，许多翻译家在风格传达方面都有着自觉追求。林一安在组织《博尔赫斯全集》的翻译时，就约法三章，其中第二点就涉及风格的总体把握：“关于博氏的语言文字风格，达成共识，即经济简约、干净利落，总体上要把握住。”[2]吕同六先生认为：“每一部优秀的外国文学作品，无不具有自己独特的魅力，或情味隽永，或哲理深邃，或内秀，或外秀。读者阅读译品，也多半是为着精神的、审美的需求，希望能体味到原作的精髓与韵致。有鉴于此，我一直努力使自己的译作尽可能多地保持原作的艺术风貌，或者说得更准确点儿，尽可能少地丧失原作的艺术风貌。”他在组织翻译“意大利二十世纪文学丛书”时，有着明确的编选原则与翻译原则。如入选的作家和作品“无不标志着一种独特的创作路子，或一种艺术风格，或一种文学走向”。同时，他“要求丛书的翻译尽量贴近原作的风格，而不必刻意去加工译文的文字，因为失去了风格，便失去了艺术，也就失去了编选这套丛书的意义”。[3]

我们同时也注意到，翻译是一个矛盾的多面体。在再现原著风格的问题上，翻译家在强调再现原作风格的同时，也认为译者的风格的存在是不可避免的。那么如何处理原作者风格与译者的风格之间的矛盾呢？对于这个问题，许多翻译家都有过思考，在实践中也有可行的原则。草婴指出：“文学翻译的风格要复杂些，因为它既有原著作家的风格，又有文学翻译家的风格，可以说是两者加起来形成的风格。原著作家的风格只有一个，但文学翻译家十个就有十种风格，因此一种原著，尤其是名著，应该容许有不止一个译者来译，让读者自由选择他所喜爱的译本。文学译本不同于科技译本，不可能有一种标准的译本。不过，我这样说并不是支持那种单纯以追求

1　参见郭宏安，许钧：《自设藩篱，循迹而行——谈翻译风格》，《译林》，1999年第3期，第216页。
2　林一安，许钧：《拉美文学的介绍与翻译》，《译林》，2000年第5期，第212页。
3　吕同六，许钧：《“尽可能多地保持原作的艺术风貌”》，《译林》，1999年第6期，第207—208页。

利润为目的的翻译，更不要说那种利用现成译本东抄一句、西抄一句的‘翻译’了。至于翻译家确定他的翻译选题，应考虑他自己的风格比较适宜翻译哪些作家的作品。就我自己来说，比较喜欢朴素自然的作品，不太欣赏辞藻华丽的文章。因此我不翻译那种不合我自己口味的作品，也就是我自认为译不好的作品。”[1]屠岸、文洁若、方平、叶君健等翻译家基本上都持同样的看法，归纳起来，主要有三点：一是原作的风格在译文中应该得到再现，但译者在翻译过程中由于语言的变易和译者个性的介入，势必会在译文中打上译者的风格标记；二是译者风格的客观存在并不以削弱原作风格的再现可能性为前提；三是译者应该尽可能将自己的风格与原作者的风格融为一体，使译者的再创作个性转化为再现原作风格的有利因素，以追求原作风格与译作风格的和谐统一。

八、形象思维与形象再现

翻译与创作都是用语言创造的艺术，二者同样需要形象思维。在文学创作中，作家往往充分调动自己的形象思维，在人物形象的塑造上下功夫。许多不朽的文学作品，正是靠了鲜明独特的人物形象，才打动了一代又一代的读者。在文学翻译中，译者无疑应该透过文字的表层，通过形象思维，捕捉到原作塑造的形象，并且经过自己的思维重组，尽可能地把它再现出来。草婴先生更是强调：“人物形象是文学作品的灵魂。作家的水平主要看他塑造人物的能力，翻译家的水平在很大程度上也要看他用另一种语言重新塑造人物的能力。托尔斯泰是塑造人物形象的大师，他的长篇小说更是色彩斑斓、栩栩如生的人物形象的画廊。我在翻译他的作品时着眼点也是怎样较完善地传达他的人物形象，但限于自己的水平，并不总能尽如人意。这也是困难之处。不过我在翻译过程中总是竭力使人物形象在头脑中浮现出来，然后考虑怎样使之在译文中尽可能清晰地再现，使译文读者也能较好地看到这些形象。”[2]

翻译一部作品，领悟原作的美学特征，体会原作的旨趣意境，捕捉原作的形象，是非常关键的。文学作品翻译的成功与否，衡量的标准之一，就是

---

1 草婴，许钧：《“老老实实做人，认认真真翻译”》，《译林》，1999 年第 5 期，第 211—212 页。
2 同上，第 213 页。

看译文中的人物形象能否同样地吸引读者。这就对译者提出了很高的要求，他不仅要通晓译出语与译入语，更要具备文学才能，尤其需要形象思维能力，以便能够解析文学创作的过程，准确地捕捉到原作所刻画的人物形象。文学作品的文字、韵律、节奏、结构等形式因素，是译者最初接触到的审美因素，有良好的艺术素养与文学欣赏能力的译者可以感知与把握，在感知与把握的基础上，借助想象力唤起相应的艺术形象，用另一种语言进行创造。要想让读者喜欢上作品中的人物，译者首先就应在翻译的过程中喜欢上通过自己的语言重组而诞生的人物形象。吕同六先生对此是深有感触的，他说："我译过《爱的教育》的作者德·亚米契斯的小中篇《卡尔美拉》……当初我阅读时就大受感动。""我反复琢磨卡尔美拉这一人物形象，觉得应当透过她的'疯'，透过她破衣烂衫、行为疯癫、言语失态的表象，去紧紧抓住并着力展示她冰清玉洁的心灵美。梅兰芳先生的杰作《宇宙锋》《贵妃醉酒》给我以珍贵的启示。这两出戏看似表现人物的'疯''醉'，其实让观众领略的是艺术美。""在遣词造句、营造氛围和刻画细节上，我也都用心去凸现卡尔美拉晶莹、高尚的精神世界和氤氲于小说的温馨的人情。我在翻译时是如此投入，以至小说译毕，我恍若觉得，我已爱上了美丽而不幸的卡尔美拉！"[1]

人物形象的再现，同样适应于诗歌翻译。诗歌中也有形象，而且更为凝练、丰富。诗歌的形象往往靠比喻的手段来塑造，翻译的时候该如何处理呢？江枫先生对诗歌形象的翻译有着很深刻的理解："正如弗洛斯特所说，比喻是诗歌中最重要的结构成分，是营造语言形象的最重要手段，翻译时是不能改动的……从埃兹拉·庞德转译的李白《长干行》来看，他译诗也遵循不改变原作形象因素的原则。他把'郎骑竹马来'译为'你脚踩着竹子做的高跷来了，摇摇摆摆装着是匹马'，并不是改变原作形象，只是由于他在生活中没有玩过也没有见过'竹马'。"有些译者为了考虑中国读者的接受能力而改变原有的艺术形象，而江枫不赞成"为了押韵而改变形象，例如把'火鸡'改译为'画眉'……尽管不同语言在语法和句法方面会有较大或极大的差异，只要能在整体上紧贴原文，或是像卞之琳所主张的那样对原作'亦步亦趋'，把译出语中的每一个实词全都当作比喻而在译入语中尽可能准确或

---

1 吕同六，许钧：《"尽可能多地保持原作的艺术风貌"》，《译林》，1999 年第 6 期，第 208 页。

最大限度近似地落实为相应的实词，就可以使译作尽可能忠实地以新的形式再现原作之神”。[1]

我们可以看出，在诗歌翻译中，形象的转换是多么困难。译者先要费神去琢磨诗歌中浓缩的形象，将其进行“解压缩”，而后又要在译入语中去寻找恰当的表达方式，再将其浓缩起来。那么这个形象，究竟是真的可以感知并加以描摹，还是“只可意会不可言传”呢？在实际翻译过程中，译者该如何加以再现呢？屠岸先生是这样理解的：“‘形象’有时作文艺作品中的‘人物形象’解，又可作具体形状或姿态解，与‘抽象’相对。在诗歌翻译中，会遇到形象……我姑且把‘形象转换’理解为把原作中的人物用另一种语言表现或塑造出来。这不容易，首先会遇到对原形象的理解问题……一千个演员演同一个莎剧中的哈姆雷特会出现一千个哈姆雷特。百分之百的原汁原味是不存在的。但我又认为，这一千个哈姆雷特又必须都是莎士比亚的丹麦王子，必须‘万变不离其宗’……翻译的道理与此相通。我译济慈的叙事诗《圣亚尼节前夕》《伊萨贝拉》《拉米亚》等和译莎士比亚的叙事诗《鲁克丽丝失贞记》时，就遇到‘形象转换’问题。工作的第一步就是深入原作的人物形象中去，掌握他（或她）的性格、禀赋、气质，以及语调、姿态等，然后运用适当的汉语把他们表达或塑造出来。”[2]

在不同的译者笔下，同一原作人物往往会呈现出不同的形象来，有时这种差别甚至是非常大的。原作人物性格的复杂，译者文学功底的深浅等因素，都会在某种程度上造成人物形象的变形，有时候竟使人怀疑各位译者在描绘的，是否还是同一个人。从翻译应忠实于原作的角度出发，译者应该将翻译与研究相结合，注意把握作者的性格与气质，以期更深刻地体会到作者所创造的人物形象。

九、内容与形式，神似与形似

翻译既要传达内容，也要重视形式。有人甚至认为，一个文本只有在它的形式比它的内容更能打动读者的时候，才能称之为文学作品。这在某种意义上，说明了文学中形式因素的重要性。同一个主题，可以有多种表达形

---

1 江枫，许钧：《形神兼备：诗歌翻译的一种追求》，《译林》，1998 年第 6 期，第 211 页。
2 屠岸，许钧：《“信达雅”与“真善美”》，《译林》，1999 年第 4 期，第 205 页。

式，在当代外国文学中，一部作品为人称道，往往不是因为它的内容有多么惊世骇俗，而是因为它的表现形式是新颖独特的，或者说，得益于内容与形式的完美结合，比如加缪，比如杜拉斯。他们的作品翻译，无疑为我们本国文学的创作产生了新的动力。对加缪有着深入研究的郭宏安先生特别提到这位作家对内容与形式的见解："他追求一种'高贵的风格'，一种蕴涵着人的尊严和骄傲的风格。他认为，最高贵的艺术风格就在于表现最大限度的反抗。这种高贵的风格并不是纯粹形式的，如果因一味讲究风格而损害了真实，则高贵的风格将不复存在。在他看来，'高贵的风格就是不露痕迹，血肉丰满的风格化'，而风格化是既要求真实又要求适当形式的……加缪不是那种盲目追求形式的作家，也不是那种单纯注重思想的作家，他始终要求内容与形式'保持经常不断的紧密联系'。无论是内容溢出形式，还是形式淹没内容，在他看来都会破坏艺术所创造的世界的统一性，而艺术，恰恰是'一种要把一切纳入某种形式的难以实现的苛求'。"[1]

然而内容与形式结合得越完美，对翻译造成的障碍便也越大，这一点尤其体现在诗歌翻译中。诗歌翻译往往保得住内容而保不住形式，或者保得住形式而内容已经改变，这常常使译者左右为难，也容易让人产生诗歌不可译的错觉。江枫先生则认为："当人们提到诗是内容与形式高度统一的语言艺术时，这里的'形式'所指不是格律而是语言。"他指出："译诗，自然应该尽可能再现原作的格式和韵律，但是译诗毕竟不是译格律，因为用同样的格律可以写出千差万别各不相同的诗。""和诗的内容高度一致的形式，是使一首诗得以把构思物化成为审美客体的全部语言材料，特别是语言的结构和具有造型功能的修辞手段。""诗歌形式并不只是内容的外衣、信息的载体，在多数情况下形式就是内容，载体就是信息，这一点在现当代诗歌中表现得尤为明显。"为此，他提倡译诗必须力求形神皆似。他还说："译诗，形似而后神似。""译诗也应该允许破格，对于原有格律，既要尽可能以相应的格律加以再现或移植，又不可过分拘泥。在格律问题上，如果原作者并不拘泥，为什么翻译时竟要拘泥到为了格律而不惜牺牲内容的程度？诗歌的格律，有些与内容一致：在我的印象里，完全一致很少，较为一致的也多为'自度曲'，如雪莱的《致云雀》、弗洛斯特的《雪夜林边暂驻》，但都不如惠特曼的

1　郭宏安，许钧：《自设藩篱，循迹而行——谈翻译风格》，《译林》，1999年第3期，第215页。

《船长，哦，我的船长》；而在多数情况下，都是装饰性的，就像我国的七言、五言和绝句、律诗之类的韵脚与平仄要求，和丰富多彩的内容并不相干，只能赋予对象以一定的外貌，产生某种音乐性的伴奏效果。对于和内容结为一体而不可分的形式部分，则必须力求其忠实再现，损害了形式也就损害了内容。”[1]在诗歌翻译中，江枫的观点是有相当代表性的。

李芒先生的看法是一致的，他认为傅雷和不少译家提出“重神似不重形似”的主张，其用意可以理解，虽然神似比形似更重要，但并不完全否定形似。他引用著名画家叶浅予的话，从另一角度来考察形与神的问题：“凡是画，都要求形神兼备，有人认为‘得意’可以‘忘形’，就是说，传神可以遗形，这是不妥当的。神是依附于形的，形不准，神也就失之真。所以我们常说：‘以形写神。’”李芒先生对此的理解是：“这些话的意思，无非是神要依靠形来加以表现，这同用形式来表现内容的观点是一致的。形式不完美，严重遗形，内容必然受到损伤，神也就无从保全。从而，要求神似，也必须从形似做起，做不到形似，神似也就难以实现。”“神似与形似，同内容与形式的关系等极为密切。何谓形式，如何在翻译各种体裁的作品时加以再现，的确也是一个极其复杂的课题。根据一般的理解，我认为，形式大概包括作品的体裁、结构、手法和语言等等。形式由内容所决定，反之，内容只能通过一定形式来加以表现。”“总起来讲，神似与形似和内容与形式，都表现为艺术风格。”[2]

内容与形式的问题直接牵涉到神似与形似的问题，译者的主观意愿都是既想保住形，又想传达神的。然而事实上，一些主客观因素迫使译者在形神之间作出选择。罗新璋说：“说到形似与神似，外文中有的句子很长，中文里切短了，但意思还是周全的，这就是不形似而神似。临摹也有多种，不同的角度，不同的取舍。翻译必定要经过译家的手眼，所以总会发生一定程度的变形，手臂长了一点，或者身子缩短了些，这就看临摹的人怎么看待原本。甚至进行若干加工也不是不可能。例如，有的指挥家就不完全跟着乐谱来指挥，有创作才能的指挥家，像马勒，他嫌原作个别地方不理想，略作改动，这也是一种指挥方法。”[3]

李文俊有着丰富的翻译经验，他认为，翻译不仅要达意，更要注意对

1 江枫，许钧：《形神兼备：诗歌翻译的一种追求》，《译林》，1998 年第 6 期，第 207—210 页。
2 李芒，许钧：《翻译，再现原作的再创作》，《译林》，2000 年第 1 期，第 206—207 页。
3 许钧，罗新璋，施康强，袁筱一：《谈文学翻译中的再创造》，《译林》，1998 年第 1 期，第 204 页。

味："老一辈翻译家有较高的古汉语修养，离开文言写作的时期也短。当时，白话文也还没有发展到今天这样较完善的地步，他们下笔，自然有他们的写作定势。总的来说，译较古的（19世纪以前）与东方韵味较强的（日本、阿拉伯等等）作品时，采用他们那样的做法较为合宜。译20世纪的尤其是'现代派''后现代派'作品，便会显得扞格难通。何况，除个别人之外，我们这一代以及比我们年轻的，今天想那样做已力有所不逮了。但是，最好也要多少具有运用旧汉语的能力。"[1]

萧乾先生对"神"与"形"的关系有着自己的看法，他认为文学翻译更应着力于神的传达："我同文洁若在翻译风格上并不一样。她十分谨严，科班出身，讲究一丝不苟，我是业余偶一为之，近乎北京京剧界的'玩儿票'。所以一是喜欢上了才译，二是译起来喜欢按照自己在体会原作的基础上的理解，尽量从'神'而不是从'形'上着眼。译文我很怕带'翻译腔'。当年，我由于工作关系，也涉及过文件性（包括《毛选》）的翻译工作，那种翻译就只能尽力做到忠实谨严，不容许任何出入。""总之，文件翻译与文学翻译是截然两回事，前者不容许任何灵活，而后者神似比形似更可取。"[2]

在译文中，译者应尽量在内容和形式这两方面保留和体现原作的原貌和精神，在两者产生矛盾的时候，要考虑好形神的取舍，到底哪一个更能反映和代表原作。翻译作品的形似与神似，不仅会影响到普通读者对原作的理解，更会影响到文学批评家对原作品的认识与研究，有时候因为作者取舍不当，将文学研究导向了一个错误的方向，使人们曲解了原作的思想内容与艺术形式，这是一个值得探讨的问题。

十、翻译批评

文学翻译需要翻译批评，就像一出戏文唱完之后，需要看看观众的反应。没有批评，就不知道翻译好在哪儿，而问题又出在哪儿。翻译批评该是提高译文质量、促进翻译事业朝正轨发展的一剂良方。尤其是在复译成风的今天，由于翻译批评的缺乏或不力，滥译成风，不仅损害了读者的利益，更是给翻译事业泼了一盆污水。在与老一辈翻译家的交流中，我们能够深切

---

1 李文俊，许钧：《译者应该有多种"套路"》，《译林》，2000年第2期，第205页。
2 萧乾，文洁若，许钧：《"翻译这门学问或艺术创造是没有止境的"》，《译林》，1999年第1期，第210—211页。

地感受到他们对翻译事业的关心和他们强烈的责任感。季羡林先生特别强调了翻译批评的重要性，他说："翻译事业要发展，要健康地发展，真正起到促进中华文明发展的作用，就不能没有翻译批评。现在批评很少，担负不起应有的职责来。这方面，必须大力加强才行。翻译的批评十分重要，不好的风气，不健康的翻译道德，如果不批评，任其泛滥，那怎么行？在30年代，鲁迅说过，翻译出了问题，翻译出版出了问题，翻译批评界有很大的责任。所以，我呼吁，现在要加强翻译批评，发挥批评应有的作用。""翻译批评应该有个轻重缓急。翻译界有什么样的问题，首先要提出来，指出它的危害性，引起大家的注意。这怎么能说起不到作用呢？相信大多数人是能够明辨是非的。关键，我看是在译者的本身。一个好的译者，应该有认真的态度。至于翻译得好不好，水平高不高，这是另一个性质的问题。我刚才谈到，翻译很难，但只要努力，有的困难是可以克服的。翻译批评，在这个方面也可以大有作为。进行翻译的对比，探讨翻译的方法，都是很有益的。只要批评得有道理，对译者就会有启发，就会有作用。"[1]李芒先生在肯定目前的翻译工作的同时，也指出了译界存在着相当多的问题，需要开展积极的翻译批评："多少年来由于不正之风严重，很难正常地开展翻译批评，一些粗制滥造、误译较多的赝品难被曝光，得不到社会舆论的监督，以致尚有愈演愈烈之势。另外，即便基本上属于优秀的译作，其中也难免呈现着瑜虽多而瑕亦偶见的现象，也缺乏水平较高的评家给予公正的评价。原因是肯定其优点较易，而指出其舛错则甚为困难。而且，评家若能做到如此地步，则必须花费大量的时间，反复核对原作和译文。即便这样做了，评价也还公允，也很可能得到费力不讨好的结果。于是，只顾各扫门前雪，不管他人瓦上霜的风气弥漫于译界。容忍这种良莠不分的现状继续下去，只有等待由时间和历史来选精汰劣，未免是令人深感遗憾的事。老实说，这对于提高翻译的水平，无疑是没有好处的。"[2]

翻译批评有着实践指导价值，但同时，也是构建翻译学所不可缺少的一个重要的方面。但是翻译批评如何开展？应采用什么方法？如何才能有效地发挥翻译批评的作用？对此，许多翻译家提出了具有实践意义的建议，指

1 季羡林，许钧：《"翻译之为用大矣哉"》，《译林》，1998年第4期，第211页。
2 李芒，许钧：《翻译，再现原作的再创作》，《译林》，2000年第1期，第209页。

出了翻译批评的着力点。方平先生说："文学翻译批评不应当总是看它失去了什么，而是应当着眼于它为本国文学带来了什么。如果持不可翻译论，那么人类迄今为止所取得的一切成就都可以被一笔抹杀。我们有理由像汉姆莱特那样自豪地高呼：'人类是多么了不起！'从窥探宇宙奥秘的伽利略，到追溯物种起源的达尔文，我们对于周围的世界作出了一系列多么重大的发现，人类有理由为自己已经取得的成就而感到鼓舞。"[1]

翻译批评并不是狭隘意义上的正误评判，它的主要任务之一，是开启、拓展阐释的空间，为翻译带来更多的可能性。为此，许多翻译家都谈到了多种译本存在的合理性。而翻译批评切忌宣扬译本唯一论。事实上，翻译很难有什么定本。一个译本可能会在某一方面优于其他译本，翻译批评家可以通过不同译本的对比，将比较好的译本推荐给读者。杨武能先生认为多种译本存在，不仅是必然的，也是有益的："原文的多义性以及某些言外之意的确难免有所损失，但同时，却又可能获得新的、原本没有的意义。这正是文学翻译作为跨文化艺术活动的先天缺陷，也是我认为译文与原文不可能完全等值，以及名著翻译不可能有'定本'的原因之一。基于此，我认为只要是出自严肃的译家之手，真正的名著不妨多几种译本；让不同的阐释同时存在，也许就可多少弥补上述的缺陷和损失。基于此，我坚持主张要对译作作总体的、艺术的和文学的批评，而反对那片面的就一字一词拈过拿错——有时未必真是过错，唯以自己的理解、阐释为圭臬，视译者、译家乃至大名鼎鼎的译家为文盲、科盲甚至白痴的所谓文学翻译批评。就这个问题，我曾写过一篇文章叫《美玉与蜡泥》，认为总体忠实而富有文学性的译文即便有这样那样的缺点错误——也难免有缺点错误，仍然是浑然天成、弥足珍贵的美玉；反之，缺少了文学的资质，即便字字句句甚至标点符号都毫无走样，也只不过是一点点拼捏而成因此便毫无生气、少有价值的蜡泥一团而已。……对于严肃认真、与人为善的批评，哪怕有时并不正确，我们都应该欢迎，应该认真对待，能吸取的就吸取。相反，有的批评者唯我独尊，高高在上，甚至处心积虑地专打名人官司，对这样眼高手低、唯名是图的'高手'，我们就不能不留神了。"[2]萧乾和文洁若夫妇认为翻译是一种文化积累，翻译批评应该有

1 方平，许钧：《翻译的得与失》，《译林》，1998年第2期，第205页。
2 杨武能，许钧：《漫谈文学翻译主体》，《译林》，2000年第3期，第217页。

利于翻译质量的提高。他们以求真的精神，欢迎读者和同行的批评，并期待更好的译本问世："我们翻译的《尤利西斯》引起了大家的关注，还有同行的鼓励，我们非常高兴，也非常感谢。文学翻译是一项无止境的再创造工作。我们合译《尤利西斯》时，绝无意作为定本（异于旅居美国的金隄先生）。我们只是为了弥补这一空白，并为未来译本闯闯路。如果我们译笔偶有'神来'之处，我们欢迎未来译本采用，绝不乱扣'抄袭'的帽子。我认为，《尤利西斯》这本书，还可以有第三个——也即是更好的译本。我们愿为那个还未诞生的译本效点劳。倘若我们译本个别地方有可让他采用之处，我们欢迎。文化本身（包括翻译）是积累的，后来者应居上，它会在已出现的译本基础上产生。倘若为了怕前面的译者扣'抄袭'的帽子，就绕弯子译，那样受损失的是读者。所以我们欢迎并期待更好的新译本问世。"[1]

翻译批评应该持客观的态度，妄自贬低或抬高译文的价值，都无益于翻译事业的发展。对翻译作品的衡量，应有道德与诗学的双重标准，译者可以成为自己译作的批评者，也可以成为他人译作的批评者，基本的原则有一条，首先是要尊重译者的劳动。屠岸先生说："我自己在翻译上有要求，对自己译文的评价也有标准。但我只是百花中的一花，百家中的一家。不能把自己的标准强加给别人，也不能屈从自己不同意的某些标准。但有些标准是译界共同遵守的，比如'信'，不赞成的恐怕很少了。公开主张'宁顺而不信'的人已不见，提倡'不忠之美'的人也不多。""有时会遇到矛盾。有的译家用汉语旧体诗形式译外国诗，如王力教授译波德莱尔的《恶之花》。我当时是出版社的一名工作人员，我不赞成这种译法，但认为应当允许其存在。王力是'大家'，他的翻译态度认真、严肃，作为一种实验，更应允许'争鸣'，所以出版它我不持异议。"[2]

翻译批评应当是一种建设性的批评，要着力于拓展翻译的可行性，引导读者对翻译产生兴趣，吸引更多的人来关心翻译事业，关心中外文化交流。

持续了三年的漫谈和交流，对我们来说，是一个不断学习、探讨与研究的过程。除了对上述较集中探讨的主要问题发表的各种见解之外，老一辈

1 萧乾，文洁若，许钧：《"翻译这门学问或艺术创造是没有止境的"》，《译林》，1999 年第 1 期，第 215 页。

2 屠岸，许钧：《"信达雅"与"真善美"》，《译林》，1999 年第 4 期，第 208—209 页。

翻译家们以他们宽阔的视野和深刻的思想，还对翻译和与翻译相关的许多问题发表了自己的观点，如陈原先生对语言与翻译的关系的探讨，对翻译可能性的分析，对语言互译关系的阐发；林一安先生对拉美文学翻译与研究的独到见解等，无论对我们的翻译研究，还是对我们的翻译实践，都具有重要的指导价值。我们相信，他们给我们留下的这一笔笔财富必将会为我国的翻译事业，为中外的文学、文化交流起到积极的推进作用。

2000年5月

“翻译之为用大矣哉”

/季羡林　许　钧

许钧：在北京举行的亚洲翻译家论坛，日本、韩国、印度以及一些阿拉伯国家都派代表参加了交流。会上，就翻译在人类思想文化交流中的作用、翻译的理论研究与当代社会的翻译策略等问题进行了探讨。今天，我有幸当面向先生请教一些与翻译有关的问题，不胜感激。我想提的第一个问题与翻译的作用有关。现在社会上，人们似乎有一种成见，认为翻译很容易，不少人看不起翻译。对这个问题，先生怎么看？

季羡林：关于翻译，人们确实有不少看法，也有人小视翻译。但依我看，翻译并不是一件很容易的事，相反，它很困难。在这方面，我自己就有切身的体会。比如我译《罗摩衍那》，单就这个书名的翻译，就涉及许多问题，需要认真考虑。首先遇到的是译音的问题。在翻译史上，特别是佛经翻译，中外和尚在译音方面都很慎重，这是出于对宗教功果的考虑。因此，他们务求译音要准确，一点也不能马虎。“罗摩衍那”这四个译音的最后确定，我就是因为考虑到准确性，考虑到这四个音与原音比较接近。译出了准确的音还不够，我还考虑到文体问题，“罗摩衍那”这四个字中，在汉字里有几个不常见的字，是不是要改掉呢？我想，这部书本身就是古色古香的，书名中保留几个古色古香的字，读者也许一看就有所会意，这不更好吗？可见，不要说大的方面的翻译，就一个书名，就要考虑多方面的因素，可见翻译确实是不容易的。

许钧：季先生，您刚才说到，在翻译中，您还考虑到文体问题。我记得在罗新璋编的《翻译论集》中，有您的一篇论翻译的文章，其中讨论了《罗摩衍那》的译文文体问题。关于翻译中的文体问题，中外翻译理论研究者有过不少思考、探讨，还有过争论，比如原文是古体诗，翻译过来是不是一定要用古体呢？要是没有对应的文体怎么办？小说翻译也如此，比如用古法语写的小说，翻译过来是否一定要以相应的古汉语来译呢？

季羡林：这些问题，确实应该提出来，在翻译中，也有探讨的必要，但具体到《罗摩衍那》的翻译，一开始我并没有过多考虑该用怎样的文体进行翻译。鲁迅说过："诗须有形式，要易记，易懂，易唱，动听，但格式不要太严。要有韵，但不必依旧诗韵，只要顺口就好。"我当时就想译成这样的诗。但有个疑问，用这样的诗体译史诗妥当吗？最好是以中国古体长篇叙事抒情诗，如以《孔雀东南飞》为样板，把原诗译成类似七绝那样的民歌体。印度史诗，就其本质而言，本来就是伶工说唱的东西，这样译，更能够表达原诗的精神与风采。我进行了尝试，想把诗译成七绝，但很困难，后来，译到六篇下一半的时候，我还是回过头来，用类似七言绝句的民歌体来翻译。所以说，我译的《罗摩衍那》，前后的文体是不够统一的，究竟哪一种更好，还需要讨论。这也从另一个角度说明，翻译是十分困难的，中国的翻译工作要发展，无论在理论还是实践方面，都要进一步努力。

许钧：就具体的翻译来说，困难确实很多，也许是翻译太难的缘故。有的人认为翻译几乎是不可能的；还有一些语言学家，如新洪堡学派，还在理论上论证人类思想交流的不可能性。这样一来，翻译的可能性和作用也就被彻底抹杀了。您对这个问题怎么看？

季羡林：我想，理论探讨，应该以事实为依据。翻译如果不可能，怎么中西方能有那么悠久的翻译史？翻译如果不可能，人类各民族怎么相互交流，相互沟通？别的国家我不说，无论从翻译的历史长短来看，还是从翻译作品的数量来看，还是从翻译的影响来看，中国都是个"翻译大国"。实际上，早在先秦时代，中国就已经有翻译活动了。不同的国家或民族之间，如果有往来，有交流的需要，就会需要翻译。否则，思想就无法沟通，文化就难以交流，人类社会也就难以前进。

许钧：您刚才谈到"沟通"与"交流"，我想，就翻译的目的而言，能否说寻求沟通，促进交流，是翻译的目的或任务所在。人类的交流是多方面的，有物质方面的，也有精神方面的。季先生，这几年来您一直在思考东西方文化的关系问题，比如在21世纪，东方文化将处于一个怎么样的位置，特别是您所说的"人类文化的演变和走向问题"。我想，翻译对于促进人类文化的交流，其作用是不可忽视的。

季羡林：这里涉及一个重要的研究课题，就是翻译对文化的发展到底有何重要意义。英国的汤因比说没有任何文明是能永存的。我本人把文化(文明)的发展分为五个阶段：诞生，成长，繁荣，衰竭，消逝。问题是，既然任何文化都不能永存，都是一个发展过程，那为什么中华文化竟能成为例外呢？为什么中华文化竟延续不断一直存在到今天呢？我想，这里面是因为翻译在起作用。我曾在一篇文章中说过，若拿河流来作比较，中华文化这一条长河，有水满的时候，也有水少的时候，但却从未枯竭。原因就是有新水注入，注入的次数大大小小是颇多的，最大的有两次，一次是从印度来的水，一次是从西方来的水。而这两次的大注入依靠的都是翻译。中华文化之所以能长葆青春，万应灵药就是翻译。翻译之为用大矣哉！

许钧：在人类思想与文化交流中，看来怎么强调翻译的作用都不为过。翻译的作用不仅对中国文化如此，对其他文化也如此；翻译，不但能保证一个民族文化的延续，还能拓展它的生命。目前，我们国家正在改革开放，与世界其他国家的交流日益频繁、扩大，翻译越来越显示出它的作用，但目前，翻译界的情况似乎并不尽如人意，有不少问题存在，我在《书与人》上读过您的一篇文章，您对目前翻译界出现的一些问题提出了批评，甚至用了"危机"两个字。

季羡林：翻译可以在文化交流中起大作用，但作用可以是积极的，也可能是消极的，这要看翻译本身能否站得住脚。翻译首先有个道德的问题，有个风气的问题。翻译什么？怎么翻译？这些问题都不能回避。我们要选择翻译对我们中华文明有益的东西，还要把我们中华文明的精华介绍出去。现在的翻译风气不好，有的翻译很不负责任。曾经有一位同志，把他翻译的东西给我看，中文倒还不错，可一对原文，问题太大了，许多原文都没有读懂。理解错了，匆匆翻译过来，会有什么效果？这种翻译态度应该批评，现在看来，翻译界这种情况不是少数，几乎成了一种风气，对原文不负责任，怎么能对读者负责任呢？这是一种欺骗。从文化交流方面来看，把别人的东西都介绍错了，这怎么交流？所以我说这样下去，是一种危机，必须注意。

许钧：这个问题确实存在。南京的赵瑞蕻先生也跟我谈起过您的看法。他非常赞同，翻译风气不好，对翻译质量肯定没有保证。在这个意义上说，一个好的翻译，首先要有端正的译风、译德。除了您刚才说的问题之外，我觉得目前还有一个不好的现象，那就是复译成风，形成了滥译。我们在讨论《红与黑》的汉译时，发现在复译的幌子下，有的人甚至抄袭。现在的《红与黑》汉译本中，有好几个有抄袭之嫌。表面上看，翻译很繁荣，许多世界文学名著有几个，甚至十几个译本，但这种繁荣的背后，确实存在着危机。季先生，您看面对这种情况，应该怎么办？

季羡林：这需要有翻译批评。我想，翻译事业要发展，要健康地发展，真正起到促进中华文明发展的作用，就不能没有翻译批评。现在批评很少，担负不起应有的职责来。这方面，必须大力加强才行。翻译的批评十分重要，不好的风气，不健康的翻译道德，如果不批评，任其泛滥，那怎么行？在30年代，鲁迅说过，翻译出了问题，翻译出版出了问题，翻译批评界有很大的责任。所以，我呼吁，现在要加强翻译批评，发挥批评应有的作用。

许钧：翻译批评确实非常有必要，但做翻译批评，非常困难，有人说，费力不讨好。在目前商品经济大潮中，“利”字当头，能赚到钱就行。复译这么多，其中就有个“利”字在作怪。批评的作用在“利”的面前显得苍白。从理论角度看，翻译批评还有个标准的问题，好的翻译怎么衡量？

季羡林：翻译批评应该有个轻重缓急。翻译界有什么样的问题，首先要提出来，指出它的危害性，引起大家的注意。这怎么能说起不到作用呢？相信大多数人是能够明辨是非的。关键，我看是在译者的本身。一个好的译者，应该有认真的态度。至于翻译得好不好，水平高不高，这是另一个性质的问题。我刚才谈到，翻译很难，但只要努力，有的困难是可以克服的。翻译批评，在这个方面也可以大有作为。进行翻译的对比，探讨翻译的方法，都是很有益的。只要批评得有道理，对译者就会有启发，就会有作用。

许钧：我觉得，目前翻译界，还有一个非常值得重视的问题，那就是翻译人才的培养。第二次世界大战之后，尤其是50年代以来，西方不少国家开设了翻译学校，兴办翻译专业，培养专门的翻译人才，比如法国，就有世界著名的巴黎高等翻译学院，培养了不少优秀的翻译人才。另外，像我国的香港地区，对翻译人才的培养也很重视。香港的大学现在基本都开设了翻译课程，比如香港中文大学，设立了翻译学系。像我们中国这样的国家，对翻译人才的培养确实应该向更科学、更系统的方向发展。我跟不少同行交换过看法，目前，最大的障碍，是翻译学科在我国内地还没有得到真正的承认，或者换句话说，翻译学科还没有获得应有的位置。名不正，言不顺，翻译人才的培养得不到保证。我们希望季先生能呼吁一下。

季羡林：翻译人才的培养确实非常重要。不可否认，解放以来，我们国家通过各种不同形式，采取不同手段，培养了不少外语人才和翻译人才。在历史上，中国也有过影响比较大的翻译机构。我想，设立翻译专业还是有必要的，这对培养专门的翻译人才有好处。我以前就有这方面的设想，相信随着历史的发展，随着人们对翻译的认识的提高，随着翻译理论研究的不断深入，翻译学科的作用也会被人们渐渐认识，这样，它的地位就会得到承认了。

许钧：谢谢季先生的指教。我们翻译教学界这些年一直在努力，希望在中国能早日确立翻译学科的地位。我想最后再请季先生对我国年轻一代的翻译工作者提一点希望。

季羡林：我还是想说，翻译之为用大矣哉，需要一代又一代的翻译工作者在实践和理论上不断努力，把翻译事业做好！

1998年2月初稿

谈文学翻译中的再创造

/许　钧　罗新璋　施康强　袁筱一

许钧：我就开门见山吧。两位都是富有经验的文学翻译家，对文学翻译也有许多独到的见解，我们手上正在做一个“文学翻译基本问题研究”的课题，所以今天想就一些问题专门请教于二位，一起探讨。

最想谈的一个主要问题也是大家多次谈到的，那就是文学翻译中的再创造。在我看来，翻译实践中的再创造似有两种不同的认识，一种是“主观性”的创造，即主动的创造，另一种则是在翻译过程中实在有很多无法逾越的困难，于是译家必须“不得已而为之”，加以变通，进行创造。

袁筱一：我想补充说明一下。刚才许先生强调“实践中的再创造”很有必要。从理论上而言，任何一种语言活动都是创造性的，其中也自然包括翻译。但是在翻译的具体过程中，的确有两种思想指导下的“再创造”，一种是创造概念在先的，好像我们不断举的许渊冲先生的例子，要“通过创造和原文竞赛”；而另一种——我们大多数译家当属此列——便像许钧先生说的，是在差异中寻求表现差异的方法而导致的“不得已而为之”，这时译家是以原文本为依归的。

施康强：我想我听明白了你们的意思：翻译实践中的再创造可分为主

动的和被动的两种。我本人是不做理论的，翻译实践做一点。而如果说在长期的翻译实践中的确是“创造”过的，那么是被动的居多。要说梦想着怎样把译文写成与原文具有同等价值的美文，好像我还没有这样大的野心。

罗新璋：我好像从来没有想过什么创造。我只是尽我的能力把每句话翻好而已。

许钧：可是什么才是“好”呢？这里总有一个标准：到什么样的程度对你来说才叫“好”？

罗新璋：有的句子翻着翻着，总觉得和原文差些，没有把意思表达完全。拿前几天讨论的一个具体例子来说，“archétype”这个词，翻成“最初的原型”(type primitif)，意思好像没有表达清楚，可是如果翻成“始作俑者”，那就醒豁多了。有时译者脑中找不到这个词，总是感觉没有到位，有时一下子找到了，也就大功告成。总之尽量把体会到的意思翻出来。为了达意，可能会脱离原文的形式，带一点创造性；直译，字对字的照搬，谈不上什么创造。在翻译中不是创造不创造的问题，主要把意思说清楚，说够，说到位。当然，“sur-traduit”与“sous-traduit”，“过”与“不及”总有一点。

许钧：过与不及……这里还是涉及我们所讨论的问题。你的意思是说，只要能表达理解的原意，能直译便直译；如果没有办法表达，只好离原文远一点，这时才需要创造。创造还是不得已而为之的。

罗新璋：也不能说是创造。因为翻译中离原文远了有两种可能，一种是离形得似，到位；但也有可能失形走神，更糟了。

许钧：我想翻译中的创造必定还是有两种情况。这就好像绘画：绘画可以取材于现实中的真实；也可以取材于想象中的真实。而即便是现实中的真实，是否能体现这个真实，用什么样的手段来体现，也是个问题。打个比方来说，如果是一朵花，你完全可以把它容纳于画纸之上，同等的大小，同样的形状和颜色，但如果是一片花海，绵延几公里，便首先会有个如何把这片花海置于画纸之上的问题需要解决；这时会产生不同的角度，不同的表现：翻译的复杂性也就在这里吧。

或者还不仅限于此，如同我们刚才所提及的，主观的创造仍然存在于翻译之中。波德莱尔是我们举了又举的例子，他译爱伦·坡，不合意时的添加或删减处处可见。这还可以算是文学翻译吗？

罗新璋：必要时，加可能得加一点吧，比如说在伏尔泰一部哲理小说中，有Il y a du divin dans une pouce（一只虱子，就有神明）一句，傅雷译成“一虱之微，亦有神明”，“之微”是添上去的，不添，话的意思就出不来。

施康强：加一两个虚词是可以的，为了使译文更加流畅和顺当，但是内容是决不可以添加的。

罗新璋：不仅仅是虚词。这里有个前提：一定要理解原文的意思。原文的意思有可能并不完全体现在原文的词句里，而是在其字里行间，在翻译时，我觉得可以把体会到的言外之旨加上去。

许钧：这正好过渡到我们要讨论的第二个问题。刚才罗先生说原文中没有这样的词或表达，但蕴涵着这样的意思，在译文中，如果译家理解了，他就应该借助译语手段表达出来。这难道不是和文学翻译的宗旨相背离的吗？有人提倡文学翻译应当是翻译文学，许渊冲先生说，不仅要译意，还要译味。倘若原文很équivoque的东西被译家在译文中阐明了，把隐含的东西说白了，把作者留给读者去意会的东西用语言点明了，这不是鸠摩罗什早就说过的“嚼饭于人”吗？

施康强：如果是原文中的双关与歧义，我认为，译文中能保留的就应该尽量保留，找到一个相应的表达方法。如果不能够，那也只能把它点破了，做一种解释性的翻译。不过这里有一种危险，牵涉到歧义，也就是说在多种解释的可能里，如果译家选择了一种，他只能完成诸多解释里的一种，而且是否正确也在未可知。通常我们的做法——当然这并不怎么高明——是在进行解释性翻译的同时加注。

罗新璋：在歧义中择意，这与译家的才学很有关系：如果译家真的有水平，相信他应能选准。

许钧：歧义与双关只是一方面，文字游戏的东西我们下面再另谈。但是语言的模糊性和笼统性并不只体现在双关和歧义这样的特例中。我常在想，人到极处往往是体现一种本真的，少修辞，少伪饰。登上一座高山，风景尽揽之时，人间或只有一句话：真美，或真漂亮……

罗新璋：（笑）外国人比较expressif（喜欢表达），中国人只是默默欣赏，心醉神迷，通常话都不说……

许钧：那么这一个“漂亮”与“美”就可以概括很多感觉和情愫。具体到翻译之中，我们也可以发现，一个优秀的作家往往正是善于用这样一种包容力很强的语汇。我想的是，如果译家进行了某种具体的阐释，例如《红与黑》开头的那句话，为什么有的译家不采用原文中的“漂亮”（jolie），而是具体到“山清水秀”呢？其实，在某种程度上，译家人为地缩小了阐释的可能性，且不论他的阐释是否正确，他至少剥夺了读者的理解权，缩小了读者的想象空间。

罗新璋：这种情况倒是要避免的。漂亮有多种，山清水秀只是一种，何况万一只有水而无山，阐释就错了。谁也没有见过Verrières小城，所以译家还是要把想象的余地留给读者。

施康强：从我个人的翻译实践来说，中文的美与流畅未必是在用词上。如果说在汉译中我也注意要用好的中文，那么这种创造更多的是体现在句法上。词意要尽量地忠实，而句法上可作调整。

许钧：无论是词上还是句上，调整总有个限度。钱锺书先生说，要从心所欲，不逾矩。任何一种艺术形态，可以说都有这样一种“不逾矩”的规定在里面，而且不光是规定，境界也并不是在“随心所欲”上，而是能“不逾矩”地随心所欲。我一直在想，翻译之中也必定是有这个“矩”存在，当译家进行翻译的时候，他应当感觉到某种束缚……

袁筱一：这让我想起陈染说的“自由是一座需要围墙的绿屋顶”。其实没有束缚就没有自由，或者说没有束缚的自由不具任何意义。翻译的伟大就在于它的“被束缚”上，只是“矩”的规定不应当是标准性的，非此即彼的吧。

施康强：我想这个矩，一是不能脱离原文，二是原文是文学作品，翻成了中文，也必须是一部文学作品。

许钧：法国翻译理论家安托瓦纳·贝尔曼在其遗作《文学翻译批评论》中说，对翻译作品的衡量，或如我们所说的这个矩，应有道德与诗学的双重标准。译家要对原作者负责，而他自己的作品也必须可以称为作品，要给本国的语言与文化带来一定的新鲜空气，且不超出本国语言文化所能承受的限度。翻译的这种束缚的确比任何一种艺术创作形式来得更甚，译家好像——哪怕他再具创造性——下意识里总是怕自己离开原文太远。

罗新璋：（笑）不是怕离开，而是离不开。要离开真的很不容易。最近我翻莫里亚克，翻了很长时间，自己就是离不开：好像一个一个词对着译过来似的。

施康强：现在拿词作翻译单位的毕竟很少了，一般都是以句，甚至段。

罗新璋：道理上是这样，但有时就是逐字翻译，太靠近原文。外文的句法全出来了。

许钧：好不好或许是自己的一种感觉。你译《列那狐的故事》，所译作品中的时代因素、读者因素、文化因素，全都考虑到了。你在译本的小引中，还说是你译的作品中译得“最有趣、最愉快的一本书”。我觉得，就《列那狐的故事》而言，时代、题材和风格，相互间都很协调。不过，我到现在也一直在想为什么你在译《红与黑》时，会选择一种古雅的文体。

罗新璋：从时间来讲，《红与黑》离开我们也已经有150多年，所以不能翻得太近代化了，就像施康强说的，要稍微拉开点距离。

袁筱一：这种想法让我觉得很有趣。各国的语言文化发展绝不是同步的，从理论而言，以彼时的目的语语言译相当时代的出发语语言不应该成为翻译上“好”的标准。

相反，这很可能是错误的开始。因为创作是给予原作者同时代的读者的，而翻译也是给予译者同时代的读者的。

许钧：也许罗先生更多的是把翻译当作自己的一种乐趣，不愿随从“俗文化的狂欢节”，于是，每个词，每个句，非达到一种“语不惊人死不休”的程度。

罗新璋：有的时候需要一点这样的精神。做过翻译的人会发现，有些句子很平淡，翻译的时候只能让它这样很平淡地过去，但是有些句子，尽管原文很平淡，却具有可开发性，翻译的时候能让它于平淡中见精彩。

许钧：这种说法有什么依据？

罗新璋：前年到南京开会，顺便去游滁县，那是慕名而去，游琅琊山。我是俗人，上山下山跑了半天，觉得此山不过尔尔，没什么特别的山水之胜。欧阳修是雅士，醉心于山水人文之间，写的《醉翁亭记》成了一篇名文。见路的拐角，有一亭飞檐挑起，在欧阳修笔下，便是“峰回路转，有亭翼然”！这就是于平淡中见精彩。文学需要提炼文字，艺术应高于现实。

施康强：记得《随园诗话》里有一句，“文似看山不喜平”。

罗新璋：再举《约翰·克里斯朵夫》开头一个句子：Le grondement du fleuve monte derrière la maison. 它直译过来——大江的轰隆轰隆声，从屋子后面升上来——既信且达。傅雷译成“江声浩荡，自屋后上升”，而成名句。可见文学翻译也需要提炼文字，也需要讲究文字之美。还平淡以平淡，是一种文字追求；于平淡中见精彩，也是一种文字追求。文字提炼不提炼，成品半成品，与译者的美学追求有关，批评家自可评议。但中文的好不好，文字上下的幅度，比西文要宽。这本身提供了从平淡到精彩的多种可能。

许钧：傅雷先生的理论是说，翻译如同绘画，要重神似而不重形似，平淡中见到精彩看来也是以神似为依归了，形神一定是矛盾的吗？

罗新璋：能形似的当然尽量形似，如梅里美La nuit était belle这句话，傅雷译成"夜色甚美"也不差，但并不是所有的句子都能直译得这样好。我一直以为，直译本只是翻译上的一种半成品。

施康强：形似与神似更甚是一种辩证的关系，而不是对立的。我觉得傅雷倒是形神兼备的。

许钧：所以我觉得傅雷先生的理论与实践在某种程度上是矛盾的：他在《〈高老头〉重译本序》中，上来第一句话就说，以效果而论，翻译应当像临画一样，所求的不在形似而在神似，这就是说翻译要重神似而不重形似。而从他的实践来看，我对照过很多，觉得傅雷先生的译文与原文还是非常贴近的，他的妙倒不是在他远离了原文的时候，反而是他与原文靠得很近的时候，中文却依然那么"纯粹"。

罗新璋：说到形似与神似，外文中有的句子很长，中文里切短了，但意思还是周全的，这就是不形似而神似。临摹也有多种，不同的角度，不同的取舍。翻译必定要经过译家的手眼，所以总会发生一定程度的变形，手臂长了一点，或者身子缩短了些，这就看临摹的人怎么看待原本。甚至进行若干加工也不是不可能。例如，有的指挥家就不完全跟着乐谱来指挥，有创作才能的指挥家，像马勒，他嫌原作个别地方不理想，略作改动，这也是一种指挥方法。

袁筱一：啊，昆德拉是要抱怨的：原作被误奏了……

罗新璋：可是误奏可能是妙奏，会导致更好的效果，会胜于原作。

许钧：这又回到了我们原来的话题上，两种意义上的创作，一种是为原文所逼，不得已的，而另一种则是觉得原文不够完美，要通过翻译使之完美。后一种翻译是不是还可以成其为翻译呢，是不是应当得到鼓励呢？

罗新璋：从理论上说不应鼓励，但在现实当中经常有这样的情况。记得有个旅美钢琴家，他在晚年弹奏作品经常不按照乐谱的节奏来，他说他弹奏的是音乐而不是音符。他是到了炉火纯青的地步，所谓长袖善舞。文学翻译也应这样，翻译的是文学而不是文字。

施康强： 你说的是大指挥家、大钢琴家，他们认为自己与原作者是平起平坐的，甚至是高于他们的，于是当然可以对原作进行这样的处理。但是请问我们翻译家是不是也能有这样大的自信，觉得自己可以平起平坐，甚至高于原作者呢？

罗新璋： （笑）许渊冲先生一定认为可以的，他要在竞赛中取胜。

许钧： 这里马上会有一个问题，比如我们译普鲁斯特，我们总觉得他很神圣，译者轻易都不敢动，即便开笔译了，也是胆战心惊，惟恐自己有所失误对不起这位作者。可是我们倘若翻当代的一些作品，作家不是那么出名，甚至只能算二三流的作家，是否就不必这么亦步亦趋、精雕细琢呢？

罗新璋： 不要有势利眼。

施康强： 一般来讲，二三流的作家的作品我们是不会译的。

袁筱一： 但也并非完全没有这样的情况，比如说波德莱尔译爱伦·坡，波德莱尔是奠定作家声名在先，而彼时爱伦·坡却不甚出名，他这时便有一种心理优势，他不是倒过来说是爱伦·坡翻译了他吗，在这种情况下，他当然自认为有权力对爱伦·坡进行改写，完成一种完全是创作性的翻译。当然，这种情况对一般译者来说不存在，因为一般译者不是奠定声名在先的，是不是呢？

许钧： 抛开爱伦·坡这样的特例，比如说罗先生您，您译斯丹达尔的《红与黑》，译《列那狐的故事》，译莫洛亚的《栗树下的晚餐》，应当说都有一定的代表性……

袁筱一： 可我听说罗老师最有代表性的译作是《巴黎公社公告集》呢……

罗新璋： 为什么不是呢？这是在"文化大革命"中译的，怀着一种革命热情，自己从巴黎国立图书馆善本室把三百八十九件公告一丝不苟地抄出来，再用业余时间一字不漏地译过来，还不知道当时能不能出版……

许钧： 那么你对这四本书的态度是否一样？

罗新璋： 不一样，当然是不一样的。

许钧： 不一样又是为什么？

罗新璋： 自由的程度不一样。我翻得最自由的是《列那狐的故事》，虽然我字字句句都照着原文，但是用词的自由度就比较高，因为那是翻译给小朋友看的，所以在字句上必须接近儿童语言，"湛蓝的天空里，照着红艳艳的太阳”，用这一类叠词，译的时候心情很愉快。

许钧：那有没有不愉快的呢？

罗新璋：有啊，比如说译普鲁斯特。译林出版社约我翻译，我已经翻了两万多字，这时韩沪麟来催稿，指出三条出路，一听说可以不翻，我立即推掉约我译的那部分。第一句就是个长句子，就这个句子我处理了两个月，还是处理不好，切不断。自己看来根本不适应。

许钧：像这种情况为什么你不进行“创造”呢？

罗新璋：技穷，译不好，没办法。只觉得实在不适合译普鲁斯特。

许钧：是没法进行再创造呢？还是原文的影响太大？有什么不可克服的障碍吗？

罗新璋：普鲁斯特的句子一切短，气就断了。他的长句子有一种气势在那里，并且长句子里又有glissement du sujet（话题转移），和别的长句子不一样。比如说巴尔扎克的长句子，我知道该怎样去切。普鲁斯特我就只好不译。

许钧：其实就像我们最近经常讨论的那样，译家与原作者之间确实存在着不同的关系。通常感觉上比较接近，译得就从容一点，自由度也高些，而不太亲近的则下不了手，越下不了手就越离不开原文。

施康强：一般中国的翻译家很少有机会选择自己喜欢的作家，总是出版社来订货，这是一个方面；但另一个方面，在自己翻译的过程中，会慢慢喜欢上自己翻译的作家的，这种情况很多。

许钧：不同种类的原作、不同身份的原作家对你的翻译态度是否会有影响呢？

施康强：我个人是这样的：如果是一个大作家，是很有分量与意义的作品，我当然会很敬重这个作家，可我归根到底是个译者，我是用中文进行创作的，对中文当然我还是有相当的自信，原文的意思放在那里，可是表达是我的事情，我相信在这个方面我比原作者更有发言权。

许钧：原文的意思……这个意思终究是译家理解中的意思。初级的译者拿到原文首先做的是查字典，这本身是很影响他的翻译的。因为翻译所要做的第一步是总体的理解与把握。那么作为你们，你们是否会在阅读原文之后先定下自己的调子，哪怕在翻译过程中出现了与自己所定调子不甚相符的情况，也必须维护自己所定的这个调子？比如说你译巴尔扎克的《都兰趣话》，这是一部相当有特色的译作……

施康强： 虽然我们不能给译者分等级，可是姑且可以那么说，初级的译者用的一般是双语词典，高级一点的译者一般用单语词典，再高级一点的译者用的则应该是中文词典……当然还有不用词典的，而是读一些有关原作的研究资料。我译《都兰趣话》之前，读了大量的话本和拟话本，以及大量的中国文学史上我认为与之相近的俳谐文，就是所谓的定定调子。

袁筱一： 这种方法让我很感兴趣。以我自己的经验，在作文之前，通常我倒是要找一些东西来读，定定调子的，就好像斯汤达读《民法》。可是在翻译之前定调子，我想在某种程度上超出了自己的意愿或者感觉，而更像是一种研究，找到作者的调子。只是这个调子在目的语文化中是否有对应的也还在未可知。

许钧： 说到底，译者的理解权还是一个关键问题。如果说高级的译家有权力于平淡中见精彩，那么一个不怎么高级的译者——除却历史的规定不谈——他就没有权力对原作进行阐释了吗？

罗新璋： 同样的作品，大师级的钢琴家和一般的钢琴家弹出来的就不一样，一个可以把听熟的曲子弹得很有韵致，一个可以把精彩的乐章弹得淡乎寡味。同样，语言运用能力的不同，译家的出手不一样。

许钧： 好，我想这个时候我们可以谈谈双关和歧义的问题了。为什么我在谈《红与黑》时专门提到了Madame Dubois的翻译？因为双关和歧义往往是译家们展现其创造力的最好时机。罗先生与许渊冲先生都进行了再创造，可是创造得截然不同，一个是"戴慕桃"（呆木头），一个是"土布瓦"，郝运先生则老老实实地用了注。这里牵涉到创造的可能性，也牵涉到创造的度：翻译中创造是不是该有个标准呢？

罗新璋： 斯当达行文中常见文字游戏，文字游戏自然可以翻成文字游戏，没有必要太老实了。

施康强： 如果原文就是文字游戏，那么此时译者再创造的度是最大的。我本人也做过这样的游戏：在译《都兰趣话》的时候。游戏不能复制，但是可以用近似的规则做同样一个游戏。这时译者是允许创造的……

袁筱一： 或许不仅是允许创造，还必须创造。

许钧： 对，碰到双关和歧义，包括更深一层的文字游戏，从理论上也确实可以证明创造的必要性，因为音、形、义的组合以及通过组合来完成某种意义，不同的语言体系有不同的手段，而况音、形或形、义之间结合的任意性也是不同的，这体现了翻译的可行性之所在。但是我们接下来还是要回到《红与黑》的最后一句话：Elle mourut en embrassant ses enfants，原文就是非常简单的Elle mourut，或许是带着恨，或许是完全心甘情愿地离去，许渊冲先生将之处理成“魂归离恨天”，引起了极大的争议。“魂归离恨天”是否就是漂亮的中文不说，关键是这样的处理方法，它能否在理论上得到一种论证？有的译家和理论家指责它不忠，而许先生有自己的翻译观，所以争论虽然很激烈，却没有定论。如果光以忠实为标准判决这句译文，我想也是不全面的……

袁筱一：忠实与否在目前状态下确实不能拿来作为翻译批评的标准，因为我们对于这个概念还没有一个全面的阐述，而况这个概念本身有一些无法解释透辟的东西。如果仅仅是指责许先生没有忠实于原作中elle mourut的词意，我想这是最低层次的批评，也绝不会有说服力。许渊冲先生不是认为他自己才是最忠实的吗？他说翻译不仅要译字，更要译味。关键是他的这个味。刚才你们所讨论的这个前提很重要，如果是原作的文字游戏，译者的自由度是最大的，只要游戏规则相当。但是具体到最后这句话，许渊冲先生的不妥当，我想还是因为他改变了原作的文风，又恰巧是“煞笔”的一句，所以竟显得格外显眼。

有没有私人语言的存在，这当然是个语言哲学的问题。我们如果接受索绪尔对于语言和言语的划分，我们应当认识到，在翻译中，我们不仅仅在翻译语言，更是在翻译言语。也就是说，言语里总有相当一部分因素是语言的，是以公共有效性为前提的，因为言语包含着对他人理解的期待；但是在此之外，言语里还有个人运用的部分，这一点在文学作品里格外突出。按许渊冲先生自己的理论来说，就是不仅要译意，更要译味——味是在这里。我觉得，译者应该尊重原作者的文风，这一点是很重要的。

换个例子，刚才说到普鲁斯特，法文与中文或许原本就有长短句之分，法文善于用长句、复合句，而中文似乎更擅长用短句。所以有些句子能切则切，并不妨碍翻译的“忠实”。罗老师说巴尔扎克的长句他知道如何切，而普鲁斯特的长句他却下不了手，原因就在这里吧：普鲁斯特把长句发挥到一种极致，成为自己的风格标记之一，所以译者不得不最大限度地加以保留。

施康强：可是普鲁斯特的长句是无法在中文中得到复制的。

袁筱一：复制当然不可能，不仅是普鲁斯特的长句不可能，当你进行翻译，你就根本无法复制了。但是以相当的手段或关系进行保留和再创造是可能的。中文之短，也有短到什么程度的问题，那句“夜色甚美”，拿到今天可以译成“夜色是很美的”，已经多了两个字出来，也并没有多少累赘：我们在考察语言的发展时可以发现，语言可以制约言语，但是也可能由于言语得到一定程度的发展，而在这个过程中，翻译的作用是不可小觑的。

罗新璋：我不是在一篇文章中举过许多例子，戏言中文句子是一个世纪长出一个字来……

许钧：我想知道罗先生当时为什么会对《红与黑》末尾那句“魂归离恨天”这样地赞赏……

罗新璋：“魂归离恨天”，确实译得好。首先它是忠实的，因为“魂归离恨天”就是“死”的意思。

许钧：这从理论上说不通。人生的主题不过是这么几个，生、死、爱、恨，可是我们却有那么多的文学作品，为什么呢？无非是因为作家有不同的手段。斯丹达尔这样简约、简练，在中文中我们为什么不能同样还他简约与简练，而要用这样华丽的表达手段？

罗新璋：不一样的，仅仅一个“她死了”，作为全书结尾压不住，但是“魂归离恨天”，谓曲终奏雅。

袁筱一：问题是“魂归离恨天”的文化沉淀太高。

罗新璋：那是没有办法的啊。反正不管什么，只要翻成中文，都已经中国化了。

许钧：我最近看到一套中国作家缩写的外国文学名著，北京的母国政缩写了《红与黑》。最后一句话是“她也静静地离开了这丑恶的人间”，他这一句，不是缩写，而是增加了好几个字，都带有他主观的色彩。按罗先生的意思，在翻译中这样来处理elle mourut是否也是可以的……

施康强：我也可以有一个译法：“香消玉殒”，如何？

罗新璋：不，这句不行，“香消玉殒”不符合作品中的气氛，我之所以赞同“魂归离恨天”，一是……

许钧：它以“纯粹的中文”压住了尾？

罗新璋：对，这是其一，其次呢，它没有不“信”。再说，它艺术含量较高，符合我刚才提到的“于平淡中见精彩”。

施康强：那么你的意思是说原文的elle mourut，反而没有压住尾啰？

袁筱一：而且译者有义务于原文的平淡之中找到精彩？

罗新璋：法文本和中文本，虽是一个故事，语境，语言境界，不一样。比如傅雷，他推敲文字很用力，原文很多平淡的句子经他一翻就精彩多了……

许钧：这样的创造，形式必然也如我们刚才所提及的双关或其他文字游戏的翻译一样，是多种多样的。

罗新璋：是的，可是“香消玉殒”不行，不合适，这不是香艳小说。

施康强：不是香艳小说，可也不是鸳鸯蝴蝶派。

罗新璋：《红楼梦》可不是鸳鸯蝴蝶派……

施康强：可它更多地被用在鸳鸯蝴蝶派的小说里。

罗新璋：总之，我觉得“魂归离恨天”有一种悲剧性在里面，情调比较符合。

袁筱一：可是这里有个问题：Mme Rénal是不是抱怨而亡？从上文来看，她很可能是平静地死去，没有恨，也没有爱，或是爱了这么多年，恨了这么多年，都给磨光了。“魂归离恨天”与“她死了”所留给读者的想象是不同的。由“她死了”读者可以想到很多，而由“魂归离恨天”读者却只能想到《红楼梦》里的林黛玉……

许钧：是的，为什么我们要谈到这个问题呢，我认为不仅仅是个对错的事情。我一直在想，作为一个翻译家，乃至作为一个翻译批评家，他需要给后面的读者留下余地。翻译在某种程度上接近批评，因为翻译家要理解，并且要进行使更多读者理解的再创造。就像安托瓦纳·贝尔曼说的，要开启读者的可能性空间。“魂归离恨天”的问题不光是忠实不忠实的问题，而是缩小了读者的理解可能，并且有可能因为其中包含的太多的文化沉淀对读者进行误导，所以应该说是不合适的。表面的精彩往往令人怀疑。

罗新璋：翻译相较于原文而言总是要缩小的。

施康强：或者是放大，比如说“魂归离恨天”……

罗新璋：“魂归离恨天”照他们的理论也是缩小了啊！

袁筱一：是缩小了读者的理解可能性，但是把“她死了”缩小到抱怨而亡之后，色彩倒是加强了，所以为什么“香消玉殒”不可以呢？它是另一个角度。

罗新璋：可我就是喜欢，如果想得到我也用上了；至于好与不好，各有各的看法，理论上还可以加以探讨。

施康强： 那么你自己有没有类似的例子，从平淡中找到了精彩呢？

袁筱一： 比如说《巴黎公社公告集》……

罗新璋：《巴黎公社公告集》是用心翻译的，不是吹牛，人民大学的陈叔平，专门研究巴黎公社的，比较了几个译本，认为还是我译得好一点。他举了一个词，法文是sinécure，我译成“干俸”，可这个“干俸”不是我想出来的，是傅雷在《贝姨》里译过的，我只是学以致用，正好拿来，傅雷先生有些词译得相当确切。

许钧： 很多翻译家，包括罗先生在内都说自己没有理论，可是我想每个翻译家都会有自己的原则，其实原则就已经是理论的一部分了，而搞翻译理论的人也必须重视这些所谓没有理论的翻译家的原则。二位都是翻译上的大家，中文又都非常好，我想请问二位的翻译原则是什么？

罗新璋： 文字要精练。删繁就简，把可有可无的字全删掉。

许钧： 可有可无的字全删掉，而如果这些可有可无的字是原文中就有的呢？

罗新璋： 为了符合中文习惯，也删。中文的句子一定要精练，要sobre。如果说我译的《红与黑》还算成功的话，也就在这一点上。1993年2月交稿之后，我花了将近三个月的工夫，把全文从头到尾通篇再看一遍，把原译稿中那些可有可无的字全删去了，译本的质量可以说就靠这一遍，当然从稿费上来说是有损失的，但是原来那些臃肿、累赘、笨拙的地方没有了。

许钧： 就是一些虚词？

罗新璋： 不仅仅是虚词。杨绛称之为“点烦”，芟芜去杂，减掉大批“废字”，使译文洗练明快，我觉得这一“点”，很重要。

袁筱一： 那么罗老师来译陀思妥耶夫斯基一定就麻烦了，据说法国人在译《卡拉马佐夫兄弟》的时候，面对着他那些错综复杂的句子就无法处理……颠倒，重复，比比皆是，在翻译中，是译呢，还是删呢，罗老师一定是删的。

罗新璋： 不过法文现在出了新的译本，恢复了作品的原貌。第一句话就译得非常烦琐，如什么“乘坐从华沙到彼得堡火车线的火车飞速驶向彼得堡”(Le train de la ligne de chemin de fer Pétersbourg—Varsovie foncait à toute vapeur vers Pétersbourg)。

许钧： 倘若你们碰到了陀思妥耶夫斯基，会怎样处理呢？

罗新璋： 我觉得为了适合现在读者的阅读习惯，应该简化。

施康强： 我的原则是这样，中文可以删，但原文不可以删。

罗新璋： 不，比如原文出现了这样的情况，乘坐北京至哈尔滨的直达快车到哈尔滨，一般的我们译成"京哈线"就行了么……

施康强： 如果原文是这样，我一定要保留的，除非是反方向的，因为我经常搞中翻外，中文中出现了京哈线，我一定会译成"从北京到哈尔滨"。那么，如果碰到了从巴黎到马赛，我总不能译成坐"巴马线"吧。

许钧： 真是有趣，二位的翻译原则有这样大的区别，可二位的翻译作品可以说都不失精彩，我还是在考虑，是不是作为总体上的一种翻译理论，它应当正视这个现实，即一部作品的翻译有着多重可能。

以往的翻译理论或者翻译批评几乎都是从一个角度出发，评判翻译结果的是与非，或好与不好，近来我却常在想，这不是翻译理论的归宿所在，为什么同为对现实进行描摹的艺术创作，其他的任何创作类型都可以有各种各样的形式，而惟独翻译，我们理解它的时候似乎总包含着该与不该的道德刻度呢？而且在习惯上总把这个刻度想成是固定的、唯一的。而在实践中，尽管每个负责的译家——好像二位一样——都背负着道德的十字架在工作，却会出现完全不同的结果。依据的是同样一个本子，译本的面貌竟是各有千秋：如果说翻译理论与实践总是有一定距离的话，也许关键是在这里。

直译和意译，我想归根到底只能是并存的翻译方法，不过它们说明了各种语言文化之间既存在着一定的相似性，又存在着一定的差异性，但是相似和差异都是我们在翻译中所力求表现的。原文本是道德的一个方面，目的语语言文化的接受力却是道德的另一个方面，译家在平衡这两个方面时会使用不同的手段，因而也会得到不同的结果，但是无论是怎样的一种结果，它必然都会体现翻译所必须体现的这种道德感——因而就有了忠实与创造：它们同为翻译的特性而存在。

怎样使翻译实践得到一种理论上的论证，从《红与黑》的汉译讨论之后，我一直在想这样一个问题：不仅仅是某个人，或自己的翻译实践，更是作为历史存在之一，作为文化延续与丰富手段之一的翻译实践。

1997年9月初稿

翻译，再现原作的再创作

/李　芒　许　钧

许钧：李芒先生，您是我国著名的日本文学翻译家，1996年在香港中文大学开翻译研讨会，我曾有机会向先生当面讨教。那次研讨会有两个主题，一是文学翻译（批评与经验），二是翻译理论（运用与分析）。记得先生在会上作了《翻译，再现原作的再创作》的发言，引起了很大的反响。先生再三强调，翻译虽然是“再创作”，但是在内容构思、结构安排、形象塑造和语言运用等诸方面，都应该“尽力尊重原作”。我想知道，先生提出这样的主张，是有感于文学翻译界一些不良倾向而发呢，还是基于自己数十年文学翻译实践的一种理论思考呢？能不能请先生谈谈您这一主张的主要观点？

李芒：是啊，自从1996年在香港中文大学的翻译学术会议上结识您以来已经三年了。在那次会议期间，聆听了您和香港、台湾以及侨居美国的中国学者的许多高见，大有裨益。您提起那次会上的拙文《翻译，再现原作的再创作》，其来由，一方面确是有感于多年来日本文学翻译界一些带倾向性的问题，同时也是出于我并不算长的翻译体验。本来也想对翻译理论做些初步的探索，但仔细想来，并非那么容易，因此，直到今日还只不过是一些零零碎碎、比较朦胧的感想而已。

日本文学翻译中主要带倾向性的问题，其一是不分具体情况把一节原文整个打乱，重新加以组合（如果确实有此必要的话，当然并无不可）。或者为了凑足译者理想的形式，随意外加词语，称其名曰“再创作”。这样，译得好些的，充其量只能做到同原作大体上差不太多。假如译者误解了原文，再创作的结果就不堪设想了。“差不太多”，也是差；“不堪设想”，那就离谱过远了。

许钧：从实践角度看，不以原文为出发点的再创作，只能越创作离原文越远，越创作越离谱；从理论角度看，翻译与原作虽然不可能同一，但应该同源。所谓同源，就是原作符号所指向的世界。离开了原文，就失去了原文所指向的源，那翻译就成了无源之本，就达不到翻译的目的。能否请先生举一个例子，谈谈这方面的问题？

李芒：这里不妨举一个译诗的例子。日本江户时代的大俳句家松尾芭蕉（1644—1694）有一首享誉世界的俳句。

原文：古池や蛙飛びこむ水の音

逐字译：古池，蟾蜍跳入，水声。

译例：① 古池——青蛙跳进水里的声音。

② 幽幽古池畔，青蛙跳破镜中天，丁冬一声喧。

③ 悠悠古池畔，寂寞蛙儿跳下岸，水声，轻如幻。

④ 闲寂古池旁，青蛙跃进池中央，水声扑通响。

据传这首俳句在全世界竟然有一百种以上的译例，在我国也可能有十多例。①例，是周作人1924年的译作，朴实无华，准确地将古文变成白话，词语无加无减，基本上将原作加以较好的再现。只是原作那种鲜明的节奏感，译文稍嫌不足。所以出现这种情况，大概是同译者认为俳句不能翻译有关，结果只限于再现，而未进行再创作。②③两例，明摆着，都是在脱离原作进行并不高明的再创作。芭蕉的这首俳句，日本学者大都认为可能是黄昏时分，作者独自坐在草庵里正处于万籁俱静的时候，忽然听到附近的古池塘传来了蟾蜍跳进水里的声音。如此而已，并无②③译例的“幽幽”或“悠悠”、“畔”、“镜中天”、“丁冬”、“寂寞”和“轻如幻”等词句，译文竟然这般添油加醋，把一首沉寂中闻声（动），富有禅味的短诗弄得相当热闹，不足取乃在情理之中。最后一个译例④,更难说是高明之译。

可以看出,这几个译例,都是在一种不正常主张的前提下,即严格照原作的音数句式硬译而成的。原作五、七、五音数句式,译文也要照搬。殊不知日文较之中文用音较多,诸如中文一个“紫”字,日文训读即为四个音(MU LA SA KI)。虽亦有XI的读法,但一般不单用,而必须与别的字合用,诸如“紫色”(XI XIAOKU)、“紫檀”(XI TAN)等。也就是说,日文的含量比中文少得多,同样的音数句式,照译为中文时必须多加词语,造成句子中的赘疣。

许钧:从您举的这几个例子来看,可以归纳为三方面的问题:一是形式的移植,由于目的语中没有相应的形式,造成了翻译的困难,译者要么照搬,要么改造,而两者都有可能造成实际翻译的不足。二是在翻译中,译者往往有一种“美化”的倾向。您说的“添油加醋”,能否看作译者潜意识里的一种“求美”的表现?三是在翻译实践中,各人有不同的翻译主张,对原文也有不同的理解,所以会有不同的翻译结果。

李芒:但问题的关键在于,无论是怎样的翻译主张,都应该尊重原文。上列译例,大多数只能算是对原作的不尊重,根本谈不上严复的所谓“信”,无疑都是失败的“再创作”,无从“再现原作”,显而易见。“再创作”假如忽视了“再现原作”这个极为重要的前提,那就根本算不上上乘的翻译了。

笔者多年来,经常遇到这样的译作,感触颇深。当然,也就促使我不能不从翻译理论方面进行一些探索。针对这样的实际情况,我便在肯定“再创作”的原则下,提出了一个重要的前提:“再现原作”。很显然,目的是为避免上列种种译例的发生,要求在内容构思、结构安排、形象塑造和语言运用等方面,都必须尽力尊重和再现原作。其实,这并算不得什么理论探讨,只不过是个人翻译经验的一点点体会罢了。

许钧:先生的这一主张,在我看来,是有十分积极的意义的。就文学翻译而言,无论是对原作的态度,还是翻译者自身的立场,似乎都离不开一个标准问题。翻译一部外国文学著作,每个译家,必定会有自己的追求,也会有意无意地给自己提出某些要求和标准,尽可能去实现。就读者和评论者而言,对一个译家的译品,也会有自己的评价,而要评价也应有自己的标准。先生在翻译日本文学作品时,有没有自己比较明确的追求和标准?

李芒:您问我在翻译日本文学作品时,有没有比较明确的追求和标准,我想不管在翻译一篇作品之前，是否明确地意识到这个问题，实际上在多年来的实践中已经形成了自己的一套主张。

首先，如我刚才所言，在“信”即“再现原作”的原则下，力争正确地理解原作，然后再根据原作的语言特色，选择相应的中文语言加以再现。其次，中日文在用词上虽有些相近和相通之处，但句子结构根本相异，必须加以改造，其中两句变成一句，一句分成几句的情况时有发生，必须容许一定的灵活性。但是，正是这个灵活性暗藏着危险性，动辄就可能发生舛错。因此，在既能保持原作的语言结构和风格，又能做到流畅自然的前提下，就绝不更多地运用上面说的灵活性，而是尽量保持原貌。关于这一点，不妨借用鲁迅译的有岛武郎的短篇小说《阿末之死》来说明我的观点。鲁迅的译文除了极个别的用词不准之外，十分严谨，不少地方甚至连语言词序都保持了原貌，使我这个懂得日文的人，读着某些段落居然会想象出原文用词造句的特点。毋宁说，这对于希望了解作家语言造句结构的读者，是值得欢迎的译笔，而且比之他译的《死魂灵》好读得多。

许钧：问题是，翻译主要是为了不懂原文的普通读者，而不是只为了不懂原文或略通原文的研究人员。翻译的目的，对译文的处理有着直接的影响。鲁迅的翻译方法，在很大程度上是为实现他的翻译目的服务的。

李芒：是的，我并不是赞同这种难免总有些不大自然的译法。茅盾说过，小说可以采取直译的方法，但他指的并非鲁迅式的译法。总的说，我赞成钱锺书要入化境的主张，记得有人介绍果戈理关于翻译的一段话，是否可同化境主张相得益彰？果氏说：“翻译家应该达到这样一个境界，他使你看不到他。他变成一层透明的玻璃，透明得使人看起来，如像没有玻璃一样。”应该说，这比钱说要入化境，也就是要求“化”的程度更具体，也更高，但实际上难以做到，这是不言而喻的。特别是有些读者要求译文要适当地运用一些原作行文的风格，那就使得译者不时地会让读者感觉到自己的存在，无法做到彻底的隐形了。

许钧：关于翻译是“隐形人”之说，目前翻译界开始有一些讨论。按照传统的翻译观点，译者是原作的“仆人”，以传达原作的旨意为依归，不得有丝毫的发挥。但随着翻译理论研究的不断深入，从理论上提出了两个问题：一是就翻译实践而言，影响翻译活动过程和结果的有许许多多的因素，译者与原作者的关系不是翻译活动中的唯一的关系，所以译者要彻底做一个“隐形人”，像面看不见其存在的透明的玻璃，是不可能的。二是对翻译主体意识的研究表明，对为数不少的译者来说，翻译的个性是个客观存在，不应抹杀，也不要刻意“自隐”。相反，在翻译的再创造过程中，应该充分发挥，这个理论问题值得深入探讨。

李芒：是的。译者要有发挥，需以原作为基础，要对原作有研究。其实，我从实践中深深地感到，在实际下笔从事翻译之前，必须对所译作品进行多方面的深入研究。比如，上举松尾芭蕉的俳句译例中暴露出的种种问题，都生动地说明译者对松尾芭蕉以及俳句并未进行过比较深入的研究，并不真正了解松尾芭蕉和俳句的艺术特点，因而翻译起来必然会出现各种各样的纰缪。

话又说回来，即便进行过深入研究，也难说就对原作理解得万无一失了。因此，在实践中出现差错，是在所难免的现象。只是经过仔细的研究以后，这种现象相对会避免一些罢了。正是出于这种实际情况，必须不时地对自己的翻译方法和译文进行必要的检查和反思，一经发现不妥之处就尽快加以改正。当然，即便如此，如若真要做到精益求精，也绝非轻而易举的事。我从事文学翻译的历史并不太长，水平也属一般，活到老学到老，作品与译文写和译到老改到老。日本学者有人称自己的作品或译文为“定本”，即不再改动之意，我实在不敢苟同。

许钧：在对翻译主体性的研究中，我们发现译者往往有自己的追求，同时由于翻译面对两种文字，两种文化，其中的“异”对以“交流”为目的的翻译造成了许多障碍。不少译者感到了自身的局限。如何面对这些局限？如何超越？19世纪末严复在译《天演论》时深感自己的局限，感叹翻译三难，并对三难作了详细分析。我在阅读您的谈翻译的文字中，看到您曾经说过，关于翻译，我国自古以来有不少思考和论述，近代严复提出的“译事三难：信、达、雅”说起到了积极作用，但也引起过许多误解，产生了消极的作用。我想问先生，您认为这些误解的造成，是严复的三难说本身产生的，是一种理论的误导，还是不同译家对严复三难说理解不当造成的？能否举例说一下，严复的三难说在实践上到底有可能造成哪方面的消极作用或影响？

李芒：严复的三难说，在我国的翻译实践中起过积极的作用。惟“雅”说，在这里可能做“优美”解。“优美”可指多数文词应如此，说来并不算错，但解释、理解和应用起来，可能会产生因人而异的结果。本来，译家如若水平高,这个“三难说”特别是其中的“雅”,并不会发生什么负面影响,但如若是初学翻译,或者译品较多但并不高明的人,就往往会对它加以片面的理解,在译文中一味追求他自己认为的“雅”,有时反而会弄巧成拙。试举一例,以见一斑。

日本作家伊藤左千夫的小说《野菊之墓》的一段译文就很值得商榷。

这篇小说,描写一个少年同前来帮助料理家务的表姐情意相投,虽无越轨行为却引起下人和街坊的闲话。于是,母亲提前把少年送到较大的城市去读中学。少年好不容易盼到学校放寒假,急忙赶回家,却发现表姐已被打发回家,由父母做主嫁了人,悒郁而死。译者在翻译年轻女仆向少年述说表姐的情况时,把表姐求这个女仆代向少年的母亲“解释一下”或(为自己)“辩解一下”(原文是“申訳しておくれ”)误译为“赔个不是”。即便应该赔不是,也不应该求外人特别是仆人来代替。更使人不解的是仆人谈到表姐的多愁善感,竟然说她听到乌鸦叫唤也“潸然泪下”。不说原文“涙ぐんで”是“浮起泪水”的意思(可译为“眼泪汪汪的”),就是真的流出眼泪,而且很多,若在小说家也不会用这么文雅的词儿,因为这不是一个文化水平不高的仆人常用的口头语言。当前,在日本文学作品的译文中,这种水平的虽属于极少数,但并非绝无仅有。究其原因,至少可能是对“信达雅”的“雅”字做了片面的理解,不管原文情况如何,一味追求“雅”化。茅盾说过,要是“原作的文章是朴素的,译文却成了浓艳……即便意思没有错误,可是实际上也是歪曲了原作”。因此,“需要运用适合于原作风格的文学语言,把原作的内容与形式正确无遗地再现出来”(《茅盾译文选·序》,以下同)。这话出自杰出作家和译家之口,自是经验之谈,极应时刻记取。

总的讲,“信”不外是对译家的基本要求,“信”包括原作的内容、形式和形式中的风格;“达”一般地说,文学作品的文章大都是顺畅的,译文当然也不应有佶屈聱牙的痕迹;“雅”与“达”虽同属于语言风格,但“雅”与否和“雅”的程度,在文学作品中却多有高低和浓淡之别。一律求之以雅,就可能在尺度上出现不够准确的偏向,如若苛求于严复的话,这恐怕能够算是一条了吧?我所说的可能发生负面影响,指的就是这一点。

许钧:谈到“雅”的问题,便涉及作品的文学性。一部文学作品是否有价值,主要看它的文与质、形与神等因素。在我国传统文学理论中,很注重探讨文与质、形与神的关系问题。关于“神”的概念,最早可见于《周易》。

《说卦》云："神也者，妙万物而为言也。"这里所说的"神"，虽不是针对文艺创作而言，但其"神"妙合万物，与文艺创作中的主客体的妙合境界，精神是相通的，因此后来在文、诗、画的创作上，都强调要入"神"：严羽在《沧浪诗话》中提出诗入神的极致说，司空图提倡"神似"，王渔洋强调"神韵"。这些观点都引入了翻译理论中，特别是傅雷，明确提出了"形似"与"神似"的问题。如今的翻译界，在"形似"与"神似"的关系处理上，意见不统一，在实践上产生了很大的混乱。我想听听先生对这方面的看法。

李芒：傅雷明确地提出了文学翻译上的"神似"与"形似"的问题。许先生指出，如今的翻译界，对二者的关系，"意见不统一，在实践上产生了很大的混乱"。我认为您指出这一点，很是重要，的确是个值得认真讨论的问题。然而，这却是一个很复杂的问题，我只能从个人实践和理解的角度谈谈极不成熟的想法。

傅雷和不少译家提出的"重神似不重形似"的主张，其用意可以理解，无非是说神似比形似更重要，但并不是完全否定形似，不宜机械地加以对待。这对优秀的译家来说，自能融会贯通，运用自如。但是，如若想从道理上讲得清清楚楚，也绝不是很容易的事情。

傅雷既是以绘画为例讲了自己的主张，我们还可以从另外一个角度引一段著名画家叶浅予的话，来加以考察。他说："凡是画，都要求形神兼备，有人认为'得意'可以'忘形'，就是说，传神可以遗形，这是不妥当的。神是依附于形的，形不准，神也就失之真。所以我们常说：'以形写神。'"[1]这些话的意思，无非是神要依靠形来加以表现，这同用形式来表现内容的观点是一致的。形式不完美，严重遗形，内容必然受到损伤，神也就无从保全。从而，要求神似，也必须从形似做起，做不到形似，神似也就难以实现。苏轼在《与何浩然书》中也说"且喜起居佳胜，写真奇绝，见者皆言十分形神，甚夺真也"，明确地将画像的形肖与神似相提并论。

然而，绘画是以线条、色彩、光与影构成的形象艺术，而文学则主要是以语言描述情景和塑造形象。画起来和写起来自有区别，文学作品的翻译与作画和诗歌、小说等创作又有不同的方法。文学翻译如何再现原作又有不同的方法。文学翻译如何再现原作的内容与形式，如何处理形与神的关系，

1　叶浅予：《快速与洗练》，《人民日报》，1980 年 5 月 10 日。

如何再现原作的风格，等等，十分复杂，容当再述。

许钧：先生刚才谈到，翻译是再创作，但是再现原作的再创作，必须遵从以形写神的原则，首先要力争很好地再现原作的形式。我想，这是个很复杂的问题，首先要界定就一部文学作品而言，何为形式？不同系统的语言特点在本质上能否再现？比如翻译外国的古典诗词，其形式在汉译中如何传达？您能否谈谈这方面的理论与实践问题？

李芒：神似与形似，同内容与形式的关系等极为密切。何谓形式，如何在翻译各种体裁的作品时加以再现，的确也是一个极其复杂的课题。根据一般的理解，我认为，形式大概包括作品的体裁、结构、手法和语言等等。形式由内容所决定，反之，内容只能通过一定形式来加以表现。卢那察尔斯基说，作为“表现力量”，形式具有“巨大的意义”。这不外是说，作品的内容是通过艺术形式实现的，所以具有具体形象的审美意义。因此，甚至可以说，艺术形式在表现内容方面起着决定性的作用。

总起来讲，神似与形似和内容与形式，都表现为艺术风格。所谓风格，简言之，大致可以归结为一个作家在自己的作品中所表现的主要思想特点和艺术特点。

因此，作为一个译家，为了再现原作而进行再创作的时候，所追求的不外是从形似达到神似，以尽可能同原作接近的形式来表现原作的内容，总体上力争达到再现原作风格的目的。茅盾所说的“需要运用适合于原作风格的文学语言，把原作的内容与形式正确无遗地再现出来”这句话，换个说法，是否也可以这样加以归纳：所谓文学翻译的再创作，不外是原作风格的再现。无怪乎不少日本学者只把风格称为“文体”。对一个作家来说，最为重要的是拥有自己独特的“文体”。这种主张，不外是强调语言作为一种技巧的决定性作用。当然，翻译的首要任务也就是运用语言这个手段来实现原作风格的再现。如若做到了这一点，也即再现原作的再创作，获得了成功。这话，说来容易，因为它比较笼统，具体地做起来，依然存在着不少问题，必须加以阐明。

关于何谓形式的问题，上面已经谈及，并把它同形似和风格联系起来，加以研究。以形式来论，其中的体裁和语言最为重要。我们的分析为了简便，也不妨从体裁和语言入手。关于体裁，大处分类，可以举出诗歌和散文。您问“不同系统的语言特点在本质上能否再现”，我认为从本质上讲是能够再现的。不过，世界上的一切事物，严格地说在再现时，都不可能同被再现的事物一模一样，丝毫没有变化。更何况在不同系统语言的再现方面，更不能机械地加以理解。严复说，自己译文"词句之间，时有所颠倒附益，不斤斤计较于字比句次，而意义则不倍本文"。茅盾进一步指出："'字对字'，一个不多，一个也不少的翻译，实际上是不可能的。这种译法不是'直译'而是'死译'。'直译'的意义就是不要歪曲了原作的面目，要能表达原作的精神。"傅雷和茅盾的观点虽有相似之处，但在翻译的方法和实践上却是相距甚远。取其基本精神，则都不外是说，翻译在语言上难以做到"字比句次"或说"字对字"。亦即，由于语言特点不同，翻译时，在句式语序和词汇等方面须有所改变，也就是遣词造句等必须容许一定的灵活性。从这个角度看，一种语言的形式是无法照移为另一种语言的。但是，这绝不是说文学作品的形式无法再现，而应该说，排除了语言特点，即遣词造句和整体表现的民族习惯和特色以外，在某种灵活性的基础上，它是能够以另外一种遣词造句和整体表现的民族特色出现于别国文坛，供读者领略原作的基本风貌的。

遵嘱以外国（日本）古典诗歌的翻译为例，略加阐述。

日本的古典诗歌，总称为和歌，是针对前此在日本颇为行时的汉诗所取的名称，含义为"日本诗歌"。从此名称看，也足见汉诗曾一度是日本古典诗歌的主要形式，当时称汉诗为诗，称和歌为歌，称小说为物语。在和歌方面，后来才将早就流传于民间的口头歌谣，古歌集中署名作品和专人的创作，用汉字标音和表意的方法加以记载。这就是大致成书于771年以后的和歌总集《万叶集》。尔后，自《古今和歌集》(905)以降共有21部敕撰和歌集，足见和歌继汉诗之后，自古就是日本古典诗歌的魁首。和歌最主要的形式之一是短歌，句式音数为五、七、五、七、七这样的五节和三十一音。翻译方法，目前主要有两种主张，一种是照搬原作的音数句式即译为五、七、五、七、七，五行三十一字，一种是以五言四句和长短句译出，或者少数的还有七言四句的译法。现在，只举一首以后一种主张译出的为例。

① 月非旧时月，春非去年春，
唯有踽凉影，依然昔日身。（楼适夷译）

② 月岂昔时月，春非昔时春，

此身独未变，仍是昔时身。(杨烈译)

③ 月非曾见月，春岂去年春？
万物皆迁化，不变只吾身。(林岫译)

④ 月为前夜月，春乃去年春？
梅弄清疏影，怜吾不变身。(李芒译)

译文前三首，都是出自名家之手，最后一首是我吸收了前三首的长处，在思考您在信中给我提出的问题之后赶译的，不能同前三首媲美。只是思及原作前的题记："五条后宫之西厢曾住一人，偶然邂逅而屡与幽会。"然而未久忽"隐居他处。虽闻其所，而未得叙旧。翌岁今春，梅花盛开，月色极佳。思念去年，遂入曾宿芳踪之西厢，卧于敞屋廊檐下的木板通道，直至皓月西倾，赋此抒怀"。

由于已有三译在前，后译如欲出新，实属艰难。然而，原作前两句的本意是："那月亮还是昔日的月亮吗？""这春天还是去年的春天吗？"三位名家所译并未背离原文，即月与春"皆非如旧"，而拙译则直译其语气。至于第三句，四译皆属外加，但拙译则取其序言中"梅花盛开"之意境，以增情韵。总的说，译文中增加原文所无的内容，是一个比较复杂的现象。为此，一是有必要就这几个实际译例，谈谈翻译日本古典诗歌在形式上可能发生一些变化的问题。二是有必要就形式与内容，或形似与神似，总的说亦即风格的再现问题，再进一步做更深入的探讨。

一、从四个译例中，都可看出，译文形式是五言四句，押韵，其中两首还遵循平仄格律形成五言绝句。这在原歌除句式音数不同以外，其他各点也均不具备。与此相反，中国旧诗译成日文，除意译者与原诗形式相距甚远之外，不押韵，绝句和律诗均失去平仄格律。即便采取日本人自古以来通用的可算是最直的直译方法——用日文语序改读汉诗方法，也只能加注来表明韵脚，并在名词、代名词和动词、形容词之下加上少许日本字母，以表明这些词的文法变化，求其含义清楚。因此，茅盾说，诗歌可意译。用意不外是把原作含义翻译出来。至于形式应是在尽可能接近原作的前提下加以适当的变通。如同上列四种译文，要说完全不似原作的形式罢，又有些影子。所以单就形式这一点来看是否可以用“变形不变质”来予以概括？

二、此外，形式与内容，无法截然分开。有人说，无内容也就无所谓形式，形式不存在内容也就无从谈起。形与神的关系也是如此；无形亦无神，无神何来形？上面讲过，依然是“风格”一词涵盖最广，包括内容与形式，神似与形似等皆在其内。实际上译家在考虑如何以形写神的时候，神与形，内容与形式，即原作的风格，无不同时在脑中活动，在以相应的形式表现内容，以形写神，再现原作风格方面下功夫。

总之，风格是一部作品的总体，译家加以再现时，须以灵活多样的方法辩证地采取相应的形式忠实地移译原作的内容，争取达到这样一种境界，即由精通作品原文的读者核对起来，在形式上虽有或多或少的变通，但在表现原作内容方面无可挑剔。是否可以说这就是比较成功的译作了？

许钧：就我所知，在日本文学翻译界，在和歌和俳句的翻译问题上，在翻译的目的、方法和效果这几个方面，存在着不同的观点，甚至还有过相当激烈的争论。先生曾分别在《日语学习与研究》杂志1979年第1期、1980年第1期和1981年第4期，发表了四篇重要文章，分别为《和歌汉译问题小议》、《和歌汉译问题再议》、《和歌汉译问题三议》和《日本古典诗歌汉译问题》。争论的热点，从表面上看，是以什么形式来翻译和歌为佳，但从本质上看，是文学“格调”与“文学样式”能否移植的问题，也是如何协调与处理“归化”与保留“异国情调”的问题，具有文化研究上的意义。

李芒：关于和歌汉译的问题，二十多年来不断地进行着两种翻译方法的论争，或者虽未参加论争，实际上采取了两种不同的翻译方法。这两种主张和方法中，一种是，短歌按照原作五、七、五、七、七，俳句按照五、七、五的音数句式，加以移译。这种译法，势必在原作之外，添加将近半数的词语，往往弄得面目全非。另一种是，根据原作的内容采取适当的形式，其中以五言四句为多，尽力少加或不加原作所无的词语，努力移译原作的风格。除了上面已经略举数例，这里还有一首短歌的译例：

淡路国里的
野岛海角上的风，
吹过岸边来，
摆弄妻结好的

我的衣上的纽带。
（《万叶集》251号歌）

淡路野岛崎，
海滨风煦煦；
妹结吾衣纽，
翩翩舞依依。[1]
（李芒译）

这首如按原作直译是：妹为我结好的衣带被淡路的野岛的海角的岸边风吹得翻动着。第一例译文，除了第三句“吹过岸边来”在原文“岸边风”前加了动词（这是容许的）之外，其他两行都写成了带有很长附加成分的主语和宾语，在现代诗中读起来也不顺畅。这一切都是严格按照原作音数句式移译的结果。第二首第二句“煦煦”、第四句“依依”均为外加词，是为了凑成五言四句不得已而为之的。

另外一首短歌的翻译，甚至比之原作外加了大约十三个字，几处词语的重沓，为译文无端增生了一个个赘疣，乃这种译法难以避免的症结。由于这首译文，水平远不如上面所引的译文，这里就不重录了。

不过，忆起十多年前，就和歌汉译问题进行讨论的时候，行文中虽曾以此作为译例阐明了我的观点，但并未提出自己的译文。1997年为人民文学出版社的“外国文学名著丛书”翻译《万叶集选》始又接触此歌，当时的译文是：

秀穗满秋田，茫茫笼晓雾；
雾终有霁时，释我恋心苦。
（《万叶集》2卷88号歌）

如今，回答许先生的问题，我又重新考虑了自己的译文，仍有值得斟酌之处。首先，为了凑足五言四句，第一、二两句，本为一句，现在拆为两句本

1　大伴家持编：《万叶集选》，李芒译，北京：人民文学出版社，1998年，第66页。

无不可，但外加了“秀”、“满”和“茫茫”四字，并不高明。至于第三、四两句，原作的本意是，我的恋情将（随着晓雾）栖止于何处呢？我的译文虽无大错，但并不准确贴切。雾与恋情的委婉的双关表现更肯定不如原作。因此，斟酌再三，觉得不如放弃五言四句这个整齐的形式，改为仿效半阕《浣溪沙》词的形式，且改押仄韵。

秋田穗端笼晓雾，
终将消散不知处，
似我恋情无归宿！

权作为译诗的实验，就教于方家。总之，二十多年来，我们日本文学的译友，在译法和实践上既有相同相近的，也有观点相左，译文各有千秋。目前，不少译家或参加论争，或孜孜不倦地从事翻译，不管观点如何，成果多寡，水平高低，都对日本文学的译业做出了贡献！

许钧：我国的日本文学翻译界在译介日本文学、促进文化交流方面，做出了有目共睹的成绩。中国与日本是近邻，两国的文字在历史上又有亲缘关系，日汉互译和汉语与西文互译在实践中提出的问题有不少差异。我们在翻译理论探讨中，注意到了一个观点，就是出发语与目的语之间的关系越近，似乎翻译越容易，两者关系越远，障碍就越多，困难就越大。总之，两者的差异是造成翻译障碍与困难的根本原因。最近读傅雷的《书信》，是安徽文艺出版社出版的，在给宋淇的信中，傅雷就说过：“民族的mentality相差不远。外文都是分析的、散文的，中文都是综合的、诗的。这两个不同的美学原则使双方的词汇不容易凑合。本来任何译文总是在‘过与不及’两个极端中荡来荡去，而在中文为尤甚。”傅雷这里说的外文，恐怕是指西文。日本文化与中华文明有渊源关系，两种语言相比较而言，要近一些。这在翻译上是否提供了一些方便？能否请先生谈谈日汉翻译中的一些主要障碍与特点？

李芒：许先生注意到的这一观点，我从未想过，现在骤然接触，恐怕较难提出中肯的意见。不过我想，出发语和目的语之间的距离大小，在翻译的难度上恐怕不是决定性的，原因是翻译并非单纯的语词移译，而属于再现原作的再创作，即所谓艺术创作。假如从单纯的语词移译角度来看，两者关系越近，可能会给一些译家带来硬搬的缺憾，诸如将“物哀”（感物兴叹）、“余情”

(余韵) 等词原封不动地夹杂在自己的译文和著作中，甚至习以为常。这在西方文学的翻译中，同“字比句次”和“字对字”的和歌译法一样，恐怕是难以见到的。语词中无有相近或相似的汉字，势必要苦心寻觅相应的语词加以表现，绝不容许译家照搬以塞责的事情发生，毋宁说是好事。

当然，总的说这并不宜归咎于不同语言的相异。如日本文学的翻译那样，假如译家能够认真地研究一下“物哀”这个词中文有没有，日文的原文全面的含义，即触物而发或悲哀或喜悦的感叹，也未查查词典中是怎样解释“余情”的，弄清“余情”和“余韵”的微妙差异，并肯定日文的“余情”应译为中文的“余韵”。说到底，这一切都恐怕同译家的治译态度和中文修养有着密切的关系。

许先生介绍傅雷的观点：“本来任何译文总是在‘过与不及’两个极端中荡来荡去，而在中文为尤甚。”这话说得不错，应该说，这是一个客观规律。以日本文学译文的现状论，比起原作来，除过之者极少外，或文采过之而内容不准，或内容较准而文采稍逊，内容文采均不及原作者也时或有之。因此，是否可以说目前日汉翻译的主要状况是，擅长中文，且日文造诣深者较少。这类译家的译品堪称超过原作，特别在古典诗歌方面为数不少。中文修养较深，而日文水平不高者亦占相当数量，译品就较难超过原作。另外，尚有少数勉强称为译家甚至不乏小有名气者，中日文水平都较低，其译作就远远低于原作。加之，多少年来由于不正之风严重，很难正常地开展翻译批评，一些粗制滥造、误译较多的赝品难被曝光，得不到社会舆论的监督，以致尚有愈演愈烈之势。另外，即便基本上属于优秀的译作，其中也难免呈现着瑜虽多而瑕亦偶见的现象，也缺乏水平较高的评家给予公正的评价。原因是肯定其优点较易，而指出其舛错则甚为困难。而且，评家若能做到如此地步，则必须花费大量的时间，反复核对原作和译文。即便这样做了，评价也还公允，也很可能得到费力不讨好的结果。于是，只顾各扫门前雪，不管他人瓦上霜的风气弥漫于译界。容忍这种良莠不分的现状继续下去，只有等待由时间和历史来选精汰劣，未免是令人深感遗憾的事。老实说，这对于提高翻译的水平，无疑是没有好处的。

许钧：先生提到的这一点，非常重要。目前的翻译界，存在不少问题，胡译、乱译、抄译之风泛滥，在繁荣的背后，存在着危机。翻译界和文化界对这一问题应该予以重视，从法律、道德和学术批评三个方面入手去进行治理。

我还想接上面提出的日语与汉语的关系对翻译的影响问题再谈一谈。对外行来说，日语与汉语许多词很相近，好像翻译中照搬就可以了。说一个不是笑话的笑话，提职称要考外语，外语系列还好，像新闻系列、作家系列，困难就多了。有的人根本不懂外语，但为了职称，临时抱佛脚，选择了日语，说两种语言看上去差不多，翻译时，即使看不懂也能猜出个三五分。但实际上，就我所知，两种语言相近，有时反而会出现难以意想到的障碍。比如有许多假朋友，稍不注意就会出错。另外一方面，由于两者相近，翻译在理论与实践上，确实会出现某些混乱。比如，日本的一些机构名称的汉译，如“大藏相”“株式会社”等等，好像是照搬过来的，还没有做到彻底汉化。类似的翻译，先生是怎么看的？

李芒：您说得很对，日文和中文有些通用，有些似同而实异，往往给译家造成很多麻烦，必须时刻警惕。然而，的确有些固有名词，诸如日本政府各部的名称，文部省大体上相当于我国文化部和教育部之合，厚生省涵盖卫生福利之义等，似不宜改译。随之，大藏省大体上虽可以改为财政部，但改与不改者掺杂在一起，也不自然。类此种种，只好保留原名，必要者另加注解。于是，前列果戈理所谓译文的那层玻璃，由此也会显露于读者眼前了。这似乎应该说不得已，是凡翻译均不易避免的难处。这也就是说，要求译文的汉化，虽属合理，但绝非全都彻底地能够做到，只好请读者予以理解了。当然，这么说，并非安于现状，而应继续思考，以求更好地为实现译文汉化而努力不懈。

许钧：在考察中国翻译史时，我发现了这样一个问题，那就是中国在译介西方的一些政治、哲学、思想等著作中，由于中西观念不同，不少词都经历了一个从音译到意译的过程，还有一些重要概念的汉译，参考借助了日本的翻译。可以说，我们在翻译西方的一些哲学、政治、法律书籍中，日本的翻译给了不少帮助。这种概念和观念通过翻译的旅行，是文化思想交流史上一个极其重要的现象。

李芒：您说在哲学、政治和法律书籍的翻译中，日本的翻译给过我们的翻译不少帮助，事实正是如此。可惜，我对于中国翻译史没有研究，不能多说什么。

许钧：先生是翻译名家，有丰富的翻译经验，也有深刻的翻译思考与认识。我想请先生谈谈：翻译理论与翻译实践的关系问题应该如何处理？对目前的日本文学翻译状况怎么看？对年轻一代的文学翻译工作者，有什么要求与希望？

李芒：大凡一种翻译理论，对翻译实践都只有相对的指导意义。所以说是相对的，一是在多数情况下，一种理论的提倡者，其本身的实践并不一定完全同自己的理论是同步的。就像日本唯美派作家本来是主张为艺术而艺术的，有时也会写出反对侵略战争的作品，永井荷风和谷崎润一郎就是这样。译家也同样，翻译小说时，主张用接近直译的方法，而在翻译古典诗歌时，却又大量运用意译的方法。这虽然也是由于原作的体裁不同，而采取相应不同的方法，但总的看，在翻译理论——主张的实践上会产生一些不自觉的距离。

因此，译家面对着种种翻译理论，即便是自己赞同的，也有分析对待的必要。我的想法是要把一种或两种以上自己认为是正确的翻译理论的精华有机地结合起来，并依据自己的特点，灵活地加以运用。当然，重要的是以更多的实践积累翻译经验，加深对各种翻译理论精华的全面理解，从而逐渐形成和完善自己的翻译方法和技巧。

老实说，我由于出生在异国统治下文化落后、生活贫困的东北地区，从小未受过系统的高等教育，因而养成了自学的习惯。由于求知欲很强，凡事都要问个水落石出，因而查字典便成了生活中不可或缺的重要组成部分。及长，翻译日本文学作品，也总要先对原作进行必要的研究，尽可能理解其思想感情和艺术风格，绝不囫囵吞枣不求甚解。其实，这是作为一个译者起码应有的认识。

平日，则不断地注意学习和深造中文。这对一个文学家和翻译家来说，十分重要。这里举一个小例子。北京外国语学院同日本国际交流基金会合办了一个日本学研究中心。这个中心的主要任务大概是培养中国的日语教学人才。我受聘担任过一个时期的“运营委员”。从培养日本文学翻译工作者的愿望出发，我曾在该中心创立十周年的贺词中，强调学习日文同时也要重视学习中文，一方面对掌握高级日文有很大帮助，同时也能够培养日本文学的翻译人才。我曾向日本国际交流基金会北京办事处日本主任当面建议，该中心如能每期培养中文较好的五个学员，让他们能够以优美的中文把优秀的日本文学作品加以翻译，扩大日本文学的影响，当是一件对日本和中国都有好处的事情。但是，这个建议似乎未被采纳！

据称，翁显良曾在谈戏剧翻译的名为《千面千腔》的文章中说过这样的话："译戏如演戏，首先要进入角色……不同的是，演员只须进入自己要演的角色，译者却要进入剧中所有的角色。"小说也相差无几，篇中出现的所有人物，译者要掌握其出于各种不同性格的语言，并给予惟妙惟肖的翻译。可以想象，假如以老舍的《骆驼祥子》来让外国译家翻译，要译好刘四爷、虎妞和祥子等人物的对白，那难度该是有多么大！一个根本没有所译作品中各类人物的生活或很不熟悉他们语言特色的人，翻译起来注定是难以传神的。

作家在创作一部作品时，写什么内容完全由自己选择，自己不熟悉可以绕开。在译家来说，如果自觉地认识到自己不熟悉要译的作品中人物的生活和语言，可以整部放弃。如若这类内容夹杂在整部作品之中，成为其中的一个有机组成部分，那就无法回避了。

因此，要成为一个高明的译家，必须从青年时代起坚持不懈地刻苦学习中文，力争利用一切机会扩大自己的生活面，熟悉和掌握各种人物的性格和言谈举止的特点，不断在实践中锻炼和提高翻译水平。在翻译实践中，不忘兼顾两面："再创作"，时刻以"再现原作"为前提，避免胡创乱作；"再现原作"，尤须以"再创作"为手段，提高译文的艺术水平。愿与年轻译家携手共勉！

1999年5月初稿

翻译:“美化之艺术”

——新旧世纪交谈录

/许渊冲　许　钧

许钧: 我最近在编一本翻译研究方面的书，书名叫《翻译思考录》，想就翻译理论与实践问题作一世纪末的思考。就我目前所接触和掌握的材料看，我发现无论就翻译实践，还是就翻译理论而言，许先生都有很高的成就。您先后译了几十部书，把英国、法国的许多文学名著介绍给了中国读者，又把中国文化的精粹《诗经》、《楚辞》、唐诗、宋词、元曲，还有毛泽东诗词等译成了法文、英文。您译的中国古诗词*Songs of the Immortals*（《中国不朽诗三百首》）还被英国最负盛名的出版机构企鹅出版公司收入“企鹅丛书”出版。翻译的中国文学作品被收入外国的文学经典丛书，您是国内第一人，为中国文化登上世界文坛宝座开辟了道路，可以说是20世纪中国译界最有成绩的翻译家之一。关于翻译实践，拿钱锺书先生的话说：“足下译著兼诗词两体制，英法两语种，如十八般武艺之有双枪将，左右开弓手矣！”关于翻译理论，您根据自己的翻译实践提出了系统的翻译学说，在国内译界引起强烈反响，在国外也有影响。我想就翻译理论与实践的结合问题，就先生的译事和翻译思考，提出一些问题，向先生请教。

许渊冲: 这几年来，我们已经就翻译问题交换了不少意见和观点，甚至还有过争论，发表过不同的看法。我为什么要提出自己的翻译理论呢？杨振宁送了我一本《杨振宁传》，他在封面上说："我一生最重要的贡献是帮助改变了中国人自己觉得不如人的心理。"这也是我希望在翻译方面对国家做出的贡献。因为中国的翻译无论是实践还是理论，都不比外国差，我甚至认为比外国强。外国没有一个人出版过一本中外互译的文学作品，而中国却有人出版了40本中、英、法三种文字的翻译文学作品，这就说明以翻译实践而论，中国有人高于外国。中文和英文是世界上使用得最多的文字，中英文的差距也远远大于西方文字之间的差距，因此，中英互译是世界上最重要、最困难的翻译。翻译理论如果不能解决最难的中英或中西互译问题，就不可能算是最重要的国际翻译理论；目前西方译论只能解决西方文字互译问题，而要解决中西互译问题，只有依靠中国学派的译论；因此，以翻译理论而言，中国学派也高于外国学派，我提出的译论正是要改变中国人不如外国人的心理。关于翻译理论与实践的关系，我在《红与黑》汉译本的序中说过，检验真理的唯一标准是实践，检验翻译理论的标准是出好的翻译作品。

许钧：我非常赞同您的关于翻译理论与实践关系的看法。翻译理论涉及几个重大问题，一是翻译的实质，要回答翻译是什么；二是翻译的目的，要回答为什么而翻译；三是翻译的方法，要回答怎么翻译。萨特在1948年发表了一部重要的文学论著，叫《什么是文学》。在这部书中，萨特就文学的一些基本问题谈了自己的看法，如什么是写作，为什么写作，为谁而写作，还有一个与作家有关的，就是"作家在1947年的处境"问题，实际上是对作家处境与立场的一种探讨。看来，创作与翻译有很大的共性。

许渊冲：你谈翻译与创作的共性和作家的处境，我认为翻译家的处境还远远不如作家的处境，尤其是在西方。因为西方译者多是进行西方文字之间的互译，而西方文字比较接近，翻译比较容易，所以译者地位不高，稿酬也比作者要低得多。而中国则不同，因为中西文字差距很大，翻译较难，尤其是中译外，尤其是诗词外译，所以中国翻译者地位高于西方，但也低于作者。在我看来，21世纪是世界文学的时代，文学翻译一定要成为翻译文学，也就是说，翻译作品本身要是文学作品，才能成为世界文学的一部分，因此，未来的文学翻译一定要提高到文学创作的地位。郭沫若早就说过：文学翻译"与创作无以异"，"好的翻译等于创作，甚至超过创作"。[1]至于翻译与创作的共性，我曾把创作和翻译都比作绘画，创作以现实为模特，翻译不能只以原作为模特，而要以原作所写的现实为模特。这就是翻译与创作的共性。

许钧：这方面，国内有争论，有待探讨。由于对翻译的本质的认识不同，现在形成了两种观点。您在给张经浩教授的《译论》写的序中指出，现在的翻译理论，有语言学派和文艺学派两大派。您对语言学派的译论提出了批评，认为苏联的费道罗夫在《翻译理论概要》一书中提出的"等值翻译"论，奈达在《翻译科学探索》一书中提出的"等效论"，不切合中英翻译的实际，对您的翻译实践没有指导作用。拿您自己的话说，"语言学派的译论是为评论家用的，文艺学派的译论是为文学翻译家用的。如果一个文学翻译家研究语言学派的名词术语之后，再用于实践，那恐怕很难译出一本世界文学名著来"。关于语言学派的是非功过问题，我们今天暂且不谈。我想就文艺学派的译论问题请许先生进一步谈谈自己的看法。

许渊冲：文艺学派的翻译理论不只是我的发明。要追溯它的根源，实际上是很早的。1898年，严复在《天演论·译例言》中提出了"信达雅"之说。在我看来，他提出的那个"雅"字就是中国文艺学译论的开端。后来，傅雷、钱锺书，还有罗新璋都发表过不少看法，傅雷在1951年《〈高老头〉重译本序》中强调："翻译应当像临画一样，所求的不在形似而在神似。""必须像伯乐相马，要'得其精而忘其粗，在其内而忘其外'。"钱锺书说翻译"要入于'化境'"。这些观点，都是非常重要的。朱光潜先生说过："从心所欲，不逾矩"是一切艺术的成熟境界。我认为，这也是文学翻译的成熟境界。"不逾矩"就是严复的"信"，就是"不倍本文"。而语言学派译论只谈"不逾矩"，却不谈"从心所欲"，这就抹杀了文学翻译的创造性。

我的文学翻译理论可以概括为"美化之艺术"。一、"美"指意美、音美、形美"三美"；用英文来说，就是best words in best order。best words指具有意美、音美的文字，best order指具有形美和音美的次序。语言学派不谈美，下焉者只谈"形似"，上焉者也只谈"意似"，却不谈"神似"，不谈"创造性"。二、"化"指等化、浅化、深化"三化"；一句话，就是化为原作者用译语的创作。三、"之"指知之、好之、乐之"三之"；使读者知道原作说了什么，

1 见许渊冲：《翻译的艺术》，北京：中国对外翻译出版公司，1984年，第202页。

对译作有兴趣，译作对读者有吸引力。四、“艺术”指“从心所欲，不逾矩”。“三美”是本体论，“三化”是方法论，“三之”是目的论，“艺术”是认识论。这就是“美化之艺术”。最近张经浩告诉我，奈达在1996年说：我们不能使翻译成为一门科学；出色的翻译是创造性的艺术，大多数成功的富有创造性的翻译家几乎用不着翻译理论。可见语言学派的代表也转变为艺术派了。

许钧：张经浩所说的奈达的观点还有待于查考。至于“从心所欲，不逾矩”，确是文学翻译的一种成熟境界，但问题是，从心所欲比较容易做到，只强调从心所欲，置原文于不顾，是不行的。翻译最终还要落实到那个“不逾矩”上去。您说那个“不逾矩”就是严复的“不倍本文”，看来，说到底翻译还要尊重原文，谁都越不过它的。翻译的这种从心所欲，是有束缚的。翻译难就难在要在一个有限的自由空间里有所创造，有所作为。许多初学翻译的人，都感到其中的困难：要么太受原文束缚，拜倒在原文脚下，亦步亦趋，译出来的东西只是一堆干巴巴的文字，没有文学味，没有艺术的生命力；要么太相信自己的阐释，过分自由，离原文太远，特别是遇到原文个性比较强，具有一定抗译性的文字，干脆抛开，随意替代或改造，结果离原文之形太远，没有了着落，其神无可依附，弄得形离神散。这两者之间的那个矩，也就是我们常说的那个度，非常难以把握。许先生，您对此是怎么看的？

许渊冲：“从心所欲，不逾矩”是不能分割的，“不逾矩”是低标准，“从心所欲”是高标准。你说的“从心所欲比较容易做到”，我不同意，因为你把“从心所欲”和“不逾矩”分割开了，而我认为“不逾矩”比较容易做到，在“不逾矩”的情况下，“从心所欲”是最难做到的。这是好坏翻译的差别：一般翻译只能做到“不逾矩”，而好翻译却不但“不逾矩”，还能“从心所欲”。所以你说的“只强调从心所欲，置原文于不顾，是不行的”，只能说明你在片面理解“从心所欲”，和“不逾矩”分割开了，我认为你这句话是“无的放矢”。你认为“翻译最终还要落实到那个‘不逾矩’上去”，我也不能同意。我认为“不逾矩”只是文学翻译的起点或基点，而不是终点。这可能是语言学派和文艺学派争论的重点之一。你说，“说到底翻译还要尊重原文，谁都越不过它的”，可见你是以“不逾矩”为终点的语言学派。关于“矩”或“度”的问题，我想用画家吴冠中的一句话来说明，那就是“风筝不断线”，飞得越高越好。“线”就是“矩”或“度”。我把“不爱红装爱武装”解释为“不爱涂脂抹粉，敢于面对硝烟”就是“不断线”的例子。有人可能认为“过分自由"，"离原文太远"，"形离神散"了，但到底谁是谁非，或是谁好谁差呢？我看，这里有个文学翻译观念的问题。

许钧：谈到文学翻译的观念问题，我发现这些年来，许先生有许多思考，提出了一系列的观点。比如，您明确提出，翻译是两种语言的竞赛，文学翻译更是两种文化的竞赛，是两种语言文化的竞赛，是一种艺术。翻译家要有所作为，就必须发挥译语的优势，也就是说要发挥创造性。译者发挥创造性当然是应该的，但问题是，若把翻译看成一种竞争、一种竞赛，译者的目的是要超越原作，在实践上，会不会出现一种倾向，那就是随意对待原作，把创作当作一种背叛的借口呢？

许渊冲：我说文学翻译是两种语言文化的竞赛，是根据我60年来翻译了40本文学作品总结出来的论点。我在前面说了：文学翻译"不能只以原作为模特，而要以原作所写的现实为模特"。既然译作与原作都有同一个模特，那自然有个临摹得好坏的问题。一般说来，原作是best words in best order，但是原作最好的文字，变成对等的译文，并不一定就是最好的译文；原作最好的次序，更不能变成对等的译文次序。如法文形容词一般放名词后，中文一般放名词前，如把法文形容词译成中文时，对等地放在中文名词之后，那就不是最好的中文次序了，因此中外互译的时候，无论文字还是次序，有时可以对等，有时不能对等；如不对等，多是原文占优势，译文占劣势，那就需要展开竞赛，发挥译语优势，扭转劣势，争取均势；如能青出于蓝而胜于蓝，那就是取得优势了。如"不爱红装爱武装"有两个"爱"，两个"装"，占有优势；如英译成battle-dressed和rosy-gowned就处劣势；如译成face the powder (面对硝烟) 和powder the face (涂脂抹粉) 就重复了face 和powder，取得均势。原文两个"爱"都是动词，两个"装"都是名词，英译文则两个词既是名词，又是动词，可以说是发挥了英文的优势，取得了竞赛的胜利。

许钧：最近听说您为自己即将出版的《文学翻译六十年》写了一篇文章，叫作《美化之艺术》。您认为，翻译，可以说是"美化之艺术"。刚才您说翻译要求最佳的效果，这个"佳"字，是否可以理解为"美"呢？关于翻译求美的问题，法国在17世纪有一场大的争论。在17世纪30年代，法国有一位很有影响的翻译家，叫佩洛·德·阿布朗古尔。他在语言方面很有天赋，精通拉丁文和希腊文，译过许多古希腊、罗马作品，如塔西佗的《编年史》。他的翻译追求，就是"美"。但不少译家认为，他由于一味求美，译文离原作太远了，是“不忠的美人”。我想知道，您在理论上提出翻译的艺术就是“美化之艺术”这一观点，有何根据呢？在实践上，又如何去处理好“美”与“忠实”的矛盾呢？

许渊冲：我认为翻译要求最佳的效果，最“佳”(best) 可以理解为“美”，前面已经谈到。你说的法国翻译家，我读过他译的《希腊罗马名人传》，但是因为我没有对照原文，所以对他的译文不能作出评论。你说“他由于一味求美，译文离原作太远，是不忠的美人”。如果他因为求美而失真，那和我的观点不同，我要求在不失真的情况下求美。你谈到“美”与“忠实”的矛盾，在我看来，就是“美”与“真”的矛盾。从宏观看来，“美”与“真”是统一的，所以英国诗人济慈说：美就是真，真就是美。应用到文学翻译上，翻译的作品一般说来是美的，把美的作品译得不美，那是最不忠实、最失真的。但对“忠实”也有不同的看法，很多人误以为“形似”就是“忠实”，所以我在《红与黑》中把jolie (美) 译成“山清水秀”，把mourir (死) 译成“魂归离恨天”，那些人就说“不忠实”于原文，我却认为“美丽”的小城不包括原作内容所有的山水；“死”并不包括原作“含恨离世”的意思，那才是真正的“不忠实”。这两个例子典型地说明了语言学派和文艺学派的不同：前者只重“形似”，后者更重“神似”。你问我“美化之艺术”有什么根据，我根据的就是前人的理论或经验，不过应用于自己的翻译实践，再另加以发展总结，就形成了我的翻译理论。如“美”主要根据鲁迅在文字学上提出的“三美论”，“化”主要根据钱锺书在《林纾的翻译》中提出的“化境”说，“之”主要根据孔子在《论语》中提出的“知之者不如好之者，好之者不如乐之者”，但移植到译论上来了。“艺术”主要根据朱光潜在《诗论》中说的“从心所欲，不逾矩”是一切艺术的成熟境界。而“从心所欲，不逾矩”又是孔子在《论语》中说过的话。除“美化之艺术”外，“三似新论”得益于傅雷的“神似”说，“再创论”得益于郭沫若说的“好的翻译超过创作”。由此可见，我的译论总结了中国自孔子到钱锺书的观点，并且加以发展，如文学翻译竞赛论就是一例。我现在正重译罗曼·罗兰的《约翰·克里斯托夫》，1227页有一句c'est une mort vivante，可以译成“这是活着的死”，傅雷译为“那简直是死生活”，这就是在和罗兰竞赛；我重译为“那就是虽生犹死”，这又是在和罗兰、傅雷竞赛，竞赛的结果是提高。

许钧：您刚才说，翻译要做到不失真，但更要有美。这里的真，是否更偏向于原文,也就是说把传达原文的内容、精神作为翻译的重心,而美,更偏向于译文的表达形式,主要表现为语言的美。这之间是否会有矛盾?这里,还是涉及神与形的关系问题。"真",是人类从思到言的过程中最大的追求,任何人都想能用语言忠实地表达自己的思想,而美,则是表现为更好地表达思想。再说,对于翻译的美,人们的意见也不一致,特别是语言表达,可有不同的美,朴素是美,华丽是美,委婉是美,豪放也是美。如果原文的语言是朴素的美,译成了华丽,美仍然是美的,但却失真了。翻译中这种情况实际上是存在的。

许渊冲: 我认为"不失真"是翻译的低标准,"求美"是高标准。例如刚才讲的译例,傅雷译"死生活"不能算是"失真",新译"虽生犹死"却更达意而且更美。我还想到一个译文:"生不如死",这也不失真,也比傅译更美,但比起"虽生犹死"来,"美"的程度难分高下,"真"的程度却低于"虽生犹死",因为"虽生犹死"是说生等于死,"生不如死"却说生比死还更坏,比起原文来,就有点失真了。"活死人"也差不多。这个例子可以说明我对真和美的辩证观点;但只要不失真,我是认为越美越好的。

你说"可有不同的美",不该把朴素的美译成华丽。我认为你这是空谈,要联系实际来讨论,你说的"朴素美"大约是"美丽的小城","华丽"大约是"山清水秀";我却认为"山清水秀"并不华丽,只是说出了美在什么地方,而朴素的"美丽小城"却会使人误以为建筑美丽,因求朴素而失真了。在我看来,原文有朴素美的,译文如只求朴素,结果多半不美。你认为有朴素美的《红与黑》沪译本,我从头到尾看了一遍,几乎找不到一句使我好之或乐之的译文。这是我读沪译本的真实情况。

许钧: 您创造美,目的很明确,从大的方面讲,是为了世界增添一份美,从小的方面讲,是自得其乐。但翻译作为再创作的文字艺术,是要有读者看的,所以,您特别强调,美的译文,应该是能让读者喜欢的。您在"美化之艺术"那篇序中说,文学翻译的目的,最重要的是要使读者"知之""好之""乐之"。对于"知之""好之""乐之"这三个层次,或者说三种境界,在我看来,既是对译者而言,也是对读者而言。我觉得您的这些说法,好像受了王国维的三境界说的影响。

许渊冲: 我在去年出版的回忆录《追忆逝水年华》中就说过,王国维在《人间词话》中提出的"境界说",对我启发很大。我根据他的理论,把境界说应用到了文学翻译中，提出文学翻译也应该达到“知之”“好之”“乐之”三种境界。所谓“知之”，就像晏殊《蝶恋花》中说的：“昨夜西风凋碧树，独上高楼，望尽天涯路。”西风扫清了落叶，使人登高望远，一览无遗，就像译者清除了原文语言的障碍，使读者对原作的内容可以了如指掌一样。所谓“好之”，犹如柳永《凤栖梧》中说的“衣带渐宽终不悔，为伊消得人憔悴”。译者如能废寝忘食，流连忘返，即使日渐消瘦，也无怨言，那自然是爱好成癖了。所谓“乐之”，犹如辛弃疾《青玉案》中说的：“众里寻他千百度。蓦然回首，那人却在，灯火阑珊处。”这说出了译者“山穷水尽疑无路，柳暗花明又一村”的乐趣。使读者“知之”是第一种境界或者叫翻译的低标准；使读者理智上“好之”是第二种境界或者中标准；使读者感情上“乐之”是第三种境界或高标准。

许钧：您说的三种境界，是否真有高中低之分呢？好像您还有一种解释：“知之”，就是让读者知道原文说了什么；“好之”，是指让读者喜欢译文怎么说；“乐之”，就是让读者对“说什么”和“怎么说”都感兴趣。如果这样的话，我倒认为，这三者是三位一体的，不可分割的，没有高中低标准之分。实际上，刚才谈的三点，外国的译家通过翻译实践，也有类似的体会和领悟。比如在17世纪初，法国的马莱伯在翻译塞内加、提图斯·李维乌斯的作品时，就提出了类似观点：一是在“原文晦涩，有可能给读者造成阅读障碍的地方”，可以添加有关解释，以便使读者“明了”；二是“为了行文不重复，或者为了避免出现有可能使敏感的读者感到不快的粗俗文字”，可以“作些删改”；三是译文要尽可能让“读者愉悦”。在翻译提图斯·李维乌斯的《罗马史》第33卷时，马莱伯还在译著的“敬告读者”中指出：“凡提图斯·李维乌斯原作中不完美的地方，在我的翻译中都经过重新装饰，这也是本着求真的精神。”看来，通过对翻译的探索和思考，中外译家会得出一些相同的看法。

许渊冲：我认为“知之”“好之”“乐之”三种境界是有高下之分的。举例来说，我认为《红与黑》的沪、宁译本只能使人知之，不能使我好之，而杭、湘译本却不但使人知之，还能使我好之，有时甚至乐之。所以杭、湘译本显然高于沪、宁译本。你说这三者是“不可分割的，没有高中低标准之分”，我不同意，如沪、宁译本就只达到了低标准，而没有达到高标准。

你提到法国马莱伯的三个类似的观点，我看他和我还是同中有异的：

一、他说"原文晦涩",可以加注,使读者"明了",这是从消极方面说的;我却认为原文无论晦涩不晦涩,都该使读者"明了",这更全面,也更积极。二、他说"为了行文不重复",或者避免粗俗,可以"作些删改",这和我提出的"好之"并不相同;我却认为使读者好之,只要不失真,都可进行删改。又是他更消极,我更积极,全面。三、他说要使"读者愉悦",字面上和"乐之"相近,但他又说"原作中不完美的地方",要"重新装饰",又是从消极方面讲的;而我说的"乐之"却更全面,并不限于"重新装饰"。

在1995年初,我曾就《红与黑》汉译的问题在信中跟你说过,翻译可以算是"化学"。化就是原作者用译语的写作。文学翻译是化原文为译文的艺术,是化原文之美为译文之美的艺术,用的方法,我看主要是等化、浅化、深化三种。举一个例子吧。我译《毛泽东诗词集》,其中有一首叫《屈原》,第一句为"屈子当年赋楚骚"。"屈子"音译Qu Yuan;"当年"如果直译为that year,反而不知道为哪年,不如意译,深化为long long ago;"赋"是"赋诗"的意思,译成rhyme,可以算是"等化";"楚骚"指楚国的《离骚》,译成Sorrow after Departure音节太多,"浅化"为一个词grief;全句译成Qu Yuan had rhymed his griefs long long ago。由于原语文化与译语文化之间的差异,特别是语言方面的差异,译文不可能与原文完全做到等化,所以还要有"深化"与"浅化"为手段,作为补充,才能将原文化为译文。如"三化"手段运用得当,就会收到好的效果。

许钧: 手段或方法运用是为一定目的服务的。您的"三化法",是为了保证"三美",是为了达到"三之",理论是自成体系的。但在实践中,有的好像不太容易掌握。就说"三化"吧,原文说深了或说浅了,也是有一定目的的。特别是文学作品,有的说得很含蓄,很委婉,留有余地,留有余味,给读者以丰富的想象空间。如果遇到这种情况,你来一个浅化,往白里说,读者是明白了,"知之"了,但从某种角度上,不是缩小了读者的阅读空间、想象余地了吗?反过来,原文比较直白,比较明了,若译者又嫌原文无味,来一个深化,不是又改变了原文的质地了吗?这个问题,不知许先生在翻译中是否考虑过,其中的度是怎么把握的?

许渊冲: 你说"原文说深了或说浅了,也是有一定目的的",不能随意浅化或深化。你没有注意我说"三化"是要扭转劣势,争取均势,发挥优势。最大的劣势是不能使读者知之,没有达到翻译最低的要求,那就非浅化或深化不可，并不是随意化的。例如刚才举的例子“当年”，如不化为long long ago，就不能使人知之；又如“楚骚”，原文就是“楚国《离骚》”的简化说法，如不浅化，译文诗行太长，不能使人好之；再如译毛泽东的那句名诗“不爱红装爱武装”，可以用等化法译成：They love to be battle-dressed and not rosy-gowned。就形式与意思而言，与原文相当近，但却不能使人乐之，不如把“红装”具体“深化”为“涂脂抹粉”，把“武装”具体深化为“面对硝烟弥漫的战场”，译为：To face the powder and not to powder the face。这样，“浅化”扭转劣势，“等化”争取均势，“深化”发挥优势，目的就是要达到好的翻译效果。我还是赞同亚里士多德说的那句话：“用最好的方法，取得最好的效果。”

你说原文说得含蓄、委婉，不能浅化；原文直白，不能深化。我的看法是：原文的含蓄委婉能使原文读者知之，甚至好之、乐之；译文如果含蓄委婉得能使读者知之，甚至好之、乐之，那自然再好没有；如果不能使人知之，那就只好浅化或深化了。如“春蚕到死丝方尽”，原文含蓄，“丝”包含“相思”的意思，如只译成silk或soie，就不能使人知之，所以我深化为lovesick和soif d'amour。又如“不爱红装爱武装”比较直白，但我的新译更能使人乐之，所以深化。总而言之，我认为诗人并不如诗重要。如果不合原诗人风格，但能译出更好的诗来，我是宁可舍诗人而取好诗的。

许钧：这一点有待商讨。您在上面说过，翻译是要让读者“知之、好之、乐之”。任何一个译者，都希望自己的译作能被接受。但是，作为一个译者，是否还应该思考这么几个问题：读者到底喜欢什么样的译文？读者对翻译到底有怎样的审美期待？读者对翻译的接受心理如何？读者与译者一样，都是处于一定的空间和时间中，都是一个社会的人，他的审美需求，他的认识需求，他的接受心理无不受到时代的影响，还要受到社会、政治、意识形态等因素的影响。因此，作为一个译家，许先生是否也考虑过这些因素？您认为您的翻译主张是否会被普遍认同？您的译作是否会实现自己的追求，让读者真正喜欢呢？

许渊冲：关于读者问题，我的读者中有我的老师朱光潜、钱锺书（我的留法同学吴冠中说：“我们都是吃朱先生的奶长大的。”），我的同学杨振宁、朱光亚，美国加州大学、法国巴黎大学的外国教授，英国企鹅出版社的编辑，自然还有我的学生。他们都对我的译著作了高度评价，有个学生甚至自称

"许迷",但我认为最高的评价来自墨尔本大学的美国教师Jon Kowallis。他说我英译的《楚辞》"非常了不起,可算英美文学里的一座高峰"。能得到英美读者这种评价,夫复何求?

但也有反对我的读者,代表人物是反对押韵的王佐良(已故)。我曾经讲过一个笑话:有个士兵中了毒箭,去找外科医生,医生只把箭杆切断,说取出箭头是内科医生的事。《现代外语》和《杭州师院学报》还发表过外科派对我的攻击,却不发表我的反批评。你征求读者对《红与黑》汉译的意见,因为方法不公平,也以外科派的胜利而告终,但国外读者却不买外科译者的账,你说译者何去何从呢?我同意胡适和傅雷说的:文学翻译应是原作者用译语的写作。译者也是读者。我只问:"如果我是作者,我会怎么写呢?"于是我就用内外科结合的翻译法。

许钧:关于"外科派"的说法,我有不同的看法,这里暂且不论。先生的译文我拜读过不少,有法译汉的,也有汉译法的,确实很美。但是,对于美,有不同的理解。您在理论上提出翻译是"美化之艺术",可能会使一些青年翻译者产生误解,以为翻译就是美化。而且对"美"这个字也会有理解的偏差,以为美就是语言美,就是追求美文。目前译坛上就有一种美文风。不重对原著精神的理解,片面追求所谓的美,真可以说是"不忠的美人"在我们的译坛上到处亮相。

许渊冲:我在前面说了:美是best words in best order。你说有人"不重对原著精神的理解,片面追求所谓的美"。我认为不重理解,就不"知之",就不可能译出最好的文字(best words),怎能算是追求美呢?追求美是不可能片面的。根据你征求读者对《红与黑》汉译的意见看来,读者更喜欢沪译和宁译;而我认为沪译和宁译都是外科译派,翻译腔严重,缺点正是没有再现原作之"美",居然受到读者欢迎,可见读者中"翻译腔"之毒多深!所以我看译坛该反对的是"翻译腔",不是"美文风"。

许钧:翻译是一个脱胎换骨的过程。法国巴黎高等翻译学院塞莱斯科维奇和勒代雷教授创立的释意派翻译理论强调翻译是释意,翻译的过程有三:一是理解,二是脱离原语语言形式,三是再表达。这与您的观点倒有不谋而合之处。传达意美是她们所说的"翻译意义",而传达音美、形美,则要在脱离原语语言形式的基础上,按译入语的音形义结合规律重新创作,译文要传达原文的音美、形美,是一种脱胎换骨的创造,也就是您说的一种转世还魂。您说过，翻译要得意忘形，也是这个意思。忘形就是释意派理论的脱离原语形式，这不是不顾原文形式，因为原文形式不能照搬，这是为了在译文中再创造原文形式所蕴涵的美学价值，也就是您说的要传达原文的音美、形美。

许渊冲：我觉得法国释意派的译论不如我的高深。她们说的“翻译意义”只是“意似”，而不是我说的“意美”。例如前面提到的“不爱红装爱武装”，译成battle-dressed和rosy-gowned已是“翻译意义”，已是“意似”，但用face 和powder才能说有“意美”。我认为中国学派的翻译理论是目前世界上最高的译论，因为它能解决世界上最难的中西互译问题，但中国人受压迫太久，自卑心理太重，所以我要像杨振宁说的那样提高民族自尊心，把翻译提高到创作的地位，建立中国学派的译论。

1998年1月初稿

“信达雅”与“真善美”

/屠　岸　许　钧

许钧：就我所知，先生早在40年代就开始做翻译，在半个多世纪的文学翻译生涯中，先生译的主要是外国诗歌与戏剧，几乎不涉及小说的翻译，这是否与先生的文学创作活动和工作有相当大的关系呢？您的诗歌创作和诗歌翻译之间有什么联系或影响吗？

屠岸：我从事翻译，主要是译诗。译小说，有过一次，是把师陀的小说《贺文龙的手稿》译成英文，发表在上海英文《密勒氏评论报》1949年6月18日出版的一期上。译戏剧，量也很少。90年代应方平兄之约，译了莎士比亚的历史剧《约翰王》。莎剧台词大都是素体诗，我把它既当作诗又当作剧来翻译。与工作有关的翻译有一次：50年代我在中国戏剧家协会工作，接受了南斯拉夫戏剧家努西奇的喜剧《大臣夫人》的翻译，译本在1958年由中国戏剧出版社出版。原文是南斯拉夫驻华大使馆向剧协提供的英译打字稿，接受翻译是为了促进中南两国文化交流。1983年西安话剧院根据我的译本把它搬上了舞台。

我译诗，首先是出于我爱诗。我在上海交通大学读的是铁道管理，但爱的是文学。我与权表兄同住一楼，他在光华大学读英国文学。他的英国文学课本和读物，我都拿来读，我和他还常到当时上海英租界工部局图书馆去遍览英国文学书籍。他的老师周其勋先生对英国诗歌的讲解，都通过他传到我的耳朵里，他有一本 *Golden Treasury of Songs and Lyrics*（《英诗金库》），上面写着密密麻麻的注释，是周先生讲解时他记下的，我都拿来学。1941年12月太平洋战争爆发后，日本侵略军进占上海租界，英美居民都被抓进集中营，他们家中的藏书大批流入上海旧书市场。我把能攒的零用钱全都用来购买英国文学原版书，大部分是诗歌。（这些旧书后来都毁于“文革”。1984年我访英时，到新旧书店去，也没有见到我在40年代上海所购得的英诗版本！）我的课余时间都花在阅读中国古典诗歌、英语诗歌和“五四”以来的中国新诗歌中，达到如痴如醉的程度。我也阅读翻译诗，如梁遇春、郭沫若、戴望舒等人的译诗，逐渐感到，我也可以试试，于是开始译诗的尝试，终至一发而不可收。

我译惠特曼的诗，开始时是出于对他的爱好。我爱他雄浑、自由、奔放的诗风。对他在美国南北战争时期写的诗，尤其喜爱。我把译他的52首诗结集，以《鼓声》为书名，于1948年在上海自费（用“青铜出版社”名义）出版。惠特曼是林肯总统和北方联邦政府的支持者，这部译诗集中有不少诗篇歌颂南北战争中北方的战士，歌颂林肯。而我的这部处女译著出版时正值中国人民解放战争进入决战阶段，我借它的出版作为象征：支持以延安为代表的北方革命力量，预示这场战争将导致全中国的解放。

1946年到1947年我和友人合办过油印诗刊《野火》，出了3期。上面登载创作的新诗，也登载译诗。其中有我译的苏联诗人马雅可夫斯基的《我们的进军》和英国诗人威廉·莫里斯的《那日子要来了》。后来袁鹰等同志在党的地下组织领导下主办的铅印丛刊《新文丛》公开发表了《那日子要来了》，并把诗题作为丛刊那一辑的辑名。我译的俄国诗人聂克拉索夫的诗《许多都城震动了》发表在《蚂蚁》小辑的一辑上，也以该诗题作辑名。此时已经到了1948年，中原大地的城市一座座获得解放，全国解放的日子快要来了。这是我又一次（也是最后一次）用译诗“配合”政治。

我后来出版的译诗集，都是出于对缪斯的祀奉，没有任何政治暗示。

我的第一首白话诗习作是《北风》，写于1936年。1938年秋，开始写旧体诗，那是受母亲的熏陶，读唐诗入了迷，便不自量力学着写。1941年开始热衷于写白话新诗。我写的第一首公开发表的诗是《祖国的孩子》（散文诗),我的第一首公开发表的译诗是爱伦·坡的《安娜贝莉》,它们都发表在1941年上海《中美日报》的副刊《集纳》上。此后,我的诗歌创作和诗歌翻译同步进行。太平洋战争爆发后,日军侵占上海租界。我不向任何敌伪报刊投稿,但创作和翻译没有停止。抗战胜利后,我成了《文汇报》副刊《笔会》和《大公报》副刊《星期文艺》的投稿者,《笔会》主编唐弢先生和《星期文艺》主编靳以先生发了我的不少新诗、译诗和关于译诗的评论。当时在《文汇报》、《申报》和《东南日报》上发表的我的译诗,原作者有英国的莎士比亚、雪莱,苏格兰的彭斯,爱尔兰的斯蒂芬斯,法国的波德莱尔,奥地利的里尔克,俄国的普希金、尼基丁,美国的惠特曼,印度的泰戈尔等。

我的诗歌创作和诗歌翻译之间有着明显的联系,这里着重谈一下十四行诗。在40年代,我写了十几首汉语十四行诗,那是在翻译英国十四行诗(莎士比亚、斯宾塞、雪莱)的影响下,也是在读中国诗人朱湘、冯至的十四行诗的引导下,开始动笔的。50年代,十四行诗被某些评论家斥为"已经僵死了的西欧贵族和资产阶级的诗歌形式","已经随着产生它的时代和阶级一去不复返了",致使汉语十四行诗在中国诗坛上绝迹。到70年代末,我才又拿起笔来写作十四行诗。收在《屠岸十四行诗》(1986)和《哑歌人的自白——屠岸诗选》(1990)中的十四行诗,是我40年代和80年代的作品。卞之琳先生在《翻译对中国现代诗的功过》一文[1]中提到我译莎士比亚十四行诗与《屠岸十四行诗》之间的关系,认为后者是在前者的影响下产生的。

我写十四行诗,开始时并没有引进这种体裁的考虑。我在实践中逐渐意识到这种体裁与中国古典诗歌中的律诗十分接近,可以作为中国新诗形式的一种而存在,并且可以得到发展。长期以来,中国新诗一直以自由诗为主体。但20年代闻一多就从理论和实践两方面提倡新格律诗(或者叫现代格律诗)。50年代,何其芳、卞之琳等曾讨论过中国新诗的格律问题,但讨论没有持续下去。"文革"结束后,对新格律诗的理论探讨和创作实践又活跃起来。汉语十四行诗以个人专集形式出版的就有多种,许多诗人的诗集中收有十四行诗:由选家选编的《中国十四行诗选》也出版了两种。我曾为许霆、鲁德俊选编的《中国十四行诗选》写过序,对中国十四行诗的渊源和走向提出了我的看法。我感到,包括十四行诗在内的中国新格律诗将不断巩

1 卞之琳:《翻译对中国现代诗的功过》,《译林》,1989年第4期。

固自己的地位，总有一天会形成与自由诗分庭抗礼的局面。

我写十四行诗运用了引进的形式，但拒绝单纯的模仿。莎士比亚十四行诗也是运用了从意大利引进的形式，但不是模仿彼德拉克。莎士比亚发挥了他伟大天才的独创性。中国诗人们写十四行诗同样发挥了他们各自的独创性。如冯至的十四行诗，虽然受到里尔克的影响，但他在诗中表达的对人生和宇宙的思考，蕴涵的丰富而深邃的哲理，则是20世纪40年代中国的，更是冯至个人的。我写十四行诗，是为了表达我所处的时代和在这个时代中生活的我所特有的思索与感受。

许钧：先生翻译过惠特曼的诗集《鼓声》、《莎士比亚十四行诗集》，还译过斯蒂文森的儿童诗集《一个孩子的诗园》（合译，1982年）。在这些不同国度、不同风格与不同题材的翻译中，先生的总的翻译原则是什么？又采取了什么方法以传达它们之间的不同特点？

屠岸：我对严复的“信、达、雅”三原则，始终信奉。这三者中，我认为“信”是中心，是主导，也是关键。正如人生三标准“真、善、美”，“真”是根本，“真”的内涵是“善”，外延是“美”。没有真，也就不存在善、美。信好比真，达、雅是信的两个侧面。没有信，就谈不上达、雅。不达，就不能说信了。对读者负责必须与对作者负责统一起来。对雅，我的理解是对原作艺术风貌的忠实传达。所谓“不忠之美”，我认为不符合翻译的雅，而是译者创作之美。英国诗人费兹吉罗德译的波斯诗人欧玛尔·哈亚姆的《鲁拜集》，被认为是费兹吉罗德的创作，列入英国诗选；美国诗人庞德译的中国古诗，如汉武帝的《落叶哀蝉曲》、李白的《长干行》等，被认为是庞德的创作，列入美国诗选，我认为恰当。这些是特殊的现象，广大的翻译工作者不宜仿效，因为这不是人人能做到的。

我译诗用的语言，是当代白话——以北京语音为标准音，以北方话为基础方言，以典范的现代白话文著作为语法规范的普通话。要求口语化，适当用一些至今还有生命力的文言词语，但应与白话水乳交融。生硬的欧化语法不用。有些欧化语法和外来词语已融入今天中国人的语言文字中，丰富了中国语文的表现力，这在翻译时自然接受。

我不用文言的古典诗歌形式译诗。我觉得那样会造成不谐调气氛，产生不伦不类的感觉，但从古典诗歌和民歌中吸取有益的营养，是必要的。

外国诗有多种形式和体裁。我用汉语新格律诗译外国格律诗，用汉语自由诗译外国自由诗。对英语格律诗的翻译，我的原则是"以顿代步，韵式依原诗"，亦即卞之琳先生所说的"亦步亦趋"。"顿"与闻一多所说的"音尺"、孙大雨所说的"音组"是一个东西。英语格律诗有两个要素，一是节奏，叫"格"(metre)，一是韵，每首诗都有"韵式"(rime-scheme)。诗行由若干"步"(foot)构成，一"步"包括两或三个音节，音节的轻读和重读的位置决定"格"的性质，因此有所谓"轻重格"(即抑扬格)、"重轻格"(即扬抑格)等。英语素体诗(blank verse)除了不用韵外，与其他英语诗一样。英语语音的特点是轻音和重音间的交替，汉语语音的特点是四声的交替。这两种特点无法互相沟通。因此轻音重音位置固定的"格"在英诗汉译时无法表达，不可能"译"出。但英诗"步"可用汉语"顿"(音组)代。以音组代音步的方法之首创者是孙大雨先生，完善者是卞之琳先生。当代运用"以顿代步"方法的译家逐渐多起来，成功者有杨德豫、黄杲炘先生等。

"顿"和"步"有特殊的"缘分"，所以"以顿代步"成为英语格律诗转换为汉语格律诗的特殊"桥梁"。但这座桥不能逆向通行。把汉语格律诗译成英语时就不能"以步代顿"。其他语种的格律诗汉译时能否用"顿"来代原作的节奏单位，尚待研究。

对英语自由诗，我用汉语自由诗来译。自由诗并不是无节奏的分行散文。优秀的自由诗有动人的内在节奏。惠特曼的诗，常常是汪洋恣肆，如海涛汹涌，有强烈的节奏感和旋律感。所以，无论译格律诗还是自由诗，我总让自己带一双有音乐感的耳朵。

我的译诗要求是既要传达原作的风格美、文体美，也要传达原作的形式美、音韵美。(这是追求的目标，能达到多少是另一回事。尽善尽美是永远不可能的。)要传达原作的精神和风格，译者就应当做到深入体验作者的创作情绪，使译者的心灵与作者的精神契合，译者的灵魂与作者的灵魂拥抱在一起。这话也许说得有些"玄"，但我认为可以向这个方向努力。我译莎士比亚十四行诗，译济慈的六首"颂"和十四行诗，常常把原作诵读多遍，有些篇是诵读多年，烂熟于心，能够背诵的。这样可帮助掌握原作的风格和神韵。1984年我访英时，在爱丁堡和格拉斯哥的集会上，我朗声背诵了莎士比亚的十四行诗和彭斯的怀乡诗。苏格兰朋友问我为什么对英诗喜爱到如此程度，我的回答是：因为我要求自己成为一个合格的英诗翻译者。

深入体会原作的精神，还必须把翻译和研究结合起来。译一位诗人的作品，就应该了解和研究他的生平、创作经历，所谓的流派，他的时代，他对同时代人和后世的影响，他的诗作的特色和在文学史上的地位，等等。这种了解和研究不能脱离文本。我的译本都有自己写的前言、序或后记，其中包含了我的研究，只是研究得还不够深入。

我有一个习惯，就是译作出版后，如有再版机会，我就不断进行修改。《莎士比亚十四行诗集》就进行过小的和大的修改多次。我体会到，对译作的修订、改进、琢磨，是无止境的。

有人认为，译者要选与自己风格近似的原作来译，这样易于成功。这话有道理。但译者的风格也不是一成不变的。我在1948年发表在《大公报》上的《译诗杂读》中曾把翻译比之于绘画的临摹和音乐的演奏。我说，同一原作经过不同的译者之手出来，必然产生不尽相同的效果，正像同一乐曲由不同的演奏家演出，必然带有不同的特色和风采。那么反过来，同一个演奏家可以演奏不同作曲家的多种乐曲，同一个演员可以表演不同剧作家剧作中的许多角色，只要这个演奏家或演员能深切体验原作（乐曲和剧本）的精神实质，把它化为自己的血肉，那么他们的演出就会成功。演奏家和演员必然有他们对原作的理解，有他们自己的风格，他们的艺术是第二度创造，是原作的风格和他们的风格水乳交融的产物，是他们的灵魂和原作者的灵魂相结合的产儿。翻译的道理与此相通。我读戴望舒译的波德莱尔的诗和他译的洛尔迦的诗，感到二者风格不同而又仿佛相同。不同，因为原作者是两个人；仿佛相同，因为译者是一个人。

许钧：在诗歌翻译中，最困难的是形象的转换。先生在诗歌翻译过程中，有没有遇到过不可转换的诗歌意象？另外在韵律层次上，诗歌翻译中有没有什么“失”，您如何处理？在隐喻的再现上，有哪些困难？

屠岸：“形象”有时作文艺作品中的“人物形象”解，又可作具体形状或姿态解，与“抽象”相对。在诗歌翻译中，会遇到形象：在叙事诗中是各式各样的人物，在抒情诗中是作为抒情主体的诗人自己，当然也常有别的人物。我对翻译学所知甚少，不知“形象转换”是否翻译学的专门术语。我姑且把“形象转换”理解为把原作中的人物用另一种语言表现或塑造出来。这不容易，首先会遇到对原形象的理解问题。如莎士比亚戏剧中的人物，不同的导演和演员可以有不同的理解和不同的解释，因而有不同的演出。一千个演员演同一个莎剧中的哈姆雷特会出现一千个哈姆雷特。百分之百的原汁原味是不存在的。但我又认为，这一千个哈姆雷特又必须都是莎士比亚的丹麦王子，必须"万变不离其宗"，否则就不是莎剧而是别的什么东西了。翻译的道理与此相通。我译济慈的叙事诗《圣亚尼节前夕》《伊萨贝拉》《拉米亚》等和译莎士比亚的叙事诗《鲁克丽丝失贞记》时，就遇到"形象转换"问题。工作的第一步就是深入原作的人物形象中去，掌握他（或她）的性格、禀赋、气质，以及语调、姿态等，然后运用适当的汉语把他们表达或塑造出来。

然而翻译与演剧不尽相同。不同译者笔下出现的同一原作人物之间的差异，较之不同导演、演员塑造的同一原剧人物之间的差异，要小得多。这是因为舞台创造的空间比翻译活动的空间大。此外还要看到，原作中的人物是多种多样的，有的简单，有的复杂。莎士比亚的《鲁克丽丝失贞记》中的两个主要人物塔昆和鲁克丽丝，一个是淫棍、强奸犯，一个是贞女、烈妇。两人都有丰富的内心经历。但不同的译者对这两个人物的理解不可能有大的差异。杨德豫译的《贞女》和我与屠笛合译的《鲁克丽丝失贞记》中这两个人物形象基本上是一致的。

有的人物就比较复杂，莎士比亚历史剧《约翰王》中的私生子菲利普，是个勇敢、正直的爱国者，但他有一段关于丑恶的"利欲"的著名独白。他在痛斥"利欲"之后，又说：假如有机会，他也会选择"利欲"。一位西方评论家认为，可见菲利普已经萌生了一种倾向于"物质现实主义的非道德觉醒"。（认为他选择"利欲"放弃道德是一种"觉醒"！）我在研究了菲利普的全部言行之后，认为这位评论家的判断是可疑的。我认为那段独白的后半部分是反讽，而且是强烈的反讽。根据这种理解，我在译文中就自然流露出一种说反话的口气。

对抒情诗中的形象——主要是抒情主体即诗人本人的形象，译者应掌握作者的性格和气质。要注意的是，作者本人也是在变的。青年华兹华斯和老年华兹华斯不一样。写《满二十三周岁》时的弥尔顿和写《梦亡妻》时的弥尔顿不一样。这就要求译者掌握好分寸。抒情诗中也有人物形象。莎士比亚十四行诗中除诗人自己外，还有青年贵族"朋友""黑女郎""诗敌"等人物，要完成这些"形象转换"就要求翻译与研究（不是烦琐考证）相结合。华兹华斯的《露西·格雷》中的露西与《露西抒情诗》五首中的露西不是一个人，又仿佛是一个人。这要求译者仔细体会二者细微的差别，用艺术家的手法去再度创造这两个深刻而又单纯的农村少女形象。

“意象”和“形象”，在英语中都是image。但这两个中文词既有共同点，又有不同点，形象强调形，具象，所以与逻辑思维相对的是形象思维。意象强调意与象的结合，接近意境、情景。在诗歌翻译中，会遇到某些不易转换的意象。这里举一例，济慈的《夜莺颂》第七节中有三行，原文是：

The same that oft-times hath
Charmed magic casements, opening on the foam
Of perilous seas, in faery lands forlorn.

大意是：这同样的歌声（指夜莺的歌唱）曾多次迷醉了那神秘的窗子，这窗子向险恶的大海浪涛打开着，在那失落的仙乡。这里济慈用了一个典故：中世纪传奇故事里常常讲到美丽的公主被囚禁在海上古堡里，勇敢的骑士泅过惊涛骇浪，救出公主，获得她的爱情。（也可能是借用希腊神话和传说中的故事：青年勒安得每夜泅渡赫勒斯滂海峡去与情人希罗相会。最后一次，希罗的灯灭了，勒安得溺毙在大海里，希罗找到了他的尸体后，投海而死。）济慈想象夜莺的歌声打动了美人的心，使她打开窗户，望看大海，盼望勇士的到来。但原文文字上没有出现美人，只出现了magic casements（神秘的窗子）这个意象。译文如何处理呢？这三行诗，朱维基的译文是：

也许就在那孤寂的仙境
经常朝着危急的海浪而开的
那个着了魔法似的窗格。

查良铮的译文是：

就是这声音常常
在失掉了的仙域里引动窗扉
一个美女望看大海险恶的浪花。

朱译按原作只出现“窗格”而不提美人（这几行译文把“窗”与夜莺歌声的关系切断是不妥的），使读者摸不着头脑。查译直截了当地写出“美女",而原作不是这样,这样译就失去了原作含蓄的意味。

我的译文是:

这歌声还曾多少次
迷醉了窗里人,她开窗面对大海
险恶的浪涛,在那失落的仙乡

原文casements是个隐喻,有指代意义,它暗指窗里有美人。为了读者,我只好牺牲隐喻,但不能失去喻象,于是我把它译为"窗里人",使隐喻和它暗指的对象结合,受到夜莺歌声的迷醉。这种译法与朱译不同,接近查译,但与查译在"窗扉"之外另加"美女"也不同。我不敢说我的译法优胜,但不否认有我的特点。

朱译虽有缺点,但他把magic译出了:"着了魔法似的。"magic可解作"神秘的",也可解作"着了魔法似的"。朱译是正确的,因为"窗"在这里是暗指美人,美人在渴望着爱人的来临,仿佛着了魔一样,这正是热恋中的情人的心态。magic这个词在查译和拙译中都没有译出,应该说是一种"失"。如果我在译文中把它加进去,那么上面引的拙译三行中的第二行就要变成:"迷醉了那着了魔似的窗里人,她开窗面对大海。"此行原为五顿(代五步),这一来变成七顿,就与"以顿代步"的原则相背。而且这行变得过长,在视觉上失去了匀称,这也是"失"。再说,原文中charmed是主语的行为动词,magic是宾语的形容词,二者对应,译文中已有"迷醉了",那么省去"着了魔似的",便不能说损害了多少原意,这个"失"不大,两"失"相权,取其轻者,这就是我那样译法的理由。

不可转换的诗歌意象,是会遇到的。比如莎士比亚十四行诗第135首,原文中will这个词出现了13次。这是诗人在做文字游戏,但戏得不俗,每个will中都含有深意,形成了一连串的意象。我费了点心思,把诗中出现的will分别译为"主意"、"意向"(出现2次)、"意图"(出现4次)、"意欲"(出现3次)、"意志"等,使包含"意"字的汉语双音(二字)词也出现了13次。但原作中一个will包含多层意思,译文无法全部表达。原作中最后一个*Will*,首字母大写,用斜体字型排出,它不但含有will所含的多种意思,同时是莎士比亚的名字William(威廉)的简写,我把它译成"意志",加引号,以示与众不同，但只能表达它的一种意义，无法表达暗示作者自己或其他与作者同名者。这就是不可转换的意象。正如毛泽东的词《蝶恋花》中的句子“我失骄杨君失柳”，“杨”和“柳”既是象征春天的两种树，又指杨开慧和柳直荀两位烈士。这在译成外国语时是无法兼顾的，补救的唯一办法是加注。

许钧：我在《中华读书报》上读过先生的一篇文章，叫《“归化”和“洋化”的统一》，这是文学翻译中比较重要的一个问题，涉及翻译的目的与原则，先生是怎么理解的？“归化”与“洋化”的度应如何掌握为好？

屠岸：关于“归化”和“洋化”，我在那篇短文里已把我的基本观点说明了。这里可以作点补充。有的翻译理论家把译者比作“一仆二主”，是说他既要忠于原作者，又要忠于读者，这道理是对的。但，尽管“仆”不一定含贬义（如“人民的公仆”），我觉得还是换个说法为好，不如说译者“一身而二任”，既是作者的朋友，又是读者的朋友。对朋友，要讲忠诚，要讲友好。为了作者朋友，要讲“信”；为了读者朋友，要讲“达”“雅”。三者又分不开，都是为了两个朋友。“洋化”与“信”联系较多，“归化”与“达”“雅”联系较多，但三者也不能分割。对读者朋友来说，“归化”过度是对他们的蒙蔽，“洋化”过度是对他们的放弃。以作者朋友来说，“归化”过度是对他们的唐突，“洋化”过度是对他们的谄媚。

周珏良先生在《论翻译》中说，除非有特殊理由，不准用四字成语。我认为四字成语可以用，但要用得恰当，不要多用，更不可滥用。对带有中国典故的成语，必须慎用，最好不用。我在那篇短文里举过几个例子，如在莎士比亚诗的译文里出现“朝秦暮楚”，在彭斯诗的译文里出现“初识之无”，在巴尔扎克小说的译文里出现“毛遂自荐”等含有中国历史典故的成语，这种译法是“归化”过度的结果，会使读者产生时代和民族传统文化错乱的感觉。

还可以举几个例子来说说。莎士比亚十四行诗第99首第6—8行原文为：The teeming autumn, big with rich increase, /Bearing the wanton burden of the prime, /Like widowed wombs after their lords' decease。大意是：“多产的秋天，因受益丰富而充实，孕育着春天留下的丰沛的种子，像丈夫死后的寡妇的子宫。”——womb（子宫）这个英文字，在英语诗歌中出现的频率虽不算高，但并不回避。可是在中国诗歌中，以及在中国其他文学作品如小说、散文中，“子宫”这个词是见不到的。这牵涉到不同民族文学语言传统和读者欣赏习惯问题。在英国读者看来，出现womb很自然；在中国读者看来，出现“子宫”就感到突兀。因此，我在译这首诗时，不能不把这个词“归化”一下，把那行诗译成：“像死了丈夫的寡妇，大腹便便。”我觉得这样更适合中国读者的欣赏习惯。

作为译者，心中应时时警醒着，意识到中国和外国不同的历史文化和地域文化的差异。我译的莎士比亚十四行诗第25首中有这几行：“辛苦的将士，素以骁勇称著，／打了千百次胜仗，一旦败走，／就立刻被人逐出荣誉的记录簿，／使他过去的功劳尽付东流。”这里最后一行的原文是：“And all the rest forgot for whish he toil'd.”意思是：“他过去的功劳被人全忘了。”我译成“尽付东流”，是意译。这本来并无不可，但仔细一想便觉不妥。中国的河流大部分向东流入海，特别是主要的河流黄河和长江是如此。所以中国诗歌和文学作品中，“付之东流”就是一去不返或一切白费之类的意思。“问君能有几多愁？恰似一江春水向东流”，也是这个意思。但莎士比亚的英国是一个岛国，这里的河流有的向东流入北海，有的向西流入爱尔兰海和大西洋，在他们的传统中没有“付之东流”也没有“付之西流”的概念。所以我那样译是把中国传统的地域概念强加到莎士比亚的诗作上去了。

有人把莎士比亚十四行诗第29首的最后两行译作：“我怀着你的爱，使我幸福无疆，／我决不放弃你去换取南面为王。”中国古代以南面为尊位，帝王之位南向，故称帝位为“南面”。《易·说卦》有云：“圣人南面而治天下，向明而治。”《庄子·盗跖》也说：“凡人有此一德者，足以南面称孤矣。”但英国国王并无“南面而治”之说。莎士比亚的那行诗原文为“That then I scorn to change my state with kings”，意为“教我不屑把处境跟帝王对调”，这里没有丝毫帝位面向什么的影子。上述那种译法是把中国传统的方位观念强加到莎士比亚诗作上面去了。

上面举的两种译法也是“归化”过度的例子。

我想到鲁迅批评赵景深把Milky Way译为“牛奶路”的事。有人评论说，契诃夫的原作小说《万卡》中提到，小孩万卡眼中天上的Milky Way像用雪擦洗过那样洁白，“路”是可以擦洗的，“河”怎么能洗呢？所以译成“牛奶路”或如鲁迅所拟的“神奶路”是正确的。关于译“银河”，英语中有两个词：Milky Way（由希腊神话而来）和Galaxy（天文学名词）可任作者选用。可是中文里却只有“银河”，或“天河”，脱不了“河”，总归不能擦洗。这时候，天平只好向“洋化”倾斜再加注了。

如何掌握好“归化”和“洋化”的“度”，我实在说不清楚，因为难以划出一条明晰的界线。我想，是否可以向译者提出两条要求：一、不要使读者产生民族传统文化错乱的感觉，二、不要使读者如堕五里雾中。

许钧：关于“归化”与“洋化”，不同的时代是否对“归化”与“洋化”的选择与认同程度有影响？作为译者应不应该从文化交流的角度看待这一问题？读者在其中又起什么作用？

屠岸：不同的时代对“归化”与“洋化”的认同程度肯定有影响。在“洋化”方面影响更为明显。现代汉语中有许多句式结构在古汉语中是找不到的，这是吸收外语语法成分化入汉语之中的结果，这丰富了汉语的表现力。现代汉语还吸收了大量外来语，使它们成为汉语的一部分，扩大了汉语的词汇。其实这种做法古已有之，“涅槃”“六根清净”等等不也是从佛教经典引进的外来语吗？从中外文化交流的角度看，引进“洋”的东西是必要的，也是不可遏制的。从历史的长河看，汉文化是一种开放的文化，海纳百川，有容乃大，一旦成为封闭的文化，就没有出路，就会枯萎。这种引进与吸收，是在以民族文化为主的基础上，而不是民族虚无主义。读者见到“洋”的词汇或“洋”的概念或表现法等等，开始时会感到突然，但时间长了，便会习惯，习惯成自然。随着全球经济一体化的进程，随着科技的突飞猛进，交通和信息传递的快速发展，地球村愈来愈小，读者必然迫切要求扩大自己的眼界和知识领域，也要求扩大文学和诗歌欣赏领域。翻译上“归化”与“洋化”相统一的问题，也必然会随着时代的发展而不断地嬗变。

许钧：文学翻译当然是一种文学交流，但文学交流属于文化交流这一大的范围之内，先生在选择作品翻译时，有没有自己的标准？作为译者和作为出版社的负责人，对作品的选择标准是不是不一样？

屠岸：我选择作品进行翻译，有自己的标准：一、在文学史上（或在现代、当代舆论上）有定评的第一流诗歌作品；二、同时又是我自己特别喜爱的、能打动我心灵的作品。选择第一流作品，是为了要把最好的外国诗歌介绍给中国读者，把外国的“真善美”输送到中国来；选择我喜爱的、能打动我的作品，因为这样的作品我才能译好。对生命力不能持久的畅销书，我不感兴趣。作为出版社负责人，考虑选题就应当更全面，视野更广阔。对入选原著的语种、原作者的国别，要扩大，时代的跨度，要延长。出版社推出外国文学作品的译本，要从改革开放的角度着眼，从中国与世界各国进行文化交流的角度着眼，从不同爱好、不同层次的广大读者的要求的角度着眼。作为文学出版社，应当出第一流的、古典的和现当代的外国文学作品，作品的文学性是第一选择标准。有些产生重大影响的作品，其文学价值或许还没有定评，但对读者具有认识价值，也可列入选题。

许钧：作为译者，先生在翻译文学作品时，当然会有自己艺术上的追求，也有自己的标准，那么您对自己译文的评价的标准与作为出版社负责人对译稿的评价的标准是否一致？这方面有没有遇到矛盾？

屠岸：翻译理论家中有人称文学翻译是艺术，有人称它是科学。我认为两者都有道理。翻译是艺术，因此译作应该是艺术品；翻译是科学，所以作品应该具有科学性或学术性。作为出版社负责人，对外国文学作品的出版，应贯彻“百花齐放，百家争鸣”的方针。作为艺术品，译本必须是“花”；作为具有科学性或学术性的劳动成果，译者必须是“家”。出版译作还必须是“百花”和“百家”的“齐放”与“争鸣”，而不应是一花独放和一家独鸣。

我自己在翻译上有要求，对自己译文的评价也有标准。但我只是百花中的一花，百家中的一家。不能把自己的标准强加给别人，也不能屈从自己不同意的某些标准。但有些标准是译界共同遵守的，比如“信”，不赞成的恐怕很少了。公开主张“宁顺而不信”的人已不见，提倡“不忠之美”的人也不多。

有时会遇到矛盾。有的译家用汉语旧体诗形式译外国诗，如王力教授译波德莱尔的《恶之花》。我当时是出版社的一名工作人员，我不赞成这种译法，但认为应当允许其存在。王力是“大家”，他的翻译态度认真、严肃，作为一种实验，更应允许“争鸣”，所以出版它我不持异议。

许钧：半个多世纪来，对译文的评价标准与要求是不是因时代而有所变化？有人认为，在中国的文学翻译中，意识形态对翻译作品的选择与处理有很大的影响，您怎么看？

屠岸：新中国成立已经半个世纪。新中国成立之初，还存在不少私营出版社，后来变成公私合营，50年代后期，全变成国营。从50年代末到70年代，出版外国文学译本的出版社，只有人民文学出版社（及其副牌作家出版社）和上海文艺出版社（“文革”后为上海译文出版社）。那时对译文质量要求严格，很少抢译之风。自70年代末以来，出版社专业分工的体制被打破，两家出版社独占外国文学译本出版的局面改变。竞争机制使文学译本的出版活跃起来，蓬勃发展。在此情况下，出版了许多优秀的译作，同时，鱼龙混杂，一些粗制滥造的译本也纷纷出笼，甚至发展到抄袭、剽窃的译作不绝于书肆。这说明一部分出版社和“译”者为利益所驱动，降低了对译文质量的要求，但不能说中国出版界和翻译界降低了对译文质量的要求。随着翻译评论和翻译理论探讨的展开，一些出版社的编辑和一部分译者对译文质量提出了更高的要求。

意识形态对翻译作品的选择与处理有很大影响，这是事实。50年代中苏“蜜月”时期，也是俄苏作品译本出版的黄金时代。当年欧美古典文学作品占一席之地，是由于我国文艺政策中有“洋为中用”一条，同时，也可说借了“老大哥”的光。苏联诗人马尔夏克的莎士比亚十四行诗俄译，在苏联卫国战争期间全部登载在《真理报》第一版上，战后出单行本，又获得斯大林奖金。所以我译的《莎士比亚十四行诗集》的出版不会受到阻碍。法捷耶夫在《谈苏联文艺》一文中指出：“欧美资产阶级在它发展的时候，也曾有过优秀的文学作品，但现在欧美作家与这种进步文学传统相对立，走向没落的道路……我们的文艺好像是联结点，我们吸取他们的好的成分，创作自己新的东西，再传给下一代。”新中国成立初期在对外国文艺的政策上与法捷耶夫所代表的苏联的政策是一致的。所以从50年代到70年代，我国出版界对欧美的现代作品一概拒之门外。60年代中苏分歧公开后，对苏联的当代作品也当作“修正主义”作品而打入冷宫。60年代初，人民文学出版社（或以作家出版社名义）以“内部发行”形式出版过一批“黄皮书”（用黄色纸做封面，没有美术设计），包括欧美现代作品和“苏修”作品的译本，其中有（凭我的记忆）法国剧作家尤内斯库的荒诞派剧作《秃头歌女》《椅子》，爱尔兰剧作家贝克特的荒诞派剧作《等待戈多》，苏联诗人特瓦尔多夫斯基的长诗《山外青山天外天》，苏联（立陶宛）诗人梅热拉伊梯斯的诗集《人》，苏联作家索尔仁尼琴的中篇小说《伊凡・杰尼索维奇的一天》，美国“垮掉的一代”作家凯鲁亚克的小说《在路上》等，还出版“内部参考”的刊物《外国文学新作提要》，以供有关领导和业务干部参考。“文革”期间，一切外国文学译本，包括“内部发行”的，都停止出版，内部参考的刊物也一律取消。“文革”结束后，特别是党的十一届三中全会决定实行改革开放政策以后，对外国文学译本出版的种种禁锢才被一一打破，迎来了文学翻译的春天。

许钧：您在文学翻译的组织和出版方面做出了很大的贡献，在审读送审的译稿时，您是如何对待不同风格的译家和具有不同翻译追求的译品的？

屠岸：在审读译稿时，我和我的同事们掌握的是两条原则：一是严，二是宽。严——严把质量关；宽——对译者的个人风格、个人气质和个人所追求的方法及特色采取宽容和欢迎的态度。

许钧：作为老一辈翻译家和出版家，您对目前从事外国文学翻译、编辑出版工作的年轻一代有什么要求和希望？

屠岸：一切希望都在年轻一代。我自己从来都只是个业余的文学翻译工作者，我在翻译上的成绩很小很小。不少比我年轻的翻译家，他们取得的成绩超过了我。我真心诚意地向他们学习，而且真的学到了不少的东西。

如果说我对年轻一代有什么希望的话，那么对编辑出版工作者，我希望他们在选择和编译质量上一定要把社会效益和经济效益统一起来，决不要单为利益所驱使而把劣质的、有害的出版物拿给读者。

对翻译工作者，我希望他们有高度的敬业精神。我把译者比作文化上的普罗米修斯，他把外国的真、善、美之火拿来输送给本国的广大读者。这是一项崇高的事业。这也是一项关系到中国人民前途的重要事业。试想，如果没有与外国文化的交流，中国的明天会是什么样子？所以，他们肩负着重大的历史使命。我相信他们之中的绝大多数会严肃认真地对待自己的工作。对于小部分粗制滥造者和抄袭、剽窃者，有的要通过正常的、说理的批评，有的要用法律武器，纠正他们的错误。

年轻的译者应严格要求自己。对外语，不是一般地懂得就行，应向精通的目标前进。对汉语，必须提高修养，做到能熟练地掌握和运用。有的人对原作还没有弄懂就开始翻译，有的人还不能用汉语写作就从事翻译，这都应改正。对原语和译语都要下苦功夫。

当今翻译工作的报酬偏低。立志以文学翻译为职业的年轻人，必会有甘于清贫的思想准备。我对他们表示敬意。

1999年1月初稿

“翻译这门学问或艺术创造是没有止境的”

/萧　乾　文洁若　许　钧

许钧：萧乾先生，您曾把文学翻译家分为两类，一类为“游击战”式的，另一类为“阵地战”式的。前者不固定翻译某一作家的作品，碰上谁的翻谁的；后者经过摸索，逐渐确定一位作家的作品来译，如译巴尔扎克的傅雷或译契诃夫的汝龙。萧先生自谦为“游击战士”，但从萧先生所翻译的作品看，并非如此。萧先生在选择翻译的作品方面，好像有自己的标准。能否请萧先生和文先生谈一谈，在这方面有何选择的标准或原则？

萧乾：首先得向您申明，我由于疏懒，一直怕搞翻译，尤其全集，深恐坚持不下来，所以我的翻译大多是偶一为之。我与老《译文》编辑黄源是好友，他编《译文》时，我们在上海住一条巷子，他多次向我索稿，我才为他译了那么几千字。我自称“游击战士”，其实是指我只是偶一为之。

至于标准，谈不上。只是译的必须是我喜爱的，而我一向对讽刺文字有偏爱，觉得过瘾，有棱角，这只是我个人选择上的倾向。

由于业务关系，我做过一些并不喜欢的翻译——如搞对外宣传时；但是我认为好的翻译，译者必须喜欢——甚至爱上了原作，再动笔，才能出好成品。

从菲尔丁到里柯克，我译的大都是笔调俏皮，讽刺尖锐，有时近乎笑骂文章，这同我以“塔塔木林”为笔名所写的倾向是近似的。

文洁若：我喜欢选择那种具有强烈的艺术感染力的作品来译。例如凯瑟琳·曼斯菲尔德的作品就给人以美感享受——语言美，情调美。日本近代作家泉镜花的《高野圣僧》，芥川龙之介的《海市蜃楼》和《橘子》，以及80年代去世的女作家有吉佐和子的短篇《地歌》和《黑衣》，至今健在的水上勉的散文《京都四季》，大都是以敏锐的观察力和细腻的表现力见称，表达了日本传统文化的审美情趣。对日本作品我还有个标准或原则：着重翻译那些谴责日本军国主义对我国发动侵略战争的作品，其中包括天主教作家远藤周作的《架着双拐的人》和三浦绫子的《绿色荆棘》。

许钧：从你们两位谈翻译的一些文章中，我发现你们都比较注重原作风格的再现。而谈到风格，又与文字紧密联系在一起。我想知道，你们在翻译不同文字风格的作家的作品时，一般采取怎样的方法和对策？

萧乾：我同文洁若在翻译风格上并不一样。她十分谨严，科班出身，讲究一丝不苟，我是业余偶一为之，近乎北京京剧界的“玩儿票”。所以一是喜欢上了才译，二是译起来喜欢按照自己在体会原作的基础上的理解，尽量从“神”而不是从“形”上着眼。译文我很怕带“翻译腔”。当年，我由于工作关系，也涉及过文件性（包括《毛选》）的翻译工作，那种翻译就只能尽力做到忠实谨严，不容许任何出入。好在我只极偶尔（在外文出版社工作时）遇到过那样场合。

总之，文件翻译与文学翻译是截然两回事，前者不容许任何灵活，而后者神似比形似更可取。

文洁若：在从事日本文学翻译的众多译者中，我最佩服的是已故钱稻孙先生。可惜《源氏物语》他只译完五章就赶上了“文革”。如今只剩下50年代他发表在《世界文学》上的第一章。它完全可以作为日汉对照的范本来读。90年代，我花了很大力气促使他译的《东亚乐器考》得以由音乐出版社再版。该社的同志们也惊讶并敬佩这位老先生能把如此艰深而专门性的东西译得非常流畅，文字优美，通俗易懂。这里凝聚着他一生渊博的学问、不同凡响的睿智和丰富的专业知识。1958年我初次因业务关系与他打交道时，他刚满七十，相当于我现在的年龄。我不得不承认自己今天的水平远不如他。我翻译不同文字风格的作家的作品时，总是尽量挤时间去读些与之风格相近的书，以进入语境，竭力译好。幸而家里每间屋子都堆满了书，不用到图书馆去借。

我认为翻译这门学问或艺术创造是没有止境的，我将继续摸索前进。

许钧：文洁若先生非常注意原作的文字特点，在再现原作风格方面，有独到的方法，刚才您也谈到，那就是细心领悟原作风格之后，找一些风格相仿的中国名作家的作品来读，从中吸收营养，力求表达原作的精神。能否请文先生谈谈这方面的经验？

文洁若：翻译凯瑟琳·曼斯菲尔德的短篇小说时，我曾读过一些风格与此相近的作品，如冰心、凌叔华和林徽因。翻译加拿大作家斯蒂芬·里柯克的幽默、讽刺小品时，曾找过鲁迅的杂文和林语堂的幽默小品来读。这是为了进入语境。老编审、翻译家张梦麟生前对我说过："外国有的辞语，中国一定有，如果你表达不出来，那是由于你的学问不到家。"钱锺书先生在写给李景端同志的信中提及他在所著《管锥篇》第一册（第394页）中，曾用《尤利西斯》第十五章的词句来解释《史记》中的话。我们在中译本附录二"詹姆斯·乔伊斯大事记"和正文第十五章注［561］中说明，早在1979年钱锺书就用《尤利西斯》原文（第495页）中"nes. yo"一词来解释《史记·太史公自序》一文中"唯唯否否"一语："英语常以'亦唯亦否'(yes and no) 为'综合答问'(synthetic answer)。当世名小说 (Joyce, *Ulysses*) 中至约成一字 (nes. yo) 则真'正反并用'……"

我举这个例子就是想说明，钱锺书博览强记，早年熟读《史记》，及至读《尤利西斯》，就能学以致用。我自幼学习英、日两种外语，可惜没有古汉语底子，翻译时弄懂了原文，仍常常苦于找不到适当的汉语来表达，就"临时抱佛脚"，翻看相应的书。有时还真能茅塞顿开。翻译《尤利西斯》第十八章时，我就特意去读过《肉蒲团》，在烘托气氛方面，起过一定的作用。其实不仅是翻译，对创作我也是如此。我写的长篇纪实文学《我与萧乾》（其中两章已由美国汉学家金介甫译为英文，收入刘绍明、葛浩文所编 *Columbia Anthology of Modern Chinese Literature*，哥伦比亚大学出版社，1995年版）分上、下编。我用中国古诗词"朔风劲且哀"和"春来花似雪"这两句作为副标题，把上、下编不同的内容概括了。

许钧：您刚才提到的张梦麟先生谈的那一观点十分重要，从某种意义上说，不同语言没有优劣之分，各民族的语言在其表达上都有着同样的潜力，关键在于译者本身的能力大小。从翻译的可能性角度看，由于语言、文化、社会、意识形态，以及时空上的差异，翻译确实存在着一定的限度，我想这种限度是相对的，相对于不同的作家，也相对于不同的译家。也就是说，不同作家的不同作品的翻译障碍或困难是不同的，而对于不同译家来说，也是不同的。我想请你们就《尤利西斯》的汉译，谈谈对翻译的限度的看法。

文洁若：所谓翻译的限度，我想不外乎就是译者本人掌握本国语言和对原作理解的程度。翻译《尤利西斯》时，我们认为最得心应手的是第十三章。因为原著用的文体跟19世纪的英国浪漫主义小说差不多。萧乾熟悉新闻体，在第七章和第十四章的某些段落中用上了。但总的来说，译得最力不从心的是第十四章。我们虽为之特意去读了一些中国历代文选，然而用不同时代的汉语来表达乔伊斯在这一章中所使用的新颖复杂的文体谈何容易！我们只不过用文言、半文半白的新闻体以及大白话略加区分而已。我不禁想到陈寅恪、钱锺书等老一辈的精通中国古文及多种外语的学者，当李景端社长去函邀钱先生翻译《尤利西斯》时，钱先生在回信中曾提到"八十衰翁"等语，但又提到倘若"早几十年……"，弦外之音是：如果五六十年代约他译此书，他是会接受的。新中国成立后，未能充分发挥陈、钱等先生的才华，是时代的悲剧，也是中国当代文学史及翻译史的莫大损失。

我们二人深知自己的水平远不足以译这样艰难的名著。但自从1984年陪萧乾赴他的母校剑桥并拜访他往日的导师乔治·瑞兰以来，我就一直把当年他研究英国心理派小说的成果均在"文革"中化为灰烬看作一大恨事("红八月"中，他的创作笔记、未完成的王家学院硕士论文及卡片，悉数被付之一炬)。就我个人而言，由于我早年曾在北平圣心学校打下基础后，在清华大学读的又是外国语言文学系英语专业，所以英语才是第一外语，日语只不过念完小学而已。但因工作需要，40年的编辑业务主要是搞日本文学，十年寒窗的英语未能充分发挥，觉得遗憾。所以当1990年8月李景端社长上门约我们合译此书，我就积极地接受下来，并硬拉萧乾上马。我们只是为了填补一下这个空白，才接下这项任务的。我们确实是在抛砖引玉，希望并且相信今后还会有更理想的译本问世。

萧乾：关于翻译的限度，我想就《尤利西斯》的翻译而言，是非常明显的。早在1929年，我就听说了乔伊斯的名字。1939年我刚到剑桥不久就买下了两卷本的《尤利西斯》，在剑桥王家学院一间14世纪的书房里，吃力地啃这部开意识流小说之先河的"天书"。我当时称《尤利西斯》为天书，包含着两种意思：一是我对乔伊斯非常崇拜，可以说是顶礼膜拜！二是这部书对我来说实在是太深奥了。近半个世纪之后与文洁若一起合译这部书时，我充分意识到它的难度。对我们来说，难度就是翻译障碍，就是翻译难以超越的困难。困难是多方面的。首先是理解方面，乔伊斯自己就对弗兰克·勃真说："我在这本书里设置了那么多迷津，它将迫使几个世纪的教授学者们来争论我的原意。"这部书文字生僻古奥，内容艰深晦涩，扑朔迷离，理解是第一关。我们要感谢国外的学者们，帮助我们克服了理解方面的许多障碍。这几十年间，国外学者出了不少详尽的《尤利西斯》注释本，有的着重解释生僻的单词，有的逐段诠释原意。正是借鉴了乔伊斯专家的研究成果，再加上我们自己的努力才基本过了理解这一关。在传达方面，我们发现了许多困难和限度。如刚才文洁若提到的第十四章的古文体模仿问题。还有第十一章，简直是文字组成的交响乐，翻译中我发现中国文字形容声音的文字比较贫乏，传达原文非常困难。

许钧：翻译和介绍外国文学，是一项目的性很强的工作，当然也有喜欢的因素在内。你们选择翻译《尤利西斯》，从刚才的介绍看，像是由多方面的因素促成的。我想其中最主要的，恐怕是这部书的特殊价值，以及它有可能给中国文学创作带来的新的东西。鲁迅曾经说过，翻译的目的之一，是要丰富汉语的语言表达和汉语的文学创作。你们翻译的《尤利西斯》，能给中国文学界带来些什么呢？

萧乾：半个多世纪之前接触到《尤利西斯》时，我就意识到这部书的价值。几年前，中国社会科学院近代史研究所的同志在胡适的书信中找到了我于1940年6月3日从剑桥寄给他的一张明信片，上面我写道："近与一爱尔兰青年合读James Joyce的*Ulysses*。这部小说如有人译出，对我国创作技巧势必大有影响，惜不是一件轻易的工作。"我始终认为这部书的价值是多方面的，对我国小说的创作有可借鉴的地方。由于太难，迟迟不见有中译本。我们翻译这部书，是抛砖引玉。

文洁若：《尤利西斯》经常被誉为"20世纪最伟大的英语文学著作"。萧乾在中译本序中说："西方有的批评家认为乔伊斯笔下的布卢姆是从里到外写得最全面的人物。此书对本世纪小说创作曾经起过并且仍在起着巨大的作用。"（第13页）

1994年8月在北京召开的川端康成作品研讨会上，日本作家谈起《尤利西斯》来，如数家珍。而当时我们翻译的第一部《尤利西斯》中译本刚出了上、中两卷，下卷直到当年10月才问世。

早在1932年，第一部日译本就由岩波书店出版了。到70年代为止，已有了四种全译本。继川端康成之后，日本作家大江健三郎也获得了诺贝尔文学奖。我国作家当然并不把目光盯在这个奖上。但不得不承认，由于日本作家通过阅读外国文学作品的译本，有条件接触西方各种文学流派，所以作品走向世界也比我国早了一步。跟30年代相比，我国作家能够直接从原文阅读外国作品的减少了，因而通过翻译来了解世界各国的文学就更重要了。我们相信，我国读书界（包括作家）通过阅读《尤利西斯》，能够开阔眼界，有所借鉴。

许钧：萧乾先生认为自己的翻译属于"灵活派"，反对死译、硬译，在翻译《尤利西斯》时，你们赋予了自己多大的灵活度，也就是说，你们在翻译中，怎么处理原文的"束缚"，如何赋予自己翻译的"自由"？

萧乾：我同文洁若合作有一好处，她抠原文抠得紧，而我倾向于（或着重于）再现乔伊斯著作的原意。我有时"不拘小节"，而她把关严格，我们就是这样合作过来的。

文洁若：我们合译《尤利西斯》的步骤，是我先译出初稿，然后由萧乾校改润色。最后我定稿。一般来说，我十分注意要贴近原文，萧乾则把艺术性的关。他改得过于"灵活"处，我就再和他商量。中国现代文学馆副馆长舒乙曾就我们捐给该馆的《尤利西斯》译稿做过分析，说萧乾校改得有水平。替我们抄稿的几位同志也不约而同地表示过同样的意见。所谓"灵活派"，指的是吃透了原作，然后用生活的语言译出来。倘若靠翻字典死译硬译，译文就会变得佶屈聱牙。50年代陈毅夫人张茜曾对我说，陈毅喜欢萧乾译的《好兵帅克》，因为译文把原著的幽默、俏皮、诙谐风格都恰如其分地表达出来了。

翻译《尤利西斯》时，我们曾注意到"可读性"。还没有动手翻译时，李景端社长就提出过这个问题，我们二人表示赞同。例如第一章有这么一句，"Bursting with money and indigestion"（原书第4页），如果照字面上翻译就是："快被金钱和消化不良胀破了。"我们套用了两句中国成语："腰缠万贯，脑满肠肥。"（上卷第31页）不论是创作还是翻译，萧乾都不喜欢套用成语，但像这样刚好有两句成语能表达原著的意境，他还是同意用的。

许钧：一部文学作品，其价值往往取决于其个性，文学个性越强，价值越高。但对于翻译而言，个性往往给翻译造成困难。你们怎么认识《尤利西斯》的个性呢？特别是语言方面的个性，怎么能予以再现呢？

萧乾：这方面文洁若体会更深，请她谈谈。

文洁若：关于乔伊斯写《尤利西斯》时所用的语言方面的特征，美籍华人、乔学家庄信正先生曾发表过《庾辞——〈尤利西斯〉之谜》一文。他在引言中提到，英国小说家威尔斯（H. G. Wells）认定乔伊斯的新手法是条死胡同，抱怨他无视了读者大众，不但《芬尼根守灵夜》，就连《尤利西斯》也是个"大而无当的谜"[1]。萧乾刚才提到了乔伊斯对为他写传记的勃真说的一句话，也很说明问题。原作者既然有意让读者看不懂，译起来难度自然就更大了。萧乾在中译本序中特别指出："我们的目标是，尽管原作艰涩难懂，我们一定得尽最大的努力把它们化开，使译文尽可能流畅，口语化。"

例如原文有这么一句："Lenehan's yachting cap on the cadge beyond."（第151页第2行）

上面这一句我们经过反复推敲，译为："头戴水手帽的利内翰也跟在后面，想捞一盅。"（第257页第6行）

金隄译本译作："远处鹰架似的是莱纳汉的游艇帽。"[2]《牛津大辞典》中指出cadge是cage的异体字，但把"on the cadge"译为"鹰架似的"，无论如何也不通。cadge一词《朗文当代高级辞典》中解释为："乞讨，索取。"例句为："He's always cadging cigarettes."（他总是讨香烟抽。）

如果照字面直译，应作："那边利内翰的游艇帽想乞讨。"此句倘若改译为："那边利内翰的游艇帽想捞上一盅。"也许更符合原作的特点。

许钧：在你们发表的有关《尤利西斯》翻译的文章中，你们好像非常注意为读者提供阅读的便利。刚才你们提到中译本的可读性问题。所谓可读性，实际上就是要让译文流畅，读者容易读。除了注意化开原文艰涩难懂的地方，追求译语流畅，口语化之外，你们能否具体谈一谈，为了方便读者的阅读，你们在翻译中还作了哪些努力，采取了什么措施？

文洁若：为了方便读者的阅读，我们在译本中加了大量的注。注文集

---

1 Richard Ellmann: *James Joyce*, Oxford University Press, 1983, p. 608.
2 乔伊斯：《尤利西斯》（上卷），金隄译，北京：人民文学出版社，1994年，第220页倒数第2行。

中在每章的末尾，读者可以根据自己的需要决定翻看哪些注，作为意识流作品，还加了大量的"呼应注"。例如，在第三章的末尾，斯蒂芬有这么一段意识流："大家都晓得的那个字眼儿是什么来着？"（见该章注[177]）在第九章中，我们根据海德版（见第九章注[232]及有关正文）补译了五行，才使这个问题有了回音："爱——是的，那是大家都晓得的字眼儿。"那当然，也许作者是有意把读者蒙在鼓里。为了尊重原作，我们特将补译的文字加了[　]。我们心目中的译本读者不仅是一般读书界，还有研究者，所以另外加了一些有关不同版本的注。

我们的《尤利西斯》中译本出版后，看到有些同志给予了指点。例如黄梅同志对第一章注[107]中教会名称的译法给予了匡正。我们在精装本中做了修订并在后记中向她致谢。

许钧：关于加注问题，我个人有些看法，现在有许多文学译著，注太多，一遇到人名、地名、典故，动不动就加注，唯恐读者不懂，实际上是小看了读者，剥夺了读者的阅读乐趣，缩小了读者的阅读空间。我想，加注要有个分寸感，译者不能太低估读者的能力。现在有些文学译著中，加的注太随意，掺入了译者的主观色彩，歪曲了原意。另外，注太多，干扰读者阅读，有些得不偿失。当然，《尤利西斯》是部天书，是个特例，不加注恐怕行不通。

萧乾：我同意你的看法。关于《尤利西斯》加注问题，我们是有过慎重考虑的。在译本序中，我们专门讨论了这个问题。我自己一向不赞成文学作品（不论创作还是翻译）加注，觉得是对阅读的一种干扰。过去我译菲尔丁的作品时，我是尽量不加注释的。可翻译《尤利西斯》，情况不同了。既然乔伊斯毫不掩饰地表示过要故意把它写得让别人难懂，我们就面临这样一种选择：是尽量少注呢，还是该注则注。考虑到这部书的读者既有一般读书界，又希望这部书对研究者也有些用处，我们就多加了一些注。这也是迫不得已，我们是怀着十分矛盾的心情来加大量的注的。就我个人而言，倘若不对某书进行专门研究，只是一般阅读，那么凡是不看注大致也能懂的，我就把注略去。对于《尤利西斯》的加注问题，我们欢迎进行探讨。

许钧：钱锺书先生曾就《尤利西斯》的翻译给李景端写过信，说翻译《尤利西斯》，不同于一般的翻译，应采取不同的方法。你们对此怎么看？

文洁若：钱锺书先生就《尤利西斯》的翻译写给李景端社长的信，李社长曾复制一份寄给我们。钱先生所说翻译《尤利西斯》不同于一般的翻译，应采取不同的方法，我想指的就是文学翻译中的再创造。例如原著第四章有“Bald head over the blind”（第56页）之句，金隄译为“秃子比瞎子强”（见金隄译本上卷第90页）。据《朗文当代高级辞典》，“over”有“在……以上”的辞义。我们根据上段“他走近了拉里·奥罗克的酒店”以及下文“那是个精明的而有怪癖的老头子……瞧，那准就是他”等句，取“blind”的“遮篷”之义，译为“遮篷上端露出个秃头来”（第109页）。此句也可改得更贴近原文：“遮篷上端一个秃头。”

书中唯一的盲人（一个年轻的调音师）直到第八章才出现。布卢姆出于恻隐之心，曾拉着这个盲人的手，替他引路（见萧、文译本上卷第317页）。盲人拄着手杖独自在街上走，有种种不便，确实不如秃子。但因而就把此句译为“秃子比瞎子强”未免牵强附会。在原作中，作者常常故意作弄读者，但他很注意前后文的相互呼应。

再举个例子。原书第三章有“And in a ladychapel another taking housel all to his own cheek”（第40页）之句，金隄译为：“一个圣母小教堂里，还有一个教士把圣体整个儿地贴在自己的脸上”（第65页）。

“taking ... to ...”在通常情况下译为“贴在”，当无不可。但正如钱先生所说，译《尤利西斯》，“不能用通常所谓‘翻译’来译”，也就是要考虑在特定环境下与其相适应的特殊表达方式。在天主教的弥撒中，圣体（面饼）是耶稣肉体的化身，教徒领圣体，只能让它在舌头上慢慢融化，不许嚼。教士除非是神经上有毛病，否则绝不会把它贴在自己的脸上（何况它无黏性，根本贴不住）。我们将此句译为：“圣母小教堂里，又一个神父正在独吞所有的圣体。”（第109页）联系到乔伊斯笔下对教会的明显不满，“独吞”圣体，寓有奚落神父之意。

我们绝不满足于已做出的努力，还在继续探讨。目前我们正在认真修订译文，务使这个译本在力求易懂的同时，尽可能保持乔伊斯遣词造句的独特风格。

许钧：你们翻译的《尤利西斯》出版之后，国内反响十分热烈，还有不少热心于翻译事业的同行进行了评论，提出了一些不同的看法，你们对这些评论怎么看？原译是否还有一些值得改进的方面？能否具体谈一谈？

文洁若：我们的翻译确实还有一些值得改进的方面，例如中译平装本上卷第一章有这样一句话：“……感到倾泻而下的阳光的温煦，并听见了背后传来的友善的话语。"(第56页) 原文是"heard warm running sunlight and in the air behind him friendly words"(第10页)。我们当初译的时候,觉得人是不可能"听见"阳光的,所以特意译成"感到",事后又认为这正是意识流作品的特点,放在第二版(精装本,1996年1月)中改译为:"……听到了倾泻而下的温煦阳光以及背后的空气中那友善的话语。"(第38页)

萧乾: 我们翻译的《尤利西斯》引起了大家的关注,还有同行的鼓励,我们非常高兴,也非常感谢。文学翻译是一项无止境的再创造工作。我们合译《尤利西斯》时,绝无意作为定本(异于旅居美国的金隄先生)。我们只是为了弥补这一空白,并为未来译本闯闯路。如果我们译笔偶有"神来"之处,我们欢迎未来译本采用,绝不乱扣"抄袭"的帽子。我认为,《尤利西斯》这本书,还可以有第三个——也即是更好的译本。我们愿为那个还未诞生的译本效点劳。倘若我们译本个别地方有可让他采用之处,我们欢迎。文化本身(包括翻译)是积累的,后来者应居上,它会在已出现的译本基础上产生。倘若为了怕前面的译者扣"抄袭"的帽子,就绕弯子译,那样受损失的是读者。所以我们欢迎并期待更好的新译本问世。

1998年3月初稿

“尽可能多地保持原作的艺术风貌”

/吕同六　许　钧

许钧： 几年前，我拜读过“中国翻译名家自选集”，入选的翻译家有九位：冰心、季羡林、卞之琳、赵萝蕤、杨宪益、叶君健、袁可嘉、冯亦代，还有您。先生的那一卷，叫《蒙扎修女的故事》。从自序中看到先生涉足的翻译领域很广，有小说，包括长、中、短篇，戏剧，诗歌，散文，文艺理论，各种体裁先生都译过，而且都取得了相当高的成就。对各种体裁的翻译都能够比较得心应手，这在译界不多见。能否请先生谈谈，您为什么不像有的译家那样比较集中地译某种体裁的作品？另外，体裁的不同，对翻译是否有不同的要求？

吕同六： 我涉足的翻译领域确实比较广与杂。意大利既以灿烂的古典文学自豪，又有着丰厚的现当代文学。社会的迫切需求，同意大利文学翻译队伍的单薄，形成鲜明的反差，所以我常常不得不拳打脚踢，疲于应付。

不过，我也渐渐体会到了翻译的广与杂的益处。一部意大利文学史，集小说、诗歌、戏剧、散文和文艺理论之大成，多姿多彩，作为一名研究者，应当对它有整体的认识与把握，不可偏废。不同体裁的作品都译一点，亲身体验与感悟一番，大有裨益，就像人，五谷杂粮都吃一点，摄取的营养自然全面、丰富。何况有些作家原本就多才多艺，像皮兰德娄，既是戏剧大师，一生又写了三百多篇短篇小说，七部长篇小说，一部文论《幽默主义》，还是一位优秀的诗人、散文家，译过歌德的诗篇《罗马哀歌》；对于他们，不能只知其一，不知其二。

体裁的不同，意味着艺术形态与审美特征的差异，对翻译也相应地有不同的要求。在我看来，诗贵在隽永的情味。优秀的诗篇摈斥浅露的直白与抽象的意念，而借助语言、意象和音韵这三者来抒发情怀。我译的夸西莫多抒情诗，据说受到诗人与读者的欢迎，恐怕是我在翻译中始终用心把握这三个要素的缘故。理解外国诗的字面意思，往往不是最难，译诗最大的难处在于，译者在自己的心中重建原诗的意象与意境，并用相应的语言把它们传达给读者，拨动读者的感情之弦。

剧作与小说、诗歌不同，它不仅仅是供阅读的文本，同时又是供舞台演出的文本。作为阅读的文本，它的精粹与奥妙之处，可任凭读者反复品味、把玩，而剧本则是同剧院观众进行最直接、最直观的交流，要求在瞬息间即被观众捕捉与理解。因此，翻译剧本时，语汇、行文、节奏等等，都要更多地考虑到舞台演出的特殊环境中观众的接受。

许钧：先生谈到了诗歌、剧作与小说翻译的某些特殊的本质的要求，翻译诗歌重原诗意象与意境的重建，而剧本翻译要特别考虑观众的接受，这非常重要。先生是意大利文学研究专家，同时又治翻译，翻译与研究紧密结合，配套进行。据我的了解，先生在翻译上的成就，除了本身的语言条件和艺术素养之外，在很大程度上得益于对意大利文学的研究。比如对意大利诗歌，先生就有独到的研究。能否谈谈研究与翻译这两者之间的关系？

吕同六：据我所知，在外国文学研究圈子里，几乎人人都或多或少搞点翻译，但奇怪的是，轻视翻译的，不乏其人。少数人恐怕是外语与汉语功底不足，知难而退，但又偏偏显出一副蔑视翻译的样子；有些人则是对翻译与研究的关系的理解欠全面。

我的体会是，文学翻译离不开文学研究，研究也需要翻译。两者之间的关系是你中有我，我中有你，互相促进，相辅相成。

文学翻译不是对原作依样画葫芦的简单劳动，不是“传真”(fax)。它是科学的、创造性的劳动。翻译一部文学作品，需要对作家，对另一种语言、另一种文明，有较为深入的理解与研究。在这个意义上，研究是翻译的前提，是翻译的指导，并贯穿翻译的全过程。不妨说，译者应当是学者。一位学者型的译者，比较容易寻得两种文明的契合点，缩小出发语与归宿语之间的距离，比较容易找到自己的翻译风格，使自己的翻译靠近“化”的最高境界。

许钧：我插一句话，先生关于译者应该是学者的观点，翻译界前几年有过讨论，虽然有不同意见，但是对外国文学的深入研究，无疑有助于翻译质量的提高。德国文学翻译界的杨武能先生曾经提出过“真正的文学翻译家，应该同时是学者和作家”。刚才先生谈到，一位学者型的译者，比较容易寻得两种文明的契合点，这很重要。翻译是跨文化的交流活动，在很大程度上取决于对异质因素的处理。移植异质因素，寻找两种文明或文化的契合点是基础，是可译性的保证。不少译者在谈翻译时，都谈到翻译的障碍，谈到差异性给翻译造成的困难，有时感到束手无策，这主要是对这种差异性的本质缺乏把握，并不善于在异中去寻找契合点，自然也就不可能积极地去寻找传达的手段。看来，研究对于翻译，是非常重要的。

吕同六：在某种意义上说，翻译的过程，实际上也是研究的过程。在翻译中，你整个身心和全部情感都融合到作家笔下的艺术世界里，融合到人物的内心世界里去了，体验着主人公们最隐秘的、最微妙的思想、情感的脉动，你就能真切地、深层次地领悟到一般阅读难以领悟到的东西，就能充实与深化你对作家、作品的认识与研究。举例来说，70年代末，我写过有关皮兰德娄的一些文字，后来，陆续翻译了他的剧本《亨利第四》《给她穿上漂亮的衣服》《寻找自我》，在这基础上撰写的论文，就同以前的研究文字不可同日而语。前几年，我又译了皮氏生前的最后一部剧作《高山巨人》，我由此写出了一篇论述他晚年戏剧创作的论文，充实了我以前的研究成果。

许钧：学术界有轻视翻译的情况，就连外国文学研究圈子内都有人轻视翻译，就更不用谈圈子之外了。在许多高校，翻译不算成果，挫伤了很多教师的积极性。这几年情况有些好转，像我们江苏，翻译和翻译研究成果已正式列入哲学、人文社会科学研究成果评奖范围。据我所知，杨绛的翻译，在中国社会科学院也被评为科研成果。研究与翻译相结合，互为补充与促进，是一个值得鼓励的方向，有利于我国翻译事业的发展，对培养新一代翻译家来说，更为重要。近几年，国内翻译形成了高潮，特别是哲学、社会科学的翻译，其势头之猛，前所未有，虽然有很大成绩，但问题也不少，如缺乏研究，盲目引进，选题不当，翻译粗糙。相反，意大利文学在我国的翻译与介绍，好像比较有序。前几年先生主编的“意大利二十世纪文学丛书”，精彩纷呈，能否谈谈这套丛书的编选原则和翻译原则?

吕同六: 这套丛书酝酿于1987年,设想推出30种,因出版社财力的原因,压缩至10种,诗歌、戏剧不予选收,1991年启动,1994年出齐。

丛书的规模虽然压缩,但编选的旨趣不变。我无意孤立地遴选个别的作家,而是力求把读者相当陌生,其实却繁富多姿的20世纪意大利文学,作一整体的介绍,以点带面,勾画一幅20世纪意大利文学的全景图。收入这套丛书的作家,无论是堪称意大利当代文学"三杰"的莫拉维亚、卡尔维诺、夏侠,作为西方现代派戏剧的先驱者已为人熟知但其怪诞不经、意蕴深沉的短篇小说尚鲜为人知的皮兰德娄,还是默默无闻的意大利最早的意识流小说家斯韦沃,超现实主义作家布扎蒂,从新现实主义走向新先锋派的马莱尔巴,等等,他们无不标志着一种独特的创作路子,或一种艺术风格,或一种文学走向。

意大利的诗歌传统悠久辉煌,20世纪就有三位诗人获诺贝尔文学奖。这套丛书不收诗集,我就变通了一下,编选一本《二十世纪意大利诗歌》,以传统与革新为主线,收入九种不同流派、风格的代表诗人的诗作,以凸现20世纪意大利诗歌的流变轨迹与诗学风貌。

我要求丛书的翻译尽量贴近原作的风格,而不必刻意去加工译文的文字,因为失去了风格,便失去了艺术,也就失去了编选这套丛书的意义。如今回过头来检阅一下,我明白,要做到这一点,实在不容易。

许钧: 看得出,先生对这套丛书的编选,也体现了您的研究成果,体现了您对20世纪意大利文学的整体把握与认识。您对整套丛书的翻译强调贴近原作的风格,把传达原作风格作为总的原则提出来,可以说是抓住了关键。确实,风格是艺术生命的血液,就您自己的翻译而言,您当然会有自己的追求和原则,这方面能不能请您举例谈一谈?

吕同六: 每一部优秀的外国文学作品,无不具有自己独特的魅力,或情味隽永,或哲理深邃,或内秀,或外秀。读者阅读译品,也多半是为着精神的、审美的需求,希望能体味到原作的精髓与韵致。有鉴于此,我一直努力使自己的译作尽可能多地保持原作的艺术风貌,或者说得更准确点儿,尽可能少地丧失原作的艺术风貌。

我译过《爱的教育》的作者德·亚米契斯的小中篇《卡尔美拉》。它叙述一位美丽、纯洁的西西里少女被负心的恋人抛弃后致疯的曲折动人的遭遇。当初我阅读时就大受感动。是什么如此强烈地叩动了我的心弦？主要有两点：一是卡尔美拉真挚、纯洁的爱，致疯后仍未泯灭的心灵之美，二是洋溢于小说的浓郁、温馨的人情，博爱，两者又紧密交织。

我反复琢磨卡尔美拉这一人物形象，觉得应当透过她的“疯”，透过她破衣烂衫、行为疯癫、言语失态的表象，去紧紧抓住并着力展示她冰清玉洁的心灵美。梅兰芳先生的杰作《宇宙锋》《贵妃醉酒》给我以珍贵的启示。这两出戏看似表现人物的“疯”“醉”，其实让观众领略的是艺术美。

在遣词造句、营造氛围和刻画细节上，我也都用心去凸现卡尔美拉晶莹、高尚的精神世界和氤氲于小说的温馨的人情。我在翻译时是如此投入，以至小说译毕，我恍若觉得，我已爱上了美丽而不幸的卡尔美拉！

许钧：翻译一部作品，领悟原作的美学特征，体会原作的旨趣意境，捕捉原作的形象，是非常关键的。文学作品的文字、韵律、节奏、结构等形式因素，是译者最初接触到的审美因素，有良好艺术素养与文学欣赏能力的译者可以感知与把握，在感知与把握的基础上，借助想象力唤起相应的艺术形象，用另一种语言去创造。先生所谈的关于卡尔美拉这一形象的捕捉与展示过程，是个很好的例子。我注意到先生刚才谈到梅兰芳先生的戏剧表演给您的启示，证明艺术有相通之处。但不同民族的文化和艺术有其独特的个性与魅力，您翻译的意大利文学的作品中，有没有特别的困难？怎么克服？

吕同六：文学翻译是一门艺术，困难自然多多，不过，正像一位大家所说：艺术就是克服困难。

意大利文学的个性表现于诸多方面，且举其中之一来谈：地域色彩。

意大利历史上形成了封建割据、城邦林立的局面，持续了数百年。中世纪就产生过西西里诗派、托斯堪纳诗派，至今各个地区的文学依然保持着各自鲜明的面影。

闻名于世的那波里民歌，只能是那波里特有的文化。同是诺贝尔文学奖获得者，诗人夸西莫多可谓西西里的歌手，他抒写的西西里的乡土意识、风情、习俗、情感，都是独一无二的；而蒙塔莱的诗歌则是在特殊的时代底色上叠印着北方都市的色调。更遑论经久不衰的方言文学尤其是方言诗歌了。这同我国的海派小说与京味小说、沈从文与叶圣陶的作品各异其趣的情形颇有几分相似。

对于一个外国人来说，要吃透这种有着明显而微妙差异的地域色彩，是很难的。办法只有两条，一是平时多读书，了解各地的历史、社会、文化、文学的状况与特点；二是多掌握第一手材料，增强鲜活的感性认识。这些年来，我十余次出访意大利，每次都尽量设法到各地去跑一跑，看一看。我两访但丁流放期间栖居的拉维纳古城和但丁陵墓；前往外国游客罕见的霍康那蒂镇，流连于19世纪大诗人莱奥帕尔迪的不朽抒情诗《无限》描写的那超脱尘世的田野与山岗；三访西西里，并探访皮兰德娄的家乡与故居；去亚平宁半岛东海岸的佩斯卡拉，追踪唯美主义大师邓南遮的足迹；奔赴东北边陲城市乌迪内，结识有当今"乡村文明的歌手"之誉的作家斯戈隆。我特别注意搜集有关当地历史、地理、文化、艺术的材料，以及画册、地图、城市导游手册、明信片、博物馆或作家故居说明书等等，它们常常提供严肃的学术著作中寻觅不到的有价值的信息。记得1996年访问佩斯卡拉时，当地一位中学教员送我一本他撰写的邓南遮传记，我大致翻阅了一下，竟发现不少新鲜有趣的材料和独到的见解，恐怕那些邓南遮研究专家也写不出来。

感性认识和理性认识有了比较充足的积累，在翻译中表达各类鲜明的地域色彩，心里就有了点底，不至于隔靴搔痒了。

许钧：无论是地域色彩，还是文学作品所蕴涵的文化色彩，甚至思维方式的差异等等，有很大一部分都要归结到文字和文字使用的艺术形式上。翻译能在何种程度上与作品语言形式的本质保持一致，是翻译能否成功的关键之一。原作语言品质高，翻译的价值就越高，但困难就越大。本雅明在谈到翻译时，曾谈到"翻译家的任务在于在自己的语言中将受困于另外一种语言魔咒中的纯语言释放出来，在再创造中将囚禁于一部作品中的语言解放出来"。翻译不是纯语言的转换，却是以语言为出发点与终点的一种交流，在形式上都归结到文字。意大利语与汉语在结构、行文上肯定有所不同，这是否给传达原作的风韵与精神带来特殊的困难？如何克服？

吕同六：意大利语与汉语在结构行文上差异颇大，诗歌特别是古典诗歌尤甚。谁都知道《神曲》是一部经典巨著，但真正读过一遍的，哪怕在外国文学界，也实在很少，原因就在于译诗极难传达原作的风格。但丁《神曲》采用三韵句，每一诗节三行，每行十一音节，一万四千二百三十三行的长诗，连环押韵，一押到底，结构严谨至极，要用相同或相近的形式、韵律把《神曲》译成汉语，势必比登天还难。钱稻孙先生曾尝试用离骚体移译，但也仅仅译了儿歌，便知难而退。彼特拉克的十四行诗亦然。

我译过《神曲》的若干片断和彼特拉克的几首十四行诗，还译过不少现当代诗。既然是诗，译起来当然要竭力缩小两种语言结构之间的巨大差异。能按原诗韵律走的地方，我试着这样走；不可能照原诗韵律译的地方，也要努力让译诗具有“韵味”。这种韵味，既可体现在音韵上，更要表现在诗句内在的、情感的节奏上，语言的诗感上，要使读者多少能体味原诗的诗意、诗情和诗美。

意大利小说、剧作，句型相对较长。我通常对原文的结构采取少动手术或动小手术的办法，适当断句，但不另起炉灶以适应我国读者的阅读习惯，同时又保留原作行文的若干特点，也就是保留作者思维逻辑、表述方式的若干特点，保留原文语感、情趣的若干特点。

达里奥·福的名作《一个无政府主义者的意外死亡》，具有他独特的讽刺喜剧的结构行文，讽刺幽默，嬉笑怒骂，皆成文章，譬喻、对比、夸张、荒诞、文字游戏、方言俚语，比比皆是。福的语言，可说是他的剧作的灵魂。为了既保持原剧的语言特色，又让中国读者、观众明白，真让我绞尽了脑汁。一些难解之处，还特地发了传真给意大利朋友，一一请教。遗憾的是，在舞台演出时，福所特有的语言风格尽被“改编”掉了，而代之以天津快板、京痞式贫嘴的玩意儿，化作了恶俗，实在是对原作的内涵、风格和精神的阉割。

许钧：有的译者总强调语言的差异，以不可译性为借口，对原作的语言特色和形式价值视而不见，绕着走。从理论上讲，在语言上，特别是差异大的语言，要与原文亦步亦趋是做不到的，但作为译者，必须认真揣摩原作在每一个具体形式与细节上的独到之处所蕴涵的价值与意义，竭力在各个方面与原文意义的表现形式融为一体，重建话语的空间，使原文的形式展示的意义在新建的话语空间中获得同等的价值。这里涉及“忠实”与“再创造”的问题。我想请教先生，根据您的翻译实践，您认为这两者之间是对立的关系呢？还是互补的关系呢？如何协调两者之间的关系？

吕同六：“忠实”与“再创造”是翻译中的一对矛盾，但它们又互为依存，既对立又互补，既是冤家又是亲人。

忠实应是再创造的始发点并贯串其始终，而再创造则是完美的、在更高层次上体现出来的忠实。

要协调好这一对矛盾，唯一的办法是译者要通晓两种语言、两种文明，有能力吃透原作的内涵、语言和风格，把握得准；又能灵动地再创造，游刃有余，把握得活。

乔万尼奥里的《斯巴达克思》是一部优秀的历史小说。有趣的是，在意大利，它一度风靡以后，如今有渐渐被人们冷淡的趋势，但在中国，却一版再版，热度经久不衰。究其诸多原因，我以为译者李俍民先生功不可没，他的译文之完美，豪放与柔美之兼备，足可同任何一部中国历史小说相媲美。

许钧：最近，我们在做一项研究，专门研究译者在翻译过程中可能受到影响或左右的因素。在以往的讨论中，人们谈到译者在翻译中的处境，常常以一仆二主来形容译者与原作者及读者的关系。我作过一些调查，有的译家比较看重原作者，有的译家则更考虑或看重读者的接受，有的声称基本不考虑读者，只要对原文负责就行。我想，翻译作为联系原作者与读者的中介，恐怕不能不考虑这两者。先生在翻译中，是否会考虑这两者的存在？对您如何翻译是否会产生实际影响？

吕同六：翻译是联系原作者和读者的桥梁。其实，在翻译全过程中，时时刻刻要考虑的，而且最伤脑筋的事情，就是关照这两者，而不致顾此失彼。

但如果细加区分的话，我觉得，翻译的前期准备，多半的功夫是下在理解与研究原作者；而在翻译过程中，更多的是为着考虑读者而苦思冥想。

许钧：读者的因素在翻译中起着很大的作用。我想任何一个译者在实际过程中都会或多或少地为读者着想，为不懂外语的读者着想。不然，翻译也就失去意义了。这个问题希望以后有机会再探讨。感谢先生就我国意大利文学的翻译提供了这么多宝贵的经验，在理论上也为我们解了不少惑，对我的研究有很多启发。最后，我想问一下先生，您曾说过有一个想圆而且一定要圆的梦，那就是翻译《十日谈》。这几年来，不少出版社组织了《十日谈》的翻译，已经出了好几个版本，您是否还坚持圆这个梦？为什么？

吕同六：我完完整整地细读《十日谈》原作，是1972年从干校返回北京以后，当时学部（社科院前身）仍处于瘫痪状态，前途未卜，我还背着被强行扣上的莫须有的政治罪名，赋闲在家，便埋头读起《十日谈》《神曲》等经典原作来。在那酷似欧洲中世纪黑暗的灾难岁月里，《十日谈》就如刺破黎明前黑暗的长剑，对我心灵的冲击实在太强烈了！从文化的角度看，薄伽丘在《十日谈》里表达的人文主义思想，比起但丁、彼特拉克来，更加先进，更加敏锐，更加果敢，它遭到中世纪势力和教会的攻讦，也最为厉害，它的叙事形态、语言，充满活力与魅力，处处闪烁着智慧和情趣。我在阅读莫拉维亚的短篇小说时，也分明感受到薄伽丘挥之不去的身影，仿佛看到把文艺复兴时期的薄伽丘和20世纪的莫拉维亚联结起来的一根红线。我深信，翻译《十日谈》是一项艰难的工程，但它同时又会给予我不可多得的精神愉悦。不过，那时候，这自然是痴人说梦。

80年代以来，多家出版社相继邀我译此书，我主编的“意大利古典名著丛书”也收入了它，但我都未敢承担起翻译它的重任，实在是手头事情过多，无暇顾及。我觉得，译这样一部皇皇巨著，不能像译一般的短篇那样可以见缝插针，断断续续地译下去，而必须有大块完整的时间，全身心地投入进去，即便很难做到一气呵成，至少再创造的过程不宜时时中断。直到1994年，我还在一篇文章中写道：翻译《十日谈》，是我一直想圆而未圆的梦。

这些年来，继方平先生出色的译本再版以后，《十日谈》又有多个中译本问世，各具特色。这里便涉及人们议论得很热烈的名著复译。我想，名著复译是必然的，但又应当是有序的。名著复译决不可受到纯粹的经济利益的驱动，一窝蜂地上，抢译滥译。名著复译进程中的每一种新译，较之前一种译本，都应当有所前进，至少具有自己的特色，而不是同一层次的重复，甚至倒退。形象地说，文学名著翻译就如文学奥林匹克运动中的接力赛跑，一棒一棒地传递下去，每一棒都到达一个新境界，永远向前，难有止境。我想，若干年以后，待到《十日谈》复译热潮冷却下来，如果我手头的事情不多，能宽松一点，我又尚未沦落到垂垂老矣的地步，我愿意接过《十日谈》复译的下一个接力棒。

1999年3月初稿

自设藩篱，循迹而行

——谈翻译风格

/郭宏安　许　钧

许钧：我的朋友和熟人中有好几位作家和文学评论家，相遇闲聊时，免不了要谈起法国文学，也要谈起文学翻译。交谈中，常常会提到你的名字，中国文学界对你译的加缪，还有你译的波德莱尔，好像特别感兴趣。在有的作家看来，仿佛你译的加缪才是他们心目中真实的加缪，你译的波德莱尔才是他们想象中的可信的波德莱尔。你译的《红与黑》也是迄今为止比较好的一个本子。今天，我们是不是可以从加缪谈起，就文学翻译中的一些问题，特别是翻译风格问题，交换一些看法，澄清一些认识。先想请先生谈一谈对加缪的认识，以及在翻译中你是如何尽量把真实可信的加缪介绍给中国读者的。

郭宏安：加缪是我喜欢的一个作家。他是个大家，不仅仅因为他获得过诺贝尔文学奖，更因为他的作品有着非凡的艺术魅力。在我看来，他是本世纪少有的自觉追求风格的作家。我研读过他许多作品，也试着翻译过一些，确实有不少想法和体会。

许钧：就我所知，你对加缪素有研究，发表了《加缪：阳光与阴影的交织》《加缪与小说艺术》等一系列研究论文。你也翻译过他的很多作品，如中篇小说《局外人》《堕落》，短篇小说集《流放与王国》，哲学随笔《西绪福斯神话》以及散文等。你刚才说，加缪是本世纪少有的在风格上有着自觉追求的作家，能否谈谈你对他的风格的理解，以及在翻译上是如何加以传达的。

郭宏安：说起风格，大家都知道布封的那句名言："风格即人。"在我看来，风格是作者在其思想的表达上打上的自己的印记。在这个意义上，正如布封在《风格论》里所说的，"风格不会消失，不会转移，也不会变质"。简要地说来，文以风格传世，而风格则以人为本。

至于加缪，我认为他所追求的风格正是布封所论述的风格，然而又不止于此。他对"文本诸人"（即"风格乃是人本身"）之"人"作了深入的探索和全新的解释。他在《反抗者》一书中曾指出："艺术家对取之于现实的因素重新进行分配，并且通过言语手段，做出了修正，这种修正就叫作风格，它使再创造的世界具有统一性和一定限度。"所谓"修正"，就是艺术家根据人的内在的愿望对现实世界的一种"纠正"，其表现之一就是艺术家所运用的小说这种文学样式。而人的内在愿望则是反抗世界的荒诞和寻求现时的幸福。因此，"这种修正是一切反抗都具有的"。这样，加缪就把风格和反抗联系了起来，使之摆脱了纯形式的品格，浸透了人的天然的深刻要求。布封的名言在加缪的笔下获得了更深厚的现实基础，同时也获得了更超绝的哲学层次。

许钧：你对风格两字的理解对我们很有启发。你对加缪风格认识的切入角度也很有意思。我发现一个很有趣的现象，文学理论界谈"风格"时，对风格的界定十分宽泛，它似乎无所不包，从大的方面讲，什么时代的风格、民族的风格、阶级的风格等等，从小的方面讲，作者笔下选择的一个音节、一个词或一个句式，无一不是作者风格的体现或标志。总之，风格体现在文艺作品内容和形式的各种要素之中，体现出不同作家、艺术家的艺术特色和创作个性。而翻译界谈起"风格"时，一般来说又相当狭隘，主要是指作者的文字风格。在有的人看来，在翻译时，对作者的风格的了解似乎并不重要，认为只要照着原文译，原作的风格就大致可以体现出来了。

郭宏安：对风格的理解，我想不能太狭隘。至于翻译要不要传达原文的风格，我想这是个原则问题，至于如何传达，则可商讨，恐怕并不像有些人说的那么容易。就我个人的经验，既然如我刚才所说，加缪是一个自觉追求风格的作家，我们理解与翻译他的作品时，就不能不去研究、领悟他的风格，这可以说是翻译加缪作品的基础。加缪本人对风格有不少的论述。他追求一种“高贵的风格”，一种蕴涵着人的尊严和骄傲的风格。他认为，最高贵的艺术风格就在于表现最大程度的反抗。这种高贵的风格并不是纯粹形式的，如果因一味讲究风格而损害了真实，则高贵的风格将不复存在。在他看来，“高贵的风格就是不露痕迹，血肉丰满的风格化”，而风格化是既要求真实又要求适当形式的。据此，加缪所谓“高贵的风格”可以归结为互为依存的三种要素：一是给予最大限度的反抗以适当的形式；二是通过纠正现实而获得真实；三是适度而含蓄的风格化。加缪不是那种盲目追求形式的作家，也不是那种单纯注重思想的作家，他始终要求内容与形式“保持经常不断的紧密联系”。无论是内容溢出形式，还是形式淹没内容，在他看来都会破坏艺术所创造的世界的统一性，而艺术，恰恰是“一种要把一切纳入某种形式的难以实现的苛求”。

许钧：这么说来，在翻译中，要传达原作的风格，是不是也有一种“难以实现的苛求”呢？作品的内容与形式的统一，是艺术性或风格化的保证。而翻译，随着语言的转换，原作的表达形式也会随着变形，作品原有的内容与形式的和谐性会被打破。这就对传达原作的风格构成了障碍，也许，正是在这个意义上，有人甚至断言，原作的风格是不可传达的。

郭宏安：这样的断言对翻译实践是有害的。有人以为，原作的风格是不可传达的，译者不必为此多费脑筋，故译文若可以谈风格的话，那只不过是译者个人的风格或者随便给个风格罢了。这种议论实在不可解。风格是一种微妙而又模糊的东西，如果难以言传，至少是可以感觉到的。语言固然不同，但使用语言的人基本上是有同感同嗜的，否则操不同语言的人之间就是不可交流的。幸亏事实上并非如此。中国古人说“文如其人”，法国作家莫泊桑说风格是一种“在其全部色彩和全部强度上表达一件事物的唯一的、绝对的方式”，等等。因此，原著的风格是存在的。当然，以一种语言传达另一种语言所传达的风格是困难的，也是不可能完全传达的，然而这并不意味着连部分地传达也是不可能的，更不意味着连传达的努力都不必做。其实，完全的翻译本身就是不可能的，然而人们仍在努力地进行着翻译；不少人都说“诗不可译”，然而仍有大量的诗被译过来译过去；就是认为“风格不可译”的人，其实也在努力地使译文的风格贴近他所译的原作。如果我们的确不能在原文和译文中像司空图那样分出24种风格，毕竟还能分出姚鼐所说的“阳与刚之美”和“阴与柔之美”，以及差强人意的多种色彩，当然这是需要译者多费脑筋的。

许钧： 那么，就加缪的风格而言，你能不能具体地谈一谈呢？他的作品在风格上到底有什么特征？或者换句话说，他的作品是一种什么风采？

郭宏安： 要具体谈加缪作品的风格，就不能不说他对小说本质的认识。他认为“小说的本质就在于永远纠正现实世界”。我觉得无论是《局外人》对现实的承受，《鼠疫》对现实的解释，还是《堕落》对现实的逃避，都不曾离开人的现实，都是在人的世界中展示人对荒诞的觉醒和反抗。现实经过艺术家的“纠正”成为真实，而“纠正”就是风格化，它“包含了人的干预和艺术家在复制现实时进行纠正的意志”。加缪认为，“风格化最好是含而不露”，其本质在于“适度”。加缪的写作艺术的根本在于“恰到好处”，甚至是宁不及而勿过。他在谈及自己的写作时，经常见诸笔端的是“限制”“堤坝”“秩序”“适度”“栅栏”等表示“不过分”的词。他在答加布里埃尔·多巴莱德时说过：“我知道我本性中的无政府主义，所以我需要在艺术上为自己树起一道栅栏。”在他的《手记》第一卷中，他明确表示：“为了写作，在表达上宁不及而勿过。总之是勿饶舌。”这种对于“度”的自觉，使加缪为文有一种挺拔瘦硬的风采。

许钧： 有评论说，你是一名学者型翻译家，你翻译一个作家的作品都是以深入研究为基础的。比如你译夏多布里昂、波德莱尔，还有斯丹达尔，你都特别注意研究他们各自的风格。你曾经对夏多布里昂和斯丹达尔的文字风格作过比较，认为他们的风格是一放一收、一明一暗、一浓一淡、一腴一瘠。你对作家风格的这种认识和把握，无疑对你的翻译是有益的。识别原文的风格特征，领悟原文的精神风貌、行文气势和神韵，这是传达原文风格的第一步。那么，你在此基础上，在翻译中，具体采取哪些手段来传达原作的风格，尽可能接近原作的风格的呢？

郭宏安： 我刚才谈到，传达原作风格需要译者多费脑筋。所谓“多费脑筋”，不是说要多皱眉头，冥思苦想，而是要反复阅读原作，对原作有准确的整体把握。对原作风格的体会，说到底是在理解的基础上的一种感觉，尤其是原作语言的感觉，而这种感觉是可以用另一种语言传达的，至于传达到何种程度，那就因人而异了。毋庸讳言，再好的译者也不敢自诩完全地掌握了原作的风格，但是不要紧，他可借助原作者本国人的研究成果，再辅以个人的随着阅读而逐渐清晰起来的印象，大体上确定其为豪放婉约、阳刚阴柔之类，译文循此方向努力，总可以传达其风格之一二吧。刚才你谈到斯丹达尔和夏多布里昂。这两位作家的风格有着明显的差别。有人将作家分为两类，一类是用眼睛读的，一类是用耳朵听的，斯丹达尔正是用眼睛读的作家的典型，而夏多布里昂则是用耳朵听的作家的代表。我们如果译夏多布里昂，不妨把译文拿来大声朗读，铿锵悦耳，气顺音高而能持久，就表明我们至少已经部分地传达出夏多布里昂的风格了。而对斯丹达尔，则恰恰相反，译文若是朗朗上口，能令人摇头晃脑，那就几乎可以说背离了他的风格了。阿兰说斯丹达尔的文字"拒绝唱歌"，说的就是这个意思。风格的传达不在字句，而在文章的总体效应和感觉，但必自字句始，通篇的大白话是难以传达典雅的风格的，反之亦然。

许钧：你刚才讲，风格的传达不在字句，而在文章的总体效应和感觉，但必须自字句开始，我很有同感。风格并不是一种虚无缥缈的东西，我们翻译一部外国文学作品，必须注意原作者到底选择的是什么样的句式、什么样的篇章结构、什么色彩的词汇来表达的，但仅仅注意这一点还不够，还要去充分领悟和感受作者通过这样的选择，在总体上达到了一种什么样的效果。只有两者的结合把握，才能保证在翻译中尽量不走原样，不失原味。在对原作风格有基本把握的基础上，翻译中从大处着眼，从小处着手，有意识地去追求，尽可能贴近原文风格，是一个有责任感的译者所必须做到的。所谓从大处着眼，我想就是整体的气势、神韵；所谓从小处着手，就是注意字词色彩的选择、句式的选择等等。

郭宏安：这一点非常重要，以译《红与黑》为例。我确实是以该作品的风格的整体把握为基础的。我体会到《红与黑》的文字风格是在朴素、平实的叙述中透出"瘦""硬"二字所蕴涵的神采，也可以说是"外枯中膏"。不过，所谓"瘦""硬"是就文本的总体感觉而言的，并不排斥个别语句、段落的轻灵、雍容甚至华丽。

基于对《红与黑》的风格的这种把握，我在动笔的时候，首先想到的是，严格控制形容词的使用，决不无缘无故地增加修饰语，因为现代汉语的形容词总嫌太多太滥，有时并没有增强或减弱的作用，不过是一些出于习惯的、毫无意义的陈词滥调罢了。例如，不必遇雪就称"皑皑"，遇马就称"骏"（顺便说一句，斯丹达尔认为，“不说马而说骏马，此为虚伪也”），遇大雨就称“滂沱”，遇小雨就称“霏霏”，遇到女人身上的物件就称“玉臂”“酥胸”“纤手”“秀足”等等。第一章“小城”第二段有这样一句：

Les cimes brisées du Verra se couvrent de neige dès les premiers froids d'octobre.

这里，brisées译作“嶙峋”，既方便又现成，但不如径直译作“破碎”，既鲜明生动，又贴近原文；neige则译作“雪”，连“白”都不要，遑论“皑皑”。原句是简洁的，现译作：“十月乍寒，破碎的维拉峰顶便已盖满了雪。”译文不见一个废字，以译文的简洁还原作的简洁，基本风格也就传达了。

许钧：在风格的传达上，你是有一种自觉追求的。刚才你谈了译《红与黑》的一例，《红与黑》的确在很多方面代表了你的这一追求。你翻译加缪的作品，也体现了你的这一自觉追求。加缪说他“在表达上宁不及而勿过。总之是勿饶舌”，这一点，在他写的《局外人》中表现得特别明显。他的文字十分清晰、简洁、透明，甚至显得单调、枯燥。你的译文传达了这一特点。如《局外人》第一部第一章结尾有这么一段：“以后的一切都进行得如此迅速、准确、自然，我现在什么也记不得了。除了一件事，那就是在村口，护士代表跟我说了话。她的声音很怪，与她的面孔不协调，那是一种抑扬的、颤抖的声音。她对我说：‘走得慢，会中暑；走得太快，又要出汗，到了教堂就会着凉。’她说得对，进退两难，出路是没有的。”我对照过原文，无论是总体效果，还是字句色彩的选择、句式的转换，与原文都很贴近。看来，在传达原作风格的问题上，有没有自觉的追求是非常重要的。

郭宏安：不过，恰恰在这一点上，翻译界好像有不同的看法。有一种意见认为，语言的发展是日趋大众化，作家之间的风格的距离日益缩短，风格会渐渐不成问题，故译者可以不必为此多费脑筋。日常语言或当如此，文学语言则大大不同。今日的作家，无论中外，有哪一位不把形成自己的独特风格当成生死攸关的第一要务呢？翻译为什么偏偏要反其道而行呢？我认为，风格是一部作品的灵魂与生命。翻译一部作品，最应该注意的首先是其风格，译文要尽可能地传达出原著的风格（包括文字的风格）。不求铢两悉称，但必须有传达的意图。有没有这种意图或追求，结果会大大不同。当然，传达原作的风格是很难的一件事，也许是百不一见。但是，能不能是一件事，难不难是另一件事，不可将“很难”视为“不能”。译者主观上是否具有这种意图或追求，其结果是大不一样的。有，就会自设藩篱，循迹而行，或可在译文中见原作风格于一二；没有，则会自由散漫，失去约束，或以为翻译是一场语言的竞赛，或随便给译文一种风格，总之是置原作风格于不顾，不但是“雅”失了准的，怕是连“信”“达”也谈不上了。

许钧：你谈到了“信达雅”，我想就此谈谈翻译标准的问题。最近我收到了北京沈苏儒先生的一部大作，叫《论信达雅——严复翻译理论研究》，从严复的“信达雅”之说的解释谈起，从翻译的本质、翻译实践、翻译历史等几个角度去看“信达雅”的内涵，并比较国外的几种翻译学说，阐述了“信达雅”之说的理论意义和实践意义。我倒很想听听你对“信达雅”的理解。

郭宏安：说到翻译标准，我是这么看的。我对于文学翻译只是业余的，但虽说是业余爱好，这文学翻译究竟是一项严肃的事业，须满怀热情地认真从事，并多少该有些自尊自重自豪感。因此，一个动笔翻译的人可以没有系统周密的理论，却不可以没有切实可行的原则。他必须对什么是好的翻译有自信而且坚定的看法，但是他不一定要固执地认为只有一种翻译是好的，其余都是坏的。我对翻译提出的标准，多半是一个读者的标准。

在中国的翻译界，自严复提出“译事三难：信、达、雅”之后，又有“忠实、通顺和美”“不增不减”“神似”“化”等说法提出，主张虽多，又各据其理，然就其可操作性来看很少有“信达雅”这样可触可摸、可施可行的。我甚至有一种近乎愚钝的想法，这种种的说法似乎都还或近或远地在“信达雅”的树荫下乘凉。当然也有不少人想破此“三难”之说，但看来是攻之者众，破之者寡，譬如攻城，打开一两个缺口，整座城池却依然固若金汤。到底是什么原因呢？怕是“信达雅”三难确是搔着了文学翻译的痒处。只要我们与世推移，对“信达雅”之说给予新的解释，就会给它灌注新的生命力。应该看到，并不是所有的新说法都显示了认识的深入和观念的进步的。

许钧：严复提出“信达雅”已有100年的历史。为纪念严复《天演论·译例言》刊行100周年，我曾写过一篇文章，叫《在继承中发展》，谈到严复“信达雅”之说的影响和生命力。对于“信”与“达”，译界的认识似乎已经比较一致，肯定的多，但对“雅”之一说，各有解释，有的解释比较褊狭，甚至比较偏激。

郭宏安：“信、达、雅”中，“雅”字最难解，容易起争论，许多想推倒三难说的人亦多在“雅”字上发难。如果一提“雅”，就以为是“汉以前字法句法”，就是“文采斐然”，是“流利漂亮”，那自然是没有道理的，其说可攻，攻之可破。然而，可否换一种理解呢？以“文学性”解“雅”。有人问：“原文如不雅，译文何雅之有？”提出这样的问题，是因为他只在“文野”“雅俗”的对立中对“雅”字作孤立的语言层次上的理解。如果把事情放在文学层次上看，情况就不同。倘若原作果然是一部文学作品，则其字词语汇的运用必然是雅亦有文学性，俗亦有文学性，雅俗之对立消失在文学性之中。离开了文学性，雅自雅，俗自俗，始终停留在语言层次的分别上，其实只是一堆未经运用的语言材料。我们翻译的是文学作品，不能用孤立的语言材料去对付。如此则译文自可以雅对雅，以俗应俗，或雅或俗，皆具文学性。如同在原作中一样，译文语言层次上的雅俗对立亦消失于语境层次上的统一之中。如此解“雅”，则“雅”在文学翻译中断乎不可少。

许钧：你对“雅”的解释很有道理，触到了文学翻译的实质问题。时下译界有一种风气，把“雅”与“美”等同起来，而所谓的“美”，主要是辞藻的华美，不管原文风格如何，只追求所谓的“文采”。特别时下一些古典文学名著的复译本，有的“译者”根本是不懂外文的，只知道把旧译本的词改得漂亮些，改得美些，让编辑先生看了高兴。结果，一些各具个性的古典名著在语言上成了一个模式、一种滋味的所谓“美文”，扼杀了原作的特色。

郭宏安：与“雅”直接有联系的一个问题，就是你刚才所说的“文采”。什么叫“文采”？答案也许有许多种，但在今天看来，肯定不是堆砌辞藻，不是硬造四六骈句，不是任意使用修饰词，不是滥用成语，也不是文白相杂或其他什么古怪的文体。华丽很容易被认为有文采，然而只有适度的华丽才是一种文采。素朴很容易被认为没有文采，然而适度的素朴未尝不是一种文采。中国画论中有“墨分五彩”的说法，我看可以移来说文。还有“流利漂亮”也往往被认为有文采，殊不知茅盾早在半个多世纪以前就说过：“就一般情形而言，欢迎流利漂亮想也不用想一想的文字的，多半是低级趣味的读者。换一句话说，即是鉴赏力比较薄弱的读者。”他说的是很有道理的。我认为，适度就是文采。翻译的“度”就在原文之中，“过”与“不及”都不是“有文采”。

许钧：在你看来，这个“雅”字之中自然也就包含风格。你用“文学性”

来解“雅”字，而文学性中，风格可以说是第一要素。你之所以强调原作风格的传达，而且在翻译中，把传达出原作的风格当作自己的自觉追求，也许原因就在于此吧。

郭宏安：我认为，文学翻译的最高境界是传达出原作的风格。瑞士批评家让·斯塔罗宾斯基谈到翻译时说：“翻译乃是让人接受，首先只是一只注意倾听的耳朵，然后利用我们的语言资源赋予这个声音以形体，使最初的音调的变化得以继续存在。任何真正完成了的翻译都建立起一种透明，创造出一种先在的意义的新语言……这样完成的作品乃是一种创造性的中介。”所谓“透明”，就是风格；唯有“透明”，才能使“最初的音调的变化”在译文中继续存在。如果译者果真完成了“一种创造性的中介”从而具有作者的尊严，那我们就可以说“翻译是一门艺术”。这门艺术的真谛不在于独立的创造，而在于对原作如影随形，惟妙惟肖，用一种不同的语言传达出原作的风格，即“创造出一种能够传达先在的意义的新语言”。影、形、妙、肖，说明了译作与原作的关系。

许钧：我读过你一篇谈译文中“四字成语”的文章，你在文中也谈到了翻译与创作、译作与原作的关系，你认为翻译是一种创作，但它是有限的创作。文学作品的生命力在于形和神结合的独特与和谐。关于意义与形式的关系，你认为有意必有形，有什么样的意，就有什么样的形，意和形是一致的。翻译家本应该是谦虚的，只能从原作的“形”中得“意”，不能舍原作的“形”取自家的“意”。

郭宏安：是的，离了原作的“形”谁能保证你得的确是原作的“意”呢？“言”和“味”的关系亦如此，“言外之味”是要由读者自己去体会的，翻译家的任务不是将这“味”表现为文字，而是要用文字引导读者体会这“味”。我一直认为，作为译者，不要去谈什么超越原作，或跟原作者比赛。我还是强调刚才说的一句话，译者要自设藩篱，循迹而行。不要得意忘形，忘乎所以。

1999年2月初稿

形神兼备：诗歌翻译的一种追求

/江　枫　许　钧

许钧：江先生，这么多年来，您翻译过许多外国诗歌，在诗歌翻译方面可谓成就卓著。1995年，您获得了我国首次设立的彩虹翻译终身成就奖，这是对于文学翻译家的最高奖赏，您能获此殊荣，足见您对诗歌翻译的贡献和社会对您的承认。我想，您在多年的诗歌翻译实践中积累了丰富的经验，对诗歌翻译有很深的体会和见解。能否先请您谈谈您对诗歌翻译中“可译与不可译”这两种观点的看法？

江枫：诗，在一般情况下都是可译的。世界上的大多数读者都是通过译本了解不同语言不同民族的诗作的。如果不可译，不同语言不同民族的读者和作者便会无法沟通。诗之所以可译，是因为它是世界文化活动的一部分，各民族之间尽可以千差万别，但是同为人类则各不相同的文化活动也总会有共同之处，这也就成了可译的基础：显而易见的是，不论一个民族或部落处于何种发展阶段，大多都有诗或类似于诗或歌的某种语言艺术。

非常难译或不可译的，也有。那是一些其存在的形式和价值，作为审美客体的趣味和意义，全都有赖于某种语言特异性的语言或文字作品，虽然也可能具有某种诗的形式特征，例如合辙押韵的绕口令、回文诗、藏头诗和谜语之类。而绝对不可译的各种“具体诗”则更主要是诉诸视觉的文字、字母和图形游戏，都不是严格意义上的，更倚重于形象、想象、联想、象征和精练语言的诗。

认为诗不可译的人喜欢引用罗伯特·L.弗洛斯特的一句俏皮话：“诗就是在翻译中失去的那种东西。”但是我不相信任何一个缺乏翻译实践体会的人，哪怕是著名诗人，有关于翻译的无论什么样的好话坏话，我宁愿相信他有关于诗的哪怕是点滴的议论。

诗，恰恰应该是翻译过后除了表面信息还留下了美和言外之意的那种东西。留下得越多越是好诗；经不起翻译的就连散文都不是，怎么会是诗，更不会是好诗。

许钧：我同意您的观点。《五十奥义书》上说，人之精英为语言，语言之精英为颂祷之诗，诗之精英为“高声唱赞”。在某种意义上说，诗歌是人类最本质的活动，它最早是一种“唱”，一种“吟”，都是人类情感抒发的特有方式。各个国家、各个民族的诗歌，虽然形式各异，都具有共同的结构和原则，因此无论在理论上，还是在实践中，诗歌都应该是可译的，否则，我们如何了解古希腊和古希腊文明呢？古希腊文化在人类历史长河中不断被介绍，被其他文化接受，都是通过翻译。这就证明了诗歌的可译性。但接下来的问题是：什么样的人才能译诗？有人认为只有诗人才能译诗。对于“诗人”的界定，我认为有“潜在的诗人”和“现实的诗人”之分，即能写诗、具有诗人的内在素质但没有发表过诗歌的人和已经发表了诗文甚至已成名人的诗人。究竟哪些人能译诗？请谈谈您对这个问题的看法。

江枫：我基本上同意“只有诗人才能译诗”，更准确的说法应该是，“在译入语和译出语的修养完全相等时，只有诗人才能把诗译好”。当然这里面有您谈到的“潜在的诗人”和“现实的诗人”的区别，但是，这种区别对于译诗影响不大；有影响的只是作为译者和诗人的语言艺术修养的高下优劣。其实，“潜在的诗人”在现实地译诗时，便已经成了“现实的诗人”；爱德华·菲茨杰拉德便是由于出色地翻译了欧玛尔·海亚姆的《鲁拜集》，才在英国文学史上成了著名诗人的。而由于发表过诗而被称为诗人的，却未必更懂得什么是诗和怎样理解、翻译一首外国诗。我们国内现在已经成名的诗歌翻译家几乎都是诗人，都喜欢诗，都发表过诗。译诗，最好是诗人；但是诗人，甚至著名诗人，却不一定都能把诗译好。

许钧：为什么会发生这种现象？对于这样的问题可否举一些实例作一点较具体的解释？

江枫：具体一些，且以艾米莉·狄金森序号为303的一诗译文为例：

The Soul selects her own Society—
Then—shuts the Door
To her divine Majority—
Present no more—

Unmoved—she notes the Chariots—pausing
At her low Gate—
Unmoved—an Emperor be kneeling
Upon her Mat—

I've known her—from an ample Nation
Choose One—
Then—close the Valves of her Attention—
Like Stone—

灵魂选择她自己的朋友，
　然后将房门关死；
请莫再闯进她那神圣的
　济济多士的圈子。

她漠然静听着高轩驷马
　停在她矮小的门前；
她漠然让一个帝王跪倒
　在她的草垫上面。

我曾见她自泱泱的大国，
　单单选中了一人；

然后闭上她留意的花瓣，
　像石头一样顽硬。

译诗，实际上是用新的语言重新创作，最忠实的译文也不可能等同于原作，译者的责任就在于尽可能缩小两者之间的差异而为求其近似；这一例的译者虽是一位名满海峡两岸，在中国文学史上应可占有一席之地的著名诗人，但是这样的译文对于原文却相去甚远。失败的原因，就在于这位诗人未能正确认识和把握诗的形式——听来也许奇怪，然而却是事实。

许钧：在形式方面，译者显然注意到了原作的韵律特点，似乎做到了以格律诗译格律诗。

江枫：原作是一首格律松散的小诗：前两小节大体上是抑扬格四音步诗行与二音步诗行相间，最后一节是抑扬格四音步诗行与一音步诗行相间的四行，各节的韵式是abab，押韵并不严格。译者设计了一种除四行一节以外就与原作毫不相干的样式，各节的韵式为xaxa。但是，即使用"以顿代步""释依原韵"的方法在最大的近似度上再现了原作的格律，也未必就能忠实再现原作的意境和神韵，而只能让译文的读者知道原作大致的外貌。当人们提到诗是内容与形式高度统一的语言艺术时，这里的"形式"所指不是格律而是语言：因为一，不讲究或没有格律的诗也同样是诗；二，格律也只是有声语言在艺术实践中逐渐形成或精心设计以营造或突出其音乐性效果的特殊安排。

弗洛斯特的诗大多是格律诗，但是他说："Poetry is simply made of metaphor."（诗，简直就是用比喻写成的。）比喻，是最重要的诗歌语言。但是上引译例的译者在形式问题上更看重的，却是格律而不是包括格律在内的全部语言。

开头两行把一个Door译成"房门"，便严重偏离了原文。有悠久历史的文字不论中外，全都蕴涵着深厚的文化积淀，汉语的"房"，正像英语的chamber和bedroom，都有丰富的字面外的涵义和暗示；而第三、四行的原文，可以理解为"对于她，神圣的多数不复存在"，"对于她神圣的多数，再不必引荐"，"她神圣的决定，再不容干预"，却不可译成"请莫再闯进她那神圣的/济济多士的圈子"；特别是不可把最关键的简单一个Majority译成"济济多士的圈子"，为了押韵又把头两行译成"灵魂选择她自己的朋友，/然后将房门关死”。由此而构成的意象和引发的联想都不美而且不雅。

最后一节，把Valves译成“花瓣”，语义不符，比拟不伦，而且破坏了狄金森遣词造句爱把各种不同类词汇混杂使用和爱用现代文明词汇的风格，远不如直译“阀门”，末行为了押韵而把Like Stone译成“像石头一样顽硬”则在败坏这一比喻的同时败坏了整首小诗：石头，有多重属性，为什么单选“顽硬”甚至不选“坚定”？但是“顽硬”或“坚定”均为原文所无而均为蛇足，何况，“顽硬”的贬义色彩会引发不佳联想，远不如直译“像块石头”。

可见，从理论上讲，什么人都可以译诗。译好译坏就要看译者的修养和追求。这一译例之所以未能忠实再现原作的信息和情趣，首先就因为未能忠实再现原作之形。

这一译例之所以失败，像未能忠实再现一样重要的只是同一原因的另一侧面，是未能正确认识或理解原作之形。翻译工作者对译出语和译入语的掌握，对于翻译成果的影响，是五十对五十甚至不是五十一对四十九的关系。因为，写诗，可以放纵灵感、别出心裁，译诗，却是必须尊重原作的严格制约的。

译文试图以“将房门关死”再现shuts the Door，以“济济多士的圈子”再现Majority，以“像石头一样顽硬”再现Like Stone，是使用汉语再现时的失误，也首先是对原文理解的失误。尽管这位著名诗人很可能正如某些人所强调的确是一名“学贯中西，精通英语”的学者，但是长处显然不在翻译。如果把原作中的每一个实词正确地当作一种比喻而在译文中还它一个相同或近似的比喻，便会接近成功而不至于失败。

许钧：看来形式、结构很重要，无论内容如何，特定的形式能赋予语言以特定的性质。您是否同意：所谓“形似”就是“尽可能相似地模拟原诗的形式和格律（包括节奏和韵式）”？

江枫：诗，承认某种语文结构是诗，首先就因为接受了它的形式。无论是正规的诗，还是打油诗，或者其他什么诗，只要具有诗的外在特征，例如节奏和韵式或是有韵、无韵之类，或者只是分行出现在报刊上，就会被称呼为诗。

译诗，自然应该尽可能再现原作的格式和韵律，但是译诗毕竟不是译格律，因为用同样的格律可以写出千差万别各不相同的诗。在我们所引的译例中，为了获得满足韵式要求的韵脚而以“顽硬”押“一人”，以“关死”押

"圈子"一样，都是由于把韵式看得太重，以至易词就韵而以词害意，但原文的One和Stone只是看上去似乎有韵，读起来并不相协。

和诗的内容高度一致的形式，是使一首诗得以把构思物化成为审美客体的全部语言材料，特别是语言的结构和具有造型功能的修辞手段。译例中把一般的"门"Door译成特定的"房门"，把在民主制度下具有"神圣"而丰富涵义的抽象词"多数"Majority译成"济济多士的圈子"，把所指为车辇的Chariots译成"高轩驷马"，把表示某一皇帝的an Emperor译成表示类别的集合名词"帝王"再冠之以"一个"……全都损害了原作意象的准确再现。

诗歌形式并不只是内容的外衣、信息的载体，在多数情况下形式就是内容，载体就是信息，这一点在现当代诗歌中表现得尤为明显。

许钧：毫无疑问，语言能力对诗歌翻译具有举足轻重的作用，但具备译诗能力的因素还有很多，除了前面谈到的对诗歌结构、原理的了解之外，还有形象的思维方式和艺术的创造力等。然而似乎还有其他的因素。就我本人而言，我曾多次尝试过诗歌翻译，但是不成功，译出的诗总有打油诗的味道，这大概和我所受的教育有关。在我十五六岁那个作诗的年龄，正是"文化大革命"中打油诗盛行的时代，因而译的诗总离不开那模式，摆脱不了那种调子，甚至那种时代气氛。看来一个人的创作，无论是作诗还是译诗都会受到时代文化的影响。不知您在译诗的过程中有没有受到过这方面的影响？

江枫：许多人都会有类似的体会，无论写诗、译诗，都不能不受到各个时代各种思潮和观念的影响。由于在家庭和学校影响下养成了喜爱古典诗词的浓厚兴趣，我也曾有过由于并不了解便看不起新诗的时期，只是在读完初中之后，才开始被优秀的白话新诗吸引而尝试着学写新诗。有些人译诗动不动就会写出五、七言格和四字成语，一落入这种套子，译诗就会受到很大局限。但是也有些对旧体诗比对白话更熟悉的人，认为只有这种套子才是"民族形式"而主张译诗要"采取民族形式，走民族化的道路"，"把翻译诗纳入我国诗的格律"。这似乎是说，民族形式是一成不变的，只有旧体诗的形式才能算民族形式。难道今日的新诗形式竟是异民族或非民族形式？把外国诗歌从某一种外语译入本国语也就是民族化了——完全不必强求莎士比亚或拜伦、雪莱全都穿上长袍马褂。

许钧：民族化在一定意义上可以归结为语言的特点？

江枫：是的，对于外国诗歌而言，语言转换的过程便是民族化的过程。把外国的诗译入本国语言，使我国读者都能够读懂，这就是民族化，而且也只能化到这里为止：如果原作是格律诗，则按照译入语的特点安排译文节奏和韵式以尽可能再现原作格律。但是，如果把无论什么样的外国格律诗全都纳入五、七言之类中国旧体诗格律，那就化得过分了。如果我们的译诗从来如此，我国只通汉语的读者便无由得知，世界上除了五、七言之外，还有但丁的三连韵、莎士比亚的十四行、马雅可夫斯基的楼梯诗……从翻译诗获得了启示而诞生的中国新诗就会大大推迟其发展进程。而且，要使用对于白话新诗已显得狭窄的五、七言形式，就不得不大量起用陈词滥调。

许钧：这就涉及诗歌的形式和翻译精髓的问题。外国诗歌和中国诗歌的内在结构有共性。形式虽有差异，但都是为抒发感情而采用某种节奏和韵律。对于译者来说，更为重要的是通过形式去了解内容，了解诗人看待世界和抒发内心的不同方式。您喜欢雪莱，译了雪莱的许多诗，对他一定有很深刻的认识，那么您在翻译他的诗时，在传达他的诗歌的思想内容和审美特征上有没有什么追求？

江枫：我译雪莱，是因为喜爱雪莱，也喜爱诗。我从不曾想过要以翻译作为自己的事业，把我喜爱的雪莱诗根据我的理解尽可能准确地译成尽可能好的汉语诗也就满足了，发表在我自己编的刊物上是为了让我的读者分享我从中获得的喜悦、启迪和鼓舞。开始译时，没有理论，只凭感觉。只是在《雪莱诗选》出版而获得了赞誉，一家外国文学研究刊物要我撰文谈论体会，经过认真总结，我才发现了一点规律性的东西而把我的实践经验归结为："译诗，必须力求形神皆似。"细心的读者会注意到《云》这首诗的译文在我最近的版本中为译出奇数行的行内韵所作出的努力。

译过了狄金森、惠特曼、弗洛斯特、斯蒂文斯、庞德和普拉斯等现当代美国诗人的作品之后，我又进一步体会到："译诗，形似而后神似。"

一首诗赖以存在的全部语言材料全都属于诗歌形式的范畴，都应该在翻译中尽可能加以再现或移植。格律固然也是形式的一部分，但更重要的是有造型功能的修辞手段。朱生豪译的莎士比亚由于不分行而被认为是散文，然而却是富有诗意的散文；梁遇春译的《英国诗歌选》也不分行、不押韵，却比有些严格再现了原作格律的译文保留了更多的原作神韵，都因为译文移植了原作的修辞手段和形象语言。在谈到梁遇春译的一首雪莱诗时我曾说过，由于他“老老实实逐字逐句的对译保留了与内容和风格都密切相关的结构和修辞手段，保留了原作的形象，从而在更本质的意义上达到了形似”。

雪莱的诗在形式上，一方面受所处时代诗歌文化的影响，另一方面又有所创新：《西风颂》就是由五首雪莱式十四行构成的一组组诗，所谓雪莱式就是由雪莱自己设计而以但丁式三连韵诗行为主体的一种十四行，和传统的十四行不同，其韵式是aba bcb cdc ded ee；包括《云》和《致云雀》在内的不少一批都可以认为是雪莱的“自度曲”。但是在较长的诗篇中可以发现，当既定的格式显得狭窄时，雪莱的对策总是破格以逞而决不削足适履。有时破格能产生出色的艺术效果，就像弥尔顿写《失乐园》中撒旦反抗上帝时的破格，那是与反抗一致的破格。

许钧：形式的偏离能产生美。我认为诗是一个比较独立的话语世界，诗的语言不仅与其所指涉的东西相疏离，打破符号与事物之间的正常关系，而且还打破一种规范系统的语言的组合法则，以达到某种新奇的效果。

江枫：译诗也应该允许破格，对于原有格律，既要尽可能以相应的格律加以再现或移植，又不可过分拘泥。在格律问题上，如果原作者并不拘泥，为什么翻译时竟要拘泥到为了格律而不惜牺牲内容的程度？诗歌的格律，有些与内容一致：在我的印象里，完全一致很少，较为一致的也多为“自度曲”，如雪莱的《致云雀》、弗洛斯特的《雪夜林边暂驻》，但都不如惠特曼的《船长，哦，我的船长》；而在多数情况下，都是装饰性的，就像我国的七言、五言和绝句、律诗之类的韵脚与平仄要求，和丰富多彩的内容并不相干，只能赋予对象以一定的外貌，产生某种音乐性的伴奏效果。对于和内容结为一体而不可分的形式部分，则必须力求其忠实再现，损害了形式也就损害了内容。

许钧：这就是说，您要尊重诗的形式，又不拘泥于形式，可以掌握一定的自由度，这也是根据雪莱的创作个性和创作倾向所决定的，因为如果诗人是很严谨的，译诗也就应该很严谨。这就涉及翻译的过程。您译过那么多雪莱的诗，您自己又是诗人，写过很多诗，那么您对诗歌的表现力、表现手段方面一定更为敏感。一般人读诗，对诗的表现手段不一定能体会很深，即产生不了共鸣。我的体会是：有些诗会让人有一种情感上的震动，有一种强烈的感受，好像正是自己所要说的话，这在翻译的理解上大概就是一种不约而同；另一种是“似曾相识”，对诗的内容通过深入的思索才能领悟到；还有一种让人百思不得其解的诗，诗的形象与表达形式和自己的思维定式或情感表达方式相去甚远，理解和翻译这样的诗就会很费劲。因此我想请教江先生，您在诗歌翻译过程中，如何处理类似的问题？换句话说，您在翻译诗歌时是如何审美的，因为诗歌的特征归根结底体现的是一种美。您是如何体验美，又如何表达美的？

江枫：翻译作为一个过程，第一步当然是对原作的理解，而且必须力求甚解。但不是每首诗都能一读便解和甚解的，即便是读中国诗也有一个逐步理解和由浅入深的过程，因此译者译诗首先应该尽可能全面地了解诗人，了解他的思想，了解他的审美价值观。译雪莱就必须了解雪莱的思想、生活和他那个时代。雪莱学识渊博而爱作玄思冥想，译他的诗还常有必要到诗外下大功夫补课。雪莱夫人就说过，他的诗不是人人都能读懂的。有些诗或诗行有些人能懂，有些人可能不懂。《日落》这首诗写一对青年男女一夕之欢后男的死去，女的还活着，并没有疯，但是雪莱说“我倒认为”她那样活着“也是/一种疯，如果疯就是与众不同”。如果不了解雪莱在伊顿公学读书时便被叫作“疯子”和屡遭不幸的经历，就难以理解这句话的深刻和沉痛。

由于人生体验、文化素养或是艺术悟性的不同，有时你会感觉到某一句话或一首诗说出了心中早有、未能说出、终于被表述得极其贴切的某种感受，或是引导你突然上升到一种豁然开朗的境地，驱使你情不自禁地打开了封存内心深处的一口思想或感情的深井，你会被感动，起共鸣，感受到诗的美。诗的美像生活中的美一样，丰富而多样。我在《雪莱诗选》最初一版的后记里提到过雪莱的歌声“时而慷慨激越，时而甜美醉人，又时而缠绵悱恻”，和我从中“得到的启迪、鼓舞和欢乐”，那便是我通过原作的语言形象感受、理解和把握到而力图运用相应的语言形象加以再现的美。

许钧：谈到翻译过程，这其中还有一个重要的方面，就是诗中比喻的转换。我们知道，诗的语言的生命力在某种程度上取决于它的隐喻性，诗歌中的形象往往靠比喻的手段来塑造。对于诗歌中的比喻，您在转换过程中是如何处理的？

江枫：正如弗洛斯特所说，比喻是诗歌中最重要的结构成分，是营造语言形象的最重要手段，翻译时是不能改动的。如果比喻都可以随意改动，翻译便不成为翻译，译诗便不成为译诗。从埃兹拉·庞德转译的李白《长干行》来看，他译诗也遵循不改变原作形象因素的原则。他把“郎骑竹马来”译为“你脚踩着竹子做的高跷来了，摇摇摆摆装着是匹马”，并不是改变原作形象，只是由于他在生活中没有玩过也没有见过“竹马”。翻译学，是和比较语言学、比较文学、比较文化学相交叉的一门学科。

许钧：那么如何保留比喻中的形象呢？有些译者为了考虑中国读者的接受能力而改变原有的艺术形象，您在译诗时有没有因为考虑到中国读者的接受而进行一些变通，即有没有以读者的名义对原文进行一些改变？

江枫：这种做法我不赞成。如果说为了便于读者理解而变通尚属情有可原，为了押韵而改变形象，例如把“火鸡”改译成“画眉”，就背叛了翻译的宗旨。尽管不同语言在语法和句法方面会有较大或极大的差异，只要能在整体上紧贴原文，或是像卞之琳所主张的那样对原作“亦步亦趋”，把译出语中的每一个实词全都当作比喻而在译入语中尽可能准确或最大限度近似地落实为相应的实词，就可以使译作尽可能忠实地以新的形式再现原作之神。

好诗耐得百回读，每一个人每一回读都可能品味到一种新的真意，所以，应该给读者留有自行理解、咀嚼和欣赏的余地。原作是直白的，译作自当直白；原作含蓄，译作就该还以含蓄。担心读者难懂可以给诗加注，却不可在译文中增添解释性文字或是对原作比喻作民族化处理。译形象性强而含蓄的诗，要画龙而不点睛，任何的“点睛之笔”全都是多余的蛇足。如果把原作的美味嚼过，即使是嚼透了再在译作中把滋味告诉别人，别人读起来就只能是味同嚼蜡。因此我是尽可能保留原有的比喻，不点破原有的暗喻。

再说，不仅仅是诗，甚至有些小说，特别是优秀的杰作，也多是比喻。如果《红与黑》的意义只限于说了一个男人和几个女人之间的故事而不同时具有象征意义或典型意义，不能给人以多重启示，也就不可能成为不朽的经典之作。

许钧：深刻的东西需要人仔细体悟，对于“点睛”的问题，除了“要不要点”，还有“如何点”的问题。译者是一个特殊身份的读者，他既要保留自己的阅读个性，又要考虑到译文读者群体的利益，一方面是他和原诗作者的关系，另一方面是与译文读者的关系，您是怎么处理这种双重关系的？

江枫：就我个人而论，我的身份既是译者又是读者。对于原作，只有作为读者确实理解了才能着手翻译；翻译成文之后，又要作为挑剔的读者对译文苛刻挑剔而力求其完善。至于该不该“点睛”就完全要视原作而定：原作是点了睛的，译文自然也要点明；原作隐而不露，译文就该同样含蓄。有些诗的点睛之笔也往往是一首诗的结论性警句，例如：“享受不了光明是由于本身阴暗。”又如：“如果冬天来了，春天还会远吗？”

许钧：也就是说，您是单方面地与作者交谈，着重表现原有的东西，还是偶尔也为了读者进行一些表达方式上的变换？

江枫：我基本上不考虑读者。我不认为读者比我水平低。我自己就是读者，没有必要给其他读者补文化课。我只认为每个译本应具有时代气息，译文应尽可能用译者所处时代的语言。

许钧：您的这个观点很重要，译者就是译者，因而在翻译中没有必要进行过分的解释，应该让译文留有足够的阅读与想象空间。另外，对于有些意在言外的东西，在翻译中有个译“味”的问题，您是将“味”文字化，还是不把它“点”出来？

江枫：我还是不赞成把它“点”出来。诗就是在有限的文字里表达丰富的内容，不容许有旁白的机会。如果偶有自以为是的独到的体会并且愿意和其他读者分享，我便把它写在脚注里。

许钧：看来在这一点上您的观点很明确。那么对于诗中所反映的文化因素、意识形态观念，您是如何对待的？

江枫：我认为这些因素都应该在翻译中加以体现。但译好一首诗并不容易，像雪莱这样的伟大诗人，读过很多书，文学、哲学、社会科学和自然科学无所不读。例如据雪莱夫人回忆，在1814—1815年间，他的读物中就包括：希腊语的荷马、赫西奥德、忒奥克里托斯，和修昔底德、希罗多德、第尔根尼·拉尔修的史学著作；拉丁语的佩特罗尼乌斯、苏埃托尼乌斯和西塞罗的一些著作，塞内加和李维的大部分作品；英语的有弥尔顿的诗作、华兹华斯的《远游》、骚塞的《马多克与撒拉巴》、洛克的《人类理解论》和培根的《新工具》；意大利语的阿里奥斯托、塔索和阿尔菲耶里；以及法语卢梭的《独身者冥想录》。但是，雪莱夫人还告诉我们：“直到居住在意大利，雪莱才开始研读柏拉图。”了解到这些才有可能把他1816年的一篇重要诗作《赞智力美》正确理解为“对于理性的一曲赞歌”，而不至于从一种臆测的先入之见出发，根据自己夹生的抄袭之作，离开雪莱其人其作，牵强附会地说雪莱“相信理念王国是一个真实、完美、永恒的王国。在《赞智力美》这首哲理抒情诗中，诗人表达了这样的观点：美既不在物质的对象，也不在主观者的心目中，它是一种纯精神的存在，即柏拉图所谓的‘美的理念’；而只要有‘精神美’存在，人生就不会黑暗，死亡也不可怕”（《世界诗库》）。——果如此，则雪莱便不会成为“社会主义革命的先锋”人物，而应该是为苦难中人民灵魂唱催眠曲的传教士或祭司了。而和这首诗相关的意识形态和文化背景，我只能在脚注中略作简要的交代。

许钧： 他的思想是否很能激发您的情感？

江枫： 当然，思想是一切艺术作品的灵魂。正像雪莱在《致云雀》中所宣示的那样，没有高尚、优美的思想情操就不可能创造出美的艺术。如果没有他那种反对一切形式的奴役而以全人类的彻底解放为己任的思想，世界上就不会有这样一个伟大的诗人，也一定会少掉许多发人深思、催人奋进、鼓舞斗志的不朽诗篇和“永远泛溢着智慧与美感活水的源泉”。有一位诗人告诉我，有一首诗他读过好几遍，每一遍读后他都痛哭出声——那使他痛哭的是某种崇高的思想；有些诗翻译时我会心跳加速、血压升高，尽管没有量过——那使我热血为之沸腾的也必定是某种崇高的思想。

许钧： 对于诗歌翻译的理解过程，还有另外一个方面。法国有一派理论认为：文学作品的理解过程，与一般作品的理解过程是有区别的。非文学作品中只是一些信息，字符的意义是非常直接的。正如我们一看到“桌子”两个字，马上就能想到桌子的形状。但文学作品，尤其是诗歌，在能指与所指之间，往往有一种隐含的意义，不可能在大脑中直接体现出来。当看到一个字符时，即使是简单的一个数字，也不能直接地去转换这个字符，而要先了解这个字符背后的意义。我想再请教江先生，您在理解阶段，即读原诗的时候，大脑中出现的语言符号多，还是形象更多？

江枫： 理解了的语言和形象基本上是一致的。理解的过程也就是形象逐渐显现和清晰的过程，如果有形象的话。和作为语言记录符号的拼音文字不同，对于具有象形、指事、会意、形声之类表意文字特征的汉语而言，能指和所指之间的关系是自然的或合理的而不是武断的，所以当任何一种其所指具有感性或形象特征的拼音文字诗句被使用汉字的中国读者所理解也就是转换为汉字的能指和所指时，形象便逐渐显现或是显现得越来越加清晰；何况，当我们今天读着已经使用了千百年的西方拼音文字时，那每一个拼音符号的能指和所指也早已不再随意。事实上形象的显现和清晰是和语义的明确和清晰同步的。

有人认为诗是不可译的，因为形象难以转换。然而我认为对同一形象的表达，不同的语言有其对应的形式。我在翻译时，就是从译文语言中寻找对应的形式，来表现原诗的形象或意象。当然这包含一个形象或意象形成的过程。翻译应该是对原作形象或意象逐渐形成概念的同时使用译入语的词语和结构营造对应形式的过程。那对应的形式当然会因译者而异，例如《西风颂》的最后一句：O Wind, /If Winter comes, can Spring be far behind? 各译家译的就不完全"相同"，尽管原文相同，所用辞典也很可能相同：

(1) 郭沫若译：严冬如来时，哦，西风哟，/阳春宁尚迢遥？
(2) 丰华瞻译：哦，西风啊，冬天来了，春天还会远吗？
(3) 查良铮译：要是冬天/已经来了，西风啊，春日怎能遥远？
(4) 卞之琳译：风啊，你看，/冬天要来了，春天难道会太远？
(5) 王佐良译：啊，西风，/如果冬天已到，难道春天还用久等？
(6) 周永启译：啊，风，/既然严冬已到，阳春岂不将来临？
(7) 江枫译：哦，风啊，/如果冬天来了，春天还会远吗？

许钧： 由此可见，诗是可译的。我们需要探讨的，只是如何译的问题。今天您给我们介绍了许多宝贵的译诗体会，谢谢您，希望以后有机会再向先生请教。

（姜秋霞整理）

1997年9月初稿

翻译与创作

/赵瑞蕻　杨　苡　许　钧

许钧：赵先生，您曾经在15年前写过一篇文章《译书漫记》，后收录于北京大学出版社出版的《当代文学翻译百家谈》一书中。在这篇关于文学翻译的文章中，您多次提到了鲁迅的观点，特别提到了翻译与创作的关系问题。鲁迅在1936年发表的《捷克译本》一文当中说："人类最好是彼此不隔膜，相关心，然而最平正的道路却只有用文艺来沟通……"另外他还说，"注意翻译，以作借镜，其实也就是催促和鼓励着创作"。翻译与创作的关系问题，是文学翻译研究中一个重要的课题。从客观的方面讲，它涉及翻译的目的与动机、翻译的作用与影响、翻译的性质等重大问题；从具体的方面讲，它涉及翻译的方法与翻译的再创作的原则，乃至对某个句子、某个形象、某种词语的处理。那么，您跟杨苡老师两人都是作家，一个是诗人，一个是散文家，而且两位同时又都是文学翻译家。我注意到你们两人的翻译既有小说，也有诗歌。那么今天我们想围绕着一个主题，就是翻译与创作的关系，并结合翻译中的一些问题，请你们谈谈这方面的经验。首先第一个问题是，你们在翻译与创作的道路上，这两者之间相互有什么影响，也就是说，你们的创作对你们的翻译有没有什么影响？反过来，你们的翻译对自己的创作又有没有什么影响？

赵瑞蕻：这是一个很有意思也很重要的问题，值得我们研究和探索。今天我不想从枯燥的理论上，而是结合自己的经验和心得体会方面来谈一谈。刚才你提到的鲁迅这两句话可以说鞭辟入里，十分重要，我也曾在《鲁迅〈摩罗诗力说〉注释、今译、解说》一书以及其他几篇文章中反复提及。这本专著是我用三年时间写成的，也可以说是还具有一点价值。其中在《前记》里我谈到文言译白话（现代汉语）首先也要忠实，其次是文采。现在你所引的鲁迅第二句话涉及一个很值得研讨的问题，即翻译与创作的关系，总起来说，也就是外国文学对中国现当代文学，外国文学对中国作家的影响，包括诗、散文、小说、戏剧等方面。这个问题谈起来相当复杂，但很有探索价值。历史上，中国文学至少在两个时期受到了外国文学的深刻影响，特别是在思想与文艺创作方面。第一个是5世纪到8世纪，即陶渊明、谢灵运所处的刘宋（东晋、宋齐梁陈）时期，到唐朝李白、杜甫活动的时期。那时印度佛教传入中国，佛经翻译对思想、文学、艺术领域，对当时的知识分子和学术界的影响非常之大。谢灵运是我国杰出的山水诗人，也是佛经翻译家。其次，就是“五四”新文化运动时期外国文学翻译对中国文学的影响。之所以称为新文化运动，除了受政治上反帝反封建新浪潮、新形势决定外，我认为就是西欧启蒙运动和19世纪文学（主要通过介绍和翻译）对我国所起的积极作用。外国文学对中国新文学的深刻影响是不容忽视的，不管诗歌或小说等方面都是这样。关于“五四”时期的新诗创作，我仅举两个例子，一个是郭沫若，比如他的《女神》；另一个是闻一多，他初期的《红烛》和后来的《死水》明显受到外国文学的影响。在《女神》里面，我们可以看到先是印度的泰戈尔、德国的海涅和稍后一点的美国的惠特曼、德国的歌德等作家的思想及艺术的影子；假如没有这些作家文学作品翻译的影响，《女神》的诞生也许是不可想象的。当然，当时的反帝反封建爱国主义思潮对《女神》创作的影响是决定性的。但是，如果没有外国文学的影响，我们可以说《女神》不可能诞生。这是一个很好的例子。郭沫若在诗歌创作上采用的是自由体，闻一多则是格律体，这都跟外国文学有血肉联系。闻先生受西方浪漫主义，特别是英国浪漫派的影响非常大；在英国浪漫派中，闻先生最崇拜的、对他影响最大的就是John Keats（济慈）；他曾经特别写了一首诗《艺术的忠臣》来歌颂济慈；如果没有英国浪漫派，甚至于没有法国Beaudelaire（波德莱尔）

的影响，那么他的《红烛》和《死水》的创作同样也是很难想象的。鲁迅说“注意翻译，以作借镜”，意思就是翻译能够促进并鼓励创作，甚至开始时是模仿，总之起到一种推动作用；在郭、闻二人说来，他们都能直接读原文（英文、德文）而且都从事翻译。你看，一本《少年维特之烦恼》怎么会有那么大的影响？上述两个例子可以说是鲁迅这句话的注脚吧。

许钧：是的。赵先生的郭、闻两个例子从大的方面讲是非常具有说服力的。您所谈到的问题对翻译的研究非常重要。我国翻译界在前一段时间已经开始意识到探讨这一问题的重要性。可在早10年，译界很少有人从这方面开展对翻译的总体研究，而把过多的精力投向脱离文化与语言大背景的技巧性探讨。由于研究缺乏高度，又没有一定的文化观与哲学观做基础，往往纠缠于一字之得失，难以达成一致意见。这几年来，情况有了改观，有的学者开始有了强烈的学科意识和理论意识，着力于探讨翻译所涉及的一些重大问题，并取得了令人欣喜的成果，如邹振环的《影响近代中国社会的一百种译作》就是这方面的一部具有代表性的研究成果。该书实际上就是着力于探讨翻译之于中国社会与文化的影响与作用的问题。那么具体地讲，就你们二位而言，翻译对你们二位自己的创作有没有什么影响？

赵瑞蕻：杨苡你先讲讲。

杨苡：好的。我对翻译理论从来没有研究，今天也没有准备，只能随便谈谈。我生于1919年，那是一个崭新时代的开始，“五四”新文化运动给青少年一代很大影响。我出身在一个很富裕的家庭，父亲虽然在1919年英年早逝，但家里的遗产足够供我们子女们求学读书。家里书很多，我哥哥杨宪益从小是个爱书之人，他给了我很多鼓励。我这里还有两本很旧的书，是二三十年代的：一本是巴金作序的盲诗人爱罗先珂的《幸福的船》（其中有一篇是巴金译的），另一本是爱罗先珂的《桃色的云》，是鲁迅翻译的。这就是说，我们那时已经接触了不少翻译过来的文学作品。另外，我们所读的学校都是英美教会办的学校，除了国文以外，其他数理化等课程用的也是英文本，因此也有助于使我们早一些接触到外国经典名著：我们在高中时已经开始读原文的莎士比亚了。我读我国的文学名著也是从国文课（老师不完全教古文古诗词）以及课外读书开始的，当然读了巴金的《家》、鲁迅的《呐喊》、老舍的《二马》等等，还有茅盾、沈从文、丁玲、冰心、徐志摩等等一系列中国最早的现代文学家，差不多我都读过了，而他们的作品显然或多或少也是受了西洋文学的影响。即使是沈从文，他也读过大量的翻译名著。可以说，当时的文学翻译还是注重信达雅的，我们这一代搞翻译的人的确受了那些翻译作品的影响。对于我来说，无论是创作还是翻译，巴金和沈从文的作品是给了我很多影响的。我常说我的习作全是大白话，不善于咬文嚼字，不会雕琢，翻译过来的作品也只会写大白话，要求忠实，多思考，再落笔，也是一种创造；用我的已故老师陈嘉教授曾在1944年对我说过的话来说，就是："我不反对你译诗，但要译出原味来。"我想我一直就是追求能达到这一点。

许钧："五四"时期的翻译是非常讲究策略的，因为他们的目的很明确，如同鲁迅说的，他注意翻译主要是以为借镜，为了把外国文化和文学吸引进来，催促和促进中国文化的发展；所以在翻译方法上他就比较注重偏向于保留外国的东西，偏向于直译（稍微欧化），尽量保留外国的思维方式、外国的思想和外国的形象比喻。我觉得这对两位老师的创作无论是思想上还是文体上都有一定的影响。记得赵先生曾用十四行诗体写过一些诗，而十四行诗本身就是外来文体。有很多人认为外国文学中思想性的东西的确可以吸收，而形式则较难以化为我有。赵先生可以说具有丰富的翻译实践经验，不知道您对此有何看法。

赵瑞蕻：外国文化和文学对中国文化和文学的影响主要是通过翻译产生的，因为能够直接阅读原文的读者太少了。我必须补充一点，翻译对创作的影响首先在于思想内容，其次才在于艺术形式，而且思想内容与艺术形式往往是密不可分的。实际上，闻先生的第一本诗集不是《死水》，而是《红烛》。《红烛》充分表达了闻先生对民族、国家的热爱和关切，充满着爱国主义精神，它同样显露出深受西方文学影响的痕迹。我自己可以说自少年时代起便崇拜浪漫派，65年前，即1933年（那时我17岁），我曾在温州中学学生自治会办的文学刊物《明天》上发表过一首长诗，题目是《秋天里的秋天》，单从题目看就是highly romantic（非常浪漫）的，它同样也是受英国浪漫派和中国新月派（徐志摩）的影响。在西南联大读书期间我接触了更多的外国文学，但我仍倾向于浪漫派文学，同时也很喜欢象征主义，尤其是美国的A. Poe（爱伦·坡）和法国的Beaudelaire与Rimbaud（兰波），在我的诗里面可以看到英国浪漫派和法国象征派对我的影响。我一般主要采用自由体或现代格律体，十四行诗倒是写得不多。不过，前年（1995年）南京大学出版社出版了我的《诗的随想录》，我用了150首八行体诗描写、抒发我晚年的所见所闻所感，这也就是我的诗体文学回忆录。我这种写法既采取了中国五七言律诗的某些格调，又运用了西方八行诗体，尤其是意大利ottava rima（八行）诗式。这是我学习中外文学的一点收获，也是跟我从事翻译西方诗歌有关系。我在这里再举个自己认为很好的具体例子，来进一步阐明许钧在开头提出来的关于“翻译与创作的关系”这一主题。1955年，我在德国莱比锡大学东亚学系教书时，有天夜里失眠，想念家人（那时正是5月），我脑子里忽然迸出“在祖国，如今正是榴花盛开的时节”这么一句来，异常激动。我随即起身，走到书桌旁拿笔，很快就写成了一首八节三十二行的诗，后来发表在《诗刊》上。这首诗的题目和首句就是“在祖国，如今正是榴花盛开的时节”。熟悉英国诗的一定知道英国诗人勃朗宁（Robert Browning）写过一首脍炙人口的诗《海外乡思》（*Home Thoughts from Abroad*）；另外一位诗人叶慈（W. B. Yeats）有首名诗《茵尼斯弗利的湖岛》（*The Lake Isle of Innisfree*），也是怀念故乡之作。这两首诗我非常喜爱，早就把它们译成中文了。所以，拙作受到他们的启发是很明显的。没有这两首英诗，可以说我大概写不出自己的一首。所以我认为“文学因缘”是非常有意味，永远值得探索的。翻译与创作在我想来，便是一种文学因缘。

许钧：赵先生刚才主要谈了翻译对创作的影响。那么两位都已经有了半个多世纪的文学创作和文学翻译的历史，可以说此二者都已经成为你们生命中不可或缺的部分。有时翻译是一种创作，有时创作又是一种翻译，在某种程度上就是吸收西方文化、为其滋养，又在其滋养下生发新的创作的过程。因此我认为，任何一个民族要想发展，必须走出封闭的自我，不管你的文化有多么辉煌，多么伟大，而且为了保持你的辉煌，发扬你的文化，必须要与其他文化发生碰撞。个人也是如此，20世纪大凡伟大、有生命力的中文作家，他们的文学创作莫不是多种文化相互融汇、交相辉映的结果。那么我很想听听两位老师对这一现象的看法。

赵瑞蕻：我在高中二年级时就开始翻译了，最初翻译发表的是英国Dickens（狄更斯）的《星的梦》和法国Catulle Mendès（卡图尔·蒙代）的《失去了的星星》。对我来说，一开始是翻译与创作并重，并且二者结合在一起。“五四”以来的许多人，例如鲁迅、郭沫若、茅盾、闻一多、徐志摩、梁宗岱、巴金、冯至，还有后来的卞之琳、李健吾、季羡林等等，他们既是学者，又是作家，还是翻译家，他们的几种身份是相互融合、影响的。上面我谈了诗歌，现在我再说一下散文。中国现代散文是受英国essay影响的，而英国的essay又是受法国Montaigne（蒙田）的Essais深刻影响的产物。关于这一点，鲁迅和朱自清都有论述。从周作人、梁遇春、郁达夫、徐志摩、钟敬文等的散文作品中我们都可以看到翻译对他们的创作的影响。这些现象足以说明你刚才提到的“他们的文学创作莫不是多种文化相互融汇、交相辉映的结果”。

许钧：这其实是翻译在文化移植上的超空间性。另外我们还应该从历史角度对翻译进行考察。有人曾提出：翻译是文明的延续和扩大；任何文化要想延续，都要不断地被翻译。比如中国的古代典籍，由于旧文体的散失而在新一代中不断没落，因此需要古文今译，这是语内翻译的一个例子。语际翻译在这方面的例子也是不胜枚举，如古希腊、古罗马文化的复兴，如发生在9世纪的加洛林王朝的古典文化的复兴，发生在12世纪的所谓的原始文化复兴，以及15和16世纪的文艺复兴，无不伴随着翻译的高潮。翻译在一种古代文明的复兴中起着无可替代的作用。在文艺复兴时期，那些著名的人文主义者都非常重视翻译，他们几乎个个都是翻译家。没有他们对古希腊、古罗马文献的新的阐释与翻译，恐怕不会有什么复兴。东西方文化的交相渗透、影响，这是翻译的功劳，它属于翻译的宏观探讨范畴。具体到微观方面，我发现杨苡老师的翻译过程很像是一个创作过程，按杨苡老师的表述就是：泛读、精读、构思、写草稿、修改、重抄、再整理、润饰、再重抄，有时甚至隔几年再重抄。精读和泛读就是一个进入文本世界的过程，而我认为杨苡老师提到构思特别重要。有人认为，翻译就是一种创作，用通俗的话说，就是像用母语来写作一样。杨苡老师能不能谈一下您所说的构思，构思中是不是有灵感的迸发？

杨苡：1986年，外文局的《中国翻译》约我写一篇回顾40年翻译往事的文章。我写的是《一枚酸果》，我把翻译比作吞咽一枚酸果，味道酸涩，但吞下后又回味无穷；也可以说，翻译是享受生命的方式之一。比如“呼啸山庄”这个书名，它就曾困扰了我好几个月。我在40年代看到梁实秋把Wuthering Heights译成“咆哮山庄”，总感觉不妥。试想如果一个山庄门上挂个“咆哮山庄”的牌子，岂不把人都吓跑了？1944年，我大学毕业后就有了重译此书的念头。虽然有巴金的鼓励，但由于生活不安定，直到1954年才开始认真译它。那时，在院系调整后，我们被分配住在属于南京大学的现已拆掉的陶谷新村21号，一栋小洋房的楼下，外面是个筑着篱笆墙的大园子，有好几棵大树。一天夜里，孩子们都睡着了，外面风雨交加，发出一阵阵把树叶吹得东倒西歪的呼啸声，树枝敲打着窗户，就像凯瑟琳在凄风苦雨中敲打着我那凉台改装成的小书房的玻璃窗。我掀开窗帘看着窗外，面前的书桌上一堆稿纸，我叨念着Wuthering Heights, Wuthering Heights……这时灵感从天而降，我忽然想到"呼啸"一词，这不但译出了Wuthering的本意，也比较谐音。这本书当时是巴金和汝龙校对的，1956年上海平明出版社出版。1957年我从德国莱比锡大学讲学回来，看到了这本书，可惜当时大规模反右派斗争已经开始了，书就没有再版。直到粉碎"四人帮"之后才由江苏人民出版社再版，1980年一版就印了35万册，1990年由江苏人民出版社分出来的译林出版社更换封面后再次印刷。据说后来又再版多次，成了畅销书，几次印数共有七八十万册，具体数字我也不清楚。

如今这个书名已经是公用的了，我也不反对。其实，我认为后来的译者也不一定非用这个译名不可。现在讲两件有趣的事：一件是我这个译本竟在1996年被台湾时报出版社选中，重新用繁体字竖排出版，封面装帧设计、所用纸张无一不佳，但令我哭笑不得的是，竟把书名改为《咆哮山庄》，而我的译后记中"呼啸"一词全被改成"咆哮"，这种事按理是可以打官司的，但我虽有版权意识，懂得应该维护知识产权，却一无权力，二无精力，三无财力，也只好抗议一下，对方道个歉了事，当然我是不会讨什么精神赔偿的。

另一件事是不久以前，我在书摊上发现了一本好像是青海出版社出的《呼啸山庄》，又是半价，就买回来了。书的封面写着方平译，里面译序却是另一个人，而内容文笔和我的译文不完全像，却又不是不像。一句话，任何译文改几个字眼还是好改的。这种全方位的"克隆"的确是今天翻译界的怪现状，克隆者的行为只能说明他文化知识的贫乏和他对稿费的贪婪。

译林出版社有人告诉我，他还看到过台湾已故梁实秋先生的译著《咆哮山庄》在我们大陆也有出版，但书名又改成《呼啸山庄》。我想梁先生如在世，也是无法打这个官司的。因此我一直在脑海中酝酿一篇杂文，题目就叫《咆哮乎？呼啸乎？》。

许钧：任何一种文化和文学，它的生命力就在于自身的创造性。翻译的克隆就是一种完全的复制，而如果一种东西能够靠复制得来，那么它也就没有多大的价值。上面我们谈到过西方文艺复兴，或中国的新文化运动。重新发现古代世界或介绍、认识外国文化，目的不在于模仿，而在于借鉴与新的创造。任何一个译者的翻译都会受到空间与时代上的约束，受到其文化背景的约束。从积极方面讲，翻译中还有翻译的动机、目的等因素在起作用。从这个角度来讲，翻译就不应该，也不可能是对原文彻底、纯粹的模仿，而理应有它自己的创造性。杨苡老师“呼啸”一名的得来，可以说就是您本人在融入原文文本世界以及丰富的生活沉淀的基础上，在特殊的环境中，在灵感的指引下踏入了共鸣的境界。这与中国古代文论中文学鉴赏应当“设身处地”的主张是不谋而合的。梁启超在《论小说与群治之关系》当中也说道：“凡读小说者，必常自化其身焉，入于书中而为其书之主人翁。”《呼啸山庄》就是一个成功的例子，它恰恰就说明了翻译中的创造并不仅仅是文字表面的移植，而是主人公所处的环境、自然与内心世界两相融合这种境界的传达。

另外我还发现，赵先生在诗歌翻译当中非常注意朗诵，包括朗诵原文和译文，以期寻找到一种和谐。文学翻译尤其是诗歌翻译中，最重要的是节奏。那么节奏的再创造过程是不是也可以通过朗诵表现出来呢？

赵瑞蕻：我特别喜欢英国浪漫主义诗人济慈，他有一首名诗 *To Autumn*，我翻译成《秋颂》，我自认为译得还比较满意。在翻译《秋颂》时我不但注意忠实于他的思想感情，而且忠于它的艺术形式，包括行数、节奏、韵脚等。我主张译诗要经得起大声朗诵，因此在翻译《秋颂》和济慈的《夜莺颂》后，我请了几个人一起朗诵，而且后来还配乐朗诵，觉得效果挺好，很悦耳。另外，我认为，不但诗歌要朗诵，其他文学体裁，比如小说，也应该可以朗诵，如果听众一听就能知道这是Dickens的《大卫·考柏菲尔》，那是Thackeray（萨克雷）的《名利场》；这是Stendhal（斯丹达尔）的《红与黑》，那是Balzac（巴尔扎克）的《欧也妮·葛朗台》，这样的翻译可以说已经达到妙境了。有的翻译还可以看，但是不能朗读，不可入耳，这无非有两个原因：一是语言不流畅，佶屈聱牙，没有文采和感情，不能打动读者和听众；二是外语功力不够，没有透彻了解原文，更谈不上语言风格问题了。所以就从译文朗诵的效果这一点看来，我以为把《红与黑》开头那个美丽的小城Verrières（维里埃）译成“山清水秀，小巧玲珑”这种四字成语的陈词滥调远没有就用“漂亮”（jolie）一词来得利落动听。这便是一个现成例子，你想对不对？

上面我们已经谈论了翻译与创作之间的直接而紧密的联系。良好的翻译会对创作产生良好的影响，反之也是这样。那么这里我必须再次指出，跟作家一样，一个好的译者必须具有崇高的道德感、使命感和艺术良心。许钧教授刚才提到"设身处地"是很对的，"设身处地"就是一种想象(imagination)，但它绝对不能脱离原文，置原文于不顾的"设身处地"是不可取的。关于这方面，许钧教授曾经围绕《红与黑》汉译组织过一次讨论，在全国乃至国外引起了强烈的反响和轰动。那么这里我仍然以《红与黑》为例，谈谈"设身处地"和艺术良心的问题。我始终不赞成我西南联大外文系的老学长许渊冲的观点，Elle mourut (她死了) 怎么可以翻译成"魂归离恨天"呢？ J'aime l'ombre (我喜欢树荫) 怎么可以译成"大树底下好乘凉"呢？我现在再举另外一个突出的例子。《红与黑》第十章最后一段中有两句话特别重要，原文是Il enviait cette force, il enviait cette isolement，意思是"他羡慕这份力量，他羡慕这种孤独"，我五十多年前就是这么译的。许渊冲的译文是："他羡慕它上下搏击的力量，他羡慕它独来独往的自由。"这不对，也太啰唆了。原文中这两句话多么简洁明了，多深刻，富于意义。为什么我的老学长老要加上四五个字眼组成的形容词呢？这真是画蛇添足了。原文中只有force和 isolement两个名词，isolement (孤独) 也就是solitude的意思，这个词在19世纪西方文学中扮演着一个很重要的角色，在这儿同样重要。这种主人翁跟生存环境对立、冲突而造成的精神状态在《红与黑》，以及其他许多后于斯丹达尔的小说中都或多或少地反映出来。于连的思想与社会是格格不入的，因此他有一种孤独感，就像雄健有力的老鹰在广漠无边的寂寞长空中翱翔盘旋。许钧在开头提到的在翻译中关于某句话、某个形象、某个词语的处理问题很对。在这里，斯丹达尔这句话正好真实地刻画了于连的形象和他当时的心境。我还特地查了《红与黑》的五个英译本以及意、西、葡、德、俄等译本都译为"孤独"的意思，都没有像许先生那样译法的。"孤独"构成了19世纪西方文学的一条主线，从浪漫主义到现实主义，从《红与黑》到Romain Roland (罗曼·罗兰) 的*Jean Christophe* (《约翰·克里斯朵夫》)，其中还包括尼采、易卜生等等；易卜生在《人民公敌》中说过，"世界上最有力量的人就是最孤独的人"。我还可以举出英国华兹华斯所歌颂的"孤独是多么可爱，多么温柔啊！"(《序曲》) 以及法国维尼 (Alfred de Vigne) 在他的代表作《狼之死》(*La mort du loup*) 一诗中所描绘的那种"孤独是雄伟的"的境界。而拜伦式的忧郁 (Byronic melancholy) 又是大家所熟知的。所以说“孤独”这个词是很有分量的、具有时代意义的。假如我这个理解不算错的话，那么原文后面紧接着的一句：“这是拿破仑的命运，难道有一天也是他自己的命运？”就好懂了，是不是？“独来独往的自由”跟“孤独”完全是两回事啊！因此，我们应该一再强调，翻译最根本的一条就是忠实于原作，创作是可以自由发挥的，但是翻译绝不意味着有“独来独往的自由”。

许钧：这也是当今翻译界一个不容忽视的现象：许多人往往把翻译的创造性局限到文字层面上来，认为只要文笔流畅、语言优美就是好的翻译，而忽视了对思想深层内涵的挖掘。的确，文学是一种文字的艺术，但文学语言之后往往蕴藏着一个人对社会特有的认识和感触。因此在文学翻译过程中，一名之得失常常取决于译者对作品整体的认识，同时往往要把一字一词置于作品整体之内才能对它加以评判。所以，实现翻译创造性有一个前提，就是要充分联系作品表现的思想内容、文化背景，尤其是西方的宗教精神和人文精神；作品中的一个词往往就是时代精神和思想状况的凝练，如果对时代背景不了解，就可能造成理解上的狭隘化，就可能造成词义选择上的差异。这也充分体现了作品整体与局部的关系的重要性：对两者的理解必须是和谐融通的。

另外，阅读作为翻译活动过程中的一环，必然涉及翻译主体对翻译客体，也就是文本的解读问题。许渊冲先生之所以将J'aime l'ombre译为“大树底下好乘凉”，而批评“我喜欢树荫”的译法，我认为这也不是完全凭空想象的无稽之举，而有他自己的理由：他认为按照上下文，只有他自己的译法才最能表现德·瑞纳市长高高在上、自视为黎民百姓之庇护的心态。当代某些西方文论学者认为“作者死了”，否认文本存在终极意义，文本只是一堆印迹。从这方面来看，译者的使命不仅伟大，更是艰巨而沉重。然而无论如何，译者的使命终归还是要尽量还原原作的本貌。那么我的问题就是，译者作为一名读者，如何才能在解读过程中避免渗入过多的主观色彩？

赵瑞蕻：关于这个问题，我想还是举《红与黑》为例。在第七章“亲和力”(Les Affinités Electives) 中有这么一段：于连听到德·瑞纳先生与瓦勒诺先生的谈话后，不禁骂道：“Monstre! Monstre！”意思是：“魔鬼！魔鬼！”单单这两个词，罗玉君居然把它发挥成：“啊，社会的蟊贼啊！杀人不眨眼的刽子手啊！”如何避免这种过度的主观渗入，我认为有三点应该注意：一是对与文本有关的背景因素，包括思想和社会背景，作充分的掌握；二是要有真正进入文本、与文本化为一体的勇气；三是艺术责任感和艺术良心，这一点尤为重要。因为恶劣的翻译产生的影响比它自身更加严重百倍。比如罗玉君的这一段译文当时就被不少文学老师以及评论者信以为"真"，并进而称赞于连对资本主义社会的批判入木三分！你看这多么歪曲原意，这也就是一种乱译！

许钧：我认为这里也涉及一个翻译目的或者说翻译使命的问题，也有意识形态对译者的影响问题。我们在此不具体追究。就原则而言，作家的创作不仅存在文字的艺术化或自我愉悦的问题，更有一个创作道德取向的问题；那么翻译中同样也存在一个翻译道德问题；面对作者，一个译者采取不同的态度，就会导致不同的翻译方法。从这个意义上讲，赵先生提出艺术良心的问题是非常必要的。

杨苡老师曾提到，翻译就是一种创造。那么杨苡老师能不能谈一谈，这种创造性，主要体现在哪几个方面呢？

杨苡：这个问题我的确谈不出什么道理来，我只是感觉翻译就是一种再创造，但不能胡来。比如说，硬加上一些污言秽语，以为这是"符合国情"，好像这才是大众化的。你看译制片中的警匪片，往往几分钟里除了打斗就是一串串的污言秽语，我就不相信原文中会有这么多各式各样的骂人话或我们的"国骂"。另外就是滥用四字俗语，什么来了客人或朋友就会说"不速之客"呀，没人来又是"门可罗雀"呀。从前30年代把美国进口大片，嘉宝(Greta Garbo)演的*Anna Karenina*（《安娜·卡列尼娜》）译成《春残梦断》，罗伯特·泰勒(Robert Taylor)和费雯丽(Vivien Leigh)演的*Waterloo Bridge*（《滑铁卢桥》）译成《魂断蓝桥》，劳伦斯·奥立弗(Laurence Olivier)和梅儿·奥勃朗(Merle Oberon)演的*Wuthering Heights*译成《魂归离恨天》，作为影片名字都是恰当的。但在翻译作品时，比如女主人公去世了，原文会说"她走了"，"她逝世了"，"她去了"，"她死了"等等，但译文就不该说"她香消玉殒了"，"她魂归离恨天了"等等。因为原文中是不会有这种词的，根本不存在这种观念。译者自己知识语言贫乏，喜欢用陈词滥调。这不是雅俗共赏，更不是信达雅，而是去掉了一个"信"和"雅"，以庸俗代替了"达"。

赵瑞蕻：我插一句。我最反对现在普遍流行的四字成语式译法，文绉绉的，它对当代文学创作的负面影响太大了。我认为现代最朴素的语言就是最美的语言。我在1995年以来写散文、写我的文学回忆录时就强调文学语言应该明白易懂，尽量朴素，最大程度地抛弃文言的或文绉绉的调子。这也是我从我的老师朱自清先生那儿学来的。朱先生的《伦敦杂记》或《欧游杂记》，尤其是他晚年写的散文多么美啊！语言清新明了，平实易懂，这种散文最朴素，也可以说最难写。有不少译者自以为聪明，滥用文言表达方式和四字成语，对一些当代作家产生了某些恶劣的影响。

许钧：你们两位都已经有六七十年翻译经验，那么你们能不能对新一代的青年译者说一说在翻译中应该注意哪些问题？

赵瑞蕻：好的。我要说的第一点是认真、严肃，有强烈的使命感。翻译是一种国际文化交流，每一位真诚的译者的背上都有一个重担；只要天下存在着不同的人类社群，就必然存在着不同的文化，存在文化交流的需要。文化交流不仅能够促进不同文化的共同进步，而且在增强各国各族人民的友谊，保卫世界和平，使人类免于战争，免于苦难，免于法西斯暴政等方面具有重大意义。正如鲁迅在《捷克译本》中说的，人类最好不要隔膜，而应该相互了解。文学翻译正是构成文化交流的桥梁之一。明白了这一点，译者就能更好地体会到他所应有的强大的使命感。

第二点是要有责任感和艺术良心，不能胡翻乱译，不仅在思想上，而且要在艺术上负责。我希望年轻译者要努力学习，学好中外文自不必说，还要有深厚的文化底蕴。不能学得三言两句，懂个一知半解，提笔就翻译。翻译是一件很艰苦的工作，正如鲁迅说的，并不比创作容易；在某种程度上，比创作还要难。这一点也同样适用于某些出版社的责任编辑们，他们不能只看中文流畅、文笔优美就可以出版一本名著译本，一定要仔细核对原文。现在某些编辑的责任心也太欠缺了，甚至于某些外国文学编辑根本就不懂外文，这多可笑。当前的翻译抄袭现象非常严重，伪劣品、克隆怪物充斥市场。这种事是十分可恶的，应该加以“扫荡”。

杨苡：为什么翻译中抄袭现象屡屡不绝呢？一方面是读者开始对世界文化感兴趣了，他们感到饥渴，而文学翻译工作由于几十年来历史上的原因确实跟不上，出现了断层。另外还有个翻译工作者的地位问题。有些领导（我认为他们是属于多少有些僵化了的领导）把翻译工作者当成翻译匠，认为和油漆匠、瓦匠一样，干的都是技术活，懂得外文就可以翻译，觉得创作比翻译难，前者是要动脑筋的，后者则为同声翻译，照本宣读。这是很可悲的！也正是因此，翻译稿酬要比创作低得多。就拿我个人来说，我是宁可多搞些创作，因为我花时间差不多，却可以拿到100元/千字左右；而翻译在我的习惯是推敲个没完没了，却最多不过30元/千字左右。由于社会上对翻译工作有这种错误的看法，认为："凑几本书，拿来就是，这容易！"这就导致了翻译作品的克隆现象。如果大家都有机会多读一些，多思考一下，就会对什么叫"兢兢业业"的工作态度有所感悟。更不能倚仗自己懂点外文，就以为高人一等，任意胡来，误人子弟！

许钧：所以我想，翻译不仅仅是个文字或艺术的问题，而是一个涉及文化、道德等多方面因素的现象。翻译最重要的是一种创新和创造精神，但它不是一种无本无源的胡创滥造，也不是对原作简单的描摹，而应是在责任感和艺术良心的约束下、富于想象力的、承认灵感存在的艺术活动；翻译要为读者负责，也要对原作者负责。这也就算是对今天谈话的一点总结吧。最后，再次感谢赵先生和杨先生今天这么精妙的谈话。

(侯永胜整理)

1998年10月初稿

翻译也要出精品

/叶君健　许　钧

许钧：叶君健先生，文学翻译在我国的历史已经不短，外国比较有名的文学作品都有了中文译本，不少优秀翻译家的名字已经与他所翻译的作家紧紧连在了一起，比如，当我们谈起契诃夫，我们就会想起汝龙；说起莎士比亚，就会想起朱生豪；说起巴尔扎克，就会想起傅雷。而您的名字是和安徒生连在一起的，您翻译的《安徒生童话全集》在中国拥有无数的读者，可以说您是在中国拥有读者最多的文学翻译家之一。您翻译的作品陪伴着中国一代又一代的少年儿童的成长。最近我读到一部书，是上海译文出版社出的，题目叫《作家谈译文》。里面有上海女作家陈丹燕写的《绿皮子的〈安徒生全集〉和我的心灵与生活》，她在文章中这样写道："我在书店里买回了一整套《安徒生童话集》，叶君健译的，绿面子，里面的插图是蚀制面，原版的，踩面包的女孩飞舞起漫天的长发，精致古典地出现在薄薄的发黄的书页上面。我非常喜爱这套书，没什么来由的，它是我的圣经，随时可以拿起来读下去，亦可不经意就放下，宛如家人。到我结婚离开家，带着这套书走，把它放在新床的床头上。"她还说，她喜欢许多外国作家，比如普希金、莱蒙托夫、玛格丽特·杜拉斯、雨果、杰克·伦敦等，可常常随着她境遇的变化，又疏远了他们。只有安徒生是一直喜欢的，平等的，带着一些亲爱的意味去喜欢他，将他小心地放在心灵深处，望着他勉力从善的笔一点一点画出人心里优美的世界。她说她非常感谢您，说“我从来没有见过老先生，可我想着，要是有一天我见着了他，也许会想抱抱他，像抱我的长辈，因为没有他的劳动，也许就不曾有我的心灵”。陈丹燕对您由衷的感激之情是非常有代表性的。我想问问先生，您当初为什么选择了安徒生的童话?

叶君健：感谢读者对我的厚爱。至于我为什么选择翻译了安徒生的童话，原因很简单，就是因为我喜欢，当我第一次读到安徒生童话的时候，我就被它深深地吸引了。我们知道，安徒生的童话，不仅在中国，而且在全世界都拥有众多的读者，他的童话至今仍为全世界的儿童，也包括成年人所喜爱，他的名字也家喻户晓。安徒生的童话非常有特点，他很明确地说，他所写的“是讲给孩子们听的故事”。他爱孩子，把自己当作孩子们的朋友。他充分了解儿童的心理，利用童话这种形式，给孩子们展现一个充满着幻想、天真烂漫的美好世界，在作品中倾注了自己对人间的爱，所以在绝大多数的作品中，安徒生都以满腔的热情表达他对人间的关怀，对人的尊严的重视，对人类进步的颂扬。我翻译安徒生的童话，确实是因为我非常喜爱他的作品。我读了之后有一种冲动，想把他译成中文，让更多的中国读者能结识安徒生，走进他创作的童话世界，去分辨真与假、善与恶、美与丑。

许钧：我听很多文学翻译家谈过，选择自己所喜欢的作家、喜欢的作品进行翻译，在某种程度上可以说是成功了一半，因为喜欢一部作品，就容易与它产生共鸣，这对翻译来说是非常重要的。叶先生，安徒生的童话有着其特有的艺术个性，刚才您谈到他的作品是写给儿童们的，而且他所写的是讲给儿童们听的故事。这能不能说就是安徒生童话的主要特点呢？您能否谈谈您翻译安徒生童话的一些体会?

叶君健：对一部作品的理解，不同的译者也许会有一定的差异。我翻译的安徒生的童话，只是我理解中的安徒生的童话。我对安徒生的童话是这样理解的：虽然安徒生把他的童话叫作“讲给孩子们听的故事”，但我在注意到他所指出的“听”和“故事”这两个特点的同时，还认为他的童话具有诗情画意。我觉得在安徒生的所有童话中，人们都可以发现闪光的诗情，比如在《没有画的画册》和《光荣的荆刺路》那组童话里。所以，根据我有限的文学修养和欣赏水平，我把安徒生的童话当作诗来理解。我是根据丹麦原文译的安徒生的童话，共168篇。在动笔翻译以前，我确定了对原著的理解，并根据我的理解进一步确定我的翻译态度和翻译方法。刚才我谈到“听”、“故事”和“诗”是安徒生童话的主要特点。基于这一理解，我在词汇的选择、意境和气氛的再创造等方面，都做了努力，也许这种努力就是人们所说的再创造。我曾说过，我对安徒生的童话的理解有我个人的体会，别的译者尽管对原著的理解和所持的翻译态度也许与我类似，但他翻译出来的成品绝不会和我的译文一样。

许钧：您刚才讲的这一点非常重要。在您写的一些有关文学翻译的文章中，我发现您非常强调译者的个人因素在翻译中所起的作用，这一点引起了文学翻译研究界的很大兴趣。最近一段时间，有不少文章在探讨文学翻译的主体性的问题。所谓的主体性，就是您所说的译者的个人因素。作为一种艺术的再创造，文学翻译自然不可能脱离主观性而存在。在翻译中，译者不仅仅是原作的仆人，他在语言转换的过程中有自己的创造空间。面对原作，译者有双重的任务，这就是尽可能透彻地理解原作，并将原作所蕴藏的各种价值成功地在译文中表现出来。您刚才谈到您在翻译安徒生的童话时特别注重原作的“诗意”，注意从诗的角度出发来选择词汇，创造意境和气氛。您是不是认为，您的译作的成功在很大程度上取决于这一点？

叶君健：我认为，译者的个人因素在翻译中所起的作用是决不能忽视的，但是，个人所起的作用还得以对原作的忠实为条件。衡量一部翻译作品的成功与否，要有一定的标准。我觉得，严复在一百年前提出的“信”“达”“雅”，仍不失为比较切合实际、比较科学、比较容易掌握的翻译标准。我甚至认为严复提出的“信”“达”“雅”，应该也是世界各国从事翻译工作的人的一个准绳，有普遍意义，可以适用于任何文字的翻译。根据我的经验，若在翻译中遵循这三条原则，辩证地处理好三者之间的关系，就能避免失误。具体到安徒生童话的翻译上来说，原作是作者在“讲给孩子们听的故事”的精神指导下写出来的。既是“讲”，而又要利于“听”，他的文字就不能那么“深奥”和“矫揉造作”，因而我对它的理解也比较直接，从而也能逐字逐句地“直译”，保持一定程度的“信”了。至于“达”跟“雅”，这是译者所特别要注意的问题。我想，传达原作的诗意，体现原作“讲”和“故事”的特点，这是“雅”的基础。要做到这一点，就需要译者发挥再创造的才能。

许钧：刚才先生讲到，在文学翻译中发挥译者的个人因素，还必须以对原作的忠实为条件，这是否就是说，忠实或严复所讲的“信”在翻译中是第一位的？对这一点，绝大多数翻译家和翻译理论研究者都没有异议，但西方有不同的观点，特别是德国学者W.本雅明，他在1923年为法国诗人波德莱尔的诗集写过一篇导言，后来正式刊出后定名为《论译者的任务》。他在这篇文章中对传统翻译思想中的忠实概念提出了质疑，甚至认为译文与原作之间无“忠实”可言，译文与原作的关系如同一条切线与一圆周相交，译文与原作轻轻地一触而过，碰触后其意义相对独立，顺自身的方向，在译文语言的“语言流”中无限地延伸漂泊。您对这一点怎么看？

叶君健：这里涉及译著与原著的关系问题。应该说两者的关系并不那么简单。在翻译过程中，特别是在翻译的第一个阶段，任何一个译者都应该是尊重原著的，因为翻译的对象是原著，不尊重原著，不以原文本为出发点，翻译就无从谈起。关于“忠实”，各人有各人的理解。我想，谈翻译的“信”或“忠实”，首先要排除绝对性。任何东西一绝对，就会走向反面。那么，什么叫作“信”和“忠实”于原文呢？我每次提笔翻译时，经常考虑这个问题，但总感到有些茫然。译文学作品，包括小说、诗歌，我想无非是把作者的本意、思想、感情、意境如实地传达给读者，使读者的感受与作者当初写作时的感受一样或差不多，这可以说是译者的主要任务。

许钧：对这一点，我有保留的看法，作者在写作时有怎样的感觉，我们很难去问作者。

叶君健：是的，但作者有他的作品替他说话。我们做翻译，要了解原作者的感受，只能从他的作品的字面上去推测，去领悟字里行间所蕴涵的精神和意义。这说明翻译是不能不以原作为依据的，作者在“灵感”或“冲动”的诱导下，写出一篇作品，恐怕他自己对他当时的感受也很难说清楚。文学和艺术毕竟不是科学，而是与“灵魂”对话的，而且有“朦胧”和“似与不似之间”的成分，要想用数学那样的精确的形式去表达是不可能的。实际上，译者在理解原文的阶段，在揣度与领悟原作当时的意义的过程中，就受到他本人的人生修养、文化知识水平和艺术欣赏趣味等因素的限制，他所达到的理解程度，就不一定完全与原作的本意相吻合。这里有一个“再解释”的过程，而这种“再解释”，由于时间和空间的间隔以及社会、文化背景的不同，也自然因人而异。所以在“忠实”的问题上，不能绝对化。随便脱离原文去搞自己的再创造，也是绝对化的一种表现。

许钧：翻译的理解只是第一步，在这个阶段，译者对原作的理解就会出现差异，到了表达的阶段，译者的个人因素就更突出了。译者的语言风格、文学修养，他的气质、人生经验会对他的表达起到直接的影响，同一部文学作品，同一个作家，在不同的译者的笔下，会有不同风格的行文，呈现出不同的风貌。看来，文学翻译在"变形"的过程中，必然会有某些丢失。任何译者，要做到完全不失本，看来是不可能的。

叶君健：这是事实，所以我在上面就说过，我译的安徒生童话跟别人译的是有差异的，傅雷译的巴尔扎克与其他人译的巴尔扎克也不完全一样，要求"信"，但不能完全做到"信"。任何译者都有一定程度的"失真"，但这并不意味着译者就可放弃"求真"的努力。

许钧：对原文的理解与阐释，不是一个译者一次就能彻底完成的。尤其是艺术个性强的原作，往往有相对来说比较大的阐释空间，需要一代又一代译者不断去挖掘。也许正是这个原因，一部作品可以同时拥有多个译本，或在不同的时代会不断出现新的译本。

叶君健：是的，一部作品，在岁月演变过程中，在不同译者的笔下，可以被染上不同的颜色，呈现不同的面貌，这一点也不奇怪。因为翻译不是"复制"，它确实有"再创造"的一面，因而也是一种文学"创作"。比如英国文学界，总是把优秀的翻译作品看成英国文学。实际上，一部译作诞生后，在新的文化背景中，在新的语言环境里，就拥有相对独立的艺术生命。前几年，由于种种原因，我国出现了一股名著复译潮，有的外国作品一下冒出几个汉译本。好的复译本确实是有的，但有不少比较粗糙，没有什么艺术生命，复译本与前译相比，重复的成分比较多，新的理解、新的阐释、新的表现成分不多。我认为，一部外国名著有多种译本可能是一件好事，但要"量中有质"。我们期待优秀的译本出现，丰富我们的文学宝库。

许钧：我发现一个非常有趣的现象，同一部外国文学名著，会有不同的译本出现，但不同的译本，生命力却不尽相同。有的译本，几乎没有什么影响，一出现就"死"了；可有的译本，生命力比较强，比如傅雷的翻译，就像一棵艺术的常青树。译作能否流传下去，有很多因素。有人认为，只要是名作，译过来就能流传；可我看，这不一定。译作的生命力，主要取决于译者的"再创造"。这方面，先生有什么看法？

叶君健：一部译作有没有生命力，主要取决于译作有没有个性。一部文学作品在被移植到另一种文字中时，能否把原作的精神表达出来，是一个最重要的问题。原作的精神，也就是作者创造时的精神活动的表现究竟是怎样的，这就得费踌躇了。在这里面，译者个人的思想感情就起了作用，牵涉到译者的个性、品格和修养方面。表现原作的精神和风姿，是译者学识、思想感情和文学修养与原作相结合的结晶。这种结合本身是一种再创造，译者应该通过对原作的尽可能的消化，把原作再创造为本国文字中的文学佳作。

许钧：您说的翻译文学佳作，是不是您说的“精品”？1996年10月份，中国作家协会在北京召开了一次文学翻译研讨会，您当时因事务缠身未能出席会议，但您给会议提交了一篇书面发言，题目叫《翻译也要出精品》。您在这篇发言中，呼吁文学工作者应该积极出精品。能不能请您再解释一下您说的精品应具备怎样的条件？

叶君健：“精品”是指一部作品被翻译成为另一种文字之后，能在该文字中成为文化财富，成为该文字所属国的文学的一部分，丰富该国的文学宝藏。翻译一部外国名著，也就意味着本国文字中原没有这样的佳作，把它译过来，给本国文学增加一份财富，但有个条件，它必须在本国文字中具有高度的艺术和欣赏价值，能给读者带来新的东西，能使读者在阅读时得到快感。这样的翻译作品，一旦得到了广大读者的认同，就会慢慢地成为译者本国文学财富中的一个有机组成部分。像德国诗人、评论家和翻译家施勒格尔译的莎士比亚，由于我刚才讲的那些特点，就成了德国的经典著作，也就是德国文学的一个组成部分。同样，法国普鲁斯特的巨著，由英国的蒙克里夫精心译成英文后，现在也成了英国文学的一部分。

许钧：您说的翻译文学精品是有很高的要求的；按照您提出的标准衡量，真正能称得上是精品的不是很多。我觉得，任何一部有价值的文学作品，都有被翻译的可能，但翻译的好坏就要看这部作品有没有好的机缘，能不能遇上一个既尊重原作又有自己艺术个性的好译者。有人说，好的翻译是可遇而不可求的。作者和译者之间有了缘分，机趣相投，性情相近，才有可能出现历史的奇遇。经过译者的不懈努力和追求，通过艺术上的再创造，才有可能出现您说的精品。

叶君健：精品的标准确实很高，但作为文学翻译工作者，我们应该有高的目标，要把尽量多的外国文学作品变成中国文学的一部分，能够给中国读者带来新的养分，开辟新的艺术空间。我想，文学翻译应该鼓励竞争，鼓励有个性的翻译。

许钧：谈到翻译的个性，我想刚才您提出的那一点非常重要：它应该是译者的个性和原作者的个性融合的产物。译者的个性过分张扬，容易淹没原作者的个性色彩；译者的个性若过分消隐，却又容易消失在原作的个性的阴影中，这确实是一个难以解决的问题。

叶君健：我认为，翻译涉及非常多的因素，里面充满着矛盾，比如译者与作者的矛盾，忠实与再创造的矛盾，还有前一段时间在报纸上讨论的"归化"与"洋化"的矛盾。我想，译者应该善于找到矛盾双方的统一点，辩证地加以处理。我们做翻译，应该讲点辩证法，面对众多的矛盾，要抓住主要的本质的方面。文学翻译是艺术，翻译应该追求艺术性，这是一个原则。按我的理解，严复所说的"雅"，实际上强调的就是这一点。翻译作品的个性，实际上就是翻译的艺术价值的体现。我提出翻译也要出精品，目的是想提醒大家注意：文学翻译不单是一个移植的问题，它应该拓展原作的艺术生命。文学翻译工作者应该努力去挖掘、领悟原作的文学价值，下大气力把它表现出来，并把它"归化"到本国文学领域之中，让它来滋养本国文学，促进本国文学的发展和繁荣。

1998年2月初稿

翻译的得与失

/方　平　许　钧

许钧：我想，每一个翻译家，尽管实践着不同的语言，翻译着不同的书，但是他们在翻译的过程中会遇到一些共同的问题，并且对这些共同的问题都会有自己的看法与主张。翻译的研究当然不能漏掉对译者的研究。方先生在解放前就开始了翻译的实践，可以说是极富经验，想必对翻译的一些基本问题也有着独到的见解。我首先想请教的是，作为一个文学翻译家，您对翻译工作有什么看法？有什么感想？您认为对一个翻译家来说，最重要的是什么？

方平：我从事的是外国文学工作，前后有几十年了，如果对文学翻译的社会地位问题比较关心是可以理解的吧。

文学翻译一向不被重视，不比作家，作品问世，会受到各个方面的关注，会为他的作品开研讨会。翻译家奉献出自己心血之作，往往很难听到社会上有什么反应。他的乐趣或许只能来自他的工作，从工作中得到他的自我肯定、自我安慰吧。

我爱看京剧，有时会对戏里的小丑产生一种认同感。小丑是很少作为一台戏的主角的，但是且看《苏三起解》。这是青衣戏，崇公道和她配戏。

苏三吆喝腔真美，委婉动听，似泣如诉。她每唱一段，崇公道凑上一段承上启下的念白。这样，虽然只是二人一台戏，一唱一念，照样有声有色，舞台气氛一点不冷清。我欣赏过好几位演崇公道的小丑，都是嗓音宽厚清亮，底气十足，很有韵味，演来一丝不苟。他们都明白红花必须绿叶陪衬的道理，甘居陪角，只知道施出浑身解数帮衬女主角演好这台戏，并不问台下的掌声属于谁，这种戏艺和戏德很使我感动，也得到启发。

在改革开放的今天，我们的社会主义文学事业和建设少不了对优秀的外国文学的介绍、鉴赏和研究；外国文学也是读者需要的精神食粮。一位文学翻译工作者知道自己在祖国的文化事业中尽了自己的努力，发挥了一份微薄的作用，那么乐在其中，就不会有太多的杂念和计较，就会甘于寂寞了。

话说回来，文学翻译虽然不太受重视，但是文学翻译本身对译者的修养、知识面、语言水平等各方面的要求是相当高的。如果你不全心全意地投入，或者没有艺术冲动，只为了稿费，那么拿出来的译品就有高低上下之分了。

我年纪大了，虚度岁月，很是惭愧，别无所长，对这份工作还是喜爱的，把它看作自己的支撑点。冷清些、寂寞些，我看得开，并不盼望有多大回报。但是作为一个工作，我不愿别人有意轻视它。一个民族，如果每个公民都热爱自己的本职工作，都有一份尽力把工作做好的敬业精神，并且培养一种职业上的自尊心，我相信这就是个有希望的民族。人家认认真真要演好崇公道，你偏要讥笑他鼻梁上一团白粉，伤害人家职业上的自尊心，且不说无益于文学艺术的发展，从私德来说，也有伤忠厚。

可是总有一些人喜欢糟蹋文学翻译，把它比作媒婆，比作叛徒，比作不忠的美人，甚至说好的翻译是消灭自己，这一类说法，直到现在还能听到。去年有家报纸的副刊上有一篇文章，说最好的翻译是林琴南的译文，现在的都比不上。不知这位作者从哪里捡来牙慧，对于半个多世纪以来在文学翻译上所取得的成就一笔抹杀。他自以为高明，其实正好显示出他本人的浅薄无知。他自以为有权利取笑译者，而且一网打尽，不知道这正是在出自己的洋相。

许钧：先生这个观点上次我们在电话里就交流过，评价一种翻译，应该将它放在它所处的历史、文化背景中去考察。翻译有其历史性。不同的时代会有不同的需要，会要求有不同的翻译。林纾的翻译，应该说是他那个时代的产物，当然，也有他个人的追求。严格说来，拿今天的一般标准来衡量，林纾进行的有的不是真正的翻译，而是编译，是在所谓的“文化移植”中的一种特殊的翻译形式。对于自己的翻译，林纾似乎也不太看重，比如他就不喜欢别人赞许他的译才。我认为，在我们圈内，作为一个翻译工作者，我们应当自尊、自重，而在圈外，即使一个人不能理解翻译的艰难与神圣，他也不能伤害别人职业上的自尊——这是最起码的道德。自己不尊重自己，为了一点名利做出一些有损于文学翻译事业本身的事情，我们感到痛心；而对于别人的轻视，我们感到气愤。但关键还是自己做好工作，提高翻译质量。

刚才您恰好提及翻译在艺术王国里的地位，使我想起了关于翻译究竟是艺术还是科学的争论。实际上问题也许不应该以这样二元对立的方式进行讨论，而是应当换一个角度，我们也许该问，我们是否承认文学翻译是一种创造性的实践活动，并且，它与其他的艺术创造活动有着怎样的关系？

方平：文学翻译与创作自然有区别，属于不同的艺术范畴。翻译可以说是一种“二度创作”。创作可以充分发展自己的个性，天马行空，潇洒自如；而翻译具有依附于原作的从属性这一面，不免束手束脚，是戴着镣铐跳舞的艺术。因此一位文学翻译家的特殊禀赋首先在于他具有一种敏锐的感受力，他体贴入微，善解人意，以至于心心相印，将自己的个性与原作的个性融合在一起。同样重要的是，还得加上把这种感受变为自己的艺术冲动，并且展现出意到笔到、恰如其分的表达能力。

许钧：我觉得这一点很重要。以前我们总是主张译者要消隐自己的个性，其实早在阅读之初，仿佛交朋友一样，译者就已经将自己的一切与原作者相融了。译作成功与否的关键，在于这种相融的程度，是不是达到了亲密无间。

当然，还是相对于翻译主体来说，但是在客观上，当译者翻译一本书的时候，是不是会有一些别的因素干扰他们呢？例如读者，或者社会对译者的要求，在“文化大革命”这样的特殊年代，是不是有译者不得不遵从的某种标准？

方平：您在那本《红与黑》汉译研究的专论里写过一篇《社会、语言及其他》，给我印象很深。您指出，从译文的语言里可以看到它社会的背景，因为语言是一种社会现象，它必然会随着社会的变化而发生变化；文中所举的一些例子很有说服力。此外，您还谈到文字是文化的沉淀，我完全同意，任何一种作品，包括翻译，都会不自觉地反映出它的时代背景。还有这样一种情况，一个译者估计读者对哪一类作品，或者对某一个作家感兴趣，社会上有需要，他就乐于把这类作品，这一些作家，作为他优先考虑的翻译选题。

许钧：据我所知，您在“文化大革命”期间也没有停止翻译。在不同的历史时期，不同的政治环境下，同一个人的翻译——好比您——是否会有所不同呢？

方平：“文化大革命”的时候，像《红与黑》《高老头》《复活》这样的世界文学名著都遭到了猛烈的批判，莎士比亚在当时的命运还算好些，因为马克思、恩格斯称赏过，打狗看主人的面，不便抓出来示众。那个时候，除了古巴、越南、阿尔巴尼亚的作品外，外国文学都批倒批臭了；你却还在私下搞翻译，这不是在贩卖封资修的黑货吗？罪名不下于今天的私贩大麻、海洛因。那时候我翻译过莎士比亚的悲剧，只能偷偷摸摸，是见不得人的勾当，就像封建社会中的小媳妇，夜半偷偷出去与自己以前的情人幽会，在那种紧张的心态下，可想而知，既没法谈爱情，也绝对搞不好翻译。当时的意识形态是在我的外国文学评论中留下了较鲜明的烙印。现在回过头来重读发表在揪出“四人帮”后的一些评论，可清楚地看到，处在当时排山倒海的政治斗争的形势中，我还没完全被异化，良知还没完全丧失，可是在思想上却被压弯了腰，我私下写了些当时绝无发表可能的论文，自以为试图谈自己的看法，实际上不自觉地按照既定的政治调子、既定的模式，用当时那一套政治语言，当作我自己的思想、自己的语言，多么地可悲啊！这是一个非常时期，它用火和剑，强制你按照它的政治调子去思想，彻底剥夺了属于你个人的思维空间。

许钧：我们再回到译者本身。法国的一位译论家，叫米歇尔·巴拉尔，他写过一部书，名叫《从西塞罗到本雅明——译家、译事和思考》。他认为译者是社会的人，政治和意识形态因素对他的翻译活动的影响是不可避免的。不过，作为翻译主体，译者对自己的翻译活动会有自己的看法和自己的原则与追求。而不同的译家在不同的翻译原则指导下，必定采取不同的翻译方法。比如说波德莱尔、菲茨杰拉德，他们都做过翻译，可是他们的翻译早就成了自身的一种创作。这个现象很有趣，我跟一些译家探讨过，您是怎么看的呢？

方平：波德莱尔在翻译爱伦·坡，可他倒过来说不是他在翻译爱伦·坡，而是爱伦·坡在翻译他，这样中心就已经完全颠倒了。帕斯捷尔纳克译莎士比亚有很多发挥，不以忠实于文本为能事，其实这已不是严格意义上的翻译了。去年我在世界莎士比亚大会上和一位俄罗斯戏剧家谈到帕氏译莎剧，他推崇备至，对另一较忠实的《汉姆莱特》俄译本，表示不屑一顾。我想这是因为帕氏本人是一位大诗人、大作家，他觉得自己和原作者处在平起平坐的地位上，因此更看重的是得意而忘形的灵感；跟我们这些追随在原作后面亦步亦趋的翻译者，在心态上、认识上、实践上是不一样的。其实一位理想的文学翻译家应该同时也是一位作家——至少在语言修养上不比作家差，要这样才能从事创造性的文学翻译；不过创造性的翻译还是需要一丝不苟的严谨态度。和帕氏那样有代表性的大文豪相比，我们毕竟有很大差距，恐怕不能以帕氏作为自己在翻译实践上的榜样。我想最好做到这样：在翻译过程中既和原作者倾心相交，成为朝夕相处的师友，同时也不忘其本，心悦诚服地做原作的忠实的追随者。

许钧：我觉得您说的这一点非常重要。对原作持一种什么样的态度会直接关系到翻译的取向。一般的译者在与原作相遇的时候，特别是在与公认的、经典的原作相遇时，他除了喜爱之外，往往还有一种敬重的感情在里面。也正是这一份敬重约束了他，使他不敢太放肆。但是像波德莱尔这一类的作家是不同的，他只是被触发了灵感，最多也只是找到了知音，觉得自己有必要据此进行更完美的创作。他们对原作者是没有敬重之意的，也没有畏惧与担心，有的只是喜爱。

方平：许渊冲先生也是这么一位有才气的以我为主的翻译家，不仅和原作者平起平坐，他的雄心壮志是试与原作比高低，因此提出口号不是接受挑战，而是和原作竞赛——自然，胜利的一方归于感觉良好的许先生。我的努力是想以学者型的译者自勉，而许先生则恐怕是以作家型的译家自许——当然，许先生的学问也是令人钦佩的。

许钧：原作本身属于哪种类型可能也是至关重要的。对文学名著，对公认的经典之作，会是一种翻译态度。对一般的通俗作品，会是另一种态度。除了态度之外，原作的价值也是个因素，尤其是语言的形式价值。名著都有独特的个性，语言表现力强，形式有独创性，翻译时需要着力去再现。如果翻译通俗小说，本来语言就比较粗糙，翻译就不必那么斤斤计较于原作的语言。

方平：翻译经典文学与通俗小说是不一样的。译通俗小说，我想可以灵活轻松些，不必那么拘谨，能做到流畅、不失原意，我想这就差不多了吧。

许钧：您多年来一直致力于翻译莎士比亚，30多个剧，您自己译了21个，剩下的部分都是由别人承译的。据我了解，您在挑选译者时要求很高，加盟莎剧翻译的都是一些较有成就的译家。但是不可否认，不同的译家会有着自己不同的个性，有自己的语言追求和文字风格，那么不同译者的风格是否有统一的可能呢？而不同的译者风格与莎士比亚原作的风格又是怎样一种关系？

方平：新的莎士比亚全集的翻译，应该说不是在一种十分理想的条件下进行的。出版社有业务上的要求，不可能给你十年二十年的时间仔细地推敲。我们几位分散在各地的合作者也不可能共聚一堂，进行充分的讨论，取得统一认识。作为主编，我把我的体会设想写下来，尤其是关于诗歌的体例，分寄各个译者，不是作为什么标准，只是提供一个参考。当然，我们还是各自尽了自己的努力，希望行将问世的是一套较好的新译本。

许钧：现在文学翻译中经常讨论一个问题，那就是关于文学翻译中的“失去”。这种“失去”有两种可能，一种是自觉的失去，比如说由于意识形态或个人的好恶进行人为的删改；而另一种则是不得已的失去，原作很妙，译者却力所不及。您以为呢？

方平：特别是诗歌，不失去几乎是不可能的。这里就牵涉到一个翻译的限度的问题。我始终认为文学翻译是必要的，在文化交流中起着不可忽视的作用，但是也必须承认，文学翻译有它的局限性。当然，要是因为文学翻译有不可避免的局限性，便完全否定文学翻译，认为文学翻译是对原作的一种糟蹋，归至一种不可译论，这种一笔抹杀的看法并不公平。我们看待翻译，应当首先看到它所取得的成就这一面，而不是只看到它失去的、力有所不及的一面。虽说翻译中有不可避免的失，但在某些方面它也会对原作进行一定的补偿，在局部上胜过原作也是有可能的。

许钧：是啊，我最近读到一本法国的翻译理论著作，正谈及这样的情况。正是因为失去乃翻译之必然，译者也就会产生一种补偿的心理，原作的妙处传达不过来，就要想办法去补偿，在力所能及的地方去美化原文。原作较为平淡的地方，译者译得很精彩，这恐怕是一种平衡吧。

方平：确实有这样的情况，读优秀的文学翻译有时比读原作会得到更大的满足。记得我在青少年时代阅读解放前张谷若先生翻译的哈代的长篇小说（商务版），真是眉飞色舞，完全浸润在小说的艺术世界里。许多年后，我直接阅读哈代原著，发觉哈代的文思、观察和感觉十分细致敏锐，但文笔似乎还没摆脱旧文体的影响，略嫌干枯，读当时的张译给我留下更美的印象。但这里似没有必要强调原文和译笔的高低上下。我想用接受美学也许更能说明问题。我们对自己母语的感受总是更亲切、更敏捷些，因此逢到译文特别贴切、曲尽其美的场合，读来更觉引人入胜，这情况我相信是存在的。

许钧：失与得有时是很难界定的。所谓局限性恐怕就在这里：打个比方来说，古诗里有一句"春风又绿江南岸"，这个"绿"字可谓传神，然而如果翻成法文，法文里现成就有一个"使再绿"的动词，再平常不过，于是在语言的转换之间韵味全失。

方平：所以说，文学翻译批评不应当总是看它失去了什么，而是应当着眼于它为本国文学带来了什么。如果持不可翻译论，那么人类迄今为止所取得的一切成就都可以被一笔抹杀。我们有理由像汉姆莱特那样自豪地高呼："人类是多么了不起！"从窥探宇宙奥秘的伽利略，到追溯物种起源的达尔文，我们对于周围的世界作出了一系列多么重大的发现，人类有理由为自己已经取得的成就而感到鼓舞，但是已知和未知，存在着不可分割的辩证关系，我们已经掌握的知识领域始终被一片广漠混沌的无知包围着；如果得出不可知论，自然也有它的道理，但是太悲观了。不可翻译论者同样可以振振有辞，但是目光太褊狭，过于偏激了。要知道人类的所作所为在各个领域内都有它不可避免的局限性，不独文学翻译为然。不能不看到文学翻译在促进全世界不同民族间的文化交流、相互了解方面所作出的巨大贡献。

许钧：这个观点真是相当重要。关于批评，法国有一个翻译理论家，叫安托瓦纳·贝尔曼，他写了一本《翻译批评论》，就严肃地提出了这个问题。他认为，目前的翻译批评都是摧毁性的、否定性的，而翻译批评更应当是一种肯定性的、建设性的批评，要致力于开辟复译的空间，论证翻译的可行。时下的批评——中国与外国大约都是一样的状况——着重于译者的某种疏忽或是语言转换的对比与障碍，这样做当然有一定好处，但仅仅局限于此，会丧失批评应有的作用。

方平：我认为谈到文学翻译的命运，存在还是取消，这是一个需要有宽广的艺术视野、成熟的思考来审视的问题。不能像半路上拦住行人的史芬克斯那样，抛出一个问题，要你当场回答，答不上，就一口把你吞掉。持不可译论者一个惯用的手法跟史芬克斯差不多，向你抛出一个难题："To be, or not to be: that is the question." 怎么译？不能不承认这传诵至今的名句我们还没能拿出理想的译文（自然包括我自己的译文在内）。难点在于汉语中找不出和"to be"（可作"存在"解）相对应的词汇。这是否可以作为不可翻译论的口实呢？其实语言不断在发展、丰富，今天有困难，不能解决，还可期待于未来。这一句译文不理想，从整体上说，仍然可以有一个相当传神的中译本。对于汉语译者，十分棘手，对于法语译者，也许得心应手——法语中就有和英语的to be相对应的être，词义的涵盖面基本相同。

许钧：所以说作为批评，不应当只是衡量一个译者有没有资格做，而是应当通过批评，通过分析，促进他更好地做下去。

方平：应当持一种同情的态度，只要译者尽了最大的努力。力所不及是有的，困难是存在的，我们需要宽容一点，有建设性的批评。

许钧：最后一个想请教方先生的问题：前面我们提到了"二度创作"，翻译既然是一种艺术创作形式，不同译者所追求的艺术真实很可能是不同的。由此我一直在想，翻译本身的这种特性就注定了它可以有多种的可能：落实在实践上，可以是不同的译本并存；落实在理论上，多种的有关翻译的理论流派是否也可以并存呢？

方平：我希望相互并存。《红与黑》有这么多种版本，应当是个好现象。各人的译本几乎都有自己的特点——您恰好抓住了这个难得的机会，展开全面深入的讨论，确是有利于促进文学翻译艺术更好地发展。不同的阐释，不同的翻译主张，如百花竞放，各持己说，又互为补充。从读者的欣赏角度来说，他可以最喜欢某家的译本，但从理论上说，文学翻译也许不会有理想的定本。

1997年11月初稿

漫谈文学翻译主体

/杨武能　许　钧

许钧：今年是德国大文豪和大思想家歌德诞辰250周年，您去德国参加了有关纪念活动。就我所知，在您研究、翻译的德语文学家中，歌德是个重点。您写过一本书，叫《歌德与中国》，记得是在三联书店出版的。您翻译过歌德的许多作品，如歌德的抒情诗、叙事诗，以及小说《亲和力》，特别是他的《浮士德》和《少年维特的烦恼》。我想知道，您是什么时候开始翻译歌德的作品的？您翻译他的作品除了对他的作品的喜爱之外，是否还有别的什么原因？

杨武能：我从大学时代开始做文学翻译，60年代初已在当时全国唯一的翻译文学刊物《世界文学》上发表习作多篇，但翻译歌德的作品却是到了1978年考入中国社会科学院研究生院以后。1981年，人民文学出版社出版了我新译的《少年维特的烦恼》，当即受到同行专家和广大读者的欢迎，使我对继续译介这位德国大文豪多了几分信心和把握。不过，我翻译歌德不只出于对他的景仰和喜爱，还因为我跟随导师冯至先生研究的就是歌德。我的《维特》，便是在就这部伟大的“小书”撰写硕士论文时译成的。我们不是经常强调，文学翻译必须以对作家和作品的研究作为基础吗？近20年来我潜心研究歌德，自然也主要翻译歌德。我认为，像歌德这样的大思想家和大文豪，思想那么博大精深，作品那么丰富多彩，真值得一个人花20年甚至一生的时间和精力去研究和翻译。遗憾的是，我起步太晚，而要真正让歌德在当今的中国取得他应有的地位，需要做的事情还太多太多！我们对歌德的认识和理解，还很不够很不够！

许钧：在您翻译的歌德的近150万字的作品中，我发现有一半以上属于复译的范围。近几年来，外国古典文学名著的复译成了人们关注的一个翻译现象，译界不少专家对此发表过自己的看法，这不是我们今天要讨论的主要话题，但我注意到，您是在80年代初翻译《少年维特的烦恼》的。在您之前，该书已有几个译本，有的出自名家之手，像郭沫若，虽不能说是权威，至少影响很大。能否谈谈您当初复译《少年维特的烦恼》的情况？您的翻译较之前辈的翻译有何不同？

杨武能：复译的不可避免和必要，许多前辈和同行已有过精辟的论述。尊敬的绿原先生贴切而形象地把名著的反复翻译比作一场“接力赛”，我只想补充：这样的接力赛恐怕是不会有终点的。至于自己重新翻译《维特》的情况，拙文《我译〈维特〉》已作了相当详细的交代[1]。简单地讲，是我在研究《维特》这部作品及中译本的过程中，深感产生于近60年前的郭老的译本已经失去当初拥有的巨大魅力，语言已显得陈旧过时，不再能为现代的读者特别是青年接受。于是，在当时掀起的思想解放运动的大背景下，动了重译的念头，为的是使它在中国赢得新的读者。

许钧：看来，您重译《少年维特的烦恼》，不是一时的冲动，而是以研究为基础的，同时目的还很明确：要让《少年维特的烦恼》在中国永远不丢其魅力。不过，您当时重译的时候，难道就没有顾虑吗？对自己的翻译有把握吗？

杨武能：重译郭老曾经译的《维特》？我这个在当时有如第一个吃螃蟹似的大胆想法，得到了绿原和孙绳武两位前辈的认真对待和理解。在试译稿顺利通过以后，我花了差不多半年的时间，才“磨”成这件小小的译品。工作是很辛苦的，为达到保持和再现原著风格、情致的要求，我常常不得不字斟句酌，每译一段都要进行一番思考。为了尽可能接近那几乎不可企及

1　见《翻译通讯》，1985年第10期；《新华文摘》，1985年第12期。

的"化境",使译文对原作"忠实得以至于读起来不像译本","而精神姿致依然故我",我使出浑身的解数,费了九牛二虎之力,真正体会到了翻译文学作品之难,难就难在要再现原著的情致风格。在《维特》这本书中,粗分便有三种大不相同的格调。为了再现这三种格调,我各有侧重地采用了种种不同的手段。总而言之,与前辈乃至在我之后的某些译本比较,拙译最大的特点也许就是认认真真地再现了原著的情致、风格。当然啦,这所谓风格只是个人的理解,未必一定正确。

许钧: 刚才,您谈到复译这场接力赛恐怕是不会有终点的。在我看来,在某种意义上说,复译是一个历史文化现象。文学文本的意义不确定性和开放性使复译成为必然。而影响翻译的历史、文化、社会与时代等因素,使文学复译成为一个世界性的现象。在1996年,翻译界曾就"文学翻译是否可能有定本"这一问题进行过讨论,相当热烈,观点不一。我想请先生谈谈对这个问题的看法。

杨武能: 我完全同意您的看法。在我看来,只可能有成功的、出色的乃至于堪称伟大的译本,而不可能有所谓的"定本"。时代和社会在不断地前进和发展,语言和审美标准也随之发生变化,哪怕再成功的译本也迟早会过时,会走味,因而必然被新译取代。有先贤说"江山代有译才出,各领风骚数十年",我相信此话。作为一名译者,自己的劳动成果能存活数十年或者甚至只是十数年,已可心满意足。当然,这儿所谓的新译,要真正新,要真正能超过前人的译本,或者至少得出自严肃的译者之手并具有一定的特色。

许钧: 文学翻译没有定本,除了上面谈到的各种原因之外,我想翻译主体因素也起着相当大的作用。最近读到法国著名女作家玛格丽特·杜拉斯谈翻译的一篇小文章,是她在1987年应法国阿尔国际文学翻译中心邀请写的。她谈道:"译本总是由某个人的第一次阅读开始的,这种阅读和创作一样富于个性,故而在任何情况下都抹不去译者的痕迹。"这里涉及了翻译主体的问题,先生在许多的讨论翻译的文章中,对翻译家的主体性进行过较为系统的探讨。您写过一篇文章,专门谈文学翻译家的心理人格,能否请先生结合翻译主体作用,谈谈您的看法?

杨武能: 大家都讲文学翻译是艺术再创造。译家失去了个性,不能发挥主体作用,何来文学,何来艺术,何来创造?果真如此,文学翻译岂不仅只剩下了技能和技巧,充其量只可称作一项技艺活动;译家岂不真的成了译匠,有朝一日完全可能被机器所代替！当然，这个创造不能随心所欲，甚或天马行空，像一般作家和诗人那样，而是严格地受到原作的制约；所谓再创造的“再”，就意味着制约。具体讲，译者发挥主体作用和创造性，有一个“度”的掌握问题：译者的创造必须在原著设定的界限里进行，必须忠实地再现原著的意和形，必须尽量适应和满足原著的风格要求；译者的个性切忌过分显露，“喧宾夺主”，以至译什么作家、什么作品都带着明显的译者的个人标记，读起来都是一个调调，一个味道。总而言之，译者主体性和创造性的发挥，必须以不损害原著的思想内涵和艺术风格——特别是艺术风格为前提。今年8月，在魏玛参加国际《浮士德》译者研讨会，为说明文学翻译之难，我曾把翻译家比作“戴着枷锁献艺的舞蹈家”，说他尽管受到严格的约束和限制，舞却要跳得中规中矩，不但姿态舒展自如，表情还得随情绪的变化而变化，以使整个的表演充满生气，赏心悦目，精彩动人。这个在我们也许是平平常常的比喻，不想却引来各国同行的热烈喝彩。毕竟都是歌德代表作《浮士德》的译者啊，大家不但心有灵犀，而且还熟悉歌德的诗句：“惟有在限制中，大师方能施展身手。”也就是说，要解决好既发挥主体性又忠实于原著这个矛盾，不为限制所累，我们必须下苦功夫，努力使自己成为“大师”。反过来讲，如果干脆丢掉了“枷锁”和限制，那翻译就无须费多少力气，更无所谓“一名之立，旬月踟蹰”，那也就不存在翻译家和“大师”。

许钧：先生在一篇谈文学翻译的文章中，曾从工作心理和社会心理两个角度对翻译家的心理特征进行了研究。您认为，“再创造”是翻译家工作心理的特征。对于这一点，许多翻译家并没有自觉的认识。从理论上看，翻译是一种怎样的活动，人们至今还有不同看法。先生有丰富的翻译实践，又有自己的理论观，能否请先生谈谈您对翻译活动，特别是文学翻译的本质的认识？

杨武能：台湾著名诗人和翻译家余光中先生认为，文学翻译是一种“心智活动”，我们通常则称之为“艺术再创造”，应该讲都很好地道出了文学翻译的某些特点，都完全有道理。不过，要给文学翻译活动一个科学而又简单明了的定性，我想还是用阐释二字最好。“释”和“译”这两个字不管是在汉语里还是在西文如英语里，都有着词源与语义方面的紧密联系。古代西方的《圣经》翻译和我国的佛经翻译，本来就带着诠释或曰阐释的性质。在我们今天的文学翻译实践中，凡是所谓的意译，凡是运用所谓翻译技巧的地方，不管是转义、引申，或是增减原文，其实质都是在“释”。越是民族文化色彩浓重的词语和事物，越是作家个性鲜明突出的地方，翻译越离不开“释”。真正能直接对译的情形，在相同语系、语族的不同语言之间可能多一点，在大相径庭的汉语和德语之间就很少了。

不过，上面讲的“释”，多半还只是局部的、狭义的、明显和浅层次的。我所谓文学翻译即阐释，是指译事活动的总体和本质。这是一种特殊意义的阐释，一种文学的和艺术的阐释，它显然不同于一般的解释和学理性的阐释，因此必须具有以下一些特点：一、在总体上，它是完整的全面的；二、在内容上，它是深刻的；三、在形式上，它是直观的和演绎性的；四、从译者方面看，它是主动的和积极的；五、从原著和作者看，它是相对的和发展的。具体讲，一般意义的阐释比较自由，为阐释一首短诗乃至一句箴言，学者们既可以言简意赅，也可以长篇大论，甚至写成大部头的著作；翻译家的阐释却受到严格的限制，必须全面地显现出原著的义、形、声、情、味、量、质，等等。译一首诗只能还以一首有着同样——实际上多半只能是相近——义、形、声、情、味、量、质的诗，切不可随意改变和增减。这是何等高的要求啊！视文学翻译的本质为阐释，完整而全面的阐释，对文学翻译的特点和要求作如是观，我想，一些有争议的问题也许就比较容易解决了。例如，既为阐释，就不可能不带上译家即阐释者的个性和主观色彩，就不能不允许他在一定的限度内进行创造和发挥。既为阐释，就一定会随着时代、社会、历史、文化和语言环境的发展变化而发展变化，因此便不可能定于一尊，产生所谓永远不得取代的“定本”。关于文学翻译即阐释这个命题，可以说的还很多很多，希望有同道来对它进行更加深入的“阐释”。

许钧： 翻译即阐释，先生提出的这一命题，是有其理论基础的，但在翻译实践中，如何处理与协调翻译的忠实性与再创造性这两个对立而又统一的方面呢？

杨武能： 似乎不可能有完全和绝对的统一，我认为：译者能做的，只是弥合和协调您说的矛盾，尽量使其显得统一而已。为了协调忠实于原文和再创造这两个对立面，使其显得统一，我们首先必须知己知彼：己者，本人的能力、爱好、气质和文风；彼者，有关原作者和原著的一切，诸如原作者的思想、生平，原著写作的时代、社会乃至作家个人生活的背景和产生的经验，原著的思想内涵和艺术风格，等等。如此“知己知彼”，谈何容易！所以，理想的文学翻译家，最好就是他所译的作家和作品的研究家。再说，即便是自己吧，要真正认识，正确估价，也不容易。可是尽管如此，你还是得知己知彼，才能选择适合自己翻译的作家和作品，才能发现和有意识地去协调和弥合上述的矛盾，可能具备为此所必需的素养和能力。其次，在翻译实践中必须随时注意掌握我上面说的“度”，注意寻找弥合矛盾的最佳点、线和面。实在是难啊！

许钧：这个“度”字，非常重要。在有关《红与黑》汉译的讨论中，我也体会到文学翻译要想“得体到位”，不能不把握好“忠实”与“再创作”之间的分寸和界限。这方面，您有没有具体的经验值得人们借鉴？

杨武能：经验谈不上，但为了趋易避难，绕开自己没法弥合的矛盾，我在实践中有这样一条偷懒的经验，就是只译自己喜欢的或正在研究的作家和作品，特别是与自己的气质和文风相近的作品。我译歌德相当多，就是因为我研究歌德；我还译了海涅、施笃姆、海泽、黑塞等等，就因为他们的气质和风格为我所喜欢。在我多达十四五卷的译文中，除了几十首里尔克的诗歌，很难再找到其他现代派作家的作品，原因就是我既不欣赏他们，也害怕译不好他们。世界文学如林似海，幽深、浩渺，德语文学同样博大精深、千姿百态，谁也不可能什么都译，都译得好。所以，越是经验丰富的翻译家越有自知之明，既有所为，也有所不为。

许钧：既然翻译是一项翻译主体色彩不可忽视的再创造活动，在具体的翻译过程中，我们会遇到文本的多义性给翻译造成的局限与障碍。一是在理解上的局限，二是在传达上的局限。前者表现为对原文本涵义不能充分全面地领会，记得您写的一篇文章中，谈到古罗马神学家奥古斯丁曾引用一首小诗：“字面意义多明了，寓言意义细分晓，道德意义辨善恶，神秘意义藏奥妙。”奥古斯丁借此诗说明《圣经》注释工作的繁难。对文学翻译而言，也同样如此。您能否联系您的翻译实践，介绍一下尽可能理解与领悟原文意义的经验？

杨武能：回忆起来，在我译过的作品中，以歌德的《浮士德》和哲理诗、托马斯·曼的长篇小说《魔山》以及里尔克的诗歌，最为繁难。因为这些作品不但蕴涵着丰富、深刻的哲理，而且也隐藏着说起来颇有些玄虚的“神秘意义”。例如《浮士德》中的地灵、众母、永恒的女性等等，实在是神秘而难于解释，以致世界各国的研究者和译者至今仍见仁见智，其说不一。为了理解和领悟它们，只好多查资料、多学习，并且多动脑筋思考。

对您提的问题，我一时谈不出多少经验，只讲一个可能有某些启发性的例子：

海涅的《佛罗伦萨之夜》写到了意大利著名小提琴家帕格尼尼出神入化的演奏：他演奏的姿势和表情以及从他琴弦上流泻出来的袅袅琴音，是如此地富有感染力，致使堪称他知音的马克西米连产生了钱锺书先生所说的"通感"，于眼前看见了一幕幕或春光明媚、情意绵绵，或阴森愁惨、惊心动魄，或怒海澎湃、群魔乱舞的景象。最后，琴音终于变得庄严、雄浑，那知音者的眼前随之便出现了浩渺、深远、澄澈的天空，只见天空中央一个光辉灿烂的圆球上，站着一位拉琴的巨人，威严得如同天神。巨人拉着他的琴，天地万物全在屏息聆听，他俨然一尊"**人王星**"，整个宇宙都围绕着他转动，同时还发出庄严悦耳的和声……

这儿的"**人王星**"一词，就表现了我对作者海涅带有神秘气氛的描写的领悟和理解。按照我的阐释，海涅始终是在借帕格尼尼的琴音抒写人的痛苦，表现人对自由、解放的渴望，歌颂被他视为宇宙核心和宇宙至尊的人的崇高伟大。所以，原文中本来只是"人星"或"人之星"这个德语复合词，就被我大胆地译成了"人王星"。仅仅是加上一个"王"字，我认为便很好地突现了原著的"本意"，有着画龙点睛之妙。也许某位自命博学的先生会站出来批评我对天文学的无知和德语欠精通：天文术语中哪来什么人王星啊！德文原词中哪含有"王"的意义啊！我呢，却要反过来说如此作文学翻译批评是既不懂文学，也不懂翻译，并坚持认为我这样译正好体现了文学翻译的创造性。

言归正传，要说我有什么理解和领悟原文意义的经验的话，那最重要的一条就是在处理难字难词和费解的句、段时，要始终联系着上下文乃至是整篇的意旨去力求索解，并在表达的时候适度地发挥主动性和创造性。

许钧：在传达上的局限，过或者不及，是十分明显的，任何一个文学翻译家都有切身的体会。在处理原文本的多义性的问题上，文学翻译界有不同的看法。有人认为，翻译本身就是一种选择。由于不同语言的音形义结合上的差异，以及语言所积淀的文化与社会因素的差异，在文学翻译过程中，文本的多义性难以再现，译者只能从多义中选择一义加以传达。我想，这样一来，意在言外的东西，变成了白纸黑字，原文留给读者的想象空间会大大缩小，原文的文学性也由此会受到损害。对这个问题先生是怎么看的？

杨武能：由于您所说的原因，原文的多义性以及某些言外之意的确难免有所损失，但同时，却又可能获得新的、原本没有的意义。这正是文学翻译作为跨文化艺术活动的先天缺陷，也是我认为译文与原文不可能完全等值，以及名著翻译不可能有"定本"的原因之一。基于此，我认为只要是出自严肃的译家之手，真正的名著不妨多几种译本；让不同的阐释同时存在，也许就可多少弥补上述的缺陷和损失。基于此，我坚持主张要对译作作总体的、艺术的和文学的批评，而反对那片面的就一字一词拈过拿错——有时未必真是过错，唯以自己的理解、阐释为圭臬，视译者、译家乃至大名鼎鼎的译家为文盲、科盲甚至白痴的所谓文学翻译批评。就这个问题，我曾写过一篇文章叫《美玉与蜡泥》，认为总体忠实而富有文学性的译文即便有这样那样的缺点错误——也难免有缺点错误，仍然是浑然天成、弥足珍贵的美玉；反之，缺少了文学的资质，即便字字句句甚至标点符号都毫无走样，也只不过是一点点拼捏而成因此便毫无生气、少有价值的蜡泥一团而已。我这样讲，相信不至于引起误解，让人以为我反对字斟句酌，反对尽可能避免字词翻译的错误吧。对于严肃认真、与人为善的批评，哪怕有时并不正确，我们都应该欢迎，应该认真对待，能吸取的就吸取。相反，有的批评者唯我独尊，高高在上，甚至处心积虑地专打名人官司，对这样眼高手低、唯名是图的"高手"，我们就不能不留神了。许钧教授，您是海内外有影响的文学翻译理论家和批评家。我在此呼吁您也呼吁我们的有关刊物：爱护凝聚着译家心血的一块块美玉，即便是有瑕的美玉吧！对那种别有用心地专挑名家"漏眼"的、似是而非的"文学翻译批评"，切不可掉以轻心。

许钧：文学翻译批评的理论建设非常重要，希望有机会专门就这个问题展开讨论。我想再谈一点，文学翻译是一项非常艰难的再创造活动，要胜任这项工作，需要有各种条件，有客观条件，也有主观条件。先生对这个问题曾经提出过自己的看法，认为文学翻译家要既是学者，也是作家，才能真正做好文学翻译。您还坚持这个观点吗？您对傅雷、朱生豪这些非学者型的翻译家怎么看？您对年轻一代的翻译工作者有什么期望？

杨武能：坦率地说，我仍坚持文学翻译家应该既是学者也是作家的观点，非如此，不能真正做好文学翻译。不过我这儿说的只是文学翻译家的素养问题，而不是讲他非要从事学者和作家的活动，非要发表学术论文，非要创作诗歌小说什么什么的。您所举例的傅雷和朱生豪两位前辈，其实应该讲都是了不起的大作家和大学者。拿傅雷来说，谁只要读过他的《世界美术名作二十讲》和《傅雷家书》，不，只要读过他译的《人间喜剧》，都不能不惊叹他学识的渊博，文笔的洗练、传神、老到。他要是能活到今天，他要是愿意，完全可以应聘去某所名牌大学的艺术学院或文学院当教授，完全可以搞创作并取得卓越的成绩。

请原谅，我认为不宜使用“学者型的翻译家”或“非学者型的翻译家”这个提法；它不定会把人引向歧途，结果弄出一些学究型的“翻译家”来。再说一下，我主张的是文学翻译家必须具备学者和作家的素养和能力。在我国的文学翻译和翻译文学史上，既是学者，又是作家的翻译家真叫不乏其人，已故的如马君武、郭沫若、傅雷，健在的如季羡林、戈宝权，便是他们中的佼佼者。后学我只能勉励自己以他们为学习的榜样，并且确实也在学术研究的同时进行一点创作的尝试，以期提高自己的能力和素养。我期望有志于文学翻译的青年一代也努力向上述前辈学习，为同时培养自己的学者和作家素养狠下功夫。因为只有这样，才可能青出于蓝而胜于蓝，把我国的文学翻译提高到一个更高的、崭新的水平。

1999年9月初稿

“老老实实做人，认认真真翻译”

/草　婴　许　钧

许钧：草婴先生，您是我国著名的俄苏文学翻译家。无论就思想观念而言，还是就文学观念而言，您翻译的作品在解放后都产生过相当大的影响。您是从1938年开始学习俄语的，同时参加了新文字研究会。如果从为《时代》杂志、《苏联文艺》译稿开始算起，您从事翻译已经快有60年的历史了。在这漫长的文学翻译生涯中，您积累了丰富的翻译经验。我想请先生给广大读者介绍一下，您翻译过哪些主要作品？现在是不是还在翻译？

草婴：我从1938年开始学习俄语，1941年苏德战争爆发后上海创办《时代》杂志，我从创刊号起就在课余为它翻译有关苏德战争的通讯、特写等，接着又为《苏联文艺》翻译短篇小说。1945年苏德战争结束后，我正式参加时代社任编译。50年代起作为专业会员参加作家协会，专门从事文学翻译，译了一些苏联小说，主要是肖洛霍夫的小说《新垦地》第一部和第二部、《顿河故事》、《一个人的遭遇》等，还译过尼古拉耶娃的小说《拖拉机站站长和总农艺师》。60年代起开始翻译古典作品，主要是托尔斯泰的小说，至今已翻译出版“托尔斯泰小说系列”12卷，包括3个长篇，《战争与和平》《安娜·卡列尼娜》《复活》，中短篇小说4卷，《一个地主的早晨》《哥萨克》

《克鲁采奏鸣曲》《哈吉穆拉特》，自传体小说《童年 · 少年 · 青年》，还有莱蒙托夫的小说《当代英雄》。现在主要修订旧译，也译些短篇。

许钧：就我所知，您是国内为数不多的专门从事文学翻译的翻译家，国内翻译界，大多数人是业余从事翻译工作。翻译外国文学作品，首先有个选择问题。在不同时代，不同的政治、文化、社会氛围中，一个人选择翻译的作品，可能会有不同。先生翻译的这些作品，都是自己选择的吗？有哪些方面的原因，促使您选择或接受了这些作品的翻译？

草婴：我从事翻译工作最初是为了参加反法西斯斗争，想通过翻译让读者了解反法西斯斗争的真实情况，从而增加中国人民对抗日战争胜利的信心。其次，我一向喜爱俄苏文学，因此也想通过翻译让中国读者欣赏到一些好的文学作品，丰富大家的精神食粮。我之所以介绍肖洛霍夫的作品，是因为我认为在苏联作家中，肖洛霍夫是继承19世纪俄国现实主义文学传统很出色的一个，尤其是继承托尔斯泰的传统，发扬他的人道主义精神。当然，肖洛霍夫所处的时代不是托尔斯泰所处的时代，他有他的局限性，我们不能脱离具体社会条件去要求一位作家，同样也不能这样去要求肖洛霍夫。不过，在同时代的苏联作家中肖洛霍夫是较有胆识的，敢于在作品中尽可能反映生活的真实，较少受教条主义的影响。

许钧：是的，肖洛霍夫是苏联作家中影响最大的一位。我看过一个材料，说截至1980年1月，他的作品用苏联各民族的54种语言和30多种外国语言出版了974次，总印数达7 900万册。他的主要作品在中国都有译本，有的还不止一个译本。不同的译家对有的作品还有不同的译名。

草婴：解放后，在50年代，我首先读到苏联作家尼古拉耶娃的小说《拖拉机站站长和总农艺师》，觉得这部作品在关心群众疾苦、反对官僚主义方面对我们有借鉴作用，我就把它翻译出来。译文发表后引起读者的热烈反应，当时还受到以胡耀邦同志为第一书记的团中央的重视，先是在《中国青年》上转载，并号召全国青年向女主角娜斯嘉学习，但没想到在不久后开展的反右斗争中，这本书被当作"毒草"，并有几位作家因此受到牵累。我始终认为这本书值得介绍，娜斯嘉精神不论何时何地都应该提倡。

许钧：在解放后的一段时间里，我国外国文学翻译工作有一个宗旨，叫作"为革命服务，为创作服务"。苏联和有关社会主义国家的文学的翻译介绍工作受到特别的重视。先生对翻译作品的选择，如您自己所说，差不多就是根据这双重的标准，一是政治的标准，二是艺术的标准。若两者统一，翻译就会受到支持与鼓励。若不符合政治标准，艺术性再强，也难出版。政治标准是第一位的。您为了翻译外国文学作品，在“文化大革命”中，听说还成了批斗的重点对象，吃了不少苦。这在今天看来，特别对一些年轻的翻译工作者来说，是难以想象的。

草婴：是的。在“文化大革命”中，我因翻译肖洛霍夫作品成为重点批斗对象，主要因为江青认定肖洛霍夫是“苏修文艺鼻祖”，我就成了他在中国的吹鼓手、代理人，全家都受冲击，我也两次处于生死边缘，好不容易挺了过来，但我始终不承认我在这件事上犯了罪。

我翻译托尔斯泰作品始于60年代初，曾出版《高加索故事》，后因“文革”受阻。我花了20年时间，向中国读者较系统地介绍他的作品。我特别重视他的作品，主要是因为他宣扬人道主义思想。我觉得人类发展到今天，除了物质上高度发展外，更需要推广人道主义思想，而在东方，由于长期的封建统治和愚民政策，对“人”的不尊重情况尤其严重，种种愚昧、落后、野蛮的行为都是由于不尊重人的基本权利，不把人看作世界的主人。此外，托尔斯泰作品的艺术魅力也是我重点介绍的一个原因。

因此，可以说我翻译的选题都是由我自己决定的，但在“文革”中，我和其他几位翻译家也曾被迫翻译过一些由工宣队派定的小说，如《人世间》《现代人》《你到底要什么？》《落角》等。

许钧：去年，我为“中华翻译研究丛书”主编了一部书，叫《翻译思考录》，其中有的文章谈到了影响或决定翻译活动的诸要素，您谈的这些问题对深入研究很有价值。在书中，还有江苏作家张国擎写的一篇谈翻译的文章，他对翻译家的功绩给予相当高的评价，其中还特别提到了您。先生在60年的翻译实践中，对翻译有着自己明确的追求，虽然在“文革”中译了一些工宣队分派的作品，但总的来说，您所翻译的，都是自己喜爱的作品。这一点，看来非常重要。要翻译好一部作品，首先要喜欢它，要有一种强烈的兴趣和驱动力。我读过先生翻译的不少作品，发现前期的译作与后来的译作有一些微小的差异，特别在句法上，前期的比较谨饬，后来的比较灵活。有的人说草婴先生的译文有自己的风格。您对这种说法怎么看？另外，我想知道，先生有没有自己的翻译标准和原则？

草婴：在几十年的翻译实践中，我不能说已经形成了自己的风格，但对自己的要求还是有的。我觉得翻译家首先应该明确自己的地位和作用,一个文学翻译家是原作者和译文读者之间的桥梁,他必须时时想到原著作者和译文读者,始终对两者负责。翻译家在翻译之前首先要认真阅读原著,同时考虑两点:第一,这部作品是不是值得翻译;第二,这部作品是不是适合我翻译。在决定翻译之后,就应反复阅读原著,使作品里的形象渐渐在译者头脑里浮现出来,同时培养对其中人物的感情。一部作品的成败首先要看作家对他所塑造的人物有没有真情实感。一个作家如果对他所塑造的人物没有感情,他就不可能创作出一部好作品。同样,一个文学翻译家如果对他所翻译作品中的人物没有感情,也不可能翻译好一部作品。道理很简单,文学创作是一种艺术工作,而任何艺术都离不开艺术家的思想感情。文学翻译也是一种艺术工作,只不过这种工作不能离开原作,因此是一种艺术再创作。钢琴家演奏是作曲艺术的再创作,还有导演和乐队指挥都是艺术再创作。至于文学翻译的标准,各人有各人的说法。我则认为一部好的文学翻译作品应该是译文读者读后的感受相当于原文读者读后的感受。当然,要达到这个要求并不容易,这里有时代背景的差异,有不同民族风俗习惯的差异,还有不同语文本身的特点。翻译家要适当处理这些问题,确实要花一番功夫,使译文读者也能尽量欣赏到原著的艺术魅力。

至于我翻译的作品,当然有我的追求。就风格而言,我想应该切近原作的风格。我从事翻译也有从不成熟到比较成熟的过程。翻译的艺术追求是没有止境的。

许钧: 先生刚才谈到文化、风俗、语言的差异对翻译造成的障碍,还有时代背景的问题。这在翻译中确实需要认真下功夫解决。可以说,这也是翻译需要解决的主要任务。德国的本雅明写过一篇文章,叫《翻译家的任务》,其中就谈到,所有的翻译都必然要面对出发语中的各种异质因素,如何处理这些因素,需要细加研究。不能视而不见,也不能有意回避,更不能随意"归化"。先生翻译过俄国和苏联的许多作品,如托尔斯泰、莱蒙托夫、肖洛霍夫的作品,这些作家都有自己的创作个性,在风格上都有追求,先生在翻译时,是怎样尽可能传达他们的风格的呢?

草婴: 风格问题,我认为凡是好的作家都有自己的风格,这种风格是他长时期生活和写作逐渐形成的,我们读名家的文章都会清楚地感觉到他独特的风格,而不会跟其他作家混淆。文学翻译的风格要复杂些,因为它既有原著作家的风格，又有文学翻译家的风格，可以说是两者加起来形成的风格。原著作家的风格只有一个，但文学翻译家十个就有十种风格，因此一种原著，尤其是名著，应该容许有不止一个译者来译，让读者自由选择他所喜爱的译本。文学译本不同于科技译本，不可能有一种标准的译本。不过，我这样说并不是支持那种单纯以追求利润为目的的翻译，更不要说那种利用现成译本东抄一句、西抄一句的“翻译”了。至于翻译家确定他的翻译选题，应考虑他自己的风格比较适宜翻译哪些作家的作品。就我自己来说，比较喜欢朴素自然的作品，不太欣赏辞藻华丽的文章。因此我不翻译那种不合我自己口味的作品，也就是我自认为译不好的作品。至于如何传达原作者的风格，我想这是一个十分复杂的问题。我还是强调理解与领悟，这是传达的前提。只有理解领悟了原作的风格，才能想办法传达，而正确传达原作的风格是翻译家首要的任务。

许钧：要翻译合自己口味的作品，这非常重要。我想，只要选择了合自己兴趣和口味的作品，译家与原作家兴趣相近，气味相投，恐怕对传达原作的风格就有一种保证。语言的差异会给传达风格带来困难，但一个好的翻译家，具有语言的艺术造诣，一旦受到原作的触发，就有可能尽情发挥出来，在贴近原作的同时，达到与原作风格的一种融合。我不懂俄语，但读先生的译作，不同作家在您的笔下还是有区别的。能不能请先生谈一谈，在漫长的翻译生涯中，您体会到文学翻译成功的关键是什么？许多翻译家都说翻译难，甚至比创作还难，您觉得主要有哪些困难？如何克服？

草婴：我做了一辈子翻译，并不觉得自己有什么成功的经验。我平生只追求一点，那就是：“老老实实做人，认认真真做事。”做翻译工作也是这样。至于困难确实是有的，我常常感到自己的中文水平不够，翻译表达时不能得心应手，运用自如；我的外文水平也不够，翻译时较多使用各种工具书，花的时间也就多了；此外，我的知识面不广，文学素养不足，都是造成翻译上困难的原因。但我相信勤能补拙，只要不怕麻烦，不惜多花功夫，总能克服各种困难，做好自己的工作。

许钧：看来先生特别强调译者本身的素养。首先是态度要认真。除了翻译活动本身的局限以外，翻译的困难是相对的，只要译者本身有较高的艺术修养和中外文的良好条件，不断修炼，翻译的困难可以成为译家的用武之地。这是辩证的看法。先生谈的几点，语言非常朴素，但道理很深刻。关于具体作品的翻译,我想就《安娜·卡列尼娜》的翻译提几个问题。托尔斯泰谈到《安娜·卡列尼娜》的创作时说:"饭后我独自躺在这张沙发上,吸着烟……我不知道我是在竭力思索呢还是在与瞌睡作斗争,突然有一条非常漂亮的贵妇人的光胳膊在我面前掠过,我不由得仔细看看这个幻影。接着出现了肩膀、脖子,最后是一个美丽的女人的形象,她身穿白衣裳。她那双含怨带恨的眼睛看着我。为了摆脱它,我必须给它找个化身。这就是写作《安娜·卡列尼娜》的起因。"当然这并不是托尔斯泰创作《安娜·卡列尼娜》的唯一动机,但是,这个幻影的出现,对托尔斯泰的创作无疑具有重大作用。在翻译过程中,这个幻影对您产生过实际的影响吗?

草婴:我在翻译时总是尽量领会原作者在创作时的思想感情,以便较好地在译文中加以表达,对于《安娜·卡列尼娜》也是这样。托尔斯泰在塑造安娜时,是倾注满腔热情的,他不仅赞美安娜的外貌,而且充分展示安娜的内心世界。他对安娜的不幸遭遇始终掩盖不住真挚的同情,而对造成她一生痛苦的贵族社会和以卡列宁为代表的官僚体制则怀着无法克制的仇恨。正是出于这种大爱大恨,托尔斯泰创作了这部震撼人心的艺术杰作。我在翻译时竭力领会托尔斯泰的这种思想感情,并尽可能完善地把它表达出来。

许钧:托尔斯泰特别注重人物形象,特别是神态、容貌的描写,您在《〈安娜·卡列尼娜〉译本序》中作了分析。比如作者通过笔下不同人物的眼睛来精心塑造安娜,通过伏伦斯基、吉娣、陶丽和列文的眼睛,充分展现安娜,把她塑造成了世界文学中一个不朽的形象。我不懂原文,但读了您的译文,安娜的形象栩栩如生,尤其是安娜热恋伏伦斯基时的神态的描写,让人读了难以忘怀。就像您在译本序中所写的——"双颊和下巴分明的酒窝,嘴唇的优美线条,荡漾在整个脸上的笑意,眼睛里闪烁的光芒,动作的优美和灵活,说话声音的甜美和圆润,就连她回答人时半是嗔怪半是撒娇的媚态"——跃然纸上,令人神魂颠倒。凭我的感觉,翻译应该是很传神的,这凝聚了先生再创造时所付出的心血。我想请先生谈一谈,您在再现原作人物的形象时,有没有遇到特别的困难?您是如何尽量给予传达的?

草婴:人物形象是文学作品的灵魂。作家的水平主要看他塑造人物的能力,翻译家的水平在很大程度上也要看他用另一种语言重新塑造人物的能力。托尔斯泰是塑造人物形象的大师,他的长篇小说更是色彩斑斓、栩栩如生的人物形象的画廊。我在翻译他的作品时着眼点也是怎样较完善地传达他的人物形象，但限于自己的水平，并不总能尽如人意。这也是困难之处。不过我在翻译过程中总是竭力使人物形象在头脑中浮现出来，然后考虑怎样使之在译文中尽可能清晰地再现，使译文读者也能较好地看到这些形象。

许钧：这就是翻译中的形象思维。看来，翻译与创作一样，特别在文学翻译中，要有形象思维。有的年轻译者忽视了这一点，只是在文字的层面去求忠实与等值，忽视了形象的再现要有形象思维才能实现。看得出，先生在翻译这部作品时，对人物是倾注了自己的感情的。不过，在人物形象的再创造时，您的审美观、道德观和意识形态方面的因素对您选择词汇，特别是词汇的褒贬等感情色彩的把握上，是不是有实际的影响？

草婴：我在翻译一部作品时比较注意作品所表达的感情色彩。如果作者的思想感情我很难理会或者我并不赞同，我是不愿翻译他的作品的。至于翻译选择词汇，我也努力注意保存作者的原意，当然在遣词造句上也会遇到困难，但这是翻译家在工作中必须克服的困难，没有什么取巧的办法。

许钧：翻译一部外国文学作品是一个再创造的过程。先生谈到了文学翻译对译者的素质的要求，谈到了文学翻译中形象思维的问题，特别强调了翻译中所遇到的困难。目前，我国又出现了新的翻译高潮。由于翻译任务多，好的译家忙不过来，许多年轻译者也就有了翻译的机会。我发现一个问题，在高校学外国文学的研究生中，很多都接受了翻译任务。他们学习任务重，加之翻译的基本素质又有些欠缺，有的翻译质量确实不高。这里有客观的原因，但不能否认有的青年译者对翻译的困难认识不够，把它看得过分容易，也缺乏严肃的态度和精益求精的精神。听说有的抓过一部书就译，译的速度快得惊人。我想请先生具体谈一谈翻译一部文学作品的实际过程，有哪些主要环节？

草婴：我翻译一部作品一般要经过三个步骤：第一步是熟悉原作，也就是反复阅读原作，读懂原作，考虑怎样较好地表达原意，通过几次阅读，使人物形象在头脑里逐渐清晰起来。第二步是动笔翻译，也就是忠实地逐字逐句把原著译成中文。第三步是先仔细读译文，看有没有脱漏、误解的地方，逐一加以更正；然后再从中文角度来审阅译稿，务使中文流畅易读，有时也请演员朋友帮我朗读译稿，改正拗口的地方；在交编辑审读后，再根据编辑所提的意见，认真考虑，作必要的修改。在校样出来后，我也坚持要自己至少通读一遍。这就是翻译的过程和主要环节。

许钧：这些经验非常珍贵。最后，我想再请教先生，作为资深的翻译家，上海市文学翻译家协会会长，您对目前我国文学翻译的状况有何评价？对年轻文学翻译工作者有什么希望和要求？

草婴：对目前我国文学翻译的状况，我是忧多于喜。我们处于改革开放的时代，许多事情都需要造就新的形势，而翻译工作在今天尤其重要。但遗憾的是有关方面对这项工作还没有足够的重视，对文学翻译的意义和作用也缺乏应有的认识。作为翻译家，我常常感到焦虑，但除了在各种不同场合进行呼吁之外，也没有其他办法。《译林》能关心这个问题，并开辟"翻译漫谈"，我认为是一件好事，希望这个专栏能越办越好，对促进和繁荣文学翻译事业起更大的作用。

1999年3月初稿

译者应该有多种“套路”

/李文俊　许　钧

许钧：20世纪很快就要过去了，最近一个时期，有不少作家、文论家和外国文学研究专家都在思考一个问题，那就是外国文学对中国现当代文学到底产生了哪些影响和作用，像《中华读书报》《文艺报》等一些颇有影响的报刊，甚至还开辟了栏目，发起专题讨论。我注意到在不少文章中，都提到李先生的功绩，您译介的福克纳对当代的许多作家的创作与成长有过直接或间接的影响。作家余华写过一篇文章，叫《永存的威廉·福克纳》，他在文章中称您是“一位出色的学者和翻译家”。确实，您多年来孜孜不倦，锲而不舍地从事福克纳的研究与翻译，并取得了令人瞩目的成就。我想就福克纳在中国的译介与传播，结合您的研究与翻译经历，比较具体地探讨一下翻译的一些问题，能否先从文学研究与文学翻译的关系谈起？

李文俊：我一向不爱谈自己的翻译，认为由别人来评论更为适宜。不过我可以从一个福克纳译者的角度说说自己的看法与体会，这也许对青年译者会有些帮助。

关于研究与翻译的关系问题，我想这两个方面是难以截然分开的，不妨从自己接触福克纳的开始谈起。中国最早介绍福克纳是在1934年——更早是否在动态、国外文讯中提到，我没有查考。当时，施蛰存先生主编的《现代》5卷6期上刊载了福克纳一个短篇小说《伊莱》的译文，译者是江兼霞（不知是不是当时光华大学的一位女生，盼知情者提供线索）。我那年还不到4岁，用黄宗江自嘲的说法，还是个“反动小孩”。（黄先生的意思是别人说他30年代就是个“反动学术权威”，他自忖不够格。）但是记得在高中时，我读到赵家璧先生1936年出版的《新传统》，书里提到了“福克纳尔”，我当时却只记住了海明威的名字。稍后，我又从一份进步杂志上读到董秋斯先生翻译的欧斯金·考德威尔的若干短篇小说，以及骆驼书店出版的单行本《烟草路》。这也算是自己对美国南方文学的最早接触吧。我是1953年正式进入外国文学界的。当时，获诺贝尔奖的福克纳已是美国文化名人，我浏览美英报刊自然会见到他的名字。1954年，他的《一个寓言》出版，当时我作为小编辑常为《译文》写些动态书讯，可能曾介绍这部作品——这需要查旧杂志才能确证了。

我清楚地记得，50年代，我听到过两个美国人谈论福克纳，一个是英文版《中国文学》杂志的专家沙博里。有一次我去访问他征求选题。他从身后书架上抽出一本黄封皮的旧书，是本美国短篇小说选，他说这是他辅导凤子学英语的课本，我见到上面勾勾画画，还有铅笔写的中文解释，想来是凤子的笔迹。沙博里向我推荐了两篇作品，一篇是斯坦倍克的《菊花》。另一篇是福克纳的，篇名稍长，我当时没有看清。只记得沙博里说，福克纳专写美国南方，笔下的南方情况“还真是那么回事儿”。另一个美国人是《群众与主流》的主编菲立浦·鲍诺斯基。他经由东欧“秘密访华”，神秘兮兮的。我参加了由他主讲的一次小型座谈会。会上他介绍了美国文学现状。这篇讲稿后来在《译文》上发表。我清楚地记得他把福克纳径直称为一个“reactionary”（反动分子），这也是很自然的，当时美国南方出了件种族迫害案子，福克纳发表了一些议论。黑人领袖杜波依斯提出和他在南方某地公开辩论。福克纳不接受挑战，说那只不过是浪费“breathing”（声音、力气）。这种轻蔑对方的说法自然会引起左派的不满。当年，中国的任何一个刊物都是不会考虑介绍福克纳的，正如抗美援朝硝烟未散尽时不会想到应客观评价赛珍珠一样。

许钧：对，认识一个作家，翻译以及出版一个作家的作品，会受到多种因素的限制。在中国，特别是在刚刚解放不久的中国，政治因素和意识形态的因素在外国作家与作品的选择翻译中，起着举足轻重的作用。作为一个译者，你可以喜欢一个作家，但要翻译出版他的作品，绝不仅仅是个人可以左右的事，您刚才说的这一切，就是个证明。我们若要对20世纪外国文学翻译历史进行考察与研究，应该考虑这方面的因素。

李文俊：不过，正如英语的一个谚语说：Time works great changes.（时过境迁。）不久，解冻后的苏联文艺界开始介绍福克纳，开始时还仅仅敢肯定他的作品中的“反战倾向”。我也大胆跟进，选了福克纳的两个短篇，请赵萝蕤等名家译出，发表在1958年4月的《译文》上。一篇描写第一次世界大战后老兵的落魄情状，另一篇则写了一群玩命的飞行表演艺术家。想不到从此之后，自己便与福克纳缔结了不解之缘。

许钧：福克纳在中国的译介，虽然可追溯到20世纪30年代，但他在中国真正开始产生影响，恐怕是您译的《喧哗与骚动》出版之后。据我所知，该书出版于1984年，首印近10万册，足见影响之大。能否具体谈谈您自己是怎么想到要去译福克纳的？

李文俊：应该说，我自己搞美国南方文学还是有点基础的，从小便念过马克·吐温写南方顽童的两部书，50年代译过考德威尔的作品，后又接触到福克纳的“传人”，卡森·麦卡勒斯的小说。“文革”后图书馆一开放，我借出的第一批书中便有她的《伤心咖啡馆之歌》，译出发表时心情之激动至今难忘。70年代末80年代初，我给自己“补课”，阅读的作家有：凯瑟琳·安·波特、罗伯特·潘·沃伦、弗·奥康纳等。南方的黑人作家自然也是念了的。这些，都可以算是我治“福学”的准备工作。至于我正式从事翻译介绍福克纳可以算是“逼上梁山”。80年代初，是我国引进外国文学的又一大高潮——这之前究竟有几次，还有待学者下结论。《中国大百科全书·外国文学》要写关于福克纳的条目，《外国现代派作品选》要介绍《喧哗与骚动》，《美国文学简史》要谈南方文学与福克纳，“外国文学研究资料丛刊”要收编“福克纳卷”，这些任务不约而同，都落到我头上，其实当时福克纳的许多代表作我还未来得及读。我曾在一篇序言里说：“在读者未读原著的情况下请他们先看太多的有关评论，恐贻本末倒置之讥。”其实，这更多的是一种自我写照。

许钧：在译介外国文学的工作中，如何客观地向读者作介绍，引导读者对作品作出自己的评价，非常重要。但从解放后很长一段时间的实际情况看，我国的外国文学界有给外国文学流派和作家贴政治标签的情况。不久前，我读到一位《译林》的忠实读者的来信，那位读者就"翻译漫谈"栏目谈了自己的看法，其中谈到一点，就是译者在译介外国小说时，不要把政治标准放在第一位，更不要在"序言""注""译后记"等文字中，轻易给一部刚刚引进，中国读者第一次接触到的作品下结论，误导读者或干预读者的独立思考。先生刚才谈到的"本末倒置"的情况，看来也是有感而发的。作为一个译者，不可能总是把一个作家、一部作品在各个方面研究得十分透了才去翻译。

李文俊：是的，您刚才提到研究与翻译的关系问题，就我个人的情况而言，我既非先研究透了再翻译作品，亦非先译后研究，而是跌跌撞撞，边翻译边研究的。我相信这也是大多数译者的情况。理想的做法是：挑选一两位具有基本条件（中外文都不错，有文学禀赋与修养，对外国文化背景有一定了解）的青年，由前辈指导研读某门学科，对有关作家、作品有较深入认识，又到某有关国家去住上一阵，然后由他们自己选定某位或某几位作家的代表作，单独或合作翻译。不过，谁会有这样好的条件呢？有条件者还甘心做这个"枯燥"、薄利的工作吗？

许钧：先生提的做法，确实是有点理想化的，但并非不可能做到，关键是有没有人去重视。如果把文学翻译纯粹当作一种个人的爱好，当作一个个人的行为，而不是当作一项事关文化的吸收与发展的重要工作，那就不可能有系统地去培养翻译人才，提高翻译质量。这方面，有些国家的做法值得借鉴。如法国，非常重视法国文化的传播，法国政府专门设立了一项"奖译金"，每年都要出资请三十来位比较有成就的外国翻译家去法国住几个月，让他们根据自己的翻译计划，针对翻译中出现的问题，到法国进行研究探讨，查询资料，请教有关研究专家，或者与活着的作家直接进行对话，共同解决翻译中的难题。这无疑可对提高翻译质量起到很大的作用。

李文俊：是的，我觉得，我们中国译者要正视现实。从实际状况出发，对于一般作品的翻译，要求不能太高。有一定的水平的译者接到任务时，先把作品看上一两遍，也查查有关资料，再考虑一下是否"对路"，是否喜欢，能否胜任，然后认真对待，这就可以了。对于重要的名著，译者自然需要在翻译之前或同步进行一些研究工作。

我常说，自己先是逼上梁山，现在又成了骑虎难下。至今一共译了四部福克纳的作品，差不多一百万字，其中《押沙龙，押沙龙！》足足用了三年时间，尚待出版，目前在写一本关于福克纳的书，但愿早日完成。做完这件事即与“福学”告别。好在福克纳在我国已渐成显学。出现了一些译家，水平在我之上。研究专著也出版了多种。我满可以“挂靴”了。

许钧：就我所知，除了您翻译的福克纳的四部作品外，还有四川外语学院蓝仁哲教授译的《八月之光》，北京大学陶洁教授译的《圣殿》，都是名家，他们的译作都受到读者欢迎。至于研究著作，最近外语教学与研究出版社出版的《威廉·福克纳研究》，很有价值，是肖明翰教授主持的一个国家社会科学基金项目。看来，我们国家现在对福克纳的研究还是很重视、很支持的。

李文俊：那是专家的研究，我想作些解释。我在上面所说的研究，是为翻译这一目的所做的准备、辅助工作，与独立的研究有些不同。那样的研究，需要有创见，甚至得力排众议，标新立异。为翻译而研究则是为了理解作品，以便准确而传神地译出一部作品。

总之，学术研究需要的是思辨能力，对翻译来说，更重要的是一种“悟性”，是语言上的敏感。（听到见到一个用得不妥的词，就会有好生生的牙齿忽地疼起来那样的感觉。）语言感悟力不高者，可以做研究，却不能搞翻译。为翻译福克纳，我念了不少福克纳传与有关的回忆录，却对某派某批评家的某个论点不甚了了，也记不住。这一点我原来并不自觉。一次在成都“讲学”，一位聪颖的女生听众，指出我是从翻译角度而非从研究角度看福克纳。我听后顿有所悟。

许钧：一个译者理解的作家和一个批评家理解的作家有时会有很大的不同。像您所说的，研究的角度本来就不同，译者一般更注意作品文字本身的魅力，更关注文字传译的得与失，所以先生谈到“悟性”这两个字，是非常重要的。而研究者，也许更关注宏观的东西，类似叙事结构、艺术特征等等。我发现，福克纳是个很有争议的作家，对他的文字，有喜爱的，也有讨厌的。他的文字也很难读，拿法国著名作家勒克莱齐奥的话说，要参悟福克纳的文学，唯一的途径，就是熟读他的作品的每一个章节。我想请先生谈谈福克纳创作中的主要特色，您在翻译过程中如何在译文中尽量体现这些特色？

李文俊：福克纳在我国被看作现代派作家，这自然不错，但是我接触多些之后，觉得他作品里传统、恋旧、怀乡、泥土的韵味更为强烈。因此，译文中的主要色调，应是老照片里的那种泛黄的光泽，老牙雕上的“象牙黄”。若是用气味来类比，则是热带沼泽的腐败气息，旧家具擦拭不掉的尘土味，老妇人周边有点发酸的体味。福克纳多次写到被一代代人手摸得发亮的门边的墙和发出幽光的旧银器，这正是他自己作品的色调。玩古董的人都熟悉“光头”这个说法。老法眼一看，便说：“光头不正，民国仿品。”我翻译福克纳最怕的就是“光头”不正，或者是一部作品里出现不和谐的几种声调，除非原作者就是这样的刻意安排。我不敢说在临摹原作、再现色调上做得多么成功，真的不敢说。

许钧：福克纳的作品体现了典型的意识流特征，以晦涩、抽象、句子冗长、结构复杂、难于理解而著称。在译成中文的过程中，您遇到了哪些主要的困难？您是如何处理、克服这些困难的？您曾说，您在翻译中“没本事讨好读者”，能否对“讨好读者”的问题作具体解释？

李文俊：翻译“意识流”的困难主要表现在两个方面。一是跳跃性大，刚在说一件事，马上又“切换”到另一件事。对于叙述者为何人，何时何地所说，作家均不予明说。二是句子连在一起，没有标点符号，让译者难以“断句”，不过作家呕心沥血写出作品，毕竟是想让读者看懂，希望能为他们欣赏的。他总还是会通过各种手段，让人得到理解的门径。因此，只要用心阅读，跟着人物“进入角色”，自然能够体会到较客观叙述更隐藏入微的含意。我最早译的《喧哗与骚动》是意识流用得较多的一部作品。当时，怕读者不理解，特地加了许多注。后来觉得说得太清楚反倒有违作者的原意。因此又在译者前言结束处加上一句“译者加注……可能有理解不妥之处，也可能过于烦琐。读者初次阅读时可以先不看注，以免破坏自己的第一印象”。后来我发现中国读者理解能力不低，因此译后几本时便不再多加注。

许钧：我与先生有同样的感觉。有的译者，在翻译时，总是唯恐读者明白不了作品的含意，喜欢把原作中很含蓄的，需要读者自己去体会、去补充、去共同创造的东西，全都挑明了说，把原作所蕴涵的多种意义限定在一个很狭窄的空间里，从客观效果里看，这样做会缩小原作留给读者参悟或想象的空间。

李文俊：有的人提到了译文有“明晰化”问题。我想对能读原著的人来说，可能会有此感觉。《喧哗与骚动》的法译者莫里斯·库安德罗也承认：“这个故事从法文读还是比从英文读要清楚一些。”一个翻译者工作时，驱动他的往往是想让读者看懂这一念头，而不是逆向思维。倘若所译的是一首五言绝句、一首《声声慢》或是一首朦胧诗，自当别论，译者会翻过来覆过去琢磨，该含混处也让译文含混。对于译长篇小说来说，最重要的是把握住一种气势，一种韵律节奏。这就如同独奏一曲小品或是指挥一部交响乐，二者要传达的侧重面是完全不同的。当然，这并不是说，该含混处交代得一清二楚像成本会计。再说含混本来就是汉语的特长，应该不难做到，不像法语。下面这话也是库安德罗说的："倘若有意使文字意思晦涩，用法语要比用英语困难得多。"

福克纳作品中的长句子特别多，也特别长，我觉得这也许是翻译中最大的困难。中文一般都用短句子，复杂句是舶来品、进口货。而福克纳的复杂句子是"多级瀑布"，大分叉下面还有小分叉。

许钧：法国作家普鲁斯特的作品也差不多是这样，我参加翻译了他的《追忆似水年华》，长句的处理真的很困难，涉及不同语言的个性如何协调的问题，还涉及如何传达长句所蕴涵的特殊价值。

李文俊：好在现在中国的一些外国文学读者的阅读态度很积极，而且有赖于林琴南、严复以来中国一代代翻译家的努力，我们总算有一条由许多硬脚板踏出来的小路。亏得80年代初读者贪婪好学，有耐心去啃硬皮洋面包般的译本。据我体察，现今的读者反倒对莱阳梨般入口即化的译文不太放心，宁愿费力气去嚼"带血的牛排"。主、客观条件的成熟使得当今一代译者可以更多地袭用原著的句式，但这也不是一件易事。过去的"直译"派往往是袭用了句式却没有下功夫使文字驯顺。今天的译者大概比前代译人更加耐心，更有"群众观点"，对原作的理解程度恐怕也稍高。因此译文尽管是长句，也总能读懂，而且气势未被破坏，妙处也还传达得出。我说"没本事讨好读者"，指的基本上是对长句的忠实移译。我看到过香港、台湾的福克纳译本，大家用的方法都差不多，只有香港的一种译本想做得更加中国化，效果反而不佳。

许钧：先生刚才谈到了，当今的中国读者对外国文学的接受视野与审美期待问题，确实，如今不少读者宁愿费力去嚼"带血的牛排"，恐怕是因为原汁原味的东西营养更为丰富些。不过我认为，对外国作品的接受，有个时代的因素在起作用，另外还有民族传统这个因素。这些年来，中国在改革开放，读者的目光都投向外国，这种开放的心理在某种意义上也决定了读者对外国文学作品的接受倾向。就福克纳而言，他的作品风格多样，语言丰富多彩，对话能活灵活现地体现人物的身份、性格、地位、修养等方面的特征，不同人物使用不同的说话语气，还有方言、俚语的运用都极富表现力，给作品增色不少。请问您在译文中如何体现原作的这些特色？

李文俊：福克纳作品风格多样，语言丰富多彩，给译者带来很大的困难，但这也是挑战，是"露一手"(display——这个英文词是听钱锺书先生聊天时说的) 的机会。遇到描写人物的生动刻画以及精彩对话时，我总是特别亢奋，一些自己都念不准的生僻字眼，也会从脑海深处泛起。倘若不能用确切的汉语表达，我会感到愧疚，仿佛对不起作者、读者，也对不起祖宗传下来有几千年历史的文字。应该说，没有哪一种思维，哪一种境界，是不能用汉语准确表达的。贫乏的不是汉语，而是自己对汉语的掌握。我觉得译者应该有多种"套路"，他应该掌握自高雅到俚俗无数层面的语言，但凡有需要，他"箱底"里都有存货可应付裕如。读古典名著，读现代文学大师的作品以至新时期语言更为泼辣鲜活的作品，读一些港台作品，这当然都有好处。更重要的是向老百姓活的语言学习。我祖籍广东，出生在上海，工作在北京，下放在河北、安徽、河南，各种方言多少懂一些。学过英语，还学过俄语以及别的外语。虽不精通，但对语言的区别、特点却可以有所体会。我做过四十多年编辑，经手过的译作中有不少出自我国语言大师之手。我的一些上级，如董秋斯、萧乾、陈冰夷、朱海观、庄寿慈、邹荻帆、陈敬容、高莽，都各有所长，给过我不少教导。我的一些亦师亦友的熟人，包括冯亦代、董乐山、傅惟慈、屠珍、梅绍武、吴劳、施咸荣、方平、鹿金、汤永宽、蔡慧等等，都在中国译坛上有稳固不可替代的位置。听他们随便闲聊，也大有裨益。我先后在作协与社科院工作，自然受到一些熏染。老同事与年纪稍轻的后来者也给了我不少启发与促进。见识、接触多了，眼界也就高些。手底虽然不能做出来，但是至少不会妄自尊大、坐井观天。

许钧：您曾谈到，您把"文革"期间下放到农村时学到的方言土语运用到了对福克纳笔下方言俚语的翻译中，看来，不仅文学创作需要生活的体验和积累，文学翻译同样需要生活的体验和积累。一些老翻译家曾提到，翻译某一部作品前尽量先找些同类题材与风格的中国文学作品来读，这其实是一种间接体验生活，同时又可熟悉同类题材中的一些常用词汇。请问您在翻译动笔前做类似或别的准备工作吗？

李文俊：我想不出中国哪一个作家情况大致相当于福克纳，语言方面似乎也没有直接可作参照的素材。我的办法是：开始译一部作品时，边译边找感觉，一遍一遍地修改，直到觉得色调、节奏、语气上大致与原作相符了，然后再往下译，一边译一边继续调整。对于一个译者来说，最重要的是对艺术与语言的敏感、悟性与鉴别、判断能力。

我不但得向农民学习语言，也要向各个阶层的人——包括儿童——学习。《伤心咖啡馆之歌》里有一段儿歌，就需用儿歌体来翻译，如一个“Sir”字，就有各种不同的译法。黑人叫自己的父亲“Sir”，译成“先生”不免滑稽。因此我径直译为“爹”。还有“honey”，有人把它译为“甜心”，我则译为“乖妞”。在《喧哗与骚动》里，迪尔西、康普生太太、赫伯德·海德的语言都很精彩，所以有人说写剧本的应该向福克纳学习。

但是，福克纳往往在需要时，让一个乡下人“像一个诗人那样说话，可是仍然是在与他背景相一致的语汇范围之内”（福克纳语）。《我弥留之际》里的艾迪·本德仑就是这样一个像诗人那样说话的乡下人。（在我的译文里，她说：“早春天气最难将息。”）译者有时不得不自己琢磨创造出一种文体。这都是翻译工作中的难题。

许钧：提一个很具体的问题，这也是初学翻译者经常遇到的一个实际问题。原作中的标点符号，如分号、句号、破折号、括号等，是翻译中需慎重对待尽量保留的因素，还是不必多加考虑，可随意改换的因素？原作人物讲话中的插入语这种结构及插入语的位置在译文中是必须尽量保留还是可随意变更？

李文俊：我认为福克纳是一位大师，他已经超越了用常规加以约束的界限。他要怎么写，怎样用标点符号，也许不合规范，但总有他自己的道理。最初，当他的地位还不太稳定时，美国出版社的编辑或是文学经纪人也会改动他的标点、拼法甚至删去大段文字。这样的改动已被证明是鲁莽与多余的了。近年来，福克纳作品新的、更权威的版本的编辑者（如Noèl Polk）细心研究留存下来的手稿、打字稿，尽量理解福克纳的意图，恢复原样。即使真有拼法错误，也仅仅是在“编校说明”中予以注明。我翻译时采取的也是这种办法。我宁愿是原来错的也跟着错，而不愿把原来对的瞎改成错的。

许钧：原作中带有明显地域文化色彩的比喻性描述译成中文时，一种处理方法是把原有的文化意象尽量保留在译文中，然后加注以帮助中文读者理解，另一种处理方法是在译文中改造原有文化意象，处理为中文读者一看便懂的文字。您认为这两种处理方法利弊何在？

李文俊：我70年代末译欧·亨利作品时用过“说时迟，那时快”之类的表现方式，效果还不错，但用过了头自己也觉得不妥。在译福克纳时，我“收敛”多了。朱海观先生总教导我“平头整面最好”。庄寿慈先生译笔的简洁与不拖泥带水也是我所向往不已的。

许钧：我的英语水平不高，但从翻译方法角度出发，在把您的部分译文与原文进行了仔细对照后，发现您与一些翻译家的翻译方法有着明显的区别：有的翻译家对原作的忠实主要是忠实原作的意思，他们的翻译往往是在理解原作意思的基础上尽量用通顺、优美甚至华丽、刻意求工的汉语，来表达他们所理解的原作的意义；而您在译文中则尽量在内容（主要是意思，即原作说了什么）和形式（主要是风格，即原作是怎么说出要说的意思的）这两方面尽量保留和体现原作的原貌。基本上可以说，您的译文和原文是句句相扣的，同时译文又不失原著的文学价值。您能否详细谈谈您在这方面的考虑与做法？

李文俊：老一辈翻译家有较高的古汉语修养，离开文言写作的时期也短。当时，白话文也还没有发展到今天这样较完善的地步，他们下笔，自然有他们的写作定势。总的来说，译较古的（19世纪以前）与东方韵味较强的（日本、阿拉伯等等）作品时，采用他们那样的做法较为合宜。译20世纪的尤其是“现代派”“后现代派”作品，便会显得扞格难通。何况，除个别人之外，我们这一代以及比我们年轻的，今天想那样做已力有所不逮了。但是，最好也要多少具有运用旧汉语的能力，说不定什么时候会用得着的。我在译《喧哗与骚动》时，用旧时代侄辈写信的口气译了昆丁心目中写给吉拉特太太的一封信。但是在译舅舅写信给昆丁时，用的则是现代商人的口吻——那种文体在中文里可以说是没有的。

我这一代人译文之所以与原文扣得紧是逼出来的。50年代初出茅庐四处投稿时，各出版社都有一支高水平的审稿队伍，对投稿对照挑错，超过万分之几就退回去。直到80年代，一家出版社还先让我对海明威的一部作品试译一章，等审读通过才签合同约译——但后来横里飞出一杠子把这事搅黄了。这样我才走了20年与福克纳做伴的道路，这也算是“因祸得福”。我们翻译时总在担心出版社编辑会挑出毛病，到处张扬，我们一向被教导“要夹着尾巴做人”，又没本钱拍案抗争。现在情况有所不同，许多出版社都不具备这样强的外文编辑力量，给他们译稿我可以稍稍放松一些，自由一些了。

许钧：现在有的出版社根本不具备外文编辑力量，要想给译者挑毛病，也没有这个能力。从培养译者的角度看，责任编辑有水平，能把译文质量关，对译文很“挑剔”，这是件好事。现在的年轻译者，很少有这个福分了。他们做翻译，往往把功夫下在“美化译文”上，而不是去想办法，尽可能接近原文，把原文的各种价值表现出来。最后，我想知道，先生翻译、研究福克纳到如今，有什么令自己感到安慰的？又有什么遗憾的？您对翻译研究福克纳的同行和后人有何忠告？

李文俊：人生苦短，一个人一生能正正经经做成一两件事就算不错。我见过有些前辈，想做的事很多，计划很大，但是撒手西归时只给家人留下一堆资料卡片。因此我所订的都是中、短期计划，并以个人单干为主，这样做成一件便是一件，对个人的心理压力也不至于太大。当然，这种经验之谈只适用于水平与我相仿的人。

还有，翻译、研究福克纳，是属于投入多产出少一类的项目。头脑灵活（上海人叫“头子活络”）者趁早别参加。

1999年7月初稿

语言与翻译

/陈　原　许　钧

许钧： 我读过先生许多著作，如《社会语言学》、《语言和人》和《书和人和我》。先生的许多理论与观点，对我们翻译研究有很大的指导作用。五年前，我的一个研究生做了一篇论文，题目叫《论翻译研究的社会语言学途径》，以社会语言学理论为指导，对翻译进行研究，其中引了先生的许多观点。最近，我收到法国同行寄来的一些翻译理论著作，其中有两部与社会语言学理论有关系，一部叫《翻译的社会语言学》，作者为让·彼德斯；另一部叫《翻译社会学》，作者叫让-马克·古旺维克。先生既是语言学家，又是翻译家，我想就翻译与语言的有关问题，向先生请教。

陈原： 我既非翻译家，也非语言学家，只不过是一个业余爱弄点文墨自娱的"书人"(即爱书的人和读书的人和印书的人)。你举的二书，我未读过，想必有很精辟的论点。我年少时因为喜欢学习各种语言，不知天高地厚，竟然翻译了几部书，其实我是在试验对语言的理解和应用，谈不上什么翻译艺术。解放后我有自知之明，几乎断绝了译事，就连我奉命参与译协筹备工作，协会成立后，我也没有参加活动。

解放前有十年光景，那时既幼稚又狂妄，惟其幼稚，更加狂妄，曾经不自量力翻译了七八部文学作品，小说戏剧诗歌都有。自以为要从语言试验的角度进行翻译尝试的。例如我不用“伪善者”，而用“假好人”之类，以为这才接近大众的口语。又如我曾尝试用宋人话本文体，来翻译外国的传奇故事（原稿毁于十年浩劫）。回头一望，只不过生造了一些似通不通的语词和句子，美其名曰试验，简直可笑得很。

许钧：先生说您是“要从语言试验的角度进行翻译尝试的”。这使我想起了赵元任。他在1921年翻译加乐尔（现译为卡洛尔）的《阿丽思漫游奇境记》，在他的《译者序》中，说这部书很难译，“书里头顽（玩）字的笑话太多，本来已经是似通的不通，再翻译了变成不通的不通了，所以没有人敢动它”。但他十分喜爱这部书，甘愿“冒这个不通的险”来做“试验”，用语体文来翻译，使“这个译文亦可以做一个评判语体文成败的材料”。赵元任先生也是语言学家，看来语言学家做翻译，对“语言”的层次的要求不一样，翻译的作用在很大程度上被归于“语言的吸收”与“试验”。

陈原：谈到赵元任的翻译，我想多说两句。赵元任的翻译其实是作为语言学的试验来做的。他翻译过四部文学作品，除了两部戏剧外，两部是童话——即刚才您所说的英国作家加乐尔的《阿丽思漫游奇境记》和《走到镜子里跟阿丽思看见里面有些什么》。《奇境记》译本出版于1922年，随后翻译的续篇，原稿和清样毁于日寇的炮火（1932年），现在能看到的是赵元任60年代重新翻译的本子——用语更接近现代汉语，但翻译的意旨和方法跟前书是一致的。他翻译《奇境记》的时候，正是“五四”前后发生的“文白之争”时期，有人激烈反对白话文即语体文，认为白话文没有也不可能有文言文的表现能力，另外一些人则持相反的论调。赵元任翻译这部童话故事书，就是做一个包括几个方面的试验，来证明白话文即语体文有着强大的表现力和生命力的。

他在《奇境记·译者序》中写道：

一、这书要是不用语体文，很难翻译到“得神”，所以这个译本亦可以做一个评判语体文成败的材料。

二、这书里有许多玩意儿在代名词的区别，例如在末首诗的一句里he, she, it, they那些字见了几个，这个是两年前没有他，她，它的时候所不能翻译的。

三、书有十来首“打油诗”，这些东西译成散文自然不好玩，译成文体诗词，更不成问题，所以现在就拿它来做语体诗式试验的机会，并且好试试汉字韵法……

请看这位语言学家翻译打油诗“试验”对几十年后的我们有没有一点启发。下面是续篇跋诗中最后两节的译文（这是打油诗的翻译最妙的例子）：

本来都是梦里游，
梦里开心梦里愁，
梦里岁月梦里流。

顺着流水跟着过——
恋着斜阳看着落——
人生如梦是不错。

对这打油诗的翻译，时人有不同的看法，有人说好，有人摇头，有人怀疑这是不是翻译的正道。至于我，是肯定的，不止肯定，而且很佩服。“梦里开心梦里愁，梦里岁月梦里流”——原诗的神韵俱在，却又像是中国语言的打油诗。赵元任在《中国话的读物·卷二》(1968) 中有一个注：“略云，此两行原诗指的是一个意思，这里［译文］多了一点东西。”

请对照一下原文体会体会：

In a Wonderland they lie,
Dreaming as the days go by,
Dreaming as the summers die ...

Ever drifting down the stream —
Lingering in the golden gleam —
Life, what is it but a dream!

有人说，这是翻译打油诗，是游戏之作，不足为训。也许是的吧，但是由此可以悟到，翻译绝非“搬字过纸”，不能用一字对一字的转写操作法，否则凡会查字典者，都变成翻译家了。

许钧：如今，翻译的“信”，几乎成了一条普遍的准则。对许多初学翻译者来说，最难的，理论上就是如何理解这个“信”字；实践中，就是如何在理解原文的基础上，跳过原文，摆脱“一对一”的语言上的机械束缚，去寻求言语上的忠实。

陈原：如果认为，信达雅是翻译的一般准则，或者至少是可以接受的准则，那么，怎样才叫作“信”呢？非得一字对一字才叫作信吗？显然不。十年浩劫时期，据说有一个对外宣传刊物被什么宣传队监督管制，他们当中有略识几个英文单词的队员，每天都要核对中译英的稿子是否准确。有一次看到把“老虎”翻译成tiger时，这位监督大怒：“分明两个字嘛，一个‘老’，一个‘虎’，怎么漏译了？只译出一个‘虎’字，‘老’字哪里去了？”那时翻译家不能申辩，只好把“老虎”翻译成old tiger才得过关。

可能这不过是一个政治笑话，实际上并无其事，可是确实唤醒我们做翻译的人容易忽略的一点，那就是他要传达的应当是一个完整的信息，而不是孤立的几个语词。由于各种语言传达某个信息使用的法子不一样，不是用同样的几个对等词就能表达的。因此在翻译的时候就不能拘泥于一个个单字的对照；当然也不能走到完全相反的极端，比方从前有人把美国作家Steinbeck（斯坦贝克）的*The Moon is Down*（《月亮下去了》）硬是翻译成《月落乌啼霜满天》，绝对不是一字对一字翻译了，可是汉语这句话表达的意境，跟原文这句子表达的意境绝然不同，不能认为这是可取的“中国化”译法。

许钧：翻译的两难处境，在这里可以说是很明显的，既不可能寻求与原文的一对一的忠实，又不能随心所欲，添加原文中没有的东西。这就给翻译者带来许多困难。目前，在翻译研究中，有人从哲学角度出发，探讨翻译的可能与不可能；有的语言学家，也从语言的意义理论出发，对翻译的可行性问题进行探索。就实践而言，我和不少同行都有同感，觉得翻译作为一种复杂的跨语言、跨文化活动，确实存在不少不可译的因素。请问先生对这个问题怎么看？

陈原：是不是有些东西翻译不出来？或者换句话说，是否有不能翻译的文字？

理论上可以给出否定的答案。凡是某一种语言写成的东西，理论上都可能翻译成另外一种语言,即可以用另外一种语言转写出来。

如果“出发的语言”里有的语汇,“到达的语言”里没有,翻译的时候就得用种种方法导入这些语汇,这些导入的语汇在到达的语言中就成了新语词,叫作“借词”或“外来词”。借词或外来词融化在语言中,逐渐变成普通的语词,仿佛这种语言里本来就有。

这个过程,说明任何语言在理论上都是可能翻译成另外一种语言的。它还证明,借助翻译可以丰富目标语言的词汇库。

文体、风格、表现法等等,亦复如是。

这是就一般情况而论的,而且是站在语言学的立场说的。但是现实生活中,确实有不可译或不能译的东西。

所谓不可译或不能译的文字,据我看,可分为两类:一类是语言特征的障碍,一类是社会规范的制约。

头一种不可译,可以举译诗为例。有些诗歌——不是所有的诗歌——一经翻译,就失去神韵,即失去出发语言所蕴藏着的那种只可意会不可言传的味道。我怀疑把《离骚》翻译成任何一种西方语言,让西方读者念了,是不是能够得到我们中国读者得到的那种感受。那么多的花花草草,不加注,能让他们读懂吗?若是加许多注,读者能够一边寻着注释,一边去欣赏领会这首赋的神韵吗?

法国诗人Paul Verlaine(保罗·魏尔兰)那首《秋之歌》(*Chanson d'Automne*),原文念起来使人感到秋日的清爽的气氛,却又带着微微的叹惜——

Les sanglots longs
Des violons
　　De l'automne
Blessent mon coeur
D'une langueur
Monotone

这是《秋之歌》头一节,能翻译吗?能。怎么不能?没有艰深的语法,没有古怪的表现法。可是那声调[n]、[o]却不好翻译,而秋的气息就靠这声调来传递。这可难倒了许多不同语言的翻译家。G. Hall（G.霍尔）的英译，据说是好的，念起来有那么一点意思，但缺少那种气息，缺少神韵：

Leaf-strewing gales
Utter low wails,
　　Like violin—
Till on my soul
Their creeping dole
　　Stealthily wins

也许G. Waringhien（G.韦林希恩）的世界语（Esperanto）译本还多少保留了那种情调，可能译者是诗人的同国人，对诗人的作品有更多的感性认识，可能世界语对语言的适应性（弹性）较强的缘故，可以感受一下那声调：

Pro l'plora son'
De l'violon'
　　Autuntona,
Min en la kor'
Lezas langvor'
　　Monotona

谈到这里，忽然想起李清照那首著名的词："寻寻觅觅，/冷冷清清，/凄凄惨惨戚戚。"要翻译成别国文字，要传达出那一连串叠字带有的悲凉感情，想来是很难做到的。Kenneth Rexroth（肯尼思·雷克斯罗特）的译诗，难道能传达原诗的意境吗？不，请看：

Search. Search. Seek. Seek.
Cold. Cold. Clear. Clear.
Sorrow. Sorrow. Pain. Pain.

读来不是有点滑稽吗？所以我说有些文字从语言上说不可译。

许钧：法国翻译学家乔治·穆南说过一句话："翻译是可能的，但是有限度的。"看来，先生也基本持这个观点。实际上，关于翻译的可能与不可能的问题，是很复杂的，我觉得要辩证地看，发展地看，一个人的能力是不断发展的，集体的智慧也是发展的，时代的发展、交流的增多、语言之间的接触和文化的相互渗透，都会给翻译带来更多的可能性。能不能翻译，还要受到社会因素的约束。

陈原：这里涉及社会规范的问题，有的作品，能译，但社会规范不容许它面世，这是世人都能理解的。D. H. Lawrence (D. H. 劳伦斯) 的《查泰莱夫人的情人》，1936年以前在作家本土英国也还是禁书，在多数国家它的译本都是不能公开出版的。前几年我们这里出版的多卷本《劳伦斯选集》，这部书似乎也没有"选"进去。这完全是碍于社会规范的缘故。

近来西方出了一部叫作《普希金秘密日记》的小册子，闹得沸沸扬扬，是一个在美国定居的俄国人自己办的小出版社印的英文版和俄文版。听说苏联解体后连俄国也翻印了。此书是真是假，姑置不论——我以为是伪作——就其内容文字而论，是不容于我们的社会规范的。这就叫作不可译。如果将它删节改译，把所有粗鄙语词都写成优雅语词，那就失去原书广告上说的"由此可以窥见另外一面的普希金"的意义，粗鄙成了优雅，还不是原来所习见的那个普希金？原书充斥文中的粗鄙语词 (英文作pussy和cock)，近有中文本把它们翻译成"女人的身体"和"男人的身体"——则不怎样"秘密"了。我以为像这样的作品，不容于此时此地的社会规范，是不可译的，也是不必译的。

许钧：先生的观点很有启发，翻译中有不可译的因素，也有"不必译"的一面。目前中国正面临着第三次翻译高潮，尤其是外国哲学人文社会科学著作，引进的很多，许多出版社都在出这方面的书。也许是由于翻译行为本身的局限，也许是由于译者能力有限，我发现一个普遍的现象，那就是译文普遍显得十分深奥难懂。特别是一些哲学著作的翻译，我觉得中国汉语正面临着一个新的考验。下面有这么一段译文："作为某个此在的为何之故的当下整体性，世界通过这个此在本身而被带到这个此在本身面前。这种把世界带到自身面前，乃是对此在之可能性的原始筹划，只要此在应当能够置身于存在者中间而与存在者相对待。"作为语言学家，您对这一译文有何评论？

陈原：出现一些艰涩难懂的译文，如你所举出者，不应当理解为汉语面临着一个新的考验，而应当理解为翻译正面临着一个严峻的考验。

也许这是由于现实的需要大规模引进外国文化的时候在所难免的。翻译佛经时是否遇到过读者认为艰涩难懂的情形，我没有作过研究，说不好；30年代我是经历过的。那时，介绍新学说的书，很多都令人费解。长长的欧化句子，读不断，理还乱。因为要引进从来没有过的新观念、新事物，不得不生造许多新名词、新术语，以及新的表现法，根据这些新要素（我称之为“要素”）生硬堆砌而成文章，读得你满头大汗仍不知所云。我印象最深刻的句子如“没有脑的美的脸算什么呀”之类，说不懂，却也还懂，说它不是现代汉语，却明明写的是汉字。甚至名家如鲁迅、画室（冯雪峰）翻译的苏俄文艺理论，读来也似懂非懂。每个汉字都认得，汉字组成的句子却像天书。

那时候上海有一家出版社叫作辛垦书店（据说是一个变节的人开的），它出版一个杂志叫《二十世纪》，所有文章不论是著作的还是翻译的，都十分难懂。它翻译出版了许多西方学术著作，只有少数比较好懂，例如《人是机器》，大多数都艰涩得很。他们还创造一个新字，“逈”，表示此字前的整个子句是一个定语，看来是以此表达西方现代文字中的关系代名词，如英语中的which, that, what, when等等。

许钧：谈到关系从句的翻译，这倒确实是文学翻译中的一个难题。法国普鲁斯特的《追忆似水年华》有一个特点，就是有许多多层次的曲折复杂的长句，基本上都以关系从句构成，结构复杂，从句套从句。要是割断了译，长句变得支离破碎，失去了原文的神韵；照原结构译，中文根本就读不通，不要说让人读懂了。

陈原：这方面需要探索。采取什么方法，要视翻译目的而定，译文首先要让读者看懂。80年代中期，因为在某些人文科学的翻译（甚至著作）中突然出现了很多似懂非懂的文字，《读书》杂志编辑部曾邀请几位老一辈的学者开过一个小小的座谈会，会上吕叔湘和金克木作了长篇发言——据我所知，吕老还在会前写了万把字的详细发言提纲，不知收在他的全集中没有。那次座谈，大抵认为出现这样的翻译文字，主要是由于翻译者对于他所翻译的原作没有弄懂——把自己不懂的东西，转写成文字，读者哪里能看懂呢？

如今细细思量起来，之所以出现一些谁也读不懂的翻译文字，其原因大致可以分为几类：一类是原作本来就艰深，或者连原文都很晦涩，甚至原作者本国人也不是很容易弄懂的，翻译成别国的语言文字，当然不好懂，也怪不得译者。这类原作就像毕加索的画，甚至如他的名作 *Guernica*（《格尔尼卡》），虽然蕴藏着很多能够感动人打动人的深意，可是粗粗一看，是很难懂的。文字恐怕也会有这种情况，比如尼采的，维特根斯坦的，或者某些现代主义的理论文章，除非你已经“入门”了，否则确实很不容易理解的，何况翻译？这类著作，非得精通原著的内涵，而又深通主客两种语言文字的翻译家来操作，才会有好结果；即使如此，读者的准备知识不够，怕也难于立刻就读懂的。这是第一类。

第二类的原作并不那样艰深，不过翻译者研究不透，功力不够，他没有彻底弄懂原意就下笔，自然得不到能准确传递原文信息的效果。这就是翻译者的罪过了：他准备不足，却贸然开笔，不是认真负责的治学态度。

还有第三类，翻译者对原文是有研究的，对原作的语言也是比较通晓的，但是他的本国语的表现能力不够格，表达不出来；或者对两种语言的互译关系弄不清楚，以至于“词不达意”。他很勤奋，他很努力，可是达不到预期的效果。

所以我曾说过，翻译者除了具备两种语言的驾驭能力之外（首先要精通本国语言文字），要翻译一部书，得先研究十部书。“十”言其多也，不一定是十部，总之要多懂得与所译的著作有关的东西。难道翻译一部小说也得研究“十部”书吗？是的，是的。你不深知作者的情况，不知他写作这本小说的背景，不弄懂作者写作此书时的语境（具体的语言环境），以及当时当地的社会风俗习惯，你能确切地传递原作的精神和原作的感情吗？

许钧：翻译有一些共性的问题，但不同语言之间的翻译也有特殊的关系。先生刚才谈到两种语言的互译关系，我觉得非常重要。能不能请先生举个具体的例子，说明两种语言的互译关系对翻译的影响？

陈原：语言的互译关系，即两种语言的不同的表现法，必然会影响到译文的质量。你刚才提到关系从句的翻译，近日见海外翻译家思果先生一篇短文，甚是有趣，也颇有启发，比如文中举的一个例句：

我昨天看到的、胖得出格、个个人都会注意的那个人，是个外国人。

这个写成汉语句子，是照着英语原文的语序（包括子句的序列）译出的，原句为：

The man whom I saw yesterday, who is extraordinarily fat, and in whom everybody would be interested, is a foreigner.

如果不按原文的子句定语来译呢，是否好懂些？文章作者建议改译为：

我昨天看见那个人，胖得出格，人人都会注意他，原来是外国人。

是否应当如此翻译，或这样翻译是否比较好，我不加评论。我只是说，这里给我们提示了一个非常值得注意的问题，那就是长期困扰着我们的用关系代名词构成的复句，在现代汉语里应当如何表达最合适，最合乎国人的思维习惯。这位学者提出把复句改写成一连串的单句，按原文的意思的序列来化解关系代名词，也许这是可以考虑的一种（不是唯一的）解决办法。

几十年来，有些学者因为汉语里不存在西方近代语所拥有的关系代名词，认为中文的语法结构比不上西方近代语文的结构，因此是“落后”的语言文字。前两年有一位海外学者出版了一本厚厚的书，专门论述中文如何“落后”，说它不能适应现代化社会的需要。

我不这样认为。

实际上每一种语文都有自己独特的表现法，比如中文和俄文都没有英、德、法等现代语文所拥有的定冠词和不定冠词。难道可以由此得出结论：有冠词的语言“先进”，没有冠词的“落后”吗？海明威的小说《老人与海》，原文为 *The Old Man and the Sea*，有两个定冠词；而中译根本不用冠词，却一样表达了原文的意思。巴金的名译《秋天里的春天》，原题 *Printempo en la Autuno*，在“秋天”（autuno）一词之前用了一个定冠词 la，而不存在西方那种冠词的中译文，一点也没有减少或削弱原文的语感。

许钧：各个民族都有不同的语言，不同的语言都有自己独立的音形义体系。有一种观点认为，不同语言的表达能力是不同的，比如瞿秋白在谈到佛经翻译时就说过一段话：“这是中国第一次用自己的‘最简单的言语’去翻译印度日耳曼语族中最复杂的一种言语——梵文。”要翻译“最复杂的言语”，中国自己的“最简单的言语”是否只有走“模仿”这一条路？能否请先生谈谈，在不同的语言的接触中，不同的语言是否有弱势和强势之分？这对翻译方法的采取，是否会有决定性的影响？

陈原：世界上是否存在一些优等语言，一些劣等语言？这个问题也一度困扰过一些学者。我对这个问题持否定的答案。我认为美国语言学家E. Sapir（萨丕尔）半个多世纪前的论断是正确的，他说过：“最落后的南非布须曼人用丰富的符号系统的形式来说话，实质上完全可以和有教养的法国人的语言相比。”（见其所著《语言论》）不过这已超出了翻译问题，这里就不再展开论述了。

许钧：翻译，说到底是一种交际活动。读先生的许多著作，我发现先生特别关注“人间的交际”的问题，而翻译，是不同民族之间交际所不可或缺的活动。我想请先生谈谈，在不同民族文化的交流中，翻译到底起了怎样的作用？

陈原：我觉得，翻译不仅仅是一种语言活动，它的实际意义超越了语言、文化的层次。翻译作为人类精神、文化交流的一种实践，目的性是很强的，意义也是多方面的。就我们国家而言，本世纪以来，我国绝大多数从事翻译工作的学者们，都是有所为而为之的，很少是纯粹为翻译而翻译的。这同我们民族近百年的历史命运有关。翻译家都怀着一颗忧国忧民救国救民的心来从事这项工作的。他们要为这个古老的封闭国家，输入一些新鲜的空气。所谓新鲜空气就是新思想、新观念、新情况，使沉睡几千年的古老民族打开眼睛，看看山外有山，天外有天，免致被自己的固步自封窒息而亡，免致受列强的压迫剥削而翻不过身。

可以认为，从1840年林则徐译书到1949年新中国成立的一百余年间，绝大多数翻译莫不如是。

世纪之初严复介绍西方社会科学名著，无论是“物竞天择”，还是“看不见的手”，都是古老帝国知识界闻所未闻的新鲜事物，而这些新观念引导世人接触一个崭新的精神世界，以便找出一条强国富民的道路，“五四”新文化运动前后引进了马克思主义以及其他种种新思潮，培育了多少革命的、先进的、进步的、人文主义的，甚至仅仅是探头探脑好奇的知识者啊！

至于大量西方和东方文学作品的移译，打开国民的心扉，开阔了国民的视野，熏陶了人性；特别是弱小民族受难的呻吟，被压迫被侮辱者抗争的呐喊，一切不愿做奴隶的人们奋起的号声，无不给一代又一代的人以勇气和激励！

连那不识洋文的林纾，在他前期翻译的第一篇译序中，都慷慨激昂地抒发了救国救民的豪迈之气。《巴黎茶花女遗事》这部所谓“艳情小说”，给这平静的一池春水投下沉重的石块，激起不小的浪花。诗云：“可怜一卷《茶花女》，断尽支那荡子肠！”至于鲁迅翻译描绘革命战争的小说《毁灭》，又翻译古典巨著《死魂灵》，之后还翻译儿童小说《表》，其所起的作用尽人皆知，则更无论矣。

一百年来，翻译开思想革命的先河，这是历史所证明了的，至于翻译给现代汉语带来什么影响，我没有深刻研究过，不敢多说。我只提出小小的一点事实：如果不是翻译的需要，现代汉语很难有“他，她，它”三个代名词的创制。时至今日，80年过去了，这三个人称代名词仿佛是汉语天生就习用的。这也就是赵元任在他翻译的话剧《最后五分钟》序文里说的新语汇的创造，这不就是丰富了我们民族的语言吗？

许钧：最后再想问先生一个问题，这个问题，许多初学翻译者都在问，那就是，要做好翻译工作，首要条件是什么？

陈原：从事翻译工作的首要条件是什么？

从语言学的角度看，我认为应当精通互译的两种语言。

既要精通来源语言（source language），又要精通目标语言（target language）；即要精通法国人说的出发的语言（langue de départ）和到达的语言（langue d'arrivée ）。这是不言而喻的，因为翻译就是将一种语言所表述的内容，转换成另一种语言来表述。比如要从英文译成中文，那么，英文和中文都要通晓，最好是精通，而不是略通；而首先，尤其要精通中文，即目标语言或到达的语言。

人们一讲翻译，通常着重必须学好外文，而往往忽略学好自己的语言即母语。不懂外文，当然不能从事翻译，像林纾那样不懂外文的翻译家，现在不会有，将来也不会有的。林纾是特殊条件下产生的翻译家。即使如此，如果林纾不精通本国文字，他也绝对“翻译”不出那一百几十部小说。

如果忽略学好自己的母语，不能纯熟地、准确地、精确地用母语来表达复杂的感情和推理，他也就很难自由地用母语来转述他所要翻译的那种语言所包含的内容。如果不精通自己的母语，尽管他外语学得很好很好，尽管他十分认真地从事他的工作，他也只能做一个翻译匠，而不能成为一个翻译家；因为他不能用母语准确地表达原著的语义，他一定很苦恼的。

非常认真的非常好的翻译匠，他的翻译比较准确，语法和语义没有出现什么明显的错误，可是他译不出原作的神韵，转达不了原作蕴藏的那种感动人、打动或说服人的内在精神力量。也许他自己感受到了（因为他学外语学到家了），但是他表达不出来，他不能自由地驾驭自己的母语，他不能运用母语传达这种他感觉到的东西。为什么？因为他没有学好自己的母语。

瞿秋白、鲁迅的翻译之所以传神，因为他们都是中国语文的巨匠，翻译匠是捧着字典来译的，而翻译家却是超越了字典，进行再创造的，当然他也绝对离不开工具书。

1999年12月初稿

拉美文学的介绍与翻译

/林一安　许　钧

许钧：1999年，《中华读书报》“国际文化”专刊组织了一次读者调查活动，评选“我心目中的20世纪文学”，在同年9月15日公布的调查结果中，我们看到前100部作品里，哥伦比亚的加西亚·马尔克斯和阿根廷的博尔赫斯各占2部，前者有《百年孤独》和《霍乱时期的爱情》，后者有《小径分岔的花园》和《布宜诺斯艾利斯激情》。据编辑手记，参加投票的读者有半数以上把鲁迅的《阿Q正传》和加西亚·马尔克斯的《百年孤独》列为百部入选作品的第一和第二席。《百年孤独》的席位超过法国普鲁斯特的《追忆似水年华》和爱尔兰乔伊斯的《尤利西斯》。林一安先生，您是拉美文学的研究专家，对读者的这种选择，您是怎么看的？

林一安：据我所知，参加这次评选活动的，都是文化层次很高的读者，其中有不少外国文学的专家、翻译家，还有相当数量的作家。以加西亚·马尔克斯和博尔赫斯为代表的拉美文学在中国之所以能产生影响，并引起读者的共鸣，特别是许多作家对拉美文学感到亲切、贴近，很重要的一个原因是，解放前的中国在遭受殖民统治以及外国的渗透和掠夺方面，和当年的拉丁美洲有着几乎相同的命运。在反对外来压迫和剥削、维护民族权益的斗争中，中国和拉丁美洲人民有着共同的语言，因此，中国作家和拉丁美洲作家对文学所起的作用以及作家的使命的认识，观点很容易接近，甚至完全一致。

拉丁美洲作家使中国同行敬佩的另一个重要的原因，是他们感知和认识现实世界的新的角度，他们运用各种流派的艺术手法的大胆尝试以及他们在作品中所一贯追求并保持的浓郁的民族特色。中国的中青年作家发现，拉美作家经常运用的魔幻现实主义、结构现实主义等表现手法也可以适当地在自己的作品中加以借用。我国文学创作界曾在20世纪八九十年代激扬起一股从来没有过的开拓艺术空间的热情，一大批引人注目的作品所展示的，不仅是作品涵盖性的增加，而且还是另一艺术世界的开辟，如冯骥才的《神鞭》、莫言的《红高粱》、从维熙的《酒魂西行》、韩少功的《爸爸爸》、郑万隆的《异乡异闻》、陈忠实的《白鹿原》、邱华栋的《黑暗河流上的闪光》等等，多取诸拉美当代文学。

许钧：相对于英国文学、法国文学等，我国对拉美文学的译介历史不长。从我所掌握的一些资料看，我国对拉美文学的译介工作主要是在近20年来做的。上面我们谈到加西亚·马尔克斯的《百年孤独》，听说当初对这部书的译介还存在不同看法。

林一安：的确是这样。20世纪70年代末，国内对加西亚·马尔克斯的评价尚有很大甚至是对立的分歧。一些人认为，他是跟在苏修后面跑的反华作家，他的所谓魔术现实主义（该术语后由我改译为“魔幻现实主义”）只不过是腐朽堕落文化的一种表现形式而已。我当时认为，恐怕不能这么看，但也没有十分把握。随着研究的深入以及国内大环境的不断完善，大家逐渐调整认识。这时我适时地提出，魔幻现实主义是拉丁美洲作家的一种文学创作手法。他们把触目惊心的现实和迷离惝恍的幻觉结合在一起，通过极端夸张和虚实交错的艺术笔触来网罗人事、编织情节，以达到抨击社会的黑暗、污秽和混乱的目的。如果说现实主义是社会的一面镜子，那么魔幻现实主义可以比喻为社会的一面哈哈镜。虽然它蒙着一层神秘的魔幻色彩，但通过它的折射，也能在一定程度上，有时甚至更为巧妙地反映光怪陆离的现实世界。

许钧：当时您在《世界文学》工作，在《百年孤独》正式出版前，你们杂志率先选编了其中的六章。能不能请您谈谈当时编发的一些情况？

林一安：当时由我们负责编加西亚·马尔克斯的《百年孤独》的六章译文，同时，我还配合译文，写了一篇评论，叫《拉丁美洲的魔幻现实主义及其代表作〈百年孤独〉》。译文、评论经过校对及反复修改后，即送编辑部领导审阅。这时候，我的心情真如十五个吊桶打水，七上八下，忐忑不安。当时的领导是陈冰夷，陈冰夷先生的严格在编辑部是出了名的。改稿时下笔毫不留情，一篇稿子有时会被他改得一片红。我配合译文写的评论是我到《世界文学》编辑部工作后写的第一篇评论，说不定会给他改得面目全非，那时我就无地自容了。不料，稿件退下来，竟一字未改，批"可发"，经校对的译文也全部"照发"。我大受鼓舞，深深感到前辈编辑家对晚辈工作的信任、理解、肯定和鼓励。我从此下定决心，一定要加倍努力，深入研究，决不有辱使命。

稿件的一校出来的时候，瑞典发布诺贝尔奖得主名单，其中，获文学奖的，正是加西亚·马尔克斯。我欣喜若狂，立即在我写的前言中补上一笔。我当然不是把获诺贝尔文学奖看成对作品最高的、绝对的或最后的评价，但我承认这是一项重要的世界文学奖项，至少是对作家地位的确认和认同，而我们的眼光和看法也算得体，介绍了一位有世界性代表意义的作家。

许钧：从某种程度上讲，《百年孤独》在中国的翻译，是具有重要意义的，它给中国的外国文学研究界、文学界和外国文学爱好者打开了一扇新的大门，扩大了文学的视界。在这之后，中国的拉美文学研究界做了很多的工作，并组织力量，对拉美文学进行了系统的研究和译介，跟云南人民出版社合作，翻译出版了一套"拉丁美洲文学丛书"，在中国产生了广泛的影响。

林一安：这套丛书的翻译出版，是我国拉美文学界的研究专家和翻译家通力合作的结果。我认为，在作品和作家的研究和介绍方面，跟我国的英美文学和法国文学界相比，不仅是我个人，而且还包括其他同行，起步是比较晚的。这里有着不可否认的历史事实。因为我国在解放之后才开始对西班牙语人才的培养，而对于西班牙语文学人才的培养则是"文革"之后了。所以，中国造成了这样一个局面：王央乐、王永年、祝庆英等一些较早介绍西班牙语文学的人才，居然无一不是改行或半路出家的；而我，竟是国内权威的外国文学刊物《世界文学》的第一个西班牙文编辑，因为以前无一专人介绍西班牙语文学。面对这种现实，我清醒地认识到，如果要与别的语种文学的介绍同步或并驾齐驱，不能单枪匹马，一定要发挥集体的力量、众人的智慧，才能迎头赶上。

重要的是要把握历史的机遇，这个机遇就是：20世纪40年代，拉丁美洲文学再也不是人们旅途劳顿或酒余饭后的消遣品或猎奇对象了，终于得到了世界的确认，出现了像博尔赫斯、阿斯图里亚斯等世界级文学大师；20世纪60年代，拉美文学爆炸震动世界文坛，涌现了一大批生气勃勃、才华横溢的作家；20世纪80年代，拉美爆炸后文学兴起，更有活力的年轻一代作家已经快步跟上。这意味着，有一大片未经开垦的沃土，正等待着我们去开拓。

为了在短时期内，比较集中、全面地介绍这一众星璀璨的文学景观，除了在全国文学翻译界各个出击之外，还必须制订一个空前宏伟的长期计划，以便系统地、有步骤地、全方位地介绍优秀的拉美作家。

中国西葡拉美文学研究会（我曾长期担任该会的常务副会长）便于1987年与云南人民出版社合作，制订了一个十年计划，出版你刚才谈到的"拉丁美洲文学丛书"。至1997年底，我们翻译出版了近50部拉美作家的代表作品，几乎囊括了当代拉美作家最优秀的创作成果。如博尔赫斯的《巴比伦彩票》、科塔萨尔的《跳房子》、鲁尔福的《人鬼之间》和《烈火平原》、加西亚·马尔克斯的《百年孤独》、富恩特斯的《最明净的地区》、巴尔加斯·略萨的《酒吧长谈》、聂鲁达的《漫歌》、帕斯的诗歌、亚马多的《堂娜弗洛尔和她的两个丈夫》、德尔帕索的《帝国轶闻》、伊萨贝尔·阿连德的《爱情与阴影》等等。可以说，20世纪80年代在中国形成的"拉美文学热"，与这些作品的介绍，有着密不可分的关系。我在这套丛书里，起了一点联系和组织的作用，尽了一点绵薄之力。

许钧：对于近年来国内文学界流行的"拉丁美洲文学爆炸"之说，就我所了解的情况，好像对这一术语的所指范围有不同的看法，认识上有分歧。

林一安：对，谈到拉美文学的爆炸，我想借此机会澄清一下某些模糊观念。实际上，"拉丁美洲文学爆炸"，是翻译过来的一个文学术语，西班牙文原文是El boom de la novela hispanoamericana，原文的字面意思是"西班牙语美洲长篇小说的爆炸"。boom是英文，原指商业上的繁荣或轰动效应，译成"爆炸"也无不可。西班牙语美洲，指讲西班牙语的拉美国家，不包括讲葡萄牙语的巴西、讲法语的海地，以及讲英语的其他拉美地区，原文中的语言界限很明确。明白这一点，就不会把巴西葡语作家亚马多包括进来。另外，原文说"长篇小说"，不包括其他的文学样式，如短篇小说、诗歌、戏剧、散文等。所以，了解这一点，就不会把博尔赫斯、聂鲁达、帕斯等算在里面。这一术语译成“拉丁美洲文学爆炸”，自然也通得过，因为毕竟拉美大多数国家都讲西班牙语，但总有点含混，容易产生歧义。

许钧：在“拉丁美洲文学丛书”的具体译介过程中，您认为遇到的最大困难是什么？

林一安：我觉得在翻译的过程中，最难把握的，最难表达的，是作家的风格，这是翻译界面对的一个普遍的疑难问题。不要说我们相对稚嫩的西葡语翻译界，就连具有长期丰富经验，成熟老练的英、法、俄等语翻译界，同样也存在这一个难题。读原文，我们看得出来，博尔赫斯、科塔萨尔、加西亚·马尔克斯、巴尔加斯·略萨的文字风格是不一样的，但是这种只能意会不可言传的文字风格，要准确把握传达，难度极大。不过，也不是绝对不可能，重要的是，我们首先要知道作家创作某一部作品时运用什么样的文字或语言风格。例如，加西亚·马尔克斯写《百年孤独》时，运用一种童稚的眼光和口吻来陈述故事，所以，在翻译时，文字应该是浅显通俗的，而文绉绉的艰涩的书面语言，显然不合适，因为那不是作家的创作初衷。又如，博尔赫斯的文字经济、简约、干净、利落，译文就不能啰嗦，拖泥带水。当然，这里指的是一种大体上的把握，要真正做到实际上是很难的。但是，一定要努力去做，吃力不讨好也要去做，“明知山有虎，偏向虎山行”。博尔赫斯说：“把莎士比亚译成英文也是不可能的。”这是说翻译的艰难，把古英语译成现代英语尚且不可能，遑论其他。但是他又说：“即使是蹩脚的翻译也能让人感动得热泪盈眶。”这里又指翻译的可能性，能传达原作信息的译文，只要是严肃的，都有一定的功劳。我国也有生动的例子，例如，旧时林纾的翻译，虽然走样很多，应该说还是功不可没的。又例如博尔赫斯的一个著名短篇小说《小径分岔的花园》（*El jardín de senderos que se bifurcan*），最早是由王央乐翻译的，篇名翻译成《交叉小径的花园》。他是在20世纪80年代初介绍过来的，连篇名都翻错了，翻拧了，但是先入为主，这个译名一直被沿用至今，甚至去年《中华读书报》发表外国文学作品排行榜时，仍用这一译名。后来，我打了电话，编辑才纠正过来。更不可理解的是，去年，《外国文学评论》发表纪念博尔赫斯的一篇评论，提到这篇小说时，仍用这一不准确的译名。另外，这篇小说的不少关键性语句也都被误译了。不过，话说回来，即便如此，它也还影响了不少中国中青年作家。这说明，读者往往能拨开枝蔓，抓住主干。我不是在这里鼓励错译，而是指在特殊情况下，一个烂苹果也能让人尝到一点苹果味，尽管只是一口，只是局部。我们不妨设想，准确到位的译文，又该会起多大的影响！

许钧：从您个人的情况看，您研究的重点作家，应该是博尔赫斯。您不仅主持《博尔赫斯全集》的汉译工作，而且还翻译了索伦蒂诺采访博尔赫斯的七次长谈：《博尔赫斯七席谈》。作为主编，您在保证译文的质量方面，有没有采取比较可行的措施？

林一安：组织《博尔赫斯全集》的翻译，确实不容易。首先是译者众多，又天各一方，不可能随时探讨磋商。不过，我们在事先曾约法三章：一、全部作品均从原文译出，绝不转译；二、关于博氏的语言文字风格，达成共识，即经济简约、干净利落，总体上要把握住；三、全部译文均需根据原文仔细审校。

许钧：我比较过您主编的《博尔赫斯全集》中的一些作品，特别是后期的作品，发现译文的用词是非常讲究的，有的还比较华丽，我的感觉也许不对，但据博尔赫斯自己说，他的"后期作品里面，文风简练利落，辞藻尽量朴素，或者说用词经济"。您在《全集》总序中对他的评价是："文体干净利落，文笔'像数学一样简约'；构思新颖独特，结构巧妙，'像钟表一样精确'。"您刚才还强调了这一点。在表现博尔赫斯的语言特色方面，您认为翻译上有什么大的障碍吗？

林一安：读博氏的作品，我们总的感受是：他的文字在早期与晚期的确不大一样，晚期更加简练朴素，但也不尽然，也有变化或者反复。关于这一点，应该说我们还是努力去把握的。译博尔赫斯，可以说我们是战战兢兢，如履薄冰，但过后又会有一种异样愉悦的感受。博氏的文风虽说简约，但腾挪翻越，也变化多端，不是轻易能译好的。为表现他的风格，我们确实耗费了不少心血。参加《博尔赫斯全集》翻译的诸位先生都表示，这是他们所遇到的难度最大的翻译工作，这块骨头最难啃。但是谁都认为很值得，因为"靠近骨头的肉味道最鲜美"。对于博尔赫斯这样一位宇宙性的文学大师，我的评价是很谨慎的，没有把握我决不下断语，说他文笔"像数学一样简约"，我引用的是法国著名文学传记作家莫洛亚的话，而说他的作品"结构巧妙，像钟表一样精确"，我引的又是阿根廷著名作家萨瓦托的话，我当然不是人云亦云，而是非常赞赏这两位作家对博尔赫斯的评价。我觉得这也有助于我们更好地理解和翻译博尔赫斯。

我们在翻译上遇到的另一大难点，就是我们要面对博尔赫斯渊博的知识。博尔赫斯在他的作品里，文学、艺术、历史、地理、哲学、宗教、天文、物理、数学，无所不谈，如果不具备一定水准的知识，不下功夫去查阅各种辞书，不向有关专家咨询，根本无法下手翻译。如见到西班牙文El Unicornio（独角兽），要是没有相当功力的中国文学素养，绝不会联想到原来就是《诗经》中的《麟之趾》。又如他在论及数学、物理或天文的时候，不下功夫去请教、查找、咨询，译出来的东西，一定贻笑大方。而且，由于博尔赫斯眼力不济，晚年又失明，他作品中引用的许多英、法、德、葡等文字的词句，拼写错误往往没有校正过来，害得我们走了不少冤枉路，吃了许多苦头才查对清楚译出，如此等等。就我本人而言，我热爱博氏作品，但在我译他的作品时，又恨死了他。

许钧：博尔赫斯是个世界级的文学大家，他的作品被译成多种文字，在国际文坛广为流传。他也是一个优秀的翻译家，据说他很小的时候就表现出了杰出的翻译天才，9岁时将英国作家王尔德的《快乐王子》译成西班牙文，发表在布宜诺斯艾利斯的《国家报》上。后来，他还翻译过奥地利作家卡夫卡的多篇短篇小说、美国作家福克纳的《野棕榈》、英国作家吴尔夫的《一间自己的房间》和《奥兰多》，还有法国诗人米肖的《一个野蛮人在亚洲》等文学名篇，不知博尔赫斯对文学翻译有什么主张？

林一安：除了本人的文学天赋，我认为博尔赫斯的家庭条件和环境以及他自己的执着努力都是造就他成为翻译大家的不可或缺的因素。他既承认文学的不可译性，又认可翻译的必要性；既主张从原文直译，又容纳转译；既赞赏翻译忠于原文，又体谅译者的苦衷，用“原作不忠实于译作”这样一种带有调侃色彩的话来慰己慰人。人说博尔赫斯是矛盾的，那么，他这种翻译主张也可算是一种吧！

一般来说，博尔赫斯是不赞成转译的，主张从原文直译，因为这样，失去的东西“有可能减少到最低限度”。他掌握英、德、法等多种外国文字，他译卡夫卡、福克纳、吴尔夫和米肖的作品，可以说是游刃有余，应付裕如。但是，对于他特别喜爱的中国古典文学，他说他挡不住这种东方美的吸引，禁不住技痒，不懂中文也大着胆子从德文或英文转译了《诗经》《红楼梦》等部分诗篇或章节，“迫不及待”地介绍给本国读者，以分享阅读的乐趣。我对过博尔赫斯所译《诗经》中的《祈父》和《麟之趾》的译文，觉得他译得忠实、流畅、简练、贴切，不愧是大译家手笔。但是，他所据文本是英译本，不是中文原文。所以，英译本中的理解错误，他也全部照搬了。如《祈父》，用现代汉语来理解是司马将军，是一个区域掌管军事的官员，而不是什么全国性的兵部大臣；但他却译成ministro de la guerra (兵部大臣或兵部尚书，即现在的国防部长或作战部长) 了。麟之趾，即麟 (独角兽) 的脚或脚趾，他却译成了los cascos (头颅) 。尽管如此，中国古代士兵因受长官欺压而大胆抗议的愤懑情绪以及天降祥瑞、祈祷祖宗福佑的心情，博尔赫斯还是活灵活现地表述了出来。另外，据《博尔赫斯七席谈》的访者索伦蒂诺先生对我说，博尔赫斯从德文原文译的卡夫卡短篇小说，是“十全十美”的。我想，如果从英、德、法、葡文，来对照博尔赫斯的西班牙译文，从而进行分析、评估，一定是很有意思的，我国的文学翻译界一定会从中得到有益的启迪。

许钧：要是博尔赫斯活到现在，不知他对他的作品被译成中文并产生巨大影响会有何感想？

林一安：博尔赫斯对中国非常友好，对中国文化有强烈的兴趣。他虽然不懂中文，但借助其他文字，读过《诗经》《红楼梦》《水浒传》《聊斋志异》，还读过韩愈的名篇《获麟解》、冯友兰的《中国哲学简史》，甚至《老子》、《庄子》和《易经》等。他生前表示一定要到中国来看看长城，可惜这一夙愿未能实现。好在《博尔赫斯全集》在中国出版之际，他的夫人玛丽亚·儿玉女士来到了中国。博尔赫斯夫人访华期间，记者问她如何评价《全集》的质量，她实事求是地回答，因为她不懂中文，无法判断和评估，但是她说她了解《全集》的翻译过程，和译者探讨过对博尔赫斯作品的理解。如El hacedor，有人译为“创造者”，我们译为“诗人”；又如Artificios，有人译为“手工艺品”，我们译为“杜撰集”。她说前者只从字面或表面上理解，后者则吃透原意；而后者才是准确的，所以她说对中文版有一种信任感。夫人在离华前，在上海虹桥机场，为《全集》中文版给我们写下了这样的一句话：

> 感谢中国以真挚的爱和锲而不舍的精神出版了出色而又富有魅力的《博尔赫斯全集》中译本。

我把这句话看成对我们的一种认可、鼓励和鞭策。

许钧：我想提最后一个问题，听说《世界文学》对编辑要求很严格，强调要在研究的基础上对外国文学进行翻译和介绍。对此，您怎么看？您本人又是怎么做的？

林一安：我认为，这是一个行之有效的好办法，我一直以此来指导和勉励自己的研究和译介工作。外国文学的研究和介绍，非常重要的一条，就是要占有和把握第一手材料，然后加以分析和评估。切忌空穴来风，凭空想象。有时候，一位作家的生年，都要阅读大量资料才能准确断定。例如加西亚·马尔克斯的出生年份，几乎所有的外国辞书都说是1928年，但我在翻译加西亚·马尔克斯的访谈录《番石榴飘香》时，看到一份重要资料，说是据加西亚·马尔克斯当年受洗的记录簿记载，作家出生于1927年，并附有照片作证，我便断定：作家生年为1927年。后来，权威的作家传记证实了这一结论。哥伦比亚现任驻华大使格鲁宾先生是作家的挚友，也曾向我肯定了这个年份。又如博氏夫人的生年的确定更富有戏剧性，几乎所有的博尔赫斯的传记，在提及这位夫人的生年时，不是避而不谈，语焉不详，便是捕风捉影，胡乱猜测，即使较好的博氏传记也令人对此真假难辨，如阿根廷作家巴纳丹所著的《博尔赫斯全传》中所附博尔赫斯年谱中说，玛丽亚·儿玉生于1946年。这使我国的研究人员无所适从。后来，我读到1999年版的一本博氏传记，是博尔赫斯在国立图书馆的助手，作家玛丽亚·埃斯特尔·巴斯克斯女士写的，又得知夫人生于1937年3月10日。但面对这么多的说法，也无法确定。凑巧机会来了，博氏夫人今年3月访华，我们从她的护照上看到，她的出生日期是1937年3月10日。至此，我才算有了完全的把握。我不是在这里提倡这类烦琐的追踪，而是说，我们要对我们所写的每一句话负责，千方百计地做到准确，对得起读者。更为重要的是，要不断地发现新材料，不断地修正，直至确凿无误。也许，因为我长期从事编辑工作，养成一种“较真”，或者北京人所说的“认死理儿”的令人不快的习惯，但我至今“死不悔改”，冒犯失礼之处，只能请读者诸君包涵原谅了。

2000年4月初稿

译书天下事　得失寸心知

——关于《红与黑》中译本的对谈

/赵瑞蕻　许　钧

许钧： 赵先生，您是将《红与黑》介绍给中国读者的第一人，您执译的《红与黑》早在1944年便由重庆作家书屋印行。能否简单谈一谈促使您翻译《红与黑》的原因？

赵瑞蕻： 早在1935年我读中学时，我的英文老师就十分推崇《红与黑》这部名著了，也可以说，我很早就知道有这么一本书。1938年1月西南联大从长沙搬家到昆明，途经越南，我买到了法文原著*Le rouge et le noir*（《红与黑》）；后又在重庆找到了它的第一个英译本。1940年，我从西南联大西方语言文学系毕业，主修英文，也学法文和德文。1942年冬，在我的老师、法国文学专家吴达元先生的鼓励下，在嘉陵江畔寂静的柏溪，我在"炉火峥嵘岂自暖，香灯寂寞亦多情"的境况中，开始试着翻译《红与黑》了。要说原因，也就是实在对法国语言和文学有着特别的兴趣吧。其实当时对这本名著的价值、意义也不很明白，只是觉得它的情节、故事动人，内容丰富多彩；我就一边学习，一边研究，一边翻译。到1944年，由重庆作家书屋出版了第一分册，薄薄的一本，只有15章；1947年，作家书屋又在上海出了我的一个译本，有471页，还是不全的。

许钧：那么就是说，从您的第一分册到现在，有半个世纪的时间了，这期间又有许多新的译本问世。去年《光明日报》发过一篇题为《〈红与黑〉十三个版本为哪般？》的文章。而据我统计，包括已出版和即将出版的，现在已有十五个版本之多了。您对这个现象有什么看法呢？

赵瑞蕻：啊，这我实在没有料到，为什么会有这么多的版本，实在很有意思啊。我翻译《红与黑》时年纪很轻，常识和经验都很不够，里面有许多错误。当时没有别的考虑，只是法国语言文学强烈地吸引着我，对翻译又极感乐趣。50年代，罗玉君先生的本子出来，我是早知道的，因为1944年，她在成都时与我通过信，并且有些地方是参考了我的。有前人的翻译可以借鉴好的，避免错的，这是很自然的事。我很尊重罗先生，她的译笔生动流畅，在我国普及《红与黑》这本杰作方面，罗先生做出了贡献。再后来，郝运先生的新译出来，可以说，在忠实方面是大大超过了罗先生的。现在有这么多版本，我认为是件好事，名著不厌百回译。古今中外名著重译多得很，例子可举出不少。有了多种不同译本可以进行比较，评判优劣，对提高翻译水平极有好处。这也属于比较文学的范围。同时也是各家出版社要赚些钱，名著嘛，总会有人买来读，利润会不少的，是不是？

许钧：10年前，在江苏译协成立大会期间，我曾听说您有意重新翻译《红与黑》。据说，您去年已经正式着手《红与黑》的重译。一边学习，一边研究，一边翻译，可以说是您一向的特色。在重译过程中，您更是要将翻译与研究融为一体，从研究的角度出发去翻译《红与黑》，附以大量的注释和评介。请问现在进展如何？同时能否谈谈在国内有十几个版本的《红与黑》已经问世的情况下，您为什么还要继续重译呢？

赵瑞蕻：时光飞快，我现在80岁了，如果老天保佑，再给我两年，我希望能完成正在进行的这个巨大工程。我为什么还要重译呢？因为我拜读了这么多种译本之后，很有些感触。我不仅收集了目前所有的中译本，包括台湾远景出版公司的黎烈文先生的本子，还收集了一个德译本，一个俄译本，一个意大利译本，一个日译本。另外，居然还得到五个英译本。我觉得可做极好的学术研究。就从五个英译本来说吧，从1925年Scott Moncrieff的，到最近Robert Adams的，至少有一点特别值得我们学习，那就是译者的态度都很认真严肃，前面往往都有写得很好的introduction（引言）。五个英译本我都细细读了，其他语言的译本我也读过，我从意大利译本中获益不少。这的确十分有趣，看一看不同的语言如何表达相同的内容……

许钧：那么您在研究过程中，也对现有的几个译本进行了细心的对比。刚才，仔细看了看您书桌上郭宏安、罗新璋等译的七八个版本，您在上面打了不少记号，写了不少评语，看来花了很大的心血。您有五十多年的翻译经验，翻译过很多外国文学作品，也写过不少探讨文学翻译的文章，从翻译理论的角度，主要从语言的角度，您能谈谈对这些不同版本的看法吗？

赵瑞蕻：以我多年的翻译体会，不论是哪国的译者，我觉得最重要的一点就是要"忠实"，要竭力做到"忠实"，也就是严复所说的"信"。如果这点达不到，其他的也就根本无从谈起。其次便是要流畅。最近，我在想能否用比较简单的几句话来阐释翻译的原则，归纳起来，应该有这么两条：第一条，合不合原著的原意？第二条，译文像不像中文？我所说的中文是指普通话，规范化的现代汉语。不要花哨，更不要半文半白，不要像许渊冲先生提倡的那种泛用四字成语的风格。我重译《红与黑》，就是想在这点上努力，要把《红与黑》译成规范的普通话。为了达到这个目的，我事先还一再读了四册《文言散文的普通话翻译》(上海教育出版社)，大有启发。做到这点可不容易，举个简单的例子，在第二章里，有一句话非常地重要，指统治着那个小城维里耶 (Verrières) 的大部分居民的思想……

许钧：Rapporter du revenu?

赵瑞蕻：对，就是Rapporter du revenu，原作是用斜体字印的。过去我译成"有利可图"，罗玉君先生和闻家驷先生都沿用了我的译法。后来郝运、罗新璋、郭宏安、许渊冲等先生译成"提供收入""提供收益""带来收益"，或者"使人得着收益"(黎先生译本)，这些都不太像中文嘛，洋味重了，念起来挺别扭。重译时，我反复思考过，后来就用了"赚钱"这两个字，你看，这多明白，多口语化。Rapporter du revenu，就是指的赚钱啊。

许钧：您的翻译原则已经十分明确了，诚如刚才您所说的，第一要忠实，第二要用规范的现代汉语。您特别反对那种半白半文的腔调，因为我们的翻译是为现代读者服务的。那依我现在看来，目前有几个译本应该说是比较具有代表性的，就是郝运、郭宏安、罗新璋、许渊冲的译本。这四位译家的翻译，都体现了一种追求，是否可归为两种类型：一类是比较传统的译法，比较接近于原文的文字风格，译得比较精确；另一类似乎强调再创造，不求精确，而求精彩。我想知道以您个人的意见，这两种翻译——

赵瑞蕻：是的，我拜读了国内几种译本，包括闻先生的一种。这里有一点很重要，那就是要弄清楚斯丹达尔的风格。斯丹达尔的风格是一种谈话式的风格，非常明白、易懂、流利……

许钧：从风格上看，斯丹达尔与他同时代的法国作家不太一样，有人评价他是个“不合时宜”的作家。对他创作的《红与黑》，当时评论界对他的看法不一致，许多作家对他的评价也不一样。比如，巴尔扎克责备他“语言过分严峻和质朴”，而福楼拜则说“才情高超，细腻入微是这本书的特点”，并说“这种古典的文体，现在能掌握的人已经是绝无仅有了”。这里面可能有个人的感情因素在起作用。现在法国文学评论界对斯丹达尔的风格的认识已经比较一致了。客观地说，我看斯丹达尔风格的基本特征是，长于心理分析，文笔冷静，语言不多加修饰，不追求过分的美丽、造作的风格，可以说是比较自然、平实……

赵瑞蕻：是的，非常平实，这点跟我的老师朱自清先生所提倡的是一致的，朱先生晚年所写的散文是最好的学习榜样。他教我们写散文要写得明白，写得流畅，写得美。美从朴素中来，从流畅中来。这一点，说到这儿，我要自我批评，我年轻时候把《红与黑》译得太花哨了。喜欢用大字、难字，用漂亮的词，堆砌华丽词藻，这不对，因为这不是斯丹达尔的文笔。

许钧：的确，斯丹达尔不是夏多布里昂，不是雨果，也不是拉马丁……

赵瑞蕻：斯丹达尔的《红与黑》是可朗诵的，你把中译本拿到广播电台去读，别人要听得懂才行。应该说这些译本中，郝运先生的译本还是比较贴近原作的，但不少地方仍嫌口语化不够，特别是对话。我很注意这点，一定要把对话译好，两人说话嘛，译文就该像在说话，而不是做文章，不要欧化，更不要文绉绉的。如果我们译好一段对话后，自己朗诵一下，就可以看出毛病来，那就反复改好。遗憾的是，许渊冲先生的译本在用规范的现代汉语传达原作上的确存在不少缺点，还加了许多不该加进去的东西。比如第一章一开头，就用了“山清水秀，小巧玲珑”这两个四字成语，我看就不可取，原文没有这个意思。“小巧玲珑”是说东西精巧细致，决不可形容一个小小的城市。再举个简单不过的例子：第二章上市长说“我喜欢树荫”（J'aime l'ombre），为什么许先生会译成“大树底下好乘凉”呢？这种例子多极了。

许钧：您正好提到风格的问题。风格是文学翻译中一个长期争论未休而又最为棘手的问题。争论的焦点主要是两个方向。一是文学翻译是否要在风格上追求与原作的一致。二是不同的语言有不同的传情达意规律，译者在翻译中必然会表现出自己的文字风格，因此，译者风格与作者风格是否应该协调？能否协调？大家都知道，您是位有名的诗人，具有浪漫主义的风格。您创作的诗，语言豪放，很有激情，《红与黑》原著的风格应当说与您的创作风格不很一致。在翻译的时候，您是否有意克制自己，尽可能地去再现原作的风格呢？

赵瑞蕻：这就有点像抽烟。过去我烟瘾很大，老是要抽，现在我戒了三年多了，没有抽。必须战胜老毛病，克服习惯，得管着自己呀。翻译《红与黑》时，必须硬照着原意，用朴实的、流畅的现代汉语来翻译。我现在还只重译了18章，能否全部达到自己的要求，就得看继续努力的结果了。从以上所谈到的问题看来，我觉得包括郭宏安、罗新璋先生的译本，有不少的地方是不符合原文的，特别是许渊冲先生的译本。让我开个玩笑说，最后那一句“Elle mourut”，许先生译作“魂归离恨天”，《红楼梦》里的词句都上去了，何不再加一句“泪洒相思地”呢？原文里就是“她死了”，多少种外国语言的译本都只有两个字：Elle mourut——she died（英文），Ella mori（意大利文），Verschied sie（德文），这才是斯丹达尔。

许钧：这有点像钱锺书先生在《林纾的翻译》里所说的，一个能写作或自信能写作的人从事文学翻译，难免有些手痒，要代人手笔，有时是无意识的。但许先生是有意这么做，他有着自己明确的翻译哲学和美学。他早就提出过，“翻译是两种语言的竞赛，文学翻译更是两种文化的竞赛”。他还认为译作应该超越原作，而超越的方法，就是要再创作。比如译《红与黑》，要用中国语文来描绘于连等人物的心理，看看能否描写得比法文更深刻，更精确，更入化境。《红与黑》的翻译是对译论的一个检验。我也认为，应以信为本，不能随便掺入主观因素，多添加不合适。不过文学翻译，特别是艺术个性十分独特的文学名著的翻译，困难很大，难免有一些增饰或难以圆满传达原意的地方。但有一个度的问题，再创造总有个依据，要有个分寸，要尽量避免增加原作没有的东西。

赵瑞蕻：这很对。在文学名著的翻译上，“各尽所能”是好的，应该的。但是“各取所需”就不对，不行了，因为原著是客观存在，一个实体，你决不可凭个人好恶，以定取舍。改头换面，诸如此类，都该反对。另外，我发现郭宏安先生的译本，也有忽略或译错的地方，有些地方也文绉绉得很，比如“孔武有力”“举手投足”“殊难涉足”“浑然不觉”之类；而“把您的胳膊给我”之类，又太直译，欧化了，还有像“他被好一个说”这样的句子，不像道地的汉语普通话。所以比较下来，我觉得还是郝运先生的本子好一些。非常遗憾的是，个别本子竟有抄译的现象，就是抄郝运译本，许多地方一句一句、一行一行地抄，有时只改动了几个字。这是不可容忍的。

许钧：是不是海南出版社出的那个本子？名著复译，是件很神圣，也很艰巨的工作。后人复译，为的是尽可能圆满地再现原作，为广大读者提供可与原著媲美的译本，为达到这个目的，借鉴前人的成果，是可以理解的，但如果动机不纯，不在理解原著上下功夫，在表现原作上形成自己的特色，而是去抄袭，这就玷污了文学翻译的神圣使命。我们必须谴责名著复译中的抄袭行为。我准备从理解与表达两个方面，特别从语言结构、用词色彩、承转方式等方面对有的译本作一研究与鉴定。文学翻译，是非常困难的。大到风格的传达，小到一个字，一个人名、地名的处理，都可能出现不同层次的障碍，不是随随便便就可跨越的。这里，我顺便问一个细节问题。罗新璋先生译的《红与黑》中，对人名、地名的翻译特别讲究，有的人名和地名很有中国味，如把“Vergy”译成“苇儿溪”，把“Mme de Dubois”译成“戴慕桃夫人”（第382页），将“Rivarol”译成“李活络”（第263页）；书中他特别提到您的译法，说您把侯爵老仆“Arsène”译成“阿三”，语言相近，身份也相当，为您独创，令人绝倒，并沿用了您的译法。您现在对此怎么看呢？

赵瑞蕻：人名、地名的翻译，就该用最普通、最朴素的汉字，声音尽可能相似就行了，切忌赋予它什么意义。“Verrières”怎么要翻成“玻璃市”呢？这意义来得有点莫名其妙。现在再让我翻，我不会把“Arsène”再翻成“阿三”了，我甚至都奇怪，我当时怎么会把它翻成“阿三”的，我自己都想不出来。罗先生说我神来之笔，倒不如说我心血来潮更恰当些。我关于翻译艺术的一些想法、做法前后起了变化了。另外我还要说一点，许渊冲先生提到“发挥汉语的优势”，这话你得研究，什么叫“汉语的优势”？首先这汉语应该是现代汉语。斯丹达尔本身的特点便是明白如话，要发挥汉语优势，就是要翻成明白如话的汉语，翻成普通话。要尽可能避免四字结构。太多的四字结构，那简直太别扭了，反而损害了汉语优势。鲁迅早说过，“山背后太阳落下去了”这句话为什么要改译成“日落山阴”呢？

许钧：对文学翻译中运用四字结构的问题，译界有不同看法，也曾有过相当激烈的争论。我最近仔细研究了罗新璋先生和许渊冲先生的译文，二位都是倡导四字结构的，认为这是汉语优势所在。我也看了钱锺书先生的《围城》，杨绛先生的《洗澡》，以及老舍的《正红旗下》等，可以说他们在本身的创作中很少使用四字结构，可都是最优秀的文学作品。许渊冲先生认为文学翻译是两种文化的竞赛，要取胜，就必须发挥汉语优势，主张多用四字结构，以少胜多。这里有对翻译的性质、翻译的功能、翻译的价值和翻译的方法的不同认识，需要深入探讨。

赵瑞蕻：在这里，我还必须着重地说一下：郝、郭、许、罗四位先生的新译都是花了不少功夫，以大量心血来完成的，可以说，各有长处，各自做出了贡献，尽管有这样那样的缺点，这些完全可以好好商榷。我对他们都是尊重的，也要学习他们的成就。我认为，文学翻译是很艰苦，也是很神圣的工作。应该欢迎更多有强烈责任感，强烈的历史使命感，懂得对读者，尤其是对这个时代的读者负责的译者，本着严肃认真的态度来翻好每一本书。我一直认为文学翻译一方面是科学研究，一方面是艺术创造，是两者的结合。“译书天下事，得失寸心知”，只有呕心沥血的译者，才能体会到这一点吧。不过，无论多么深奥的理论、高明的技巧，如果对原著不少地方不懂，理解错了，译文大大走了样，就是说，不忠实于原文或者任意加些什么或者去掉些什么，这还有什么好讲呢？我觉得这个问题（错译、乱译、抄译等）是当前我国译界中一个严重的问题。在这种情况下，《红与黑》汉译的研究，是个非常大、非常重要的课题，值得大家来研究。我希望中国译协专门开个会来讨论，我一定报名参加学习。

许钧：我也是这么认为的，所以今天特地来拜访您。《红与黑》汉译是中国文学翻译史上的一件大事，近年来，复译本的相继问世，更为全国读者和译界同仁关注。如何从文化、文学交流及译学原理的角度去探讨《红与黑》的汉译，是个很值得研究的课题。如今译论界有个不好的倾向，就是理论与实践脱节，空谈理论，术语泛滥。如能通过《红与黑》不同版本的比较，对文学翻译的一些基本问题进行探讨，对文学翻译的标准与原则达成共识，无论对我国的译论建设，还是对提高我国文学翻译的质量，都是很有意义的。这个课题看来很有研究下去的必要，非常高兴今天有机会跟您一起探讨。目的只有一个，通过探讨，促进文学翻译质量的提高，译界同仁共同努力，争取给读者提供能与原著媲美的翻译精品。

赵瑞蕻：非常感谢！今天的对谈实在很有意义，我只觉得还说得不够，以后有时间再谈吧。其他有关的意见请有便时看看我十几年前写的那篇长文《译书漫记——关于〈红与黑〉中译本及其他》，现收入北京大学出版社的《文学翻译百家谈》一书中。你写了一本十分有价值的书《文学翻译批评研究》，我拜读了两次，很受益。今天我们说的跟你那本书中所论述的有密切关系，希望你再多写些这方面的好文章。

1995年3月初稿

跨世纪的“翻译漫谈”

/许　钧　王理行

王理行： 许先生，您为《译林》主持的“翻译漫谈”栏目，从1998年第1期起始至今共刊出17篇，为期3年，正好横跨新旧两个世纪，引起了国内翻译界、文学界、新闻界和多层次读者的普遍的、持续的热情关注和高度好评；其中每一篇都被收入国内多种学术索引，多篇被学术期刊转载；其中的大量言论被各类报刊上的文章所引用；不少报刊就这一栏目作过报道；许多翻译家，甚至还有作家和普通读者，纷纷通过不同渠道以不同方式表达了直接参与“翻译漫谈”的愿望。看来，您为中国翻译界、文化界做了一件大好事。在某种程度上可以说，您主持的“翻译漫谈”，对刚刚过去的20世纪的中国文学翻译做了一次梳理和总结，为文学翻译实践的后来者提供了丰富的切实可行的经验，为以后的中国翻译理论研究提供了宝贵的第一手材料，因而堪称中国文学翻译史上承前启后的工作。在过去的整整三年中，您为此而投入了大量的心力、精力、财力和时间，也因此而尝到了非常的酸甜苦辣，这恐非他人所能想象。在这项工作就要告一段落之际，您最想说的话是什么？

许钧： 不知道该说些什么。四年前，当我承担国家教委人文社会科学研究“九五”博士点重点项目“文学翻译基本问题研究”时，我主要的想法，就是想对一个世纪来的中国文学翻译做一点梳理和总结工作。一个世纪来，我国一代又一代的文学翻译家们为中外文学、文化交流，为中国文化建设呕心沥血，做出了重要的贡献。在20世纪末，我国译坛上还活跃着一批老翻译家，他们在长期的文学翻译活动中，积累了丰富的经验，对文学翻译进行了多方面的思考，对翻译活动、文学翻译的特殊本质、文学与文化的关系提出过许多精辟的见解。我想，在对他们的翻译活动和翻译思考有个基本了解的基础上，若能有机会向他们当面请教，就翻译的一些基本问题进行探讨，进而加以系统的理论梳理，那无论对我的课题研究，还是对年轻一代的翻译实践，都是受益无穷的。多亏《译林》的支持，这项工作得以顺利地开展。令人悲痛的是，在我们访问的20位翻译家中，叶君健、萧乾、赵瑞蕻3位老先生相继离开了我们，还有董乐山先生，也过早地离开了我们。我想借这个机会，向他们表示深深的怀念。他们为我们留下的精神财富是永不磨灭的。三年来，我个人的付出微不足道，应该说，我们从老一辈翻译家那儿得到的是一笔笔价值无可估量的精神财富。遗憾的是，我们国内，包括香港、台湾地区，还有几位杰出的翻译家，限于种种条件，我们未能有幸当面聆听他们的翻译经验和见解，与他们一起探讨，但愿以后会有这样的机会。

王理行：在过去三年的“翻译漫谈”中，您一直是提问者。今天，能不能由我就文学翻译中的一些问题来向您请教？自从严复当年提出译事三难“信达雅”起，“信达雅”就一直是中国翻译界占主导地位的翻译目标和标准，尽管有的学者也提出过不同的翻译标准，但似乎大同小异，实质上万变不离其宗，“信达雅”之宗。而在翻译实践中，大部分译者大致上把“信达雅”具体化为：首先理解透原文的意思，然后用最优美的语言把它表达出来。这样的译文，已被中国读者广泛接受。另有一些译者，则从组成文学作品的内容和形式两大方面去理解并忠实地再现原文。其实，文学作品是由包括从内容到形式，从内涵到外延在内的方方面面的因素组成的一个整体。译者应当把原作中存在的一切因素，包括题材、思想、意义、意境、风格、技巧、手法、遣词造句、段落篇章结构、阅读效果、审美效果等方方面面的因素，从宏观上和微观上去全面地把握，并尽可能在译作中全面忠实地再现出来。在此意义上，翻译的标准即忠实。对于这个问题，您是怎么看的？

许钧：翻译的“忠实性”问题，可以说是翻译的根本问题。法国著名翻译家和翻译理论家爱德蒙·加里说过，翻译的"忠实性"问题，像一条主线，贯穿了数千年的翻译史，有关翻译的种种论争，都是从"忠实性"而起。在中国，情况也大抵如此。是"形似"还是"神似"，"直译"还是"意译"，这些论争，实际上都跟"忠实"这个问题有瓜葛。忠实，涉及多个层面的问题。在与老一辈翻译家的探讨中，我发现任何一个翻译家，在任何一个时期，都不可避免地要面对翻译的忠实性问题。应该看到，翻译家们对翻译应以"忠实"为原则，并没有什么分歧。从支谦的"因循本旨，不加文饰"，到鸠摩罗什的"依实出华"，再到严复的"信达雅"，有分歧的只是对"忠实"的理解。忠实于什么？如何才叫忠实？对这些问题，翻译家们有不同的理解，在不同的理解基础上，也有各人不同的实践。我想，翻译作为一项文化交流活动，"求真"是根本，而"忠实"是"求真"所要求的。我们探讨忠实性问题，有哲学层面上的，也有文学理论层面上的，更有实践技巧层面上的。对"忠实性"问题任何一个层面上的探讨，都是有益的。三年来，老一辈翻译家们从各自的角度，对这个问题进行了讨论，其中许多见解是很值得我们学习的。

王理行：有人说翻译也是一种创作，也是一种创造；有人说翻译是一种以原作为基础的再创作（造）或二度创作（造）。有人说，翻译是一种富有创造性的劳动。翻译和创造之间存在着怎样的关系？翻译中蕴涵的创造性问题应如何把握其度，译者在翻译中如何体现其创造性？

许钧：翻译的创造是多方面的，就其广义而言，从思到言的过程，就是翻译。狭义的翻译，至少也有三类：符际翻译、语际翻译和语内翻译。无论是从思到言的广义翻译，还是符际、语际和语内之间的转换，都涉及语言的运用，而语言的运用，本身就是一种创造。具体到文学翻译，它涉及文字、文学和文化三个相互关联的层面。翻译一部文学作品，文字的转换需要有创造力，文学性的体现需要有创造力，文化的传达和移植，也需要有创造力。但这种创造是有限度的。所谓的限度，有两个层面的意思：一是不同文字、文学和文化的差异，给翻译造成了种种障碍，因此，翻译不是万能的，其自身存在着局限。二是翻译以传达与交流为目的，原著为译者的理解与再创作提供的空间是有一定的限度的，换句话说，翻译不能离开原著，不能脱离原著所提供的空间，拿意大利符号学家艾柯的话说，翻译不能作"过度诠释"。对这个问题，有兴趣的朋友，不妨读一读艾柯的《诠释与过度诠释》，里面谈的许多问题有助于提高我们对翻译再创作的"度"的理解和认识。关于翻译与创作的关系问题，罗新璋先生写过一篇《释“译作”》，非常精彩。他对“译”与“作”的关系作了辩证的论述，提倡“译而作”：美需要创造，译作之美需要翻译家去进行艺术创造。但他指出：“不过，这是一种特殊的艺术创造。译者的创作，不同于作家的创作，是一种二度创作。不是拜倒在原作前，无所作为，也不是甩开原作，随意挥洒，而是在两种语言交汇的有限空间里自由驰骋。”

王理行：刚才您谈到翻译的局限，我觉得，翻译的局限性主要来自出发语和目标语之间的差异及译者本人的能力和素养的局限性。因两种语言及依托其上的文化的差异造成无法全面忠实地翻译之际，正是最能体现译者创造性之处。然而，有的译者往往片面扩大两种语言之间的差异，在翻译中有意无意地偏离原文去发挥自己的创造性，有时甚至到了刻意表现自己，为创造而创造的地步。请问许先生，在翻译中应该如何正确对待两种语言之间的差异？

许钧：这个问题非常复杂。我觉得，正是因为世界上有不同的语言，造成了交流的障碍，才需要翻译。因此，翻译要做的，首先是要克服语言的差异。但是，语言中有文化的沉淀，对语言之中所沉淀的异的文化，又需要我们在翻译中尽可能地表现出来。这实际上，是一个悖论：翻译既要克服差异，又要表现差异。前不久读到北京大学出版社出的一部书，是德国汉学家顾彬在北京大学的系列演讲的基础上整理成册的，叫《关于“异”的研究》。我读后深受启发。人类的文化交流以“同”为基础，以吸收“异”为目的。共同的东西，无所谓交流，而“异”的东西的存在，才有交流的必要。做文学翻译，我们要透过异语，抓住异语所表现的不同价值，包括文学的、文化的，尽可能传达出来。从语言学上讲，我们翻译一部文学作品，要注意区分语言与言语的关系。语言的差异，当然是要克服的，但言语的差异，则要尽可能去表现。一部文学作品的价值，在很大程度上取决于作者的创作个性，其中之一，就是对语言的艺术运用，这种运用，就是个人的，属于个人的言语创造范畴。如普鲁斯特《追忆似水年华》中的长句，就不同于法语语法意义上的长句，普鲁斯特充分利用法语的句法，借用连绵、并列或交错的大容量句法结构，以表达复杂、连绵、细腻的意识流动过程，将句法结构手段与意识流动的特征有机地结合起来，形成了独特的风格。对这种个性化的创造，虽然翻译起来很困难，但作为译者，不应该视而不见，而应该尽可能设法去表现。

正如你所说的，翻译的障碍，往往是译者一显身手的好时机，翻译的创造性，往往是在限制之中体现出来的。

王理行： 现代汉语的吸收能力和包容性都很强，现代汉语中的标点符号、许多词汇与语法因素、许多表达法都直接来自外语。在翻译中，有的译者因缺乏足够的汉语语言文学功力，只顾跟着原文亦步亦趋，结果造成译文令人费解、难解、不解，而另有一些译者则强调译文必须是纯粹的汉语，在译文中刻意多用、频繁套用、堆砌汉语中令人耳熟能详的成语、四字结构或其他惯用结构，甚至一些中国文化积淀很浓的表达法。对这些现象您怎么看？

许钧： 你说的这些现象，我想是一些极端的例子。这里涉及的是语言问题。翻译对于译入语来说，无疑存在着影响。考察中西翻译史，我们不难看到翻译对译入语的影响，这种影响可以是积极的，也可能是消极的。积极的例子，如翻译之于德语。马丁・路德的《圣经》德译本，不仅对德国的文化和宗教产生过深远的影响，对德国语言的统一和发展也起到了不可估量的作用。在我们的翻译历史上，通过翻译，引入新的词、新的表达法、新的语法结构，来达到丰富汉语的目的，其意义也是十分积极的。值得注意的是，引入异语的各种新要素，是为了丰富完善本族语，本末不能倒置。德国的赫尔德说过一段话："当然不乏种种理由利用翻译来帮助语言的完善，却也应小心翼翼有所预防。未受翻译作品影响的本族语，犹如一名不曾与异性接触的少女……她虽然幼稚、脆弱，却也是十分纯洁并表现出其极为宝贵的本色。"[1]我想，吸收外来语言和文化，不能以牺牲本族语为代价，而为了维护本族语的纯洁，也不能就自我封闭，失去丰富完善自己的机会。在这个意义上说，以吸收为借口，以异国语言来侵犯本族语的纯洁性，生产一些费解、难解的译文，是不可取的，因为它有悖于翻译的目的。同样，将原著中所表现的异域文化、风情、习俗，以及新鲜的形象、新鲜的表述法完全归化，随意取代，也同样是不可取的。陈原先生对翻译与语言的关系，阐述得十分清楚。我完全赞同他的观点。

王理行： 一些著名翻译家在介绍自己的翻译经验时，往往强调在译作中体现出来的译家个人的翻译风格，如简洁、华丽、漂亮、工致等，视个人风格为其译作的最大特色和长处。另一种观点则认为，在翻译中，译者的个人风

1 参见许钧、袁筱一编著：《当代法国翻译理论》，南京：南京大学出版社，1998 年，第 121 页。

格不仅不能强调，而且应尽量淡化，尽量忘却，除非译者的个人风格与某部具体的原作的风格相吻合，甚至达到水乳交融的地步。可是，所谓的“心心相印”，是一种理想境界，在实践中几乎不可能。从原则上说，在翻译中，译者应以所译原作的风格为依归。但从实践中看，一个译者的知识面、认识水平、常用词汇、遣词造句的方式手段、思维习惯等与风格相关的因素是相对稳定的，是有局限性的，无论如何，译者的个人风格会自觉或不自觉地，或多或少地体现在他的所有译作中。许先生曾说过，译者的个人风格在翻译中并非一个完全被动、消极的因素，能否请您具体谈谈？

许钧：对翻译的风格问题，翻译家谈得已经不少了。我只想谈几点不成熟的原则意见。法国著名作家福楼拜说过：“风格就是生命。这是思想的血液。”翻译文学作品，自然不能忽视原作的风格。因此，首先一条，就是原作风格必须加以再现。其次，我认为风格也是可以再现的，虽然有一定难度。再次是不能否认译者风格的客观存在。如傅雷，他的译文风格就十分明显，尤其是译文的文字风格，不可能不打上译者个性的标记。对一个翻译家来说，能充分调遣译入语的表现手段，去再现原作的风格，自然是值得鼓励的，因为这是一种积极的态度。在翻译中，如果仅仅从形式上去模仿原作的结构、遣词造句手段，有时会陷入被动的境地，不仅没有再现原作的风格，反而丧失了原作的生命。从语言角度看，形式的模仿不是目的所在，关键是要透过原作语言形式，把握形式所蕴涵的价值和风格，用译入语相应的手段，去加以再现。因此，识别原著的风格特征是非常重要的一点，这是基础。比如译杜拉斯的作品，她的文字经常会出现一种断裂，故意留下空间，句式上，喜爱用短句，词汇选择上，避免运用那些太旧太没有新意的字眼，她写的《情人》如此，《中国北方的情人》也如此。好的译者，自然应该想方设法把这些风格特点在译文中表现出来。王道乾先生译的《情人》，把杜拉斯的风格表现得十分充分。著名作家赵玫说王先生不仅翻译了杜拉斯的短句子，还翻译了杜拉斯的灵魂，总觉得王先生是和杜拉斯“共同着生命”[1]。王道乾先生的成功，我想是译者风格与原作风格达到和谐境界的一个证明。傅雷是位伟大的翻译家，他也主张选择他喜欢的作家来翻译，他翻译的《约翰·克利斯朵夫》，就成功再现了罗曼·罗兰的风格。再现原作风格，应该成为翻译

1 见赵玫：《怎样拥有杜拉斯》，《出版广角》，2000 年第 5 期，第 53 页。

家的自觉追求。有没有这个追求,结果会大不一样。

至于译者的个人风格在翻译中如何发挥积极作用,我想最重要的一点,就是译者的风格不应与原文风格发生冲突,而应追求与原文风格的和谐。

王理行: 由于种种原因,有的原作中会存在这样或那样的明显的错误。在翻译中,有的译者会加以改正,而有的译者则将错就错,最多在注释中加以说明并提供正确的内容。先生认为应如何处理原作中的错误?

许钧: 原作中的错误,大概可以分为两类:一类是真正的错或讹误,译者有责任予以澄清或改正,比如钱锺书写的《围城》。钱锺书在1984年11月写的"重印前记"中说:"这部书初版时的校读很草率,留下了不少字句和标点的脱误,就无意中为翻译者安置了拦路石和陷阱。"这样的谬误,作者和译者发现了,都应该加以改正。有的讹误,也许作者也发现不了,若译者发现了并予以改正,我想作者应该是表示欢迎的。据钱锺书的"重印前记",他的《围城》中,就有两处多年蒙混过去的讹误,是德国译者莫妮克博士发现的。为了法语译本,钱锺书先生还在原书中校正了几处错漏,并修改了几处词句。我们常说,翻译是原作生命的拓展和延续,改正原作的谬误,也是对原作生命的一种爱护和珍惜。还有一种错,实际上是作者为表达需要故意出的错,是通过出错求某种表达效果,如为了毕肖某个人物的说话口吻或表现其身份,原文中故意出现语法错误、拼写错误等,而这样的"错",译者非但不能改,反而应该在译文中有所体现,以再现原作的表达效果。另外,在翻译中,译者有时会在原文中发现一些常识性错误,如史实方面的错误。我想发现了,就应该指出来。但不要在正文中改,最好以加注的形式。

王理行: 从客观上讲,原作是由其固有的长处和短处,包括错误在内组成的一个整体。原作中的错误也能反映作家创作的真实情况,比如博尔赫斯的后期作品中,因作者双眼变瞎而导致许多外文拼写错误,这些错误若不在译文中加以一定的反映,是否某种程度上剥夺了读者的知情权?甚至会让读者误以为博尔赫斯在双眼变瞎过程中对创作无影响?

许钧: 这个问题最好去问林一安先生。他是《博尔赫斯全集》中文版的主编,想必对这个问题有自己的处理原则和技巧。不过,我觉得,这个问题不是很典型。对读者来说,他们能容忍作品中出现太多的拼写错误吗?编辑会帮着改正过来的。你是编辑出身,对译文中的错别字,你是从来不放过的。

王理行: 有的译者在翻译中尽量考虑原文的标点符号和断句,凡是能做到的，都尽量做到以句子为单位，原文与译文句句对应。有的译者认为不必受原文标点符号的限制，只要译文行文需要，可以随时随处随意把原文的几个短句或短的段落合并为一个句子或段落，把原文的一个长句或长段落拆散为几个短句或短段落。对这个问题，您认为如何处理为妥？

许钧：你提的问题，看上去好像是纯技巧性的，实际上涉及翻译者对原文的态度问题，也涉及译者对标点在文学作品中所起的作用的认识问题。谈文学作品，经常讲到气势，标点对于气势的营造，起着不可忽视的作用，少有标点的长句，一气呵成，气势贯通；而多标点的短句，紧凑精干，没有拖沓之感。在文学作品中，作者对标点的使用并不是随意的，他们或为了满足表达上的需要，或有着美学的追求，像乔伊斯写《尤利西斯》，普鲁斯特写《追忆似水年华》，加西亚·马尔克斯写《百年孤独》，杜拉斯写《情人》，作品中的标点不是可有可无的。对这样的作品，随意合并或拆散句子、段落，会破坏原作的气韵和审美价值。但是，我们也应当承认，不同的语言之间存在着差异，要想做到句句对应，是不可能的，如西方语中的从句结构，不可能完全移植到中文里来。像英语或法语中的限定性从句，就不能照搬，有时需要断句，重复先行词。这种做法，是文字转换所要求的，不这样做，则中文不通，非但达不到传达原文的精神的要求，反而连起码的语句通顺也做不到，得不偿失。我想，个性化的行文标点，是为了追求表达效果，我们在翻译中所要追求的，不是形式上的亦步亦趋，或计较一字一标点的得失，而要从整体表达效果上去考虑。我们在翻译《追忆似水年华》时，在翻译原作的长句时，有过各种尝试，对每一个标点和句子的处理，都经过慎重的考虑，甚至尝试过各种译法，进行过比较权衡，以尽量再现原作蕴涵的各种价值。

王理行：中国翻译界有个值得注意的现象：一些译者在步入译坛之初到成名成家之前，从理论到实践上均强调从内容到形式对原文扣得比较紧，但到快要成名或成名成家之后，则自觉不自觉地、或多或少地放弃对原作形式因素的贴近与忠实而追求译文本身的优美畅达。您堪称中国翻译界较注重翻译的形式因素的译者的代表之一，不过，近来有人注意到您在翻译实践中也有强化润饰译文本身的倾向。请问许先生，您是否也注意到了这种现象？造成这种现象的原因，是翻译内在规律的作用，还是大部分老一辈已成名成家的译者的示范作用，还是大部分外文系出身的译者欲遮掩本身汉语语言文学功力不够而产生的逆反心理的影响，抑或别的什么原因？

许钧：我确实非常重视作品的形式因素，因为我始终认为，一部文学作品，讲什么固然重要，但怎么讲，也很重要。文学作品的形式与内容是统一的，忽视形式，不可能深刻理解其内容，没有相应的形式，也不能再现其精神。文学翻译要重视文学性，这个文学性，在很大程度上，就表现在形式上。文学的创新，也离不开形式的创新，所以，在文学翻译中，应该重视作品的形式因素。你谈到初入译坛者，往往比较贴近原文的形式。好像是有这个现象，这里面有个对形式的理解问题，也有经验和熟巧的问题。我有个体会，叫艺高人胆大，初学自行车，手紧紧握把，生怕偏了方向，越怕车把握得越紧，以至到了生硬的地步，而动作一硬，免不了摔倒。初学翻译，生怕离开了原文，把眼光只盯在语言的表层，忽视了语言所表达的深刻的生命，结果，好像是紧扣了原文，译文徒具外形，没有生命。有经验的翻译家，是既着眼于原作的形，又注重原作的神的。译作要出神入化，需要有对原作深刻的理解，也要具备相当的文学表现力。关于强调润饰译文，我想自己主观上并没有这个倾向。也许是自己早期的译文太没有文采了，后来译多了，有一点进步，这不是主动润饰的结果，而是汉语表达上的一点点提高而已。我认为罗新璋先生的一句话说得很有道理：译文的表达都不通畅，怎敢奢谈再现原作的形式。润饰译文，如果是在不脱离原文的基础上，增加译文的文学性，删除可有可无的词，使译文更能传达原文之美，我想是应该鼓励的。太粗糙的译文，只能算是半成品，需要不断润饰。有的翻译家，译文一遍又一遍进行修改，精益求精，以求出文学翻译精品，这种精神和做法值得我们学习。但润饰，不是文字上的美化，不是单纯追求漂亮的字眼，这样的美化倾向，有可能会偏离原作的精神。

有一个现象，也许你已经注意到了。有的译文，看上去很美，也很有味，但与原文一对比，发现原文的逻辑关系变了，突出的重点变了，整个味道也变了。这样的翻译，我想不应受到鼓励。

王理行：有的译者强调、追求自己的译作要超越原作。其实，即使译者个人的文学才情真的超越了原作者，但在受原作种种因素制约基础上"再创作"出来的译作，总体上能够超越原作的，可谓寥寥无几。美国著名诗人埃兹拉·庞德根据美国东方学者厄·费诺罗萨的译文初稿"翻译"(其实是改写)的17首中国古诗集《华夏》(*Cathy*, 1915)一度深受英语读者的欢迎。凭庞德的诗歌才情，他亦译亦写的某几首诗完全可能比中国古诗原作更精彩，更令人称绝。英文版《华夏》完全可以称作一本成功的书，但有一种观点认为，读者找《华夏》看，是想了解中国古诗，庞德的《华夏》虽深受英语读者欢迎，但因离原作距离太远，是对英语读者的一种欺骗，请许先生从翻译的角度谈谈看法。

许钧：文学翻译作为一种创造活动，不可避免地会有各种各样的实践。翻译一部作品，会有不同的目的，不同的追求。我们谈的翻译原则，是针对普遍意义上的翻译实践的，不满足于模仿原作，把自己的想象力与创造力融入翻译中去，把翻译变成了自己的一种创作，这种例子中外翻译史上都有，但不多，或者说很少。超越原作，谈何容易。艺术个性越强的作品，翻译的价值越高，翻译的难度也越大。《红楼梦》在国际上至少已有15种语言的译本，不知道有没有超越原作的。西方文学的名著，在中国翻译得已经不少，有的甚至有十几个译本，没有哪一个敢说超越了原作。从理论上讲，翻译只能是原作生命的延续和拓展，不是对原作本质的超越。对原作精神的篡改，已经不叫翻译了，至多叫改写。

王理行：您历来倡导健康、科学、有益于促进译技译艺提高的文学翻译批评。在现实中，从广义上看，广大的普通读者（任何一个外国文学译作的读者），新闻媒体的编辑、记者，作家，文学评论家，发表出版文学翻译作品的期刊、出版社的编辑人员，外语专业出身而不搞文学翻译实践和批评的专家学者，有一定的文学翻译实践并对文学翻译批评有所思考、有所研究的专家学者，这么多的人都在有意或无意之中、以这样或那样的方式进行着文学翻译批评。这些人的批评可以归为两大类：不对照原文的批评与对照原文的批评。不对照原文是可以进行文学翻译批评的。不对照原文的批评完全可以否定一部译作，但要肯定一部译作，就不一定可靠。比较可靠的批评是对照原文的批评。但现实中，往往是不对照原文的批评更多，对具体的译者乃至整个翻译界产生着更多更大的实际影响。而译者心理上更希望得到上述各类批评者中哪类批评者的首肯，其实践中的追求、做法和结果便不尽相同，甚至差距极大。请问许先生，译者该怎么办？

许钧：文学翻译批评的内涵是很丰富的，作用也是多方面的。文学翻译事业要发展，质量要提高，少不了文学翻译批评。批评的形式也应该是多种多样的。文学翻译批评的开展，首先是对一种翻译价值观的肯定。法国有个文学翻译理论家，叫安托瓦纳·贝尔曼，他强调文学翻译批评至少要从诗学和伦理两个层面上去展开。对翻译的作用、翻译的态度的批评，是伦理、道德层面上的批评；对翻译质量的批评，有伦理、道德层面上的，也有诗学层面上的。从文化层面上，任何一个阅读译作的读者，无论懂不懂原文，都可以从接受者的角度对翻译进行评判，这是每一个读者的权利。我十分佩服很多作家的艺术直觉，他们虽不懂原文，但凭着文学研究家的某些介绍，加上自己的领悟，能够对译文是否传达了原作精神做出比较准确的评价。这可能是艺术精神和直觉相通的缘故。懂原文的批评者，有自己的优势，也有十分便利的条件，但我认为，真正的文学翻译批评，不能只满足于正误性或浅表性的评价。现在的翻译出版界，无论懂原文还是不懂原文的，对翻译进行批评的人，不是太多了，而是太少了。我们希望有更多的人，从各自的角度去关心翻译，去批评翻译，只有这样，翻译事业才能更健康地发展。就理论而言，我觉得目前的文学翻译批评应该加强以下几个方面的建设：树立科学的批评精神，建立自主的批评理论体系，形成规范性的行之有效的批评标准，拥有开放的批评视野，强化指导性的批评功能。

对一个译者来说，对来自各个方面、各种形式的批评，都应该持欢迎的态度，因为这有利于翻译质量的提高。

王理行：能不能请您谈谈文学翻译者的基本素质要求？

许钧：对这个问题，我想老一辈翻译家们已经做出了回答，归纳起来，主要有以下几条：对文学的热爱，驾驭出发语和目的语的能力，宽阔的知识面，敏感的艺术感悟力，丰富的想象力和艺术创造力，另外，还要有强烈的责任感。

王理行：您二十多年来专心致力于多方位、多层面、多角度的文学翻译教学、实践和研究，在为期三年的“翻译漫谈”中涉及了文学翻译中的诸多重要问题，请问还有哪些问题同样很重要，值得去拓展、探索与研究，但还未曾“漫谈”的？在《译林》上的“翻译漫谈”就此告一段落了，但您对文学翻译的研究一定还会继续深入下去，请问您在这方面有什么具体的计划？

许钧：三年的漫谈，涉及的问题很多，特别是就翻译的一些基本问题，我们有机会跟老一辈翻译家进行了深入的探讨。以前翻译界流行一种说法，说文学翻译没有理论，可只要听一听老一辈翻译家的谈话，这种说法不攻自破。他们不仅有理论，有的理论甚至自成体系。可以说，每一个翻译家都有自己的翻译原则和追求，他们在丰富的实践基础上升华的理论，更弥足珍贵。翻译的许多问题，不可能现在就作断论。但老一辈翻译家们的丰富经验和理论见解，对我们进一步进行系统的理论探讨，无疑奠定了一个基础，也开拓了我们的思路。就我个人而言，我想我这辈子跟翻译是有缘的，以后还是从事翻译教育、翻译实践和翻译研究工作，目前在指导十个研究生，其中有两个博士研究生，都是研究翻译的，我要求他们注意在实践和理论的结合上下功夫。前一段时间，在湖北教育出版社的支持下，我在主编一套“外国翻译理论研究丛书”，有五卷，旨在借鉴国外翻译理论研究的优秀成果，促进国内译论研究发展，加强翻译学科的建设，在掌握近四十年来外国翻译理论研究的基础成果和资料，了解其现状，把握其趋向的基础上，有选择地对美国、苏联、法国、英国、德国等国的翻译理论研究成果作系统的研究与评介。另外，我还在主编一套“译家文丛”，展示老一辈翻译家们的文化视界和他们对翻译、文学和文化的思考成果。做的都是梳理和总结性的工作，算是给译学建设打一点基础吧。以后有机会，我想写一部《翻译论》，尝试着对翻译活动进行系统的理论阐述。

王理行：衷心祝愿您在翻译教学、翻译实践、翻译理论研究的各个方面取得更大的成就，为中国翻译事业的进一步繁荣发展做出更大的贡献。

2000年7月初稿

给文学翻译一个方向

/许　钧　袁筱一

“过死”和“太活”

袁筱一：最近文学翻译界当真热闹得很，我们今天就是想请许先生来谈谈这方面的问题。有了文学翻译，就会有文学翻译批评，这是必然也是必要的事。但是国内文学翻译批评给人的感觉好像一直在沉默之中，闷闷的没有多少人在说话，直到《红与黑》这声惊雷平地响起才刚刚开始醒来的样子。您认为醒得可是时候？

许钧：批评在文学之后，你总得允许这里面有个时差。当然到了一定的时候，该说的总也要说，逃不过去的。这些年我国翻译批评的状况就像你刚才说的，一直难以形成气候。仔细地分析一下，原因就在于我以前提到过的那两个倾向，一是“过死”，二是“太活”。前者只处于翻译批评的基本层次，也可以说是最低层次，无需多少理论的指导，只要对照原文和译文，挑出其中的错误也就罢了；后者则干脆超越这一基本层次，纯粹感想式的，一册译文在手，不及细读，凭着自己主观印象，说好说不好，结论式的评价就出来了。批评者根本没有什么使命感和方向感，不知道自己的批评是为了什么。

这样的批评怎么跟得上文学翻译的发展呢？难免黯淡嘛。这段时间以《红与黑》汉译为代表的关于名著复译的讨论，我们不仅应将之视作各派翻译理论上的一次大论战，而且这也是文学翻译批评诸问题积累到一定程度的大爆发，我们是应该好好考虑一下翻译批评作用何在、原则何在、方法何在等问题了。

重复和超越

袁筱一：既然提到了名著复译，我们不妨也凑个热闹，这是近来翻译批评的中心话题。现在买东西是货比三家，买名著看来也要货比三家呢。

许钧：货比三家当然不是件坏事，至少是有货啊。不仅是我，各路译家相信也都是赞同严肃的复译的。这个"复"字怎样理解？时代在变迁，因着种种缘由，过去已有译本却仍然要重译，这是必然的，而且我们也应该看到，我们大多数译者都是有所追求的，他们的"复"，绝不是一味的重复，而是希望——不管做没做到——有所超越。《红与黑》是很好的一例。有前人的工作作底，大致的轮廓放在那里，你就能多腾些心思出来考虑色彩啦，线条啦，自己的风格啦这一类的事情。

袁筱一：那么也就是说，新的译本绝对应该超越旧的译本？

许钧：退一步说好些，至少应该是新译作问世的动机里包含有超越的追求。超越不是一件容易的事。这就是为什么到现在傅雷先生译过的东西还少有人敢去动的原因。好的译本是不倒的常青树，可以说在今天还没有像傅雷先生这样的大家。不过我相信，不懈的努力之后，我们的译坛总也能造就出一些大译家来。

袁筱一：据我所知，您去年复译过《邦斯舅舅》，您如何敢冒这个险呢？

许钧：我复译《邦斯舅舅》的目的十分明确，我是从文学翻译批评研究这个角度，通过复译，仔细学习研究一下傅雷先生的译文。傅雷先生的译文真的应当说是一座宝库，有待于我们批评界去发掘研究。傅雷先生是个奇迹，大多数人为这个奇迹所震撼，只知道说好，可他究竟给我们的译界带来了些什么，却还没有人系统地整理过，这也不太正常。

借鉴和抄袭

袁筱一：前人的东西的确可以拿来作可贵的借鉴，这也是名著复译得以超越的基础。不过我总有疑惑，一下子出了那么些个版本，繁荣固然是繁荣了，可总不能让读者把15个版本的《红与黑》一一读过来再决定买哪本吧？何况当真都是有所超越的吗？

许钧：是啊，15个版本一一读来，正是翻译批评的事情。作为一个批评者，也不能不看到繁荣背后的问题。名著复译有没有负效应？当然有。作为上层建筑，精神产品有时有其无法自主的因素在里面。不负责任的复译，本身就是社会财富的巨大浪费，并且这种浪费更是罪恶，不仅仅是在浪费物质财富，意在掏空读者口袋里的钱，更是在耗损人的精神。现在名著复译里鱼目混珠的情况也很多。“复”这样一来就成了没有任何意义甚至有害的“重复”。还有更不可思议的。有的是借“复译”之名，行剽窃之实。前两天四川外语学院有位素不相识的读者来信告诉我，我参与翻译的《追忆似水年华》又有了新的版本，出版社改了，包装改了，译者名字改了，当然价格也更贵了，内容却是与译林出版社的那一套一模一样。

袁筱一：可这样的剽窃行为是违法的。

许钧：一模一样的抄袭当然是违法的。只是有的出版社和译者极有心计，抄袭原来的译作，现在抄袭的方法实在是五花八门。精神产品难以有个明确界定，法律有时也无能为力。何为借鉴，何为抄袭，这就需要翻译批评给个说法。

袁筱一：法律解决不了的事情，要翻译批评去解决，这可有难度了，要得罪人。仿佛傅雷先生说过，人总是胆怯的动物，在明确的舆论尚未形成之前，明哲的办法是含糊一下。再说，中国人向来又都是明哲的，所以不约而同地往一个方向去但又互不相干。

良好的空气

许钧：但是不要忘了傅雷先生接下去说的话。舆论还得大众去培植，而且文艺的长成，急需社会的批评，而非谨虑的或冷淡的沉默。早在30年代鲁迅就指出过，翻译界出问题，出了不好的翻译，“大半的责任固然在翻译家，但读书界和出版界，尤其是批评家，也应该分负若干的责任。要救治这颓运，必须有正确的批评”。我看现在还必须有勇敢的批评。是非好恶，不妨直说，说错了看错了，也会有人来指正的。我一向提倡要造成一种良好的文学翻译批评的空气。不要一个劲地说好话。实事求是的东西，当时听着可能刺耳了些，但终究是有好处的。批评者与被批评者之间应当是友好的关系，因为他们应有共同的目的呀，根本不存在矛盾之处，都是为着文学翻译事业的发展。批评者应当是善意的、公正的，被批评者也应当把别人的批评看作开阔自己视野的手段，双方都应本着商量、切磋和共同提高的精神。

袁筱一：我也这么认为。学术讨论时，出现异己的理论根本不是什么了不得的坏事。本来人文科学的理论就是在探讨中往前摸索的。孰是孰非哪里可能一下子就有个定论呢？何况还不一定有孰是孰非。关键是目的和动机要纯，那么在讨论时措辞激烈一些，尖锐一点，也无妨，这是携起手来共同进步的一种方式。

许钧：值得欣慰的是，在我国的法语文学翻译界，就已经初步形成了这样的风气。平心而论，这次关于《红与黑》汉译的讨论使我深为感动。大家都是朋友，都很大度，如罗新璋先生，有什么看法，有什么观点，都摆在桌面上来说，少有那种文人相轻的酸味，持着研究切磋的态度，即使话说得冲点怪点都无所谓。例如说北京大学的许渊冲教授，他有他明确的翻译追求和翻译理论，并且敢于付诸实践，也有很多人不同意他的观点，这不要紧，大家能摆出自己的理论观点，各抒己见，我看是件好事。

批评的原则

袁筱一：说到争论，这是必然的，当然也诚如您所说的，是一件好事，不过多少有点无奈吧。因为就算我们假定我们的批评家和翻译家都是崇尚译德，追求艺术的人，这里面也还是有难度的：没有什么统一的标准啊，就连中国人的文学批评，也仿佛向来是讲求“机心”的，讲求“感悟”，所以感觉想象式的漫评很多，这该算是中国人的思维定式吧。

许钧：（笑）不要总拿定式来作借口，动不动就说，我们本来就是这样的，改不了啦。文学翻译是一件科学严肃的事情，当然有其客观的规律可以遵循，争论就是为了这个，找到一种大家都能接受的共同话语；如果说文学翻译实践上存在偏差或混乱，原因就出在理论的贫乏或谬误上。进行文学翻译批评，得有个范围，得依据一定的理论、原则、标准和方法。近十年来，我国翻译理论的探索与研究取得了不少成果，但在与文学翻译批评有着密切关系的文学翻译的标准方面却始终莫衷一是。这倒未必出于你所说的思维定式。我想我们应该反过去看到，文学翻译批评的开展有赖于文学翻译理论的完善与相对统一的翻译批评标准的建立。

袁筱一：您是国内译界较早注意到这类问题的人，您前年出版的《文学翻译批评研究》也给译界带来了不少启发和教益，可不可以请您谈谈自己的看法呢？

许钧：从广义上讲，文学翻译的批评不应仅仅局限于对译文本身的评价。译者对原著的选择，译者的价值取向与翻译道德、态度等等，都属于批评的范畴，文学翻译批评是个静态分析与动态分析相结合的过程。我们刚才讨论名著复译时就已经涉及这里面的问题了，可见总是逃脱不了大致的范围和原则的。我们在开始时谈到文学翻译批评两个不可取的倾向，鉴于此，我认为，有几点是要尤其注意的：

首先，文学翻译批评不仅要对翻译的结果，亦即译作进行正误性的评判，更应该重视翻译过程的深刻剖析。如果翻译批评只囿于从文本到文本的封闭性批评窠臼，这就是在自寻死路。我们以前不乏这类的教训，拿本译作来，再找到原文，指出一些理解上的错误，好像就万事大吉了。这种批评，不光单调，而且无力，根本是隔靴搔痒。而注意翻译过程的剖析，不仅能够帮助阐发翻译活动本身的规律和价值，赋予翻译批评以指导性的意义，而且有助于拓展评论者的视野，在世界—作者（原作）—译者（译作）—读者这个相互影响的大系统中去考察翻译的可行性与译者的取舍依据，将译者的主观意图和具体转换过程与客观存在的翻译结果进行统一辩证的评价，这样就为翻译批评的合理性提供了可能。

袁筱一：嗳，这就有点类似于文学批评的四大基点之说，任何一种广泛意义上的文学批评理论，一定会牵涉到四种元素：作品、艺术家、世界和读者。但是各种文学批评所侧重的基点是不同的，那么，是不是也有这样的可能，因为侧重点各不相同会形成不同体系的翻译批评理论呢？

许钧：翻译批评与文学批评有相通之处，但也有着很大的不同。比如就艺术家这个基点而言，在翻译过程中，作者和译者之间这道程序就是多出来的，这里又掺进了新的世界和新的读者，矛盾更为复杂了。所以迄今为止还没能有什么翻译批评理论体系之说，况且翻译虽是一种再创作，它毕竟是有限度的，没有文学创作本身那么随意，这就为批评提出了客观和全面的要求。我所说的第二点也是在这里：文学翻译批评应该将局部的、微观的批评与整体的、宏观的评价有机结合起来。诚然，评价一篇翻译，自是不可能面面俱到，会有一定的侧重，如对译文的语义传达、形象再现等进行分类性的评价。但是，无论是对翻译的专题评价，还是局部的批评，都不能忽视对整体的把握。我们评价一句译文的处理，就离不开上下文，离不开句段乃至篇章制约因素的分析，否则就没有说服力，至少是不够严密的。

袁筱一：我注意到，您最近在《红与黑》汉译探讨中是有意地在做这一类的尝试。小到人名、地名的选择，大到译文整体风格，您都没有忽略。

许钧：是的。从某种意义上来说，全面是客观的基础。我说要考虑到翻译批评的大系统，是指要考虑到整个系统里的各项因素的影响，真正进行批评时，当然不可能无所不包的。这就牵涉到选择批评层面和角度的问题。可无论如何，文学翻译批评要突破感觉的体味，要注重理性的检验，因为翻译的过程本身就是不乏理性的因素的。再说现代翻译理论为文学翻译提供了不少可资借鉴的科学手段和方法。无论是翻译思维的研究、语际转换理论的探讨，还是翻译美学的开拓，对我们科学地进行译文评价，把感受性的体悟与理性的检验结合起来，是很有指导和启发意义的。翻译批评不该仅仅是赏析和悟读，没有学术实质的探讨，理论无论如何都前进不了。

袁筱一：是啊，这就要说到文学翻译批评的功用了。这功用当然是很明白的，总也是要促进文学翻译真正繁荣，可这种提法究竟也还模糊，凡人哪来这么深远的眼光，得像孙悟空那样用手在头上搭个凉棚——

许钧：刚刚我们不是在说文学批评的四个基点吗？其实说到底，今天我们这次谈话也是这最后一个基点引发出来的：读者。文学翻译批评的总目标在于提高文学翻译质量，繁荣文学翻译事业。这种提法要说大也不算大，因为鉴定很具体，那就是读者。不管是出版界，还是译者，都必须对读者负责。文学翻译批评的使命和方向就在这里。我要说的翻译批评的最后一条原则也在这里。文学翻译批评应该注意发挥积极的导向作用，要以提高全民的欣赏水平为己任。你说的是事实，一个读者不可能把15个版本的《红与黑》都一一读过来再决定买哪本。那就应该由评论界出来读。再说我们的读者也未必都是具有高度鉴赏力的人。评论界应该给一个客观的、中肯的，包括译者读者在内都能接受的评价。通过这种评价来介绍好的译本，淘汰坏的译本。这很重要，在这个商品的社会，什么都摆脱不了商品的意味，仅仅悲哀是无济于事的，总要做点什么来积极面对才好。书无一例外地都装帧得非常精美，甚而剽窃抄袭的译本比原版译本还要漂亮，你怎么可以任大众手足无措而置之不理呢？这不道德。

袁筱一：但愿不要有助纣为虐的——

许钧：这倒少见，沉默已经很了不起了。更何况沉默也不能全部怪到评论界的头上来。

批评者的素质

袁筱一：的确，保持缄默也有不得已而为之的原因。就您刚才所言，翻译评论实在是件不容易的事情，不是人人都做得来的。

许钧：正因为不容易，才更需要有人一步一个脚印地去把这条路走出来。作为一个文学翻译批评者，必须具备起码的素质。有人说，没有搞过文学创作的人可以搞文学批评，艺术鉴赏家更是不必亲自去绘画、作曲、下厨，但是没有搞过翻译的人是不能做翻译批评的。这话有一定道理。因为翻译是项极为特殊的活动。在它的身上，理论绝对不能成为手执鞭子的御者，可没有理论，它简直要是匹脱了缰的野马了。没有亲身体会过翻译甘苦的人，难免要说些不着边际的话，更难免要做感想式的评判，难以切中要害，说到点子上。

袁筱一：那么您说的基本素质，应该是怎样的呢？

许钧：在我看来，一个文学翻译批评者，最起码要有这么几点要求：一是在学术上，他要坚持理论与实践相结合。一个好的翻译评论者首先应当是个不错的译者。翻译理论绝不是空穴来风的东西。也正是因为它从实践中来，最后的归途也势必是要到实践中去。

二是要持一种公允的、高尚的、道德的态度。搞翻译评论的人，往往是自己也在做着翻译的，他进行评论，实际上是和朋友在进行探讨、交流和学习，还是一个让自己得到提高的机会。他要能够并且善于接受、吸收别人的东西，要有将自己置之度外的勇气。

最后，我觉得我们的翻译批评要目的明确。翻译批评者要本着为读者、为译者、为翻译事业负责的精神，因此他既该是嫉恶如仇的，亦该是与人为善的。

给文学翻译一个方向

袁筱一：如果有这样的人在搞文学翻译批评，我们在文学翻译上不能自主的悲哀当然会少一些，我们的文学翻译也就有希望向一个健康的方向去了。

许钧：翻译批评，说到底，就是要给文学翻译一个方向。翻译批评者应该起到一个纽带的作用，把我们的出版界、翻译界和读者沟通起来。这是翻译的外部系统，这个系统里诸因子之间也是相互制约的关系。你想想看，如果彼此可以相通相连，读者的欣赏水平和鉴别能力通过翻译批评提高了，翻译者自然要更加精心斟酌，要不然他就随时有被读者拒弃的危险，出版社也不敢乱来，什么赚钱干什么了。那么翻译批评的目的才算是达到了。

袁筱一：这话是很有道理的。而且我们法语文学翻译界也似乎打开了这样相互沟通的局面。不过在读者那一面——

许钧：读者也不是孤立的呀，读者需要舆论来引导。大众媒介的手段都可以用来引导我们的读者。这里我想特别地说一点，我觉得应该有这样的机会，使我们的译者、批评者和出版界，包括读者中的代表人物能聚到一起，共同探讨。现在的学问绝非在一个封闭的窠臼里就做得出来。

袁筱一：这样的机会……说到底，是要由有远见卓识的人，有能力、有精力、有财力的人来组织的。

许钧：就近说吧，那只是希望而已，希望有这样的人，有这样的机会。我认为现在颇为热烈的关于《红与黑》汉译的探讨就是一个很好的契机。

袁筱一：是建立文学翻译批评理论体系的契机吗？

许钧：这样说也许还为时过早。只是热闹不一定是坏事，哪怕混乱也坏不到哪里去。至少我们可以被迫做个梳理，往往在挣脱了混乱之后，我们就会往前迈一大步的。我们的理论正是在等待这样的提高，理论哪可以耐得住寂寞呢？

袁筱一：今天真也是“畅聆高论”了，有您的这番话挑个头，相信是会有不甘寂寞的人的。那么我们也就不虚此“谈”了。

1995年5月初稿

从“梦想”走向现实

/许　钧　袁筱一

袁筱一：去年我们长谈一次，在《文艺报》上得到了那个口号似的结果：给文学翻译一个方向。我们谈的是文学翻译批评，彼时您主持的《红与黑》的讨论正如火如荼地进行着。据我所知，一年以后的今天，《文字·文学·文化——〈红与黑〉汉译研究》已由您主编出版。这似乎标志着我国文学翻译批评乃至文学翻译理论的研究往一个新的道路上去了，那么今天我们还是回到这个起点来谈吧。但是我想我们也许更应该谈一谈关于翻译学的问题，如果翻译学确实已经存在了的话。

许钧：《红与黑》汉译讨论的确是给了我本人置身其中的文学翻译理论界某种启示。我觉得最大的启示也许在于，它在某种程度上证明了一点：文学翻译批评，包括由此扩展出去的文学翻译理论不应该有非此即彼的统一标准。是从这本书开始，我们学会不再问：“这对不对呢？”而是问：“这有没有合理性呢？”只花一年的工夫来领悟到这个现实，应该说是翻译理论界的一件幸事。

这在另一个侧面也就重复了你刚才的质疑，那就是所谓翻译学究竟有没有建立的问题。这20年来，我国翻译理论的发展相当快，一方面是翻译实践的必然结果——总要一种理论来指导的，更或不是一种——另一方面，我们的翻译理论界引进了大量西方翻译理论研究的优秀成果，语言学派或文艺学派的。有不少翻译理论家都写了专著阐述他们的观点，有的标上翻译学的字样，可谓宏伟，然而正如我去年在比利时和《国际译联通讯》主编阿埃瑟朗教授谈到的那样，一个体系完整、思路缜密的翻译学是不是已经建立了呢？答案恐怕正和我们期待的相反。

我们说翻译学，因为我们努力想把翻译纳入科学的轨道。这正是这么多年来包括国内国外的译家和理论家所致力做的事情。翻译和其他的人文学科一样，它也有其规律性可寻，找到了它的规律，我们就可以用来指导我们的翻译，这一点已经毋庸置疑了。然而翻译有它的特点，它的独特之处，使我们这些年以来的探索一直处于种种矛盾之中，形式和内容的矛盾，创作和模仿的矛盾……过去我们习惯于二元对立，翻译上的语言学派和文艺学派也水火不相容的样子，殊不知矛盾的双方总是以对方的存在为存在前提的。在大的方面，我们需要一种翻译哲学来解决可译与不可译的种种矛盾；可具体而言，我们仍然要强调翻译是一门实践的科学。翻译理论研究是要在这两个不同的层面上展开的，而不要制订一个标准，界定两个学派的是与非。

袁筱一：这也许就是您准备用相当的精力来进行“文学翻译基本问题研究”的原因所在？我们看到自从《红与黑》汉译讨论以来，您仿佛一直在致力于梳理译坛以及翻译理论界的种种问题，试图把我们所说的翻译的悖论纳在一个合理的统一体中，我想这一定程度上也代表了您今后几年——或者更长时期——的研究方向，可不可以给我们谈谈这方面的情况呢？

许钧：关于“文学翻译基本问题研究”，我的基本思路应该说是我刚才说的第二层面，即翻译理论研究中实践性的一面。翻译是人类最古老的行为之一，中国的文学翻译最早可以追溯到六朝时期，较为系统的外国文学译介则将近一个世纪了。在这一个世纪中，一代又一代的译家奉献出大量优秀的文学翻译作品，并且众译家在积累丰富经验的同时就译事进行了各个层面的思考，对翻译活动、文学翻译的特殊本质、文学与文化的关系等提出了许多精辟的见解。在这样的前提下，我希望我们能够通过学习比较前辈的优秀译作，对他们留下的宝贵的翻译经验进行分类、整理、归纳、分析和研究，借助文艺学、语言学和文化研究的最新理论成果，对文学翻译的一些具有共性的基本问题进行历时和共时的分析比较，进而上升到理性的思考，作出合理的、科学的描述和阐释。我想这对于我们认识文学翻译的本质，把握、处理翻译中面临的各种关系，采取各种可资借鉴的手段，实事求是地研究和解决好翻译中的基本问题，提高翻译质量，应该说是具有很大的实践指导价值的。我们应该知道，理论的研究永远都不是目的，着落仍然还是得在实践上，翻译更是如此。

袁筱一：我注意到刚才您用了"描述和阐释"的字样，这好像是近年来我们在译论研究中很少顾及的方法。这是不是说明您无意于构建一个翻译理论的框架呢？

许钧：理论体系永远都不能只是个框架，就算翻译理论可以建立起它的理论体系了，也应该是一个有血有肉的整体。但是很明显，现在还没有到时候，所以我想要做的目前只是"描述和阐释"，亦即通过认真阅读所搜集到的各类文献、各重要译家的代表作和有关翻译的论述，对中外文学翻译史上出现的重要现象、有关译本的特点进行描述，对一些具有代表性的译论和观点进行分类、整理和归纳。当然，因为是理性的研究，这就必然要求我们借助这些年来相关学科的一些新的研究成果和方法，在对经验和实践的客观描述之上，有理论的升华。

袁筱一：我觉得《红与黑》汉译讨论还给了我们一个很大的启示——用您的话来说——那就是文学翻译绝不只是一个从文本到文本的封闭过程……

许钧：这正是我所要谈到的，在过去我们的翻译理论研究中没有太注意到的第二个问题，即翻译的不确定性，翻译的复杂——或者我们说得更加美丽一点——翻译的壮烈在于它永远处于一种复杂的关系网内，并且关系网上的各个点都要求它能够兼顾。原作者、原作品、出发语的语境、作者本身的主观因素、读者的审美要求、译语语言体系的局限，以及译作本身的整体要求等等，都在对翻译产生着重大影响。原先的翻译讨论，国内国外都不同程度地有这样的状况，那就是只考虑到了原作与原作者的绝对权威性，从而忽视了译者不可为而为之的无奈，更导致了翻译中理论与实践的脱节。理论家往往不是实践者，最先对翻译理论发生兴趣的好像反而是语言学家，他们试图把翻译理论纳入语言学的范畴；而实践者又往往没有理论高度，他们大多是把翻译当作一个职业来对待的。但是正如法国翻译理论家拉德米拉尔说的，翻译早在语言学将其纳入自己的研究范畴之前就已经自成学科了。我们，包括国外的翻译理论研究，就目前阶段来说，当务之急就是如何跳出这个文本到文本的封闭圈子，借助相关的学科成果，对一门“自我完善，自我实践”着的学科进行综合性理论性的梳理。为此，在文学翻译基本问题研究这个课题中，我们也准备进一步打开思路，在尽可能搜集到已有的各类宝贵资料的同时，对国内外一些作家、翻译家进行有选择的采访，并在有关传媒的协助下，开展读者的调查，从各个角度来考察从原作者到译语读者这个特殊的语言、文化的交流转换活动。

袁筱一：所以说翻译是一门协调的艺术和科学，便是如同黄金分割一样，美不一定是没有严格的“科学阐释”的——我们在这里也借用您的话。从《红与黑》的汉译讨论到文学翻译基本问题研究是一个从具体实践走向理论思考的过程，我们等待您进一步深入研究的成果。

1996年11月初稿

一门正在探索中的科学

——与R.阿埃瑟朗教授谈翻译研究

/许　钧　R.阿埃瑟朗

利用访问欧盟总部的机会，10月8日星期六的下午，在中国代表团下榻的布鲁塞尔喜来登饭店，笔者有幸与神交已久，但一直未能谋面的国际翻译工作者联合会前秘书长R.阿埃瑟朗教授见了面，就翻译和翻译研究问题进行了近两个小时的长谈，交谈涉及目前世界翻译研究的现状、特点、趋势，中外文化交流和翻译学的构建等译界关心的问题，现根据笔者记录和回忆，并征得阿埃瑟朗教授同意，将交谈的主要内容介绍如下，供同行参考。

许钧：阿埃瑟朗教授，您在很长一段时间里，一直担任国际译联秘书长，多年来，担负着译联各团体成员及同行之间的译事、译论研究交流的协调与组织工作，至今仍担任《国际译联通讯》的主编和《巴别尔塔》的来稿审读和审订工作。能否根据您所掌握的材料和个人经验，谈谈目前世界译论研究的现状？

R.阿埃瑟朗：许钧教授，很高兴能有机会和您在一起交流翻译研究的看法。我想从我所主编的《国际译联通讯》谈起，这是国际翻译工作者联合会的会刊。您知道，国际译联是联合国教科文组织下属的非政府组织，《国际译联通讯》的出版，得到了联合国教科文组织的资助。这在一定程度上也说明并规定了这本刊物的办刊宗旨和原则，那就是为世界各国翻译组织在译事和译论的交流上提供一个机会，通过这本《通讯》，互通信息，相互沟通。应该说，主编这个刊物，给我提供了了解并关注世界译论研究发展的便利条件，也使我有机会与世界各地的译论研究专家进行交流。比如您本人，早在6年前，我们通过书信，建立了联系，我也有幸拜读了您的文章，如您于1992年在我刊发表的《论普鲁斯特隐喻的再现》，给我和我的同行们，印象颇深。正是有了这样的便利条件，我对目前国际翻译研究的情况有个较为大概的了解。当然，由于受语言的限制，对东方的译论研究情况了解不多，比如说中国，这十几年来，中国译论研究取得了不少成果，可我们知之甚少。就世界译坛研究总的状况而言，有几点是比较明显的：一是世界各地，特别是翻译家组织、翻译院校和外语院校对翻译理论研究越来越重视了；二是在联合国教科文组织和各国有关机构的支持下，同行们在一起研讨交流翻译研究经验的机会越来越多了，有的政府，如加拿大政府、法国政府比较重视翻译理论研究的开展；三是研究翻译的视野和角度进一步拓展了；四是翻译理论研究目前正处于一个总结和反思时期，就近30年来的译论研究，特别是译论的语言学研究方法进行了反思，不少学者和译论专家对译论语言派提出了不同看法。

许钧：这几点，我也有同感。在我们中国，情况也大抵如此。30年前，在中国，有一种说法很普遍，那就是“翻译无理论”，许多著名翻译家和学者都持这种看法。翻译本身得不到社会的重视，而译论研究又得不到许多译家的认可。中国当代翻译理论研究，认识上比西方最起码要迟20年，在人才的培养和学科的建设上也比西方要落后一大步。据我所知，法国培养出的第一个翻译理论博士是在1963年。如今在法国培养翻译理论研究的博士生的学校很多，特别是巴黎高等翻译学院，一方面致力于译论的研究，一方面积极培养人才，培养的博士几乎遍及世界各国，如亚洲的日本、朝鲜，非洲的尼日利亚、阿尔及利亚，美洲的巴西都有。不过，这20年来在中国，情况有了相当的改观。翻译理论不仅得到大多数学者的承认，还得到了大力的支持。就学科建设而言，目前中国有不少翻译实践与理论硕士点，最近几年，北京大学、南京大学等著名高校，也开始招收翻译理论方向的博士生。这确实是令译论研究工作者高兴的事，但从另一方面讲，也给译论研究工作者提出了更高的要求，翻译理论研究要进一步深化、系统化。现在，中国有不少学者在致力于翻译学的构建，有的还认为翻译学已经建立，还写了大部头的著作，冠之以《翻译学》(*Translatology*)，或《翻译学概论》。您对这种现象怎么看？

R.阿埃瑟朗：这倒是两个十分大胆的书名。如果说起这样的书名，表示作者对翻译学的一种探索，那是十分可贵的。实际上，世界各地的不少译论研究都在作这方面的努力。奈达先生的《翻译科学探索》(*Toward a Science of Translating*)，就代表着这种可贵的探索。类似"翻译学"的说法，近年来常可以见到，英语中叫"Translatology"，法文叫"Traductologie"，如法国巴黎高等翻译学院就主编了一套丛书，叫作"翻译学丛书"(*Collection Traductologie*)。又如G.瓦茨盖·埃奥尔(G. Vazquez Ayoer)教授于1977年在乔治敦大学出版社出版的《翻译学引论》(*Introduction à la traductologie*)。就丛书和具体著作的内容看，还不能说是真正系统地构建翻译学的著作。就目前而言，翻译学，只能看作不同途径、角度和方法的翻译理论研究的一种总称。

许钧：我认为，构建翻译学的努力是值得肯定的，但这门学科还远远没有建立。近30年来，世界各国的译论工作者通过不同途径对翻译进行了广泛的研究，如从思维与语言关系的角度，从符号学的角度，从语言的角度，从文化的角度。角度不一，方法各异，涉及了翻译的一些主要问题，但对翻译的实质和标准等问题，却难以达成真正的共识。我发现一个十分有趣的现象，像法国、德国这些国家，在哲学、美学、文化等领域，长于思辨，纯理论著作不断翻新，特别在文学理论研究领域，一会儿就可构建出一个理论、一个学派、一个体系，为何惟独在翻译理论研究方面，至今还没有出现过一本系统完整的翻译学开山之作？

R.阿埃瑟朗：这确实是一个值得我们思考的现象。翻译是人类的一项古老而复杂的活动。它的重要性和必要性是不言而喻的。今年9月30日，是第五个国际翻译日，对翻译在世界文化、经济和社会发展中所起的作用，人们给予了充分的肯定。但对翻译的研究，却相当滞后，翻译中的许多理论问题，还有待人们去探索。应该说，自从人类有了翻译这种活动之后，人们就一刻也没有放弃对翻译的探索。从西方翻译历史来看，从罗马帝国时期的西塞罗到本世纪，特别是近30年来出现的一批翻译理论家，如美国的奈达、法国的乔治·穆南、英国的卡特福德，一直都在进行积极努力的探索。可是为什么至今还没有出现一部系统而科学的翻译学奠基之作呢？我想原因是多方面的。一是翻译活动的复杂性，它涉及的问题很多，如您刚才所说的，思维与语言的关系，语言与文化的关系等等。人类对自身的了解，比如对人的大脑机制的了解，就很不够。这就限制了我们对翻译转换机制的认识和探索。二是翻译是一种实践活动，不同时期，不同历史阶段，人们对翻译的目的、功用的要求不同，在理论上对翻译的实质、原则与标准就比较难以界定。在这个意义上说，纯理论凭空构建翻译学，不仅是不可能成功的，也是没有什么价值的。

许钧：我国学者对这一点看法比较一致。翻译理论研究，不能脱离翻译实践，它应该建立在对翻译活动的客观认识和科学的描述之上。刚才您谈到翻译的目的问题，我想这是个翻译理论研究不可忽视的方面，翻译目的不同，其标准和要求也就必然不同，脱离翻译目的，就难以谈清楚翻译方法。从翻译史看，翻译活动不断丰富，翻译的“内涵”也不断扩大，译论研究不应该是规定性的，不应该是僵死的。

R.阿埃瑟朗：翻译理论应该描述、总结翻译过程的客观规律，提高人们对翻译活动的科学认识，避免有悖于翻译目的与宗旨的做法。如果人们硬性地给翻译定一个标准、一种方法，恐怕实践上行不通，译家们也不会理会这种标准和方法。就我掌握的材料看，目前对翻译的研究可以说是全方位的。如保加利亚的一位学者，名字我记不清了，他从神经语言学的角度来探索翻译机制；法国的梅肖尼克（Henri Meschonnic）从诗学的角度来重新认识翻译，特别是文学翻译的再创造性问题；现在美国的安德烈·勒费弗尔（André Lefevere）对翻译文学进行了系统的研究，他在1992年出版的那部《翻译·历史·文化》（*Translation/History/Culture*）很有创见；美国的R. T. 贝尔（Roger T. Bell）将翻译的静态研究与动态研究结合起来，1991年出版了他的代表作《译作与译事：理论与实践》（*Translation and Translating: Theory and Practice*），此书内容丰富，针对性很强，很有价值；还有以色列的G.图里（Gideon Toury），他的《翻译描写研究》（*Descriptive Translation Studies*），也很有代表性。

许钧：我对西方译论了解不多，比较认真读过的，主要限于法语国家和地区的一些理论著作；当然，有些英文著作，也能读个大概。我发现无论西方，还是中国，对译论研究有不少方面是相通的，单就不少译论著作的书名看，有两点就有相似性：一是强调翻译的探索与研究，如苏珊·巴斯奈特(Susan Basnett)的《翻译研究》(*Translation Studies*)，奈达的《翻译科学探索》；中国也同样，不少译论著作都冠以“初探”“研究”等。二是强调翻译理论与实践的结合，如奈达的《翻译理论与实践》(*The Theory and Practice of Translation*)和刚才您提到的R. T. 贝尔的大作等。这是否在一定程度上说明了两个重要的问题：一是翻译科学还处于探索阶段；二是翻译理论研究离不开翻译实践？

R.阿埃瑟朗：可以这么说，正是因为翻译研究还处于探索之中，所以就可能会有不同意见和看法，如不同翻译学派的论争。50年代，在苏联有“科学派”与“艺术派”之争；法国乔治·穆南与爱德蒙·卡利的观点也有争论。目前，对美国奈达的翻译理论，世界各地的不少译家提出了不少反对意见，如刚才提到的法国巴黎第八大学教授梅肖尼克，就对奈达的理论对文学翻译的指导性，特别是对他的“等值论”提出了质疑。加拿大的罗贝尔·拉洛兹(Robert Larose)对近30年来的各种翻译理论进行了总结和反思，他的那部《当代翻译理论》写得很及时，对西方当代译论中涉及翻译的一些基本问题提出了自己的看法。

许钧：近30年来，尽管对翻译有各种探索和研究，但似乎是以语言学为指导的译论研究占主要的位置，这方面的代表作不少，影响也大。这恐怕要归功于语言学在20世纪以来所取得的突破性成果。20世纪是语言学的世纪，无论对美学、哲学、文艺批评理论，都有很大的影响，翻译研究更有理由借鉴语言学的研究成果。当然，由于翻译活动的复杂性，仅仅从语言角度研究翻译是不够的，许多问题若只从语言角度研究，说不通。所以，对翻译的语言学派的一些观点提出质疑，是必然的，也是必要的。从不同角度对翻译进行理论研究，产生了不同的翻译观点。如果执于一派之言，认为这一派或那一派已走了“死胡同”，如中国有的学者就认为译论的语言学派已走了死胡同，这种断言还为时过早。不过发现对方的不足之处，提出新问题，进行论争，进行探索，是好事。最近，我们就《红与黑》的汉译对翻译的一些基本问题进行了新的审视，有两种不同观点，一种持“等值论”，另一种持“再创造论”；还对语言、文学、文化的关系问题进行了探讨，引起了许多同行的兴趣。

R. 阿埃瑟朗：您在5月份给我的来信中，谈到《红与黑》十几个汉译本的比较研究，您还说就《红与黑》的汉译征询了读者意见，这是很有意义的。翻译研究，不能忽视作者、译者和读者这三个相互关联的方面，听一听读者意见，很有必要。这方面的研究成果还不多。希望您能就有关的材料和读者意见写几篇有深度的文章，《国际译联通讯》和《巴别尔塔》将很高兴向同行们作介绍。翻译的一些基本问题，都具有共性，比如"忠实性"的问题，文化与语言的关系问题，很值得深入研究。另外，还有一些特殊的问题，如大语种之间的互译，大语种与小语种之间的互译，问题就不一样；不同语系作品之间的互译和相同语系作品之间的互译，障碍也不一样；不同文化传统的作品之间和具有相似的文化传统的作品之间的互译，采取的原则也可能有别。我曾和尼日利亚的一位教授探讨过翻译问题，他说翻译中对不同文化的态度，有时会造成翻译原则与方法的不同。对不发达的国家与民族的文化的歧视现象，在当今的翻译中时有出现。这些问题也应该研究。

许钧：对。不同民族对外来文化的接受力和消化吸收能力是不一样的，翻译中确实有一个对异语文化的尊重问题，也要考虑到目的语文化的接受能力。在这方面能否处理得好，从某种程度上来说，是翻译能否成功的关键之一。我读过不少翻译成法语的中国文学作品，除了语言结构的转换之外，原作中许多新鲜的、具有中国色彩的形象被法兰西化了。这样做到底利弊如何？值得研究。关于翻译的基础理论研究，我想是否可以分为两个方面，一是对共性问题的研究，二是对具体语言转换的研究。就我所知，加拿大、法国等国很重视后者的研究。中国这十几年来在译论研究方面取得了不少成果，如刘宓庆先生的《现代翻译理论》、张今先生的《文学翻译原理》都很有深度，还有北京大学许渊冲先生的《翻译的艺术》，对文学翻译有着独特的见解。

R. 阿埃瑟朗：中国是一个历史悠久的文明古国，翻译在中国与世界交往中起到过重要的作用。据介绍，中国历史上对翻译问题有不少研究，近年来有不少专著问世，这方面的研究成果，值得世界其他国家同行们借鉴，希望您和您的同行们多向我们介绍中国译论研究的新成果、新进展。《中国翻译》是本好杂志，从它每期的篇目看，有不少好文章，可惜是汉语，许多人读不懂，以后如有好的文章，希望能用英语或法语向我们推荐；如果是有价值的专著，要全文翻译当然很难，能否以写评介的形式进行交流。我们很乐意向同行介绍。另外,《国际译联通讯》希望与《中国翻译》建立正常的交流关系。

许钧: 交流与沟通,是翻译的总的目的和宗旨。同行间互通信息,交流研究成果,是十分必要的,我一定向《中国翻译》编辑部和中国的译论研究者传达您的意见和希望。

1995年10月初稿

翻译释意理论辨

——与塞莱斯科维奇教授谈翻译

/许　钧　达尼卡·塞莱斯科维奇

在不久前完成的《当代法国翻译理论》一书中，我们曾辟一章，对达尼卡·塞莱斯科维奇教授创立的翻译释意理论进行了评述与研究。这次参加由北京外国语大学与中国翻译工作者协会共同举办的国际翻译学术研讨会（1997.11.1—11.3），有机会和到会的塞莱斯科维奇教授就释意理论及其相关问题进行了探讨，交换了意见，现将谈话的主要内容作一简要介绍，供同行参考。

许钧：塞莱斯科维奇女士，您是世界著名的翻译和翻译理论家，曾长期担任巴黎高等翻译学院院长，并结合自己丰富的翻译实践，带领同行和众弟子进行翻译理论研究，创立了翻译的释意派理论。就我所知，早在1968年，您就出版了《国际会议译员——语言和交际问题》(*Interprète dans les conférences internationales, problèmes de Langage et de communication*) 一书，借助语言科学研究的成果，把口译纳入系统的理论研究轨道，对口译的性质、任务进行了界定，为释意理论的发展奠定了基础。您与玛丽亚娜·勒代雷合作，于1984年出版的《释意理论》(*Interpréter pour traduire*)，运用现代语言学、逻辑学、心理学与交际理论对翻译的理解和表达过程进行了科学的分析与系统的阐述，对口笔译的共同点及差别进行了对比，揭示了即席翻译及同声传译的基本规律。可以说，这部著作的出版，标志着释意理论的确立。您能否就释意理论的基本观点与意义作一概括性的介绍？

D.塞莱斯科维奇：释意理论，更确切地说，应该叫交际与释意理论。这一理论的建立，并非我个人努力的结果，里面凝聚着我的同行们的心血。若要用几句话来说明这一理论的要旨，那我是否可以这么说：释意理论首先是一种口译理论。我们认为，翻译的对象不是语言，而是借助语言表达的意义，因为不同语言社团的人有共同的需求，他们交往的目的是相互理解，交换思想，或在不同领域进行可能的合作。因此，翻译的任务是转达交际意义，而语言只是理解意义必不可少的条件之一，若想正确理解意义，译者不仅仅要拥有语言知识，还应有足够的主题知识、百科知识，总之，需要有广泛的语言外的知识。

许钧：去年，您的弟子刘和平博士给我提供了释意派理论的最重要的论著之一，巴黎高等翻译学院现任院长玛丽亚娜·勒代雷教授的《现代翻译——释意法》(*La traduction aujourd'hui, le modèle interprétatif, Didier Erudition*, 1994)。她在这部著作中，对您的这些观点进行了系统的阐述和界定。我注意到其中重要的一点，那就是释意派理论认为，翻译的对象不是语言，而是意义。这一点非常重要，我曾经说过一句话：语言是翻译之敌。这里面包含两种意思：一是从大的方面讲，不同民族、不同文化、不同语言的人们要相互接触，相互交流，语言是个障碍，是个天然之敌，必须消除它；二是在翻译的具体过程中，特别在笔译中，语言时时都在束缚着译者，不少译者眼中只盯着原文的词、句和结构这些属于语言层次的东西，成了它们的奴仆，难以从中解放出来，结果，翻译出来的东西只是一种文字层次的转换，徒具形，而原文的意义和精神没有得到很好的传达。

D.塞莱斯科维奇：您讲的这两点非常好。在我们的研究中，我们有自己的重点和特色。我们是将翻译作为交际行为而不是作为交际结果进行研究的。翻译首先是人类的交际行为。在自然的交际活动中，语言主要是起工具的作用，因此我们强调，翻译的对象应该是信息内容，是意义，而不是语言。我觉得，译者或者译员都是画家，而不是摄影师：绘画是借助画家的看法，从要表现的现实中提炼与现实相当的意义和信息；翻译亦然，是要透过语言层次，深入到言语层面，理解文本或篇章意义，以恰当的形式加以表达。在一定意义上说，语言只表明概念，而篇章，包括文章和讲话，描述的是事实、环境、思想、感情等。应该翻译的是这些成分，而不应只是进行简单的语言符号层面的转换。

许钧： 就我所知，释意理论特别重视对翻译过程，对翻译这一交际行为的动态过程的研究。你们认为，只有在对翻译过程或程序进行科学分析和研究的基础上，才可以谈到翻译原则和方法的确定。一般认为，翻译包括两个过程，一是理解，二是表达。而释意理论则把翻译过程分解为三步：理解、脱离原语语言外壳 (déverbalisation) 和重新表达。您能否作进一步说明？

D.塞莱斯科维奇： 对这个过程的划分，我们开始只是作为一个假设。我们把口译过程假设为一个三角模式，从三角形的顶端开始自发表达思想，同为表达思想的原语形式已不再有约束力。底部表示未经语境、情景更改的概念从语言的直接翻译，这些概念只是认知的目标而不是理解的目标。就理解而言，既然翻译的对象是交际意义，那么理解的内容也应该是交际意义。从理论上讲，理解的前提是语言知识、主题知识、百科知识和交际环境等。理解是个整体的活动，包括理解语言知识、认知补充、调动语言知识、确定交际环境等方面。

许钧： 这一点比较容易理解。但释意理论所说的第二步，即déverbalisation，似乎在理论上还难以论证。对语言与思维关系的探讨，目前也没有达成一致的意见。就口译而言，只理解意义，不顾及原话的语言形式，在一定程度上是可行的，但对笔译，尤其是文学翻译，原文的语言表达形式往往有着特殊的价值，作者有文学上的追求，往往直接体现在对原语表达形式的选择与艺术处理上。

D.塞莱斯科维奇： 首先我要说明一点，对于déverbalisation这一个阶段，理论上论证是要以实践为基础的。应该说，在长期的口译实践中，我们积累了相当的经验，对这些经验的总结与提炼是很重要的，但这还远远不够。我们还投入了许多力量，观察口译的过程，录了大量的有声资料，采用科学的方法进行分析、对比和论证。我们发现，在交译中，译员所记忆的不可能是单词或句子，而是相对脱离了语言形式的意义。在笔译中，也同样如此，文本的转换，本身就是一个脱离原语语言形式的过程。照搬原语语言形式不仅是行不通的，也是为翻译的目的所不容的。这一点非常重要。

许钧：勒代雷教授在《现代翻译——释意法》中，对déverbalisation有个明确的界定。她认为，déverbalisation是指理解一篇文章或一段讲话和用另一种语言重新表达的一个阶段，指伴随语言符号产生的认知和情感意义，是对语言符号的超越。这一界定很符合您的思想，因为您一向认为，翻译，无论是在理解阶段，还是在表达阶段，若只停留在语言层次，是不可能真正达到翻译和交际的目的的。在这一点上，您与法国著名的语言学家、翻译理论家乔治·穆南有着明显的分歧。

D.塞莱斯科维奇：只是理论上的分歧和观点的不同而已。我本人很敬重乔治·穆南，他思想深邃，博学，对翻译有着自己独特的理解与探索，《翻译的理论问题》在西方翻译界影响也很大。但他所阐述的主要观点，即他认为翻译是语言接触行为，翻译是语言的转换，我是不同意的。我曾当面跟他交换过意见。无论是口译还是笔译，都有共同的一点：那就是一定要超越语言的层次，在理解篇章的基础上对原讲话者或作者的思想进行表达。但应该补充的是，在翻译中，强调翻译的是意义而不是语言，并不意味着对原文表达形式的忽视。这里面有个译者与原作者或原讲话者的关系问题。

许钧：谈到译者与原作者的关系问题，我想这里边涉及的因素很多，如时代、社会、意识形态等因素，另外，还有与读者或听众的关系。释意理论强调交流，译者作为交流的中介，仍然要有个正确的自我定位。从理论上讲，译者要保证客观、正确的自我定位，而译者要保证客观、正确地传达原讲话者或原作者所表达的思想，就不能不持一个客观、公允的立场，无论是对作者，还是对读者，要尽量做到不偏不倚，但实际上很难做到。

D.塞莱斯科维奇：确实如此。任何一项活动，都有一种理想的追求。追求思想传达的客观性和准确性，这并没有错，能不能完全做到与想不想往这方面努力是一个问题的两个方面。在我个人的口译实践中，有时两个对话者表达不同的观点，甚至意见截然相反，发生争执，译者作为一个社会的人，自然有自己的好恶，有自己的是非标准，有自己的价值取向。但作为思想传达的中介，不能把这些东西掺杂进去，翻译应该尽量保持中立的立场。有时确实出现过这样的情况，对话的一方的观点、立场，我很难接受，心里产生抵触，甚至想反抗，想咒骂，但这样做，与翻译的目的、任务是相左的，是翻译的道德所不容的。

许钧：读过您的不少大作，也听过您的讲演，发现您特别强调译者要处理好自身与读者的关系。您认为，只有不称职的翻译，绝对没有不称职的读者或听话者。因此，您强调一方面要尊重作者或讲话者，另一方面要尊重读者或听话者。对前者的尊重表现在正确理解其文本或讲话的意思，再尽可能完整、准确地用译语传达出来；对后者的尊重则是表现在以一种平等的态度与之相处，永远不要过低估计其水平。在这一点上，您与美国翻译理论家尤金·奈达好像也有不同的意思。

D.塞莱斯科维奇：是的。也许是职业的关系，我一直在寻求一种沟通，将自己置放在一个恰当的位置上，以平和的心态处理自己与世界的关系。翻译是人类的交流行为，是一种实践，寻求的应该是交际双方的沟通，让交际双方相互理解。至于沟通后，双方会有何反应，采取何种行为，与译者无涉。尤金·奈达是语言学家，更是一个"传教士"。他积累了《圣经》翻译的丰富经验，他的翻译理论与主张有许多是建立在《圣经》翻译的基础之上的。他主张的是说服读者，让读者信服，有一种传达上帝旨意的姿态，好像不太平等。我则相反，寻求对话，寻求沟通，这才应该是翻译的目的所在。

许钧：我认为，翻译目的，在很大程度上制约着翻译者所采取的态度、原则和方法。法国翻译理论家贝尔曼也有类似的看法。我想，翻译是一项人类的实践活动，涉及因素很多，有外部的，也有内部的。翻译处在各种因素的活动中心。在一定意义上说，各种因素的活动，构成了一张动态的关系网。翻译的成功与否，就是看你能否正确地认识各种因素及其作用，能否处理好各种关系。可以说，译者是处于中心位置，他的主观性，他的取舍态度，他的语言能力，他的认识水平，都无不在起作用。记得在1990年，巴黎高等翻译学院曾经召开过一次国际学术研讨会，探讨翻译中忠实与自由的关系，特别是译者在翻译中的自由度问题。那次会议的论文集由玛丽亚娜·勒代雷教授主编，题目就叫作《论翻译中的自由性》。在您看来，作为译者，他的自由度有多大，应如何界定？

D.塞莱斯科维奇："自由"，不应该是一个单独存在的概念，它往往与忠实这一概念相联系，译者的自由以忠实为前提，而忠实又赋予译者一定的自由度。我们认为，译者的自由主要存在于重新表达这一阶段，在理解阶段，译者不能以自由为名有意地曲解原文，当然，无意的误解与曲解是常常发生的，但这属于另一性质的问题。在重新表达阶段，译者可以用自己认为恰当的方式去进行表达，至少在翻译提供了多种可能性的情况下，译者有选择的自由。但这种自由是有限度的，以不要歪曲原文讲话的精神与意义为准，翻译除追求篇章意义的等同的同时，还要追求风格的近似。

许钧：在这一点上，我们有着一致的看法。从心所欲不逾矩，是一种翻译的境界，要达到这个境界是非常不易的。一般的翻译，要么太守规矩，成了原文字、句的奴隶，不给自己一点自由；要么太不守规矩，随心所欲。所以您把自由与忠实放在一起来讨论，相辅相成，相互制约，是非常有见地的。您的弟子安帕罗・于塔多・阿尔比出版的《论翻译的忠实概念》一书，以翻译理论上极为敏感的"忠实"问题为切入点，对翻译中的"忠实"概念进行了系统的研究，并尽可能给予科学的界定。

D.塞莱斯科维奇：是的，他在这方面的研究是比较深入的。在1990年，我们主编出版过一部论文集，叫《翻译研究》(*Études traductologiques*)。里面收了近二十位研究人员的文章，其中就有他写的一篇文章，叫作《忠实与意义——翻译学研究的新动向》。该文提到了忠实的三个标准。这方面还有不少研究文章。简单地说，我们应该反对两种翻译，一种不考虑原文的意义，而只在语言层次进行逐字逐句翻译的"语言对译"，另一种就是凭主观猜想乱译或表达中离题发挥的"自由翻译"。

许钧：刚才谈到你们出的《翻译研究》一书，我觉得，在这一部书中，您的弟子试图将您创立的释意理论应用于口译之外的其他类型翻译中去。应该说，释意理论首先是一种口译理论，对口译实践有重要的指导作用，因为它本身是从口译实践中而来的。但对笔译，它的指导作用如何呢？

D.塞莱斯科维奇：口译与笔译有不同之处，但基本性质应该是一致的。在这个意义上说，释意理论所探讨的问题与笔译并非没有关系，它所确立的一些基本原则对笔译也是同样适用的。我想，作为一种理论研究，应该是一个长期的过程，不可能一下子解决翻译中提出的所有问题。巴黎高等翻译学院从1957年成立至今，已有40年的历史。在前20年里，我们一直在探索系统的理论研究与丰富的教学实践相结合，结果是令人满意的。我们培养了大批高质量的国际译员。现在有许多国家，包括美国，把最优秀的人才送到我们学院来培养，教学质量是有目共睹的。同时，我们还获得了翻译学博士学位授予权，从1976年第一位博士生毕业到1996年底，已有40多篇博士论文通过答辩，从不同角度探讨翻译学与翻译教学的问题。

许钧：关于翻译教学理论的探讨，巴黎高等翻译学院是有贡献的。您和您的同事对翻译教学与教学翻译进行了严格的界定，发表了一批专门探讨翻译教学的专著和论文。您本人更是身体力行。在1989年，您和勒代雷教授合作出版了《口译推理教学法》（*Pédagogie raisonnée de l'interprétation*），对即席翻译和同声传译人才的培养原则和方法作了深入的探讨。另外，克里斯蒂娜·杜里厄的《科学翻译教学法》（*Fondement didactique de la traduction technique*, 1988）、伊丽莎白·拉沃的《翻译在语言教学中的作用》（*Fonction de la traduction en didactique des langues*, 1985），以及勒菲阿尔的《笔译推理教学法》（*Pédagogie raisonnée de la traduction*, 1993），都是这方面有代表性的著作。

D.塞莱斯科维奇：我们对翻译研究有着十分明确的目的，那就是通过理论的研究，促进我们的翻译实践，提高翻译的质量。我们这次来北京，能有机会与同行一起探讨理论问题，交流经验，是非常有益的。当今的世界，需要大量的人才，但同时，对翻译人才也提出了越来越高的要求。我们重视对翻译教学理论的研究和探讨，就是适应了这种需要。在目前情况下，英语有一种统治的倾向，也许在多少年之后，英法、英德之间的翻译不需要了，在许多商业、贸易活动中，合作的双方直接用英语交流了。这种倾向到底会引起何种后果，我们没有去设想过。但我坚信一点，那就是汉语的地位不会削弱，以后反而会越来越受重视，因此，谁要与中国打交道，都必须会汉语翻译，在这方面，应该加强研究。

许钧：确实，在翻译研究中，宏观的研究很重要，如哲学的、历史的、文化的研究，但微观的研究也要加强，如汉法、汉英、汉德翻译的具体研究。我想以后也许会有机会在研究方面进行合作。今天通过与您的交谈，对您创立的释意理论有了更深的了解，可以说为以后的合作奠定了一个基础。

D.塞莱斯科维奇：交流与了解就是合作的开始。我们愿意与中国同行一起努力，共同探讨翻译研究中目前还没有解决的一些重大问题。

1997年12月初稿

加强翻译学科的建设
——许钧教授访谈录

/尚　岩　许　钧

尚岩： 几年前，我们在南京国际关系学院参加中国首届翻译理论教学研讨会，会上不少代表谈到了翻译学科的建设问题，我觉得非常重要，早就想就与翻译学科相关的一些问题对您进行一次采访，听听您的意见。

许钧： 谢谢您给我这样一个机会，就翻译学科建设问题谈谈我自己的一些看法。我们相识已经很久了，不知您是否还记得，第一次见面是在山东烟台。那是在1985年7月，中国译协组织召开了全国首届文学翻译经验交流会，与会的有很多老一辈的翻译家，他们介绍了自己积累了数十年的翻译经验，非常珍贵，我学到了许多东西。那次作为正式代表出席会议的年轻人很少，只有三四位，我记得有谭载喜，还有朱纯深等。您作为《中国翻译》编辑部的编辑，协助组织安排过一次小型座谈，当时就谈到了年轻翻译人才的培养问题，我印象很深。从那时起，我心中逐渐形成了一个想法，中国翻译事业要兴旺发达，就必须后继有人，要把翻译人才的培养作为一个重要的问题来抓。

尚岩： 您是个有心人，十多年来，您不仅自己做文学翻译，教授翻译，研究翻译，还多次组织全国性乃至国际性的翻译研讨会，如1987年在南京召开的全国首届研究生翻译研讨会，1990年也是在南京召开的中国首届中青年翻译家笔会。看来，您积极组织研讨会，让翻译界的同行们有机会在一起交流经验，进行学术交流，目的很明确，就是为了深化翻译理论研究，促进翻译学科的建设。

许钧：您说得对。回顾一下近20年来中国翻译界所走过的路，我们可以看到，无论是在翻译理论研究方面，还是翻译人才的培养方面，都做了不懈的努力，取得了相当大的成绩。首先是翻译理论研究向系统、科学的方向迈了一大步，在翻译史、翻译基本理论、翻译批评、翻译教学理论研究等各个方面，都有一批具有代表性的著作问世。在研究中，中国学者一方面注意总结与梳理中国传统的译学理论，一方面注意向国外同行学习，借鉴他们的成果，不断拓展翻译研究的视野，探索科学的研究方法。我觉得，继承中国译学传统，借鉴外国译学成果，是相辅相成的，这是一个方向，是中国译学进一步发展的基础和保证。其次在翻译人才的培养方面，中国改革开放，需要大批的外语人才、翻译人才，中国外语教学界在翻译人才的培养方面一直很努力，成绩是有目共睹的。但由于学科体制上存在着问题，要进一步发展，提高翻译人才培养的质量，困难也不少，在理论上和实践上都有许多问题需要进行探讨与研究。

尚岩：最近几年来，译界的一些有识之士一直强调要加强翻译学科的建设，青岛海洋大学的杨自俭教授还专门写了文章，对翻译科学的学科建设问题提出了自己的看法。您能否谈谈翻译学科的建设进展缓慢到底症结何在？

许钧：杨自俭教授的那篇文章我拜读过，叫《谈谈翻译科学的学科建设问题》。他提出的问题是十分严肃的，观点也很明确。我本人也有同感。我认为目前在中国，翻译学科确实处在尴尬的位置上，发展缓慢的症结是学科的定位不科学，对专业的设置和建设起着明显的遏制作用，学科的规划与管理也不尽合理，翻译研究得不到应有的支持，翻译学科不具备独立的学科地位。我们注意到，由于认识上的原因，对“翻译专业”的设置有过反复。在1992年之前，翻译专业的全名是“翻译理论与实践”，是国内培养硕士生的专业名称，列在文学门类的外国语言文学之下，同“英语语言文学”“法语语言文学”“语言学与应用语言学”等专业并列。这样的学科定位，虽说还有可商榷之处，但基本上能保证翻译学科的独立地位，与国际上翻译学科所处的地位也大致相同。但是，1992年11月1日国家技术监督局发布了《学科分类与代码》，把“翻译学”又降了一级，列在语言学与应用语言学之下，作为三级学科，与“语言教学”“话语语言学”等并列，这样一来，作为翻译专业的独立学科地位根本无法保证，弊病很多。

尚岩：您长期以来从事翻译研究和翻译教学，据我所知，您指导的翻译方向的两名博士生已经分别于去年年底和今年年初顺利通过答辩，获得博士学位；您指导的翻译方向的硕士生先后有十余名，在翻译研究与教学方面已经积累了相当多的经验。您能否具体谈谈目前翻译学科的定位给您带来哪些困难和障碍？

许钧：我刚才谈到，翻译专业的独立学科地位得不到保证，弊病很多。我亲身体会到的，有这么几个方面的问题。首先是翻译研究方面的。您知道，近20年来，随着我国改革开放事业的不断发展，国家开始重视人文哲学社会科学的研究工作，在经费上给予支持，但是，由于翻译学科没有自己的独立地位，被归入了“语言学与应用语言学”的范畴内，作为一个三级学科，难以发出自己的声音。虽然自1989年以来，有十来个国家级翻译研究课题得以立项，但与其他相关学科相比，实在是少得可怜。就我了解，无论在评项目还是评奖时，翻译学科的课题或成果经常成为“弃儿”，特别是做文学翻译课题的，不被“语言学”认可，而文学类又没有翻译学科的一席之地，导致许多很有价值的翻译研究课题得不到应有的资助，一些有重大理论与实践意义的研究成果得不到承认，大大挫伤了广大翻译研究工作者的积极性。

尚岩：这是在研究方面出现的问题。在翻译教学方面，有哪些具体的困难？

许钧：由于学科的独立地位得不到保证，中国基本上没有真正意义上的翻译教学。最近，海南大学文学院的穆雷同志完成了一个课题，叫“中国翻译教学研究”。根据她的调查，全国约有400所左右的院校开设专科或本科翻译课程，涉及多个语种，但教学的目的不是很明确，从某种意义上说只是作为学习外语的一种手段而已，而不是着重于培养学生的翻译专业技能。因此，在课程设置、教材建设、师资培养、教学方法等各个方面，都存在着相当严重的问题。另外，由于现行的外语教育通常以语种划分专业，各个语种之间相对来说处于封闭的状态，连硕士生、博士生培养层次，语种的界限也基本上没有打开，造成有限的教师资源的浪费。比如在我们南京大学外语学院，有六个硕士点、两个博士点，都招收翻译方向的研究生，每年都有十几名，开有翻译理论、翻译史、翻译评论方面的课程，由于没有独立的翻译学科，招收的研究生都从属于各语种，各语种指导教师都各自为政，有的小语种每年只招一两名研究生，也都独立开课，造成很大的浪费。实际上，如果有独立的翻译学科，各语种界限完全可以打开，有的课程可以统一开。我现在招收翻译方向的博士生，每年都有很多人想报考，来信联系，有的水平相当高，学术基础也比较扎实，但因学科限制，我招收的只能是法语语言文学专业毕业的硕士生，不能招其他语种的考生，因此生源也受到限制，影响翻译研究人才培养的质量与规模。

尚岩：在您看来，这些问题应怎么加以解决呢？

许钧：首先要有观念上的变化。翻译界应该多作努力，让国家的学科管理部门和有关专家对近20年来翻译学科在国际上的发展有所了解。我们现在都在讲要跟国际接轨，学术研究要向国际先进水平看齐。对翻译学科来说，这20年在国际上发展非常迅速。翻译学科应该是一个综合性的学科，它跟文学跟语言都有非常密切的关系。在西方翻译理论界最早且较为系统地提出翻译理论研究应属于语言学研究范围的，是苏联的费道罗夫。他在1953年发表的《翻译理论概要》中明确指出，翻译的过程是使用语言的过程，因此在翻译中，语言问题应放在头等重要的位置上，认为翻译研究，首先应当从语言学的角度加以研究，并宣称只有采用语言学的研究手段，才能科学地揭示翻译的规律和本质。在他之后，移居加拿大的法国人让-保尔·维纳和让·达尔贝勒纳于1958年推出了以“翻译方法”为副标题的《法英比较修辞》，他们积极支持费道罗夫的观点，认为必须把翻译“列入语言学的范围”，并提出“翻译是一个真正的学科，具有自身特殊的技巧和问题”，值得在“目前备受重视的语言学的分析手段”的启示下进行系统研究。在这种思想的指导之下，在西方的某些国家，翻译专业开始也都设在语言系。但后来，人们发现翻译的许多问题单凭语言学是无法解决的，它具有自身的特殊性和独立性，慢慢地开始从语言系独立了出来。比如在法国，1957年在巴黎建立了高等翻译学院，现在学院下面设三个系，有口译系、笔译系和研究生系。口译系学制两年，笔译系学制三年，通过毕业考试者获得“高等专科文凭”，与“深入学习文凭”等同；研究生系培养“翻译学硕士生和博士生”。从1976年第一位博士生毕业到1997年底，已有近60篇博士论文通过答辩，从不同角度探讨翻译学的问题。去年10月份，我应邀到这所学院去讲学，据了解，仅1998年注册该学院的翻译学博士生就有20多位，非常有影响。另外，在加拿大，除了独立的翻译院校之外，还有一些语言专业与翻译专业并列的系，比如蒙特利尔大学就有翻译与语言学系。

尚岩：据我了解，翻译与比较文学的关系也很密切，在西方有些学校，翻译专业设在比较文学系里，可这几年情况有了变化。

许钧：是的，近年来，人们对翻译与比较文学学科之间的关系有了一些新的认识。最近读了一部书，是上海外国语大学谢天振先生写的，叫《译介学》。他在书中谈到，这些年来，翻译在比较文学界乃至在整个人文科学界地位越来越高，有的甚至提出要重新调整翻译研究与比较文学的关系，认为今后翻译研究不再是比较文学的分支，因为翻译研究作为一门跨文化学科，它的涵盖面比比较文学宽泛得多。英国比较文学家和翻译研究家苏珊·巴斯奈特在《比较文学》一书第七章“从比较文学到翻译研究”中，相当深入地考察了比较文学与翻译研究之间的关系。作者认为，原本作为比较文学一个分支的翻译研究，从70年代末以来已经成长为一门独立的学科了。作者指出：“当人们对比较文学是否可视作一门独立的学科继续争论不休之际，翻译研究却断然宣称它是一门独立的学科，而且这个研究在全球范围内所表现出来的势头和活力也证实了这一结论。”作者还进一步提出：“现在是到重新审视比较文学与翻译研究之间的关系的时候了。”[1]翻译学科能否涵盖比较文学学科，我们在这里不能轻率下结论，还有待于讨论。但翻译学科的独立性，已经得到越来越多的有识之士的承认。据香港学者介绍，如今苏珊·巴斯奈特教授门下，就有十余位攻读翻译研究的博士生，来自不同的国家。在法国、英国这样一些高等教育历史相当悠久，教育体制比较完善，在学科分类上比较严格的国家，都授予“翻译学”或“翻译研究”博士学位，是非常说明问题的。看来，我国大陆在这方面思想还不怎么解放，或者换句话说，对翻译学科的认识还不够科学。这方面，香港地区和台湾地区的同行已经先行了一步。

尚岩：这几年大陆与香港地区、台湾地区翻译界的联系很多，多次共同举办翻译学术研讨会，或翻译教学研讨会，进行有关方面的交流。就我所

1　参见谢天振：《译介学》，上海：上海外语教育出版社，1999年，第2，3，7，8页。

知，您先后多次赴香港参加学术研讨会或去讲学，能否请您谈一谈香港和台湾的翻译专业的设置情况？

许钧：对这方面的情况，穆雷同志作过专门的调查研究。据她介绍，香港地区和台湾地区的翻译教学在某些方面比大陆步子要快得多。香港共有政府资助的大学8所，除香港科技大学外，其他7所均设置了翻译系或翻译研究中心。最早成立翻译系的是香港中文大学，至今已有26年的历史，它和香港浸会大学、香港城市大学等校都可以授予翻译专业硕士学位和以翻译研究为方向的哲学博士学位。其他几所大学如香港理工大学、香港岭南学院、香港大学和香港公开大学均可以授予翻译专业的学士学位。香港的翻译教学已经形成了从专科、本科到硕士、博士的一个完整系列，且各所大学的翻译教学都独具特色，紧密结合香港的市场需求，培养多层次的翻译人才。台湾的翻译教学发展也比较快。10年前，台湾私立辅仁大学外国语言学院成立了第一个翻译学研究所。该所可以培养英、法、日、德等语种的口笔译人才，其中尤以口译员的培养为特色，现已可以授予笔译和会议口译暨笔译两种硕士学位。台湾师范大学于1996年也成立了翻译研究所，私立长荣管理学院则于同年成立了翻译系，旨在培养专业翻译人才，以适应经济建设和文化发展的需要。台湾的翻译教学特别重视口译，形成了自己的特色。

尚岩：看来，设立翻译专业已经成为一种趋势。随着人们对翻译学科的认识不断加深，翻译学科的建设成为翻译界越来越关心的一个话题，也开始引起我国学科规划管理部门的重视。

许钧：在《翻译思考录》一书的代前言中，我曾谈到随着国际交往的日益频繁，人类文明相互接触、相互碰撞、相互了解和相互交流的潮流势不可挡，翻译将起到越来越突出的作用。从学科设置上看，我国成立翻译院系势在必行。这方面，广东外语外贸大学已经开了头，1997年1月，该校的英语语言文化学院成立了我国第一个翻译系，把翻译作为一个专业来建设，专业设置的目的非常明确，那就是要培养“具有扎实的英语语言基础和较强的语言交际能力，又掌握多方面知识，尤其是翻译理论和技巧，能胜任外事、外经贸、国际文化和科技交流部门的高层次翻译工作的专门人才”。

尚岩：专业设置是加强翻译学科建设的一个重要方面，要培养各个层次的翻译人才和翻译研究人才，还有许多工作需要去做。您是这方面的专家，能否谈谈您的看法？

许钧：翻译人才的培养是一个系统工程。要进行翻译学科的全面建设，光有专业的设置是不够的，没有清醒的独立学科意识，对翻译专业的规划就不会有长远、科学的目光。所以，我认为，首先是要树立独立的翻译学科观念，争取翻译学科的独立地位。其次要加强翻译的理论建设，没有成体系的翻译理论作为翻译学科的依托，翻译学科的建设只能是一句空话。再次，我们要加强与国外同行的交流，学习外国成功的经验，把理论研究、课程设置、教材建设、师资培养、教学方法探讨等各个方面的工作综合起来进行探索，扎扎实实地去做工作，相信翻译学科会有更快更大的发展。

1999年5月初稿

关于《生命中不能承受之轻》：新老版本译者之间的对谈

/许　钧　韩少功

许钧： 韩少功先生，几年前曾就你的小说《鞋癖》的法文翻译问题与你交换过意见，很高兴今天有机会谈一谈昆德拉，谈一谈他的作品的汉译问题。翻译是一项历史悠久的跨文化活动。萨特在《什么是文学》一书中曾经说过："一旦人们知道想写什么了，剩下的事情是决定怎么写。往往这两项选择合而为一，但是在好的作者那里，从来都是先选择写什么，然后再考虑怎么写。"翻译也一样，对一个优秀译者来说，选择译什么，显然也是非常重要的，因为翻译不仅仅是一种纯个人的语言活动。在今天看来，你在20世纪80年代初选择翻译昆德拉的《生命中不能承受之轻》，不仅仅需要文学的眼光，更需要文化的意识和政治上的勇气。我想知道，当初你选择翻译昆德拉的《生命中不能承受之轻》，是出于哪些方面的考虑？

韩少功： 主要是因为他的这本小说写得好，眼界和技巧都有过人之处，比照当时中国一些流行的伤痕文学尤其是这样。中国与捷克是两个很不同的国家，但都经历过社会主义实践的曲折。看看捷克作家怎样感受和怎样表达他们的社会生活，对中国的作家和读者应该是有启发的。这就是我当时的考虑，很简单。

许钧：你在《生命中不能承受之轻》中译本的前言中说，这部书是由你和韩刚合译的。非常有趣的是，中国读者似乎只记住了你的名字，对此，你是怎么看的？能否谈一谈你们合作的经过？

韩少功：韩刚是我的姐姐，在大学教英文。最开始我把原作推荐给出版社，希望他们找人译，但他们没找到愿意动手的人，大概很多人对昆德拉不熟悉，还没有太大兴趣。我觉得有点可惜，便拖着韩刚参与，自己来干。我们把原作一分为二，各译几章，再由我来做中文的统一调整和润色。读者后来提到我的名字多一些，可能是因为我从事文学写作，读者更熟悉一些吧。

许钧：在我看来，翻译虽然看上去是一种语言的变易，首先要克服的是语言的障碍，但翻译绝不是简单的语言层面的转换，它是对原作生命的一种延续或扩展。拿本雅明的话说，翻译是原作的再生。你的译本自问世以后，在大陆和港台地区都拥有广泛的读者，在你看来，你的译作与昆德拉的原著应该呈一种怎样的关系？

韩少功：意大利哲学家克罗齐说得更极端些，说翻译不是再生品而是新生品 (not reproduction but production)，但大体意思与本雅明差不多吧，都是强调翻译对原作有所变化和有所置换的一面。这当然是对的。文字不光是字典上定义了的符号，其深层的文化蕴涵超乎字典之外，在词源、语感、语法结构、修辞方法、理解和使用习惯等多方面很微妙地表现出来，因此用译文严格地再现原作几乎不可能。我们的译本当然也只能给出一个汉语语境中的昆德拉，译者理解和表达中的昆德拉。把文言文翻成白话文，把某种方言翻成普通话，都难以做到“月亮还是那个月亮”，中、西文之间翻译的再生性质更可想而知。何况昆德拉的这本书是用捷文写作的，英语本和法语本本身就是翻译，我们借二传来三传，因此这个汉语昆德拉肯定不再是个纯种捷克人了，肯定有其他文化的气血充盈其中的。

许钧：我非常同意你的看法。最近，我就原作与译作关系的问题做过一些思考。确实，拿钱锺书的话说，翻译是一个脱胎换骨、灵魂转世的过程。在这个过程中，由于语言的转换，原作的语言土壤变了，原作赖以生存的“文化语境”必须在另一种语言所沉积的文化土壤中重新构建，而这一构建所遇到的抵抗或经受的考验则有可能来自目的地语的各个层面：文化层面、语言层面、读者的心理层面以及读者的接受层面等等。语言变了，文化土壤变了，读者也变了，译作由此为原作打开了新的空间。正是在这个意义上，著名哲学家德里达认为："翻译在一种新的躯体、新的文化中打开了文本的崭新历史。"也正是在这个意义上，我们可以说译作为原作拓展了生命的空间，而且在这新开启的空间中赋予了原作新的价值。在新的文化语境之中，作为原作生命的延续的译作，面对新的读者，便开始了新的阅读与接受的历史。但是，不管怎么说，译作与原作有一种割不断的血缘关系，原作者一般都很看重他的作品在另一个国家的命运。就我所知，昆德拉非常看重他的作品的翻译问题，而他对翻译有一个严格的要求，那就是忠实。你对此是怎么看的？你认为你们的翻译是否达到了他的这一要求？

韩少功：我理解的"忠实"与前面说的"再生"并不矛盾。土豆一个个结出来，有"再生"的大小优劣之分，但我们不能拿一个南瓜当土豆，这就是要"忠实"。很早以前，周立波先生同我说，他的英译者帮他写了好几段，他很生气。我的一篇文章在法国杂志上发表时，我不懂法文，但也看出被删改了一段，恰恰是对法国有所批评的一段，我同样不会高兴。我想译者大多能体会到原作者的心情，如果说有时做得不够好，是水平有限。《生命中不能承受之轻》反响很大，对翻译的评头品足也就多，这是我们的幸运。有一个台湾教授，把我们的译本与英译本进行了周详的比照并提出很多批评，使我修订时省了些查检工夫，也学到了更多翻译知识。我很感谢他。当然，有些错是出于错印，比如有一句话中漏印了一个"不"字，刚好把意思搞反了，真是急死人。还有些错则是80年代政治气氛使然，有成段删掉的，也有些敏感的词被换掉或拿掉。那时候捷克还是共产党的国家，还有个中国与捷克的外交关系的问题。出版社请示过外交部门，不能不这样。这就是我没法承担责任的方面了。到后来环境宽松了，但碰上中国加入世界版权条约，出版社与昆德拉没达成版权协议，修订本在出版社一压十几年，没法面世。只是在台湾出版了，就是中国时报出版公司一直卖着的这个版本，不知道许钧先生看到过没有。应该说，它比内地那个初版要完善一些。

许钧：台湾版，我没有看过。在历史上，"忠实"一直被看作译者的一个基本的品质。无论是作者，还是读者，都希望译者在翻译中能够做到"忠实"。作者希望他的作品能忠实地传达给异语读者，读者则希望读到原汁原味的东西。但翻译活动非常复杂，字面的机械忠实，有时反而会导致精神的扭曲，可谓形似神散。另外，如你所说，翻译中有许多译者难以左右的因素。

译本问世时，署的是译者的名字，但译本所包含的许多东西，译者是承担不起的。比如删节问题，要受到意识形态与其他文化历史因素的限制。施康强先生做过一个个案分析，分析的正是昆德拉的作品，好像是《不朽》，里面有很多删节，他认为在有的历史时期，译或不译，对译者都是个问题。好在随着中国改革开放事业的不断深化，翻译大环境变得越来越宽松，当初有的删节今天看来完全没有必要。就具体翻译而言，每一个译者都会有体会，翻译中要做到忠实是十分困难的。《生命中不能承受之轻》这部小说的题目的翻译就存在着很大的困难。昆德拉的法译本用的是être一词，英译本用的是being，这是一个哲学概念，可译为“存在”，在该书的第4页，作者就用了这个词，你译为“存在”。你为什么要将该词译为“生命”呢？另外，原文讲的是“不能承受的存在之轻”，“存在”作为“轻”的限定词，而“生命中”要宽泛一些。能否就此谈谈你的看法？

韩少功：当时我想到莎士比亚一个名句：to be or not to be，被译成“活着还是死去”，已经被中国读者习惯了。此其一。be可说接近汉语中的“在”，但汉语的“在”似乎比较冷感，义涉一切物事，包括生命体也包括非生命体。而很多西语中的“在”，比如从德语中译出来的“此在”“亲在”等等，海德格尔他们经常用的sein，如细心辨析，多在人的主体论框架里展开，“在”就是活，就是生。西语与汉语中“在”的这种微妙差别，从词源学的角度来看，是不是与欧洲以前的泛神论和泛灵论传统有关，我不得而知。但不管怎样，西语中的“在”更多与生命体相关联，这与莎士比亚汉译者的理解也是一致的。此其二。最后，我在“生存”与“生命”两个词中做选择时，觉得后者更上口一些，更容易理解一些，与作品的整体意涵也切合无碍，那就这么着吧。我当然相信这不是唯一的译法，也不是最好的译法。我后来注意到昆德拉在一篇文章里说过，他的be (ing) 既不是existence（一般汉译为“存在”），也不是life（一般汉译为“生命”），看来他颇受现象学感染，要跟我们玩一把现象学了。那么我一时确实不知道该怎么译。总不能译成“在的不可承受之轻”或者“不可承受的在之轻”吧？那还是中国人的人话吗？搞现象学的有些人肯定会说：只能这么译。对此我无话可说。我觉得“在”与be并不是严格对应的，就像我们译的“生命”与be也不是严格对应的。比方说英文的be通“是”，汉语的“在”与“生命”通“是”吗？也许我们都碰到了一个文化差异的难题。

许钧：昆德拉的这部作品具有浓厚的哲理色彩，其中涉及的一些哲学概念非常难译。前几年，我曾接受三联书店的邀请，承译俄裔法国哲学家让凯莱维奇的《第一哲学》，在翻译过程中，遇到了许多障碍，其中最主要的，就是由于文化的差异，造成了许多词的概念无法相互对应。傅雷是个很有成就的翻译家，在给友人谈翻译的信中，他特别强调语言与文化的差异给翻译造成的障碍，并指出在翻译中，要根据目的语文化和读者的审美习惯进行调整。如果说翻译中有些客观障碍难以克服，可有时，障碍并不存在，译者完全可以根据原作怎么说跟着怎么说，但有的译者个性比较强，在翻译中比较注重自己的语言创造和发挥。在《被背叛的遗嘱》中，昆德拉谈到译者有一些在他看来很不好的倾向，如“同义词化”的倾向和“丰富词汇”的倾向。他还举例说，有的译者一看到原作中的一个词，特别是简单、中性的词，马上就要选择一个同义词，比如把“作者”译为“作家”，把“作家”译作“小说家”。还有的译者有美化原文的倾向。细读你的译文，可以明显感到你也有这方面的倾向，你这样处理是否有特殊的追求？

韩少功：译者在用词方面其实比较受原作的限制，没有多少自由，但在词序、结构、节奏、语调等方面还有很大的空间：用长句还是用短句？句子紧张一点还是松弛一点？用心不同就有不同的效果。这是亦步亦趋的自行其是，是戴着镣铐跳舞，是翻译的特权也是翻译的乐趣。我没有特别的自觉，只是想让译文好看一些，把英译本中的那种“精气神”挖掘出来，甚至在不伤原意的情况下尽可能更加强一点，如此而已。私心以为这也是原作者的愿望所在，但事情也难说。我译佩索阿的《惶然录》，虽然力求字字有据，字字有所本，但译出来后有个读者还是说：怎么看也像是你在说，这是不是佩索阿啊？我吓了一跳：天知道佩索阿在天之灵高不高兴这种效果。我译昆德拉的时候，里面有一个结巴，说出的话却一点也不结巴，至少英译本是这样。我斗胆地给他改结巴了，就是节奏上讲究一下，属于我心血来潮擅自做主。虽然我是一片好心，想让这部小说像英文版的《喧哗与骚动》一样，傻子讲话就有傻子的味道，但天知道原作者高不高兴这种手脚。我觉得一个对文化差异和语种差异有所了解的原作者，应当明白天下不会有字字严格对应的翻译，因此只能反对那些低能的“美化”或者“同义词化”，而鼓励一切有助于原作思想和精神充分传达的文字创造，不在乎个别词是译简了一点还是译繁了一点，译浓了一点还是译淡了一点。昆德拉想必会同意我这个看法的。

许钧：你的观点很有意思。法国作家纪德也有类似的观点。纪德是个很有名的作家，得过诺贝尔文学奖，有外国人翻译他的作品，他开始时对译者要求很严，要求译者忠实于他，认为译本与原作贴得越近越好。后来他翻译了莎士比亚、康拉德等作家的作品，知道了其中的难处，理解了在翻译中应该允许一些变通的手法，所以又回过头来劝他的译者千万不要成为原作词与句的奴隶，不要过分斤斤计较于一词一字之得失，但有个前提，那就是译者要非常精通两种语言，能够深入把握他所翻译的作者的精神与感觉。在你的翻译中，我发现了一个很有趣的现象，你特别注意原作色彩、节奏的传达，有的词语很难译，但你却译得很传神。但对比法译本，不知是不是英译本与法译本不一致，总之在你的译本中，我发现有些认知性的词句，比较简单，可你却不太在意，比如在小说开头第二段，原作说“哪怕有三十万黑人在残酷的磨难中灭绝”，你却译成“十万黑人”，另外将“上午”译成“下午”，将“女友”译成“情妇”等等。你认为这些问题的存在影响一个译本的价值吗？

韩少功：你说的是初版吧？我现在手头上没书，无法查证这些是错印还是眼误，但译者的眼误肯定是有的，在修订本中是否全部改正过来了，也不能完全肯定。这应由我来承担责任。我看到另一个昆德拉小说的译本，有一个地方把“公元前”译成了“在基督面前”，一看就知道是眼误，便给译者去了信。我这个人较粗心，有时候连自己的创作校对三四遍以后还是有眼误。《马桥词典》再版都好多次了，编辑、作者、校对员都校过不知多少遍了，有位读者叫单正平，也是个作家，还能给我开出几页纸的勘误表。我希望这样的读者再多一些，多来帮助我们。

许钧：你的译本问世已经十几年了，在今天看来，你认为在哪些方面可以改进？这次上海译文出版社和昆德拉合作，想在中国推出他的全部作品。出版社几次跟我联系，邀我根据法文本重译你翻译过的这部作品。我想翻译本身就是一项文化交流与文化积累的事业，你的译本起过重要的作用，对重译工作来说也奠定了基础。这次重译，希望得到你的帮助。能否给我一些建议和忠告？

韩少功：修订本也在台湾出版十来年了，我这些年忙着一些别的事，说实话，没工夫考虑这本旧书。如果还有人指正，再版时还可继续吸纳正确的意见，力求更好一点。只能这样。我一开始就在译者后记中呼吁专业翻译家来译这本书，现在好了，总算把你给呼吁出来了，总算有个着落了。我也就可以下班了，下岗了，不负责任了。我是译书的临时工和游击队，相信你一定会比我译得好，那还用说吗？我等着看你的当然也是昆德拉的大作。

《译林》2003年第3期

语言总在找寻唯一

/罗望子　许　钧

罗望子：许钧兄吗，我给你发一份酷评，不知道你有没读过。

（罗望子发送《令人失望的上海译文版昆德拉》）

许钧：这篇文章早就看过了，凡是读者写的文章我都很尊重，尤其是不知名和严肃的读者。因为他们说的往往都是心里话。

罗望子：看过了就好，我只是想让你做个参考，你读过更好。

许钧：如果你现在有时间，是否现在就开始聊呢？

罗望子：算了，还是晚上安静点，另外我还要再看看你的一些资料做些准备，现在时间不够，还要吃午饭。

许钧：好吧，晚上见。

罗望子：许钧兄回来啦。

许钧：晚上好！

罗望子：你是不是太累啦？

许钧：还好，晚上谈的是学科建设的事。

罗望子：正好我也想请教你，我对大学的学科建设一无所知，又很感兴趣，《文艺报》也专门谈这个话题。

许钧: 学科建设跟国家的发展有很大的关系。教育要国际化,要想跟国际一流的大学对上话,我们的教育体制、学科设置和人才的培养体系都面临着改革,特别是关于教育的理念问题,需要探讨。

罗望子: 理念很重要,但急需动手搞起来,边搞边完善。王晓明在上海大学搞了跨学科的文化研究系,南京大学也有什么举措吗?

许钧: 我听说了。跨学科目前是一个热门的话题,以前一个阶段,我们各个学科好像分工越细越好,各管各的,相互之间也没打通。实际上对文科来说,很多的基本问题是一致的。应该用跨学科的目光对这些问题来进行研究,你们搞文学的最有发言权。因为教育涉及人的培养的根本问题,教育体制最重要的是要什么样的人才。你是要工具型的还是要创造型的?

罗望子: 那是不言自明的了,从大学语文到大学人文就是一个进步。

许钧: 工具就是要讲求统一,讲求服从,可创造要讲求个性,以人为本。

罗望子: 是的。

许钧: 挖掘人的内在因素,激发人的创造欲望,教授创造的方法,这是非常重要的。我倒是想了解一下你们这些作家,在文学创作上到底有没有什么新的创造。

罗望子: 呵呵,你考我算是找错人了,我也在摸着石头呵。不过,过去我更多地关注形式,现在也是以人为本了。就比如说写底层吧,我们总是一说底层,就是苦难,可是苦难的背后呢,我们现在对底层的观察和批判,还是不及鲁迅。

许钧: 改革开放以来,中国的作家在文学创作上走过了三个阶段:一个是对外国的现代派作家的好奇,二是对他们典型的创作方法的模仿,第三个阶段就是开始真正的探索。现在有不少好的作品。

罗望子: 你读到哪些呢?

许钧: 我觉得像毕飞宇的作品,就是经历了这三个阶段之后的飞跃。他的前期作品对外国作家的叙事手法有刻意的模仿和探索,可后期作品,已经从模仿中走了出来。

罗望子: 那是一个必然的过程。

许钧: 无论从思想深度而言,还是叙事手法而言,法国当代的一些作家能跟他相比的也很少。还有些作品,如苏童的《蛇为什么会飞》,我最近正在慢慢读,觉得写得很有味,看似通俗的写法,直指人性的深处。对城市化进程、人的物化、人与人之间的关系，写得很深刻，也很有趣。

罗望子： 好作品都是要错时间读的。我看过一则消息：前年底，你们在南京搞了作家与翻译家参加的会议，谈论外国文学对中国作家的影响。有这事吗？

许钧： 那是在2003年底的事，搞那次活动的目的是想相互沟通一下。我有个观点，那就是中国作家要有所作为，必须避免一味的模仿，必须要有所创造。你的看法呢？

罗望子： 好像作家们普遍都认为外国文学的影响日渐式微了，最近李洱和格非也在《文艺报》上讲了类似的话。

许钧： 我看是的。该外国作家来读中国作家的作品了。

罗望子： 他们似乎开始回头更重视传统文学，说是这么说，我是反对的。第一，我觉得文学资源是共享的，不分中外的；第二，他们是饱汉不知饿汉饥，他们毕竟还是经受了外国文学的洗礼才走到这一步的。

许钧： 文学创作不能老是要么借鉴外国的，要么就回到传统的。

罗望子： 最近我也创作了一两篇新古典小说，但文学不是简单的回归。

许钧： 文学创作的生命在于不断的发展，特别是形式上的。文学涉及的问题看来是永恒不变的，无非是涉及人的存在和人性，但表现的方法应该是不断发展。

罗望子： 要外国作家来看中国作家的作品，不是由我们说了算，而是由人家说了算，也不是有了一两部好作品，就觉得自己了不得了。

许钧： 关键是要针对当代人的审美需求，和他们特别关心的存在问题，利用小说这种形式来观照生活中被忽视的方面和开拓生活的可能性。

罗望子： 我从去年到今年，一直在读库切和奈保尔的作品，尤其是库切的，我觉得中国最好作家的最好作品，还是比不上人家。我在几个聊天里都提到库切。

许钧： 库切是位不错的作家，他的《耻》写得真的不错。人类的耻辱关涉人类的文明。不同的时代，耻辱的尺度不一样，那部书当中似乎所有的人都是可耻的，但可耻中似乎有的是可以理解的。标尺只有一个，那就是是不是符合人性。人类的文明发展很可笑，原来是不穿衣服的，后来穿了衣服算文明了。可现在要一件件地剥，算是开放。看样子人类是不可能往回走的，各方面的观念都变化了。

罗望子：中国作家现在讲单纯，讲直接，却达不到那种丰富。我觉得这里仍然有技术的原因，有对人关注不够的原因，更有让市场牵引着走的原因。

许钧：作品的丰富性和单纯性是不矛盾的。有的作品看上去很单纯，文字也很简单，可背后却很有力，内涵很丰富。我们需要的还是这种作品。

罗望子：是呀，应该不矛盾的，现在弄得赶不上人家了。人家不放过每个环节，作品中有速度，又有停滞，就产生了丰富。

许钧：现在有些作品只强调感官的刺激和欲望的刺激，很少有作用上半身的。大众的阅读也有一些问题，社会在巨变，人也浮躁。以细节为生命的文学创作没有人能静下心来去细看，很可惜。

罗望子：都是"好看小说"惹的祸，呵呵。好看小说不仅造成了低俗化，还产生了快评。

许钧：我不想就总体而言，你能不能举一部具体的作品看看。

罗望子：除了几个好看的，大多数不好看了。既然不好看的那么多，我也就不想列举了。我现在还关注你的专业，你是西语系的教授，不知道你是怎么样对学生介绍作品的，是以古典为主呢，还是现当代的，还是让他们自己去发现？

许钧：我是法语教授，教授法国语言和法国文化。

罗望子：有哪些具体课程呢？

许钧：主要教翻译，教翻译理论，还教翻译评论。我本人是教翻译，做翻译，研究翻译，是三位一体。教翻译首先要教翻译观念。在我看来，翻译是一种跨文化交流，是一种历史的奇遇，重心灵的沟通，当然也要引导学生识别什么是好的作品，怎么把好的作品介绍给读者。

罗望子：你的《翻译论》很有开创性，有人评价你著书论译，如庖丁解牛，依乎天理。我看重的也是你把翻译当成了一项跨文化的交际活动。

许钧：要理解总有阻隔。《翻译论》是我做翻译和研究翻译二十多年来的一次总结。人类确实离不开翻译。翻译的精神就是我们现在时代的精神，那就是交流与沟通。我把翻译通俗地解释为"理解与使理解"。理解太重要了。在很多情况下我们根本就没有想去理解别人。对异域的思想，对异域的文化，我们往往把他当作异端来对待，根本谈不上理解。翻译就是要解决我与他之间、同与异之间和形与神之间的关系。

罗望子：你做翻译占去多少时间？

许钧：我特别喜欢翻译，现在已经翻译了三十几本书，有八九百万字吧。用的时间还是很多的。

罗望子：我要吓晕了。

许钧：有好的作品，我还会继续翻的，不在乎用多少时间。翻译《追忆似水年华》最困难，我那部分有二十几万字，用了我两年时间。

罗望子：哎呀，在你们这些翻译家面前，我们完全成了吃剩饭的了。

许钧：我还是很喜欢读你们作家的作品的，像莫言的、余华的、黄蓓佳的，都很有个性与品位，很了不起。莫言近期的作品对人性的关注很多，他那本《四十一炮》很有意思。

罗望子：叶廷芳说创作主动，翻译被动，你看呢？

许钧：叶廷芳是我老乡，他很有思想，不过就我对翻译的理解，我觉得翻译不是被动的。

罗望子：我也认为不是被动的。翻译是主动的，我们读者才被动呢。当然他说的角度可能不一样。

许钧：选择什么东西来写和选择什么东西来翻译都是主动的。当然也要受意识形态与社会环境的限制。在具体翻译过程中，翻译是受一点限制，但正因为受限制，才有再创造的可能，所以反而刺激了创造的欲望，从心所欲不逾矩。

罗望子：我们可没有选择呀，我是说作为读者。

许钧：我知道你说没有选择，实际上就要看你们有没有勇气了，有没有智慧了。我最近看了阎连科的作品，发现他有言外之意，聪明的人能够意会的。读者也是有选择的，现在的作品很多，读者要是没有选择，肯定会浪费不少时间和金钱。

罗望子：老实说，我不喜欢阎连科近年来的作品，比读外国文学还涩有什么意思？

关于翻译，大多数翻译家都认为首先是语言，或者要有悟性，而你却认为语言并非第一位的，最重要的是得懂文学和爱文学，才能投入其中，这一点我很赞同，翻译家同时也是作家、文学家。

许钧：我是说过这样的话，那是有针对性的。主要是针对翻译而言。不少翻译家有一种倾向：对作品的内涵感悟不够，以为用漂亮的词句就算是好翻译。实际上，是以所谓的美为借口，行背叛之实。所以我特别强调做文学翻译的人，首先要爱文学，懂文学，要用心去体会原文背后的东西。你现在对翻译作品怎么看？

罗望子： 我喜欢看呀，我还是以看外国文学为主。什么人翻译的我都看，因为我没有选择呵。而且我认为，只要不是诗歌，只要是个好作家，不管谁去翻译，谁去糟蹋，我们总还能吃到一些剩饭的，毕竟剩饭也是饭，也能充充饥吧。

许钧： 你最近看什么作品？

罗望子： 常常喜新厌旧，没个准儿。我喜欢一个叫特里弗的人写的小说。最近倒是没看什么，有时候想着驱除一些东西。

许钧： 驱除什么？

罗望子： 驱除外来影响，包括中国外国的。始终在寻找什么，以前是寻找语感、句子，现在是寻找一个事件，能够引起我的悲伤的事件或者情节。悲伤好似我心灵深处的糖果盒。只有悲伤了，我才会写得下去。写完之后，又变得快乐、没心没肺的了。

许钧： 看样子你想独立了。影响是用不着驱除的。关键是要利用影响，生成出或激发出新的东西。鲁迅就是这样。

罗望子： 当然了，潜意识的文学影响永远是挥之不去的。我是说一个作家，每个时期都有他的想法、阅读或者写作，我现在是不阅读，也不写作。

许钧： 我发现你总喜欢把事情对立起来，好的语感、好的句子，再加好的事件和深刻的思考就是一部好的小说。

罗望子： 我觉得我已经过了这一关了，早过了。我的句子，语感就是嫌好了，好得太美，就让人感到落不到实处，掩盖了作品应该关注的东西。

许钧： 你现在想当沉思者，看样子最后会成为诗人或哲学家。

罗望子： 你别笑我。元旦那天晚上，倒真是给人写了一篇诗歌评论。

许钧： 我不是笑你，人都有这个阶段。形式的东西，比如叙事形式，对创作是非常重要的。

罗望子： 对，我过去就是过于重视了。你可能不太了解我。

许钧： 你现在不想写也不想读，我觉得倒是个好事。

罗望子： 是的，所以才找你聊呵，倾诉呵。

许钧： 我觉得你可以想想，为什么不想写？是不想重复？是怕没有突破？还是顺其自然，要求太高反而会束缚了自己？法国历史上有些作家常借助酒啊药啊来刺激自己的创造，你不试试？

罗望子： 是的，你的建议很好，但我还没有穷途末路到靠刺激来购买灵感的地步，呵呵。耶利内克在诺贝尔奖演说词里说，有时，语言发现自己走在被人误解的路上，但它并不立即从这条路上退出来。你在翻译中是不是也有这种情况？

许钧： 人为什么要讲理解？那是因为充满了太多的误解。在翻译中，我对原著可能有误解，读者对我的翻译也可能有误解。

罗望子： 是的。

许钧： 理解本身就是一个过程，不可能一下完成的，所以才有复译。

罗望子： 你已经是一个非常成熟的翻译家了。在译作之后，你还会请人推敲吗？还要求编辑校对吗？

许钧： 我会的。

罗望子： 我不知道出版社的总编社长是怎么审稿的，一般就是查一下政治性或者性描写吧，呵呵？我是说对你们的译作，他们也不一定是内行吧，可能掌握语种也不一样。

许钧： 现在我翻译一部好的作品，常会请教我的作家朋友，像苏童、黄蓓佳、池莉、毕飞宇。我特别讲究文字的感觉、色彩和节奏，像福楼拜说的那样，要用唯一的词。我合作的也都是一些好的出版社，像上海译文，南京的译林，他们的编辑和领导都很内行。比如我翻译昆德拉的作品，有编辑对照原文一句一句对，提过不少好的意见和建议，我很尊重他们。

罗望子： 是吗？一般是由他们出选题呢，还是你翻译自己喜欢的作品？

许钧： 两种都有。我没有读过或者不喜欢的作品，是不会随意接受的。

罗望子： 今天下午，我和韩少功通了电话，就昆德拉。他说他看了你的翻译作品，但不是太认真。

许钧： 是吗，他觉得怎么样？

罗望子： 一是时过境迁，兴趣转移了；二是他对自己的译作还是有偏爱的。我感觉他有这个意思。他说，这是两种风格的翻译，作家的和翻译家的。

许钧： 他的翻译有特点。我跟他有过交流，我很喜欢他的作品。

罗望子： 你很喜欢昆德拉吗？这个系列你译了几本呀？

许钧： 他的观点是对的。不过，翻译家与作家应该是互补的。我翻译了两本，一本最有名的，一本最新的。

罗望子：老实说，我只喜欢他的短篇和《为了告别的聚会》。你翻译的那两本，黄蓓佳在夏天都买给我们了，作协出的钱，买了一大堆书，还有克里玛的。

许钧：开始不是很喜欢，后来慢慢喜欢上了。我喜欢他的反讽，喜欢他的深刻，还喜欢他的文字。克里玛不如他深刻。

罗望子：我也喜欢昆德拉的反讽隐喻。他的问题就是注入太多的思想，给人的感觉是表面上思想过剩，实质上思想已经枯竭。他在中国市场的成功，实质上暗合了中国知识分子话语权力的缺失。

许钧：昆德拉的东西可以有很多不同的解读，具有很多的诠释的可能性。

罗望子：是的，有很多解释。

许钧：他的思想不是太多，他实际已经把问题看到了极致。比如关于人的灵魂的流亡，关于性与政治，关于人的存在的可能性。

罗望子：是啊，所以我说他做了中国知识分子想做的事，他赋予了中国知识分子一定的话语解释权。他是我们许多人的化身博士。

许钧：现在我们读他的作品不必把政治问题联系得太紧。实际上他的作品是反政治的。我们对他的作品有很多误读。他并不代表哪一方说话或写作，不写主旋律，但涉及的却是人类的根本问题。

罗望子：我想问你的是，老兄你真的喜欢昆德拉的《无知》吗？我看到你在《文汇读书周报》上的文章，那是出版社要求你作宣传的呢，还是你自己想写的呢？

许钧：我很喜欢他的《无知》，小说不长，但容量很大。那篇文章是我有感而发的。最近我还写了一篇一万多字的文章，叫作《流亡之魂与回归之幻》，发在《外国文学评论》上。

（许钧发送他的论文。）

昆德拉式的讽刺，是刻薄的，残忍的。他的残忍在于无情地剥去真理外面裹着的那些闪亮的、迷人的外衣，把真理赤裸裸地直陈你的眼前，直逼你的心底，刺激着你的神经。他的残忍更在于他善于调遣各种可能的小说手段，在对位与错位、变奏与暗示、反讽与反衬中让虚幻的景象与美丽的记忆精心维系着，一直持续着，但刹那间，笔锋一转，美丽不见了，取而代之的是丑陋；幸福不在了，取而代之的是痛苦。读者自以为置身于天堂，转眼间发现自己明明是在地狱。这种一而再，再而三被巧妙地蒙骗的感觉，让读者在阅读中平添了一种紧张感，因紧张而不得不放慢阅读的速度，因害怕被欺骗，而又经常会重读已经读过的章节，生怕掉入叙述者设下的陷阱，落下无知、可笑的话柄。于是，当叙述者以理而直指偶然中的必然时，读者往往会聚焦于那些构成必然的偶然的细节；而当叙述者以情来麻痹或刺激读者的神经时，读者则会警觉地试着穿透情感之网，思考美丽的故事后面暗藏着怎样残酷的真相。《无知》中，跟随伊莱娜流亡了二十年的那只烟灰缸，承载了二十年的爱情，可最终伊莱娜发现，那纯粹是单相思的所指过剩，是虚幻一场；伊莱娜满心欢喜从法国带回来的十二瓶波尔多陈酿，代表着法兰西文化，代表着她想重续友情的心，可她昔日的好友碰也不碰，而钟情于能让"饮者清清白白地撒尿，老老实实地发胖""驱除所有虚伪"的布拉格啤酒；附加了天然的感情价值、印着文化的标记、记忆中美妙无比的母语（捷克语），竟然伴着糟糕的英语，促成了伊莱娜的情人古斯塔夫与伊莱娜的母亲之间的一场淫荡的性事，而这场近乎乱伦的性事所暗示的，超越了性的本身，指向了世界一体化所引发的沉重的话题："布拉格成了古斯塔夫的布拉格，一个新兴的、肤浅的、蠢蠢欲动的、急于割断历史的布拉格。这个漂泊世界的北欧人在法国爱上了布拉格的女儿，又在布拉格得到了女儿的母亲。一切都像是一个玩笑，是人类跟自己的命运开出来的玩笑。"就这样，在《无知》中，记忆中或者期待中的美丽在昆德拉残忍的笔触下一一幻灭了；记忆中或渴望中的幸福被一片片撕碎了。昆德拉以反讽、反衬的手法把追寻失去的天堂的美梦彻底粉碎了：如果当初逃离的地狱也是伊莱娜失去的天堂，那么最终追寻失去的天堂，必定就是回归已逃脱的地狱。对这一残酷的真理，伊莱娜不知，世人也不知，如是才有了《无知》这一书名。而昆德拉却是清醒的，如是他才拒绝回归，同时也避免了幻灭。

罗望子：我看到了。谢谢许兄。你的诠释很有力量和可信度。

如果说在《不能承受的生命之轻》中，我们能够感受到哲学命题的活生生和血淋淋，到了《无知》，我觉得他已经在拿哲学命题作幌子了。他的一些情节无可理喻，连我这个经常写荒谬的人都觉得他荒谬了。常年在国外的昆德拉已经没有多少资源可用了，也许《无知》就是他的一个终结。

许钧：我不同意你的观点。《无知》中有些情节很有隐喻性，要好好体会。

罗望子：呵呵，我不指望你的同意，我只是觉得这小说注水太多，完全可以写成一个短篇。如果他真的有能力，也可能写成一个真正的长篇。

许钧：他都七十多岁了，不要有太高的要求。

罗望子：可是你想想拉什迪，想想索尔·贝娄，还有君特·格拉斯。

许钧：他小说中的一些细节，安排得很巧妙。另外关于人的记忆，关于人的回归，写得还是很深刻的。

罗望子：是有很多动人的地方。我并没有否认他作为一个优秀作家的存在。

许钧：拉什迪的东西，文学性不强，格拉斯不错，尤其是他的《铁皮鼓》。

罗望子：拉什迪厉害啊，滔滔不绝，干净。他有两个短篇《朋友》和《金玉良言》，在《外国文艺》哪一期我不记得了。

许钧：你认为中国现在有哪些作家比较好？

罗望子：中国作家我可能有些审美疲劳。朋友、同事的，我就不提了。老一些的像李锐、韩少功、张承志还是写得很好，冯骥才的散文系列《田野档案》也很棒。有一天，要是阿城重新出山的话，还会让人眼前一亮的。

许钧：这几年获诺贝尔文学奖的，好像都不太看重文学的形式变化。

罗望子：我给《北京日报》文艺周刊写过这方面的文章，可以发给你看看。

（罗望子发送“诺贝尔.doc”。）

这些年的获奖作家也确实越来越冷僻，没一个熟悉的不说，就连那些外国文学研究专家和有限的几本外国文学杂志也始料不及。是获奖作家不足金足两吗？谁也没资格这么说。是我们太过封闭吗？当然不是。那么是评委们故意制造轰动效应了？没有必要。恐怕还是要回到我们的眼光上面。事实上这样的讨论这样的情结着实令人不能恭维。我们过多地盯着获奖者的身份血统国籍，而忽略了他们的履历和贡献。不妨随便翻翻吧：2001年的奈保尔是出生于特立尼达的英语作家，其作品“将深具洞察力的叙述和不受世俗侵蚀的探索融为一体,迫使我们去发现被压抑历史的真实存在”。2002年的匈牙利作家伊姆雷则“考察了这样一种可能性,即个体的生命和思想能不能存在于一个人们几乎彻底地屈从于政治强权的时代”,从而“以个体的脆弱的体验对抗了历史的野蛮的独断专横”。2003年的南非作家库切是“在人类面对野蛮愚昧的历史中,通过写作表达了对脆弱个人斗争经验的坚定坚持”。再看今年的奥地利德语女作家耶利内克,是“她小说和剧本中表现出的音乐动感,和她非凡的语言显示了社会的荒谬以及它们使人屈服的奇异力量”。

从这些雷同相似的获奖词里不难看出,他们的获奖已经不仅仅在于其艺术上的精湛,事实上小说诗歌发展到今天,其文体的特性已经相当成熟和丰富,更在于他们在直面现实,寻找人类自身顽症痼疾的过程中,显示出巨大的勇气和超凡的斗争经验。在他们那里,生命个体并不因世俗的野蛮和独断而随波逐流乃至逃遁,反而脆弱地对抗,表现出心智的充分和强大。退一步说,只要这个作家能够为人类的生存作出精神上的开创性指引与贡献,他是否来自中国,有什么重要呢。

再回到耶利内克身上,这位女作家在得知获奖后,“不是高兴,而是绝望”,并且在第一时间宣布她拒绝去斯德哥尔摩领奖,成为少有的几位拒绝诺贝尔奖的作家之一。除了强调身体健康原因,耶利内克认为她也没有资格获得这一大奖,而她的同行,剧作家彼得·汉德克(《骂观众》)则更有理由得到至高荣誉。可见,对这一大奖的拒绝、敬畏和谦卑,无不体现着女作家对自身、对奖项、对他人的最高尊重。

许钧: 谢谢你。

《青春》2005年第4期

我们的时代一定会出翻译大家

——许钧教授谈文学翻译

/许　钧　田志凌

文学翻译回归本位

田志凌：很多人认为，在市场经济下，目前国内的文学翻译质量非常堪忧，还出现了年轻的翻译者跟不上的问题。您认为中国文学翻译的现状究竟如何？问题的根源在哪里？

许钧：要回答这个问题，需要先回顾一下历史。我国的文学翻译经历了几个主要阶段：一个是20世纪，随着“五四”新文化运动，我们需要通过文学翻译从外国作品中寻找新的思想，通过翻译来改造我们的语言。到了战争时期，文学翻译又起到鼓励国民抵抗外侵的作用。老一辈翻译家，像傅雷就是为了在当时一片阴霾的大地上寻找光明，给人民以鼓舞，翻译了《约翰·克利斯朵夫》。

1979年以后，随着改革开放，翻译重新兴起。翻译的渠道、数量、引进的速度都比过去大大增加。翻译所担负的任务也多样化了：文学、科技、哲学、经济，数量非常庞大。我国每年出版图书的百分之三四十都是翻译类图书。

就在这样的情况下，文学翻译出现了两个问题：一个是现在文学的作用和地位发生了变化。在20世纪二三十年代，文学翻译所承载的功能不光是文学，还承担了政治、改造国民性、改造思想的重任。现在文学翻译慢慢回归到了文学本体，不再那么受到关注。另一个问题是受市场的影响，文学翻译的报酬是很低的，整个社会对翻译人才的重视程度也不够。社会的翻译任务庞大，翻译人才有很多任务，相对可以专心搞文学翻译的人才就少了。

"十六七岁就可以出一个写作的天才，但一个人不到五六十岁是成不了翻译家的"

田志凌：那它造成的后果是怎样的呢？

许钧：肯定是翻译做不到精雕细琢了。而且一个不正常的市场现象是，优秀翻译家的报酬与一个刚出道的译者的报酬基本一致，都是千字60元，无法体现翻译质量的价值。因此，在20世纪90年代名著重译的大潮中出现了很多不良的现象。比如拿别人翻译的东西拼凑，抄袭别人的翻译作品。罗新璋先生翻译《红与黑》，一天翻三百来字，一天才挣十来块钱。而那些抄的人，一天就可以抄一两万字，拿的稿酬却是一样的。在这个过程中，市场确实打击了许多人的积极性。

真正的文学翻译要求不能急躁，而且要有真正的对两种语言的把握能力，有深厚的文学素养和对文学的一种感觉。好的翻译绝对不是说一下两下就能出来。我们可以说，十六七岁就可以出一个写作的天才，但一个人不到五六十岁是成不了翻译家的。现在中学生可以写小说，而研究生翻译一部小说都被怀疑能力不及。翻译到底有多难？我可以举个例子。美国从20世纪40年代就开始研究机器翻译，到今天，科技都可以把探测器送上火星了，但通过计算机连一般的翻译问题都没有解决，何况是文学翻译。

我的一个总体判断是：我们现在翻译的东西很多很丰富，总体而言它的水平其实不会比以前差，甚至还有所提高，但是由于总量多，其中不好的也相应地多了，就凸显了这种问题。其实现在很多文学名著重译的本子，就比以前的要好了。

"要有一个好的机制，翻译质量才能保证"

田志凌：那么，您觉得从出版机制的角度来看，怎样才能解决图书翻译的质量问题？

许钧：现在我们有一个好的机制就是：一部翻译作品的出版，不仅仅要有译者，还要经过编辑，经过出版社领导，还有大众媒体，几个关口都要把住。

以前的老翻译家还很年轻时，他们的编辑水平很高。包括傅雷的东西，人民文学出版社也作过修改。现在一个问题是，有些出版社本身没有这样的力量，甚至为了抢占市场，让不懂外文的人去抄译、剽窃名著。这里的问题出在图书出版的整个管理机制上。如果译者这关失守，编辑这关也失守，领导一审二审都失守，到最后大众媒体也失守，那结果就可想而知。

现在比较优秀的大出版社，都会让人试译，试译得好才请你翻译。一本书稿译完，责任编辑是要一个字一个字对照一遍原文的。许多责任编辑本身就是翻译家，比如人民文学、上海译文、南京译林等出版社都是这样。许多小的出版社就没有这样的力量。

所以我认为，现在的翻译质量问题不能光去怪译者。要解决这个问题，就要有真正高水平的编辑队伍，有懂外文的领导，有大众媒介刊登翻译文学批评文章，有一些翻译批评家，这样才能有健康的机制保证。

出版社可以搞签约翻译家

田志凌：文学翻译是一项很重要的工作，可以说是再创作的过程，但译者在大众心目中的地位却远远比不上作家。您觉得通过建立译者的个人品牌是不是可以对翻译质量有一个好的保证？此外，老一代的翻译家，如傅雷，是以翻译为全部职业的，而现在的译者都是业余兼职。您觉得翻译者的职业化是不是一个可行的方式？

许钧：确实，整个社会对于文学翻译的重视程度一直非常不够。我觉得，品牌化或者职业化都会是非常有效的方式。出版社应该去树立一批翻译家的品牌，宣传好的译本。比如上海译文出版社，他们在“文革”前就有一批专门的翻译家，一直关照他们，像傅雷、草婴都是。现在也有一些老翻译家退休后，出于对文学的热爱，在家专门做翻译的，像复旦大学退休教授徐和瑾潜心重译普鲁斯特的《追忆似水年华》。在目前的环境下，职业翻译家的可能性不大，但我觉得出版社可以搞签约翻译家。

我可以说，在未来的几年当中，出版社推出的外国文学作品能否成功，在很大程度上要取决于翻译本身的质量。出版社要解决这个问题，一是搞签约制，去帮助树立品牌；二是通过各种奖项和比赛，来发现一批有文学翻译天才和功底的年轻人，给他们一些机会，让老翻译家给他们指导；三是定期召开一些文学翻译研讨会，大家来切磋翻译经验；四是加强文学翻译的比较、欣赏和批评工作——翻译作品出来，如果没有人关注和批评，是无法获得很好的进步的；五是出版社领导要重视翻译质量问题。

好的译者需要培养

田志凌：您认为现在年轻一代的翻译不会断层吗？

许钧：我认为不会。其实现在很多年轻人的翻译都是做得不错的。像北京大学、复旦大学、南京大学都有一批学习翻译理论和实践的学生。这些年对翻译问题的研究也在深入。从今年起，我们南京大学已经有了翻译研究的博士点，全国还有十多所高校有翻译方向的博士点。

比如我的研究生，他们毕业后有的留校教翻译，有的就去到像上海译文出版社、译林出版社等做编辑。他们在学校受到了良好的理论教育和翻译训练，他们在上研究生的时候翻译出的《流浪的星星》、《第一个人》、法布尔的《昆虫记》等都得到了许多大家的赞扬，有的还得了奖。

我觉得，其实只要用心去培养，很多年轻人还是会真正喜欢上这个事业，做出优秀的成绩的。现在很多人会说，年轻人的翻译水平跟不上。我觉得这是非常错误的。傅雷当年开始翻译时也不过19岁。很多老一辈翻译家都是中学就开始翻译的，都会有这么一个逐渐成熟的过程。不能拿老一辈成熟后的高度来要求现在的年轻人。

田志凌：有人说这个时代出不了大翻译家，您怎么看？

许钧：我们的社会是一个多元化的时代，或者说群雄时代，而不是只出一个英雄的时代。大家是需要时间积淀和筛选的。比如我们当代的作家，我们现在有很多好作家，像余华、韩少功、苏童，你能说他们不好吗？我们现在是把他们与那些经过五六十年沉淀后剩下的人去比较。怎么能说他们五六十年后一定不能成大家呢？

文学翻译是一个文化积累的过程。它处于不断淘汰的过程中，比如鲁迅当年翻译的很多作品，现在就被淘汰了。真正留下的几个，像傅雷、朱生豪、叶君健等是真正的常青树。这与他们的文学素养、天才分不开。我觉得要有一种发展的目光。我相信我们这个时代也一定能出现这样的大家，可能不是十年二十年后，但许多年后总会有的。

《南方都市报》2004年8月24日

关于翻译与外语学习

——许钧教授答黄昊同学

/许　钧　黄　昊

黄昊： 许钧老师，我是外国语学院法语系的学生，我们创办了一份小刊物，想请您回答有关翻译与学习的几个问题。首先，请问您对您翻译的哪部作品最满意？

许钧： 我很难说对哪部作品最满意。近30年来，我翻译出版过近40部法国文学或社科名著。我谈谈我印象较深的几部吧。我觉得翻译得最苦的是《追忆似水年华》第四卷。普鲁斯特的作品很有个性，因为是意识流的开山之作，长句多，从句多，插入句多，而且形象比喻又很丰富，所以翻译起来很困难，有的时候一天连一个长句也处理不了。但，这对于我来说确实是一种挑战。虽然两年多时间里只翻译了二十几万字，但学到了很多东西。波伏瓦的《名士风流》是我翻译得最顺利的一部。我特别喜欢她的文字，对第二次世界大战之后法国知识分子的立场也很理解，所以翻译起来很顺，仿佛与作家有一种共鸣。昆德拉的《不能承受的生命之轻》是影响最大的译作，诗意的叙述与哲学的思考结合在一起，探讨人生，探讨存在，形成了这部书的魅力所在。

黄昊： 针对近年来“中文西化”与当下的“国学热”，外院同学应怎样处理好中文学习与外文学习间的关系？

许钧：中文西化和国学热这两个问题确实值得我们关注。看上去好像两者矛盾，实际上反映了我们目前处在一个特别的时代：中国与世界的接触不断增加，交流越来越广泛。西方的文化对于我们中国的影响不可避免；同时随着中国经济的发展，对外交流越来越活跃，国外关注中国，关注中国的语言文化的人也越来越多。中文西化实际上是我们在对西方的学习借鉴过程中在文字方面可能出现的一种倾向，我们学外语的同学要警醒，要维护汉语的纯洁性。国学热实际是我们对传统文化的重新审视和回归。语言是文化的沉淀，文学是语言的艺术，三者互动。我们学外语的要特别提高自己的中文修养，对中国的传统文化要珍视，在学习外语的过程中注意中外语言文化的比较。外语学习和中文素养的提高，这两者都不能忽略。

黄昊：您曾经指出当前的翻译研究中存在“重语言轻文化”的现象。您认为现在外院同学们的学习中也存在这个现象吗？

许钧：在回答上面问题的时候，实际上我已经提到文字、文学和文化的关系。外院的同学学语言而不能限于语言，要关注文学，关注文化。教外语的老师，特别是低年级的老师，不能只注意教语法现象和语言层面的东西，要注意在教授语言的过程中传授文化，关注文字的艺术，提高对文字所沉淀的文化内涵的敏感度。一门语言就是一个新的世界，是看待世界的方式，是一种文化的积淀。学外语就要善于打开视野，关注文化，在以后的工作中为促进中西文化的交流做努力。

黄昊：人文学科应培养通才还是专才？

许钧：通才和专才不应该是矛盾的，两者应该互补。只通不专没有特点，没有个性。只专不通是没有基础的“专”，专而不深，行之不远。这里所说的“通”应该具有多方面的含义，不仅仅是就知识而言，还包括一个学人文的学生所具有的人文思想、人文视野和宽阔的胸怀。有对历史的了解，对现实的关注，在这个基础之上，再掌握专门的学科知识，增强专门的实用能力，在“通”的坚实基础之上的“专”就可能达到深，就可能形成自己的个性和价值。社会需要的实际上是这样的人才。

黄昊：如果让您作个比喻，您会把翻译工作比作什么？把育人工作比作什么？在您的多重身份（翻译理论家、翻译家、大学教授、傅雷研究专家等）中，您最喜欢哪一个，为什么？

许钧：你的问题看来很复杂。实际上在这里我想到了傅雷对他的儿子傅聪说过的一席话。他嘱咐傅聪要先做好人，再做好艺术家，然后再做好钢琴家。我想，傅雷在这里所想说的是，不管你是什么“家”，最重要的还是先做好人。对于我来说，我目前所做的事都与翻译有关，教翻译，做翻译，还研究翻译。理论与实践结合，研究与教学结合，是很幸福的事。我把翻译比作文化交流的桥梁。我们学外语的人，应该要有促进中外文化交流的意识，为维护文化多样性做贡献。

黄昊：请您为外院同学推荐五本好书。

许钧：好书很多，这里我只推荐跟法语语言文学相关的五本书吧。首先一本是索绪尔的《普通语言学教程》，这部书对20世纪的人文学科产生了重大影响。然后是《蒙田随笔》、波德莱尔的《恶之花》，还有加缪的《局外人》和昆德拉的《不能承受的生命之轻》。

黄昊：请问您对外院的同学们有什么寄语？

许钧：学习语言，心系天下。

2008年9月初稿

内审以自强：一个翻译家的省思

——专访翻译家许钧教授

/李　南　许　钧

李南：在中国翻译工作者协会第五届全国理事会上，翻译学家们表达了这样一种忧虑：中国虽是“翻译大国”，却远称不上“翻译强国”。您怎么看这种忧虑？

许钧：这种忧虑具有警醒意义。它呼唤人们对翻译的进一步的理解，呼唤领导对翻译进一步的重视，也呼唤从业者本人对自身的自律以及水平的不断提高。确实，我们是一个翻译的大国，因为无论从历史来看还是从现实来看，我们都是一个翻译大国。中华民族在整个的文明发展史上有一种开放的心态和容纳百川的民族精神，在历史上无论是哪一个民族进入汉民族，最终在文化上都是被汉民族所同化。在同化的过程中，我们的民族文化得到了丰富。在历史上两次大的翻译运动，唐朝的佛经翻译以及19世纪末之后对西方思想的翻译过程，一直到后来的“五四”运动，都体现了我们中华民族这么一种特有的心态。在历史上，我们中华民族在不断地与外界打交道。季羡林先生曾经说过一句话，“翻译之为用大矣哉”。他说我们的翻译是世界之最。

李南：很多人更愿意用数量之大来诠释“翻译大国”之大。

许钧：随着我们改革开放的推进，世界全球化的加快，中外交流越来越多，翻译的作用越加突显。我们需要把外国的一些思想、文化、社会思潮和经济各个方面的东西翻译过来，所以应该说，随着改革开放的步伐加快，翻译活动越来越多，翻译量越来越大。

大国呢，还有一个问题，就是不平等。比如说，我们学习英语，学习法语，但是反过头来，这些国家对于我们汉语了解不够，所以我们吸收人家的非常多，我们翻译人家的很多，人家用汉语发表的东西很少。我们要把别人用不同的语言发表的东西翻译过来，量很大，这也是一个大。

李南：您如何理解"翻译强国"之强呢？

许钧：强，我觉得在历史上包括在20世纪，我们中国在翻译上的确是一个强国。

强首先指翻译水平。我觉得，翻译水平，在整体上，我们中国是非常强的，我们有很高的质量。我们能够吸收人家的精髓，能把外国的东西很快地化为我们一种内在的东西来丰富我们自身。

现在很多人都说我们在翻译上是一个大国而不是一个强国。要强，我觉得有三个问题要注意：

第一，无论是领导还是普通群众，对翻译的作用应该说是了解得不够。就像国际译联主席贝蒂·科恩女士所说，翻译工作者就像电线里流动的电流、水管中流动的水流——我们来了，翻译了，然后就悄悄地消失了，谁都没有注意我们。但是一旦失去了他们，那人们就会感到我们的世界离开了翻译不可以再存在，联合国不存在了，世贸组织不存在了，一切国际组织都会瘫痪！

第二，由于我们对翻译理解得不够，对翻译的困难以及它所起的作用认识不够，在人才的培养上没有跟得上。比如说到现在为止，我们中国在大学的培养目录上没有翻译这个专业，没有专门的人才，那么在这种情况下就影响了翻译质量的提高。

第三，这个行业，现在从业者保守说有50万，确切地说有100万，但是竟然没有一个主管部门！这种强大，单靠它自身的强大，没有一个体制性的约束，没有一个质量管理的机制，要真正强，很难。

李南：有人认为没有汉译外的强大还不能称之为强大。

许钧：我知道有很多人从这个方面来谈强，就是我们输入的多输出的少。大家都觉得要把我们中国的文明介绍出去。现实是我们汉译外的人才非常稀缺。翻译应该有国际分工，不能什么都我们自己来译。比如，我觉得，中国的文艺作品不应该由我们中国人来翻译，应该是外国人来翻译；一些有关哲学、伦理学的经典作品可以跟外国人合作；关于政治、军事、国际会议的翻译应该靠我们自己。我们中国人，想把所有的都承担下来，这不符合整个国际分工。

李南： 译林出版社老社长李景端先生从翻译结构不合理的角度否定了"翻译强国"这个命题，您怎么看？

许钧： 翻译有两个方面的问题，一个叫作选择什么样的文本来翻译，这一点比翻译得怎么样更为重要。在这个意义上，我们可以发现和理解，为什么我们的"五四"运动跟翻译运动结合在一起，而且与白话文运动结合在一起，我们可以看到文字与文化的紧密结合。

从人文社科领域来说，翻译起到了我们改革开放或者说每次社会进步先行者这么一个作用，也就是说每一个社会高潮、改革高潮到来时，翻译都是起到一个先锋的作用。首先通过外来作品或者说外来思想的引进，来打开我们思想的禁锢，引入一种新的观念，然后通过我们的消化，变为我们一种内在的东西，来促进我们。

李南： 为什么当下没有特别有名的翻译家？

许钧： 一个杰出的翻译家是需要历史与时代沉淀的，我们很难指望在20年内就可以出一个有名的翻译家，因为我们在历史上所读到的这些翻译家都是经过半个多世纪的磨炼，最后慢慢、慢慢被读者所记住。一部著作出版了，我们很快就可以记住作者的名字，但是一部好的译作出版了，谁记得是哪一个人翻译的？

从文学这个方面来说，我们翻译的历史并不长，始于19世纪后期，比较系统的翻译是在1898年，从林纾翻译的《巴黎茶花女遗事》起才真正开始了文学翻译。这一个多世纪以来，我们中华民族对于外国文学作品的翻译应该说做了很多很多的工作，出了一大批好的翻译家。

一部作品的翻译，它涉及理解与表达两个方面，一部书的理解不是一下子就可以完成的，要在历史的长河当中不断地丰富、加深。而翻译的过程同样如此，要把所理解的东西表达出来，又要经过再创造的这么一个过程。

李南： 有人说，2008年奥运会是我们迈向"翻译强国"的机遇。如何理解这种机遇？

许钧：奥运会是一个体育盛事，因为有很多交流，有很多人到我们中国来，想了解我们中国，而且是各式各样的人，各个民族的人，当然需要不同的翻译。在全球经济一体化过程当中，中外交流肯定会越来越多，翻译的重要性也肯定会凸显出来。不光是在中国，在欧盟也是这样。欧盟现在是25国，有这么多种语言，它们之间的交流需要翻译。可以说是翻译使不同文化之间的真正交流成为可能，还要使这种交流能够达到一种心灵的契合，然后使自己的文化再吸收外来的东西，使自己得到不断的丰富。2008年奥运会当然是一个大的盛会，翻译的重要性也会日益地凸显出来，而且我想，2008年以后翻译会得到进一步的发展。

李南：中国出版工作者协会外国文学出版研究会主任任吉生在接受新华社记者专访时指出："翻译质量粗糙仍是令中国的外国文学翻译界备感头疼的一个问题。"而您自己也曾说，"目前中国翻译界出现了'质量危机'与'道德危机'"。

许钧：这个话实际上是在十年前就说了，当时我的原话是"在繁荣的背后潜藏着道德与质量的危机"，与"存在着"是不一样的。当时是出于一种什么样的状况呢？主要是就文学翻译来谈的，因为当时出现了一个重新翻译的潮流，一部书出现很多的版本。市场经济的看不见的手左右着形势，有人只追求经济利益，追求钱，追求名，跟我们对于精神文明的创建以及文学的那种心灵的构建完全相违背，因此就出现了抄、拼盛行这样一个现象，所以我当时就说潜藏着质量跟道德的危机。随着市场化进程的不断发展以及大家对翻译越来越重视，我相信翻译界慢慢、慢慢地会自律、自审、自强。

李南：中国翻译工作者协会常务副会长林戊荪指出，在中国，无论是旅游指南，还是产品介绍，无论是名胜古迹的说明，还是街头巷尾的标牌，外文翻译差错已到了"俯拾皆是"的程度。今天质量危机是否依然存在？

许钧：应该说，现在主要是大家对翻译的重视不够，领导重视不够，严重影响了我们对外的形象。比如，我们很多的宣传册子上，一个城市对外招商的指南上，翻译错误百出，的确严重影响了我们的对外形象，与我们的改革开放是不相符的。我们的文件翻译，一些关键词语也难以统一；我们城市的街道名，包括很多的介绍，也是有不少错误。这些问题，大部分不是水平问题，主要是领导不重视，百姓不关心。

李南：所谓道德危机在十年后的今天还存在吗？

许钧：道德危机到了今天，应该说情况有了很大的改观。十年前，道德危机主要是针对文学翻译中的抄、拼、改现象。当时有一个翻译家非常有名，叫罗新璋，他翻译《红与黑》，一天翻译500字，他翻译出来的作品堪称精品。当时，是1994年的时候，20块钱一千字，一天也就十来块钱。与此同时，有人根本不懂外语，拿着三个本子一凑，然后就抄，一天能抄两万字，因此你可以想象，他一天的收入是罗先生的多少倍。这种不讲道德的做法，当然跟翻译的精神是相违背的。翻译是一项非常艰苦的劳动，如今翻译的报酬水准没有体现尊重劳动价值原则。这种不讲道德的情况，有的时候来自出版社。出版社受到市场的影响，要抓要抢，时间不够。有的时候有些人翻译比较困难，就把这个困难隐去，文本翻译得不完整。还有一种很粗枝大叶的情况，涉及敬业和态度问题。

仅仅为金钱去翻译的，今天已经很少了，但是从名这个角度，不少人想一试。有的学者不是很懂外语，他们也翻译一些作品，主要是想通过翻译把所在学科的一些好的东西从外国介绍过来。我觉得这种求名应该说与他们的追求是结合在一起的，无可厚非。所以，我觉得现在道德的危机已经不像前一段时间那么严重了。我觉得每一个人，只要对翻译比较重视，理解了翻译的精神，那么一定会在道德上加以自律。

李南：林戊荪副会长认为，造成中国总体翻译水平不高的首要原因是翻译人才，特别是高水平人才匮乏。在翻译人才的培养上，我们有哪些地方做得不够？

许钧：我们所说的中国翻译水平不高，是跟谁比？我们跟美国比，美国是一个经济大国，他有多少翻译人才？外国人到我们中国来，我们都会有好的翻译配给他；我们到美国去，有中文的导游吗？在很多的场合，包括国际会议，有中文的翻译吗？我们中文也同样是联合国的五种工作语言之一，为什么会出现英语独霸天下？我们汉语说的人那么多，很多情况下为什么我们要去用英文跟人家交流呢？

这里面涉及一个民族本身的地位。我们说我们的翻译水平不高，只是我们自己的一种内审。应该说跟其他国家相比，我们的翻译水平是相当高的，这是我的看法。

我们确实需要一个人才培养制度。这就涉及对于全民学英文、全民学外语跟专业人才培养之间出现了一个认识上的矛盾。我们很多人都说十年以后我们再也不需要翻译了，因为谁都会说外语，实际上是不对的。第一要纠正的就是，说外语不等于就是说英语，并不是大家都会说英语就不需要翻译了。第二，说几句外语的人是不能承担翻译这个重担的，因此需要专门的人才、专门的课程、专门的培养。比如说培养一个国际会议的翻译，因为我们没有这样一种机制，加上我们的认识有问题，好像懂点外语就能翻译，所以就不重视，就不考虑下大力气去培养，所以现在我们在国际会议的同声传译方面人才奇缺。这是我们的认识有问题，解决了认识，才会去考虑培养的机制、培养的设施以及教材的建设、教师队伍的建设等问题。要解决的问题很多，培养一个好的国际会议翻译，很不容易的。

李南：听说香港在这方面做得很好。

许钧：香港，还有加拿大的魁北克，是双语区，翻译是一种自然的需要，因此对人才的培养抓得很紧。比如说香港七所主要的院校六个有翻译系，而且香港中文大学翻译系是香港中文大学报考人数最多的系科。你可以想象对翻译重视到什么程度，这种程度应该说是跟需要结合在一起的。

李南：您很强调出版社翻译编辑的把关作用。

许钧：无论是文学作品还是社会科学，特别是哲学社会科学，我觉得翻译人士与专业人士两层的把关是非常重要的，因为这些社会科学特别是一些基础领域的工作，首先要注意的是一种新的思想的出现，它有新词语的体系，有术语体系，有一种观念体系，对这些观念性的术语如果翻译得准确，就能得到其精髓，引进的就可能是一个正确的体系。如果我们把它的主要术语翻译错了的话，那对不懂的人就会起到误导的作用，后果很严重。

翻译者要选择擅长的内容进行翻译，万一翻译错了，如有擅长相关领域的专门人才来把关，就能保证质量。懂外语的和懂专业的人来共同把关，出版社又有非常好的编辑队伍，就不会有那么多问题。这方面，商务印书馆做得不错，有双重的把关。

李南：您所说的双重把关指的是……

许钧：双重把关就是专业的把关和语言的把关。

现在有的出版社开始了一些新的探索，比如说主编制，主编可以作为把关人，主要体现在对作品的选择、质量的检查、译者的选择方面，帮助出版社来弥补这方面的不足。我觉得仅仅这样还是不够的。一个真正的好的出版社，出版外国文学或者外国的人文、社会科学方面的著作，一定要有懂外文的和懂专业的编辑。

我还希望读者积极地把关，特别是因特网的出现，就给读者参与对译作的评价，提供了一个非常好的桥梁。他们中有些人虽然不懂外语，但是作为一个读者，因为译作是为读者服务的，读者在一个新的文化环境里，他有自己的期望，有自己的视野，所以他们的意见反馈是非常重要的。

李南：这样说来，您寄希望于公众参与翻译批评，您曾经写过文章呼吁舆论重视翻译批评。

许钧：翻译批评有两种，一种叫专业批评，一种叫大众批评。我觉得任何一个东西，只要市场化，它必然要经受市场的消费者批评，所以我说这个大众，实际上是读者。

这两种批评是双重的，有的时候是吻合的，有的时候也许不吻合，但是我想，这是两个角度，所以我觉得翻译批评也同样如此。翻译批评要有理论作指导，对于翻译的机制、翻译的过程、翻译的规律、翻译所涉及的因素，要有深刻的了解。同时，中外文或者说出发语和目的语都非常好的人来进行专业的批评，这样的批评会具有启发性，这种启发性可以发挥长久的作用。

比如说《哈里·波特》和《魔戒》的翻译，就有很多的读者参与，在网上拿出不同的版本，跟你正式出版的版本叫板。作为一个译者，看到这个东西他首先应该感到高兴，看到读者有不同的理解，他们的期待和要求，把这些东西结合起来，在以后的翻译当中能够改进自己，或者把这些东西作为参考，使自己对于翻译的理解更为丰厚。在我们这个时代，由于因特网的出现，翻译批评多了一个广阔的途径，更多的读者参与，应该说是一件非常好的事情。

李南：您为什么提出翻译"品牌化"的概念，提倡出版社去树立一批翻译家的品牌，宣传好的译本？

许钧：我是提倡翻译品牌化，比如说在社科人文著作方面，需要有一些这方面的行家，对原著有深刻的理解，而且外语又好，翻译质量就会有保证，慢慢就可能形成品牌。我觉得品牌的意识实际上非常重要的，首先是因为市场经济，好的跟不太好的还有差的，中间有区别，普通的读者不知道什么叫好。比如说，《红与黑》二十多个版本，都推到读者面前。哪个版本是严肃的，哪个版本是抄来的，哪个版本离原著最近，许多普通读者并不知道。文学翻译很复杂。我们对一部文学翻译作品的评价，不是中文优美就是好，词汇华丽就是好。比如，现代派的作品词汇并不华丽，文字并不优美，反映的是一种荒诞的世界，要用一种荒诞的语言、断裂的结构来表现。而我们一般的读者都认为只要优美的词就是好的，好像漂亮的文字就是好的翻译。

读者对于翻译的很多东西不是特别了解，那么翻译批评界就要有一种翻译品牌的意识，比如说把好的翻译推荐给大家，让大家知道什么叫好的翻译。

有的品牌，它是历史形成的。比如说傅雷，大家现在都很认他，只要傅雷翻译的东西都觉得很好，就说明这种品牌是确实存在的，而一旦被读者所接受，大家就对他有一种信任，有一种喜爱，所以就有利于精神产品的传播。我们的时代同样如此，并不是每一个翻译者都是优秀的翻译家。首先，要有一种品牌的意识，也就是说要向优秀的翻译家学习。其次，读者要对什么是好的翻译有所了解，对优秀的翻译家有所了解。这么一个过程的推进，离不开好出版社。有品牌的出版社，然后有品牌的翻译家，再加上了解品牌的读者，就可以形成一个良性的循环，免得劣币逐良币的情况发生。

2005年11月初稿

翻译家是孤独的
——《无知》译者许钧访谈

/鲁　刚　许　钧

日前,《外滩画报》(以下简称“外滩”)采访了昆德拉新作《无知》的中译本译者许钧,就昆德拉作品及翻译进行了访谈。

外滩: 您在翻译《不能承受的生命之轻》《无知》等小说时,最大的困难是什么?

许钧: 米兰·昆德拉的小说最大的难点在于其互文性,表现在经常出现前后文以及不同文本的交叉、呼应。他的小说充满反讽和隐喻,具有正话反说和意在言外的特点,这是我翻译昆德拉小说遇到的最大困难。

外滩: 昆德拉对法语如此钟情,并声明自己作品的法语本与其捷克语本具有同等的文本价值,为什么?

许钧: 昆德拉1975年定居法国后一直尝试用法语写作。法语是一种精准而简练的语言,能够准确而又微妙地表达他的思想。你看他的小说题目都言简意赅,经常就是一个词组而已,却具有格言般的深度和力量,往往是一些哲理概念的高度浓缩,因此出来后能够不胫而走,很快成为流行话语。简洁就是力量,这个,对于极其注重语言形式的昆德拉来说,并不是偶然的。

外滩：昆德拉已经成为世界范围内的文学大师了，在国内也很热。您认为他的作品为什么会那么走红，给我们提供了怎样的思想资源？

许钧：昆德拉小说的最大价值，在于用语言照亮了存在的诸多可能性。在《不能承受的生命之轻》中，作者提到了公元前6世纪古希腊哲学家巴门尼德对世界本质的二元化划分，但是在昆德拉的眼中，世界却不是二元对立的，而是存在多种可能性。没有什么事情是绝对和预先能够确定的，生活的任务就是在多种可能中寻求一种动态的平衡。

外滩：前段时间某报有文章评价您的译文，我也看了。其中也提到了巴门尼德的这段话："巴门尼德早在公元前6世纪就给自己提出过这个问题。在他看来，宇宙是被分割成一个个对立的二元：明与暗，厚与薄，热与冷，在与非在……"而韩少功的译文是："巴门尼德于公元前6世纪正式提出了这一问题。他看到世界分成对立的两半：光明/黑暗，优雅/粗俗，温暖/寒冷，存在/非存在……"我感兴趣的是，为什么你分别用一个字，如"明"与"暗"来代替韩译本中的词组"光明"与"黑暗"？

许钧：翻译最重要的就是忠实于原著，这种忠实必须在吃透原著精神内涵的前提下才能实现。原文提到古希腊哲学家巴门尼德的观点，为此我还专门阅读了解释巴门尼德学说的书籍。这里的一组组名词不是简单事物，而是高度抽象的哲学概念，因此用"明"来代替"光明"，用"热"代替"温暖"，这不仅仅是个审美习惯的问题，而是如何准确把握原文哲学意味的问题。传统翻译实践讲究"归化"，注重语言的畅达和雅驯，但我认为这样的做法其实存在过度阐释的危险。

外滩：是啊，有时候翻译家颇费苦心的劳作未必能得到读者或批评家的赏识甚至是察觉，这的确是件很遗憾的事情。

许钧：每个从事写作的人都用自己的文本说话。一个作品问世之后命运就不掌握在自己手里了。读者有自己理解的权利。如果说译者的某些处理不能得到读者的理解，这也是没有办法的事。翻译家是孤独的。

外滩：20世纪上半期中国涌现过一批像傅雷这样的翻译大家。您如何看待进入20世纪90年代后期以来的文学翻译现状？现在翻译人才好像有点青黄不接，广为人知的作品少了……

许钧：我不这样看。单从翻译的技术角度而言，后人一定是超越前人的。以往的名著名译有其价值，但也有明显的时代局限性，比如存在误译和语言陈旧等缺点。另外，从总体上看，后人对外语的掌握也肯定在老一辈翻译家之上，唯一略显不足的也许是他们的传统文化功底还难以企及前辈。其实，我们每年引进出版的海外图书并不少，只不过现在书多了，人们阅读的兴奋点也分化了，所以被大量其他读物淹没了罢了。

外滩：您从事翻译实践和研究工作几十年了，已经翻译出版了数百万字的作品。您认为要做好翻译，中文和外文到底哪个更重要一些？

许钧：我的看法，语言可能不是第一位的，首先是要懂文学、爱文学，然后才可能无怨无悔地投入这项追求中来。翻译是项艰苦而寂寞的事业，只有兴趣才是最大的动力，否则很难享受到翻译的乐趣，也就无法完成从翻译匠到翻译家的飞跃。

《外滩画报》2004年9月30日

关于翻译实践与翻译研究的互动关系

——许钧教授访谈录

/穆　雷　许　钧

穆雷：许钧老师，2003年12月初，您曾应香港中文大学文学院翻译系的邀请，做了一次题为《翻译实践与理论追求》的演讲。我当时听了您的演讲，很受启发。现在，我想就翻译实践与翻译研究的关系问题向您讨教。您在翻译米兰·昆德拉的《不能承受的生命之轻》一书过程中，不仅仅作为一名翻译家从事翻译实践，同时作为一名有自觉理论意识的翻译理论家，从翻译研究的角度出发，对自己的翻译实践进行深入的思考，为翻译研究提供新的资源。我认为，这不但为名著复译构建了阐释的空间，更重要的是为我国翻译界一直没有停止过的理论与实践的关系问题提供了一个范例。例如，您从这本书的翻译过程中提出了几个值得研究的问题：1. 翻译拓展原文本的生命，那么，原本与译本呈何种关系？ 2. 如何通过翻译表现出文本的价值取向？ 3. 译者的自觉、出版社、主管部门，这三者如何影响文本的阅读、理解与译本的接受？ 4. 不同时期译者不同的选择、理解与阐释反映了理解的历史性，译者如何给读者提供更多思考、理解的空间？ 5. 作家从事翻译，其动机、原则、追求、立场与方法等等，都与翻译家有所不同，如何看待二者的不同？这些问题，不仅涉及对翻译本质的认识，涉及翻译过程的方方面面，还涉及翻译研究的各个主要方面。您在接受这项翻译任务之初就明确意识到这些问题了吗？

许钧：二十多年来，我除了做翻译实践，翻译了三十多本法国文学著作和社科著作以外，主要的精力都用来做翻译研究和翻译教学，指导了不少翻译学的硕士生和博士生，为推动翻译学的学科建设做一些力所能及的事情。在这些工作中，我体会最深的就是，研究翻译理论对于提高并指导翻译实践有百利而无一害。作为一名译者，如果同时具有正确的翻译观、敏锐的理论意识，能够通过理论研究不断地反省、总结、设法解决自己翻译实践中出现的种种问题，就能够更快地进步，翻译得更好。上述问题我并非一开始就全部想到的，但多年的翻译研究培养了我的思考习惯，我在接受翻译任务之前一定会有所考虑。我一般不会随便拿到一本书就做翻译，无论是自选还是接受出版社的邀请，都要慎重地斟酌许多问题：研究原作的价值与意义、翻译的目的、假设的目标读者、所要达到的文化目的、所能产生的社会意义、可能会遇到的翻译困难、采取什么样的翻译策略以及翻译对于理论研究所能提供的范例与可能产生的影响等等。至于上述五个问题，其实是在翻译过程中不断产生、逐步加深认识的。一定是有自觉理论意识的译者，才会自觉地思考此类问题。

穆雷：针对文学界作者学者化现象，有人提出，翻译研究学者最好能出翻译实践家。从您这二十多年来既做翻译实践又做翻译研究的经历来看，做到这一点不是没有可能。其实，从事翻译研究的同时从事翻译实践的大有人在，老一辈的如孙致礼、杨武能、杨自俭、郭建中等都有大量的文学翻译作品出版，中年一辈如您、郑海凌、王东风、谭载喜等人也都有精彩的文学译作，还有不少人翻译过学术专著和大量实用文本以及其他各类文体翻译，或从事大量的口译实践。反过来，文学翻译家也有从事文学翻译批评的，如许渊冲、江枫等人，但是，像您这样有意识地在从事翻译实践的同时从事翻译理论研究，明确让自己的翻译实践为自己和后人的翻译研究提供素材者真的不多。您如何看待这个现象？

许钧：你说的一点也不错。近一二十年来，国内绝大多数翻译研究学者同时都多少从事了一些翻译实践，并非如有些人所说，翻译研究者自己不会做翻译实践。目前国内从事翻译研究者多为高校教师，他们要教授翻译课程，要指导翻译方向的研究生，一定有机会做翻译实践。我们对翻译实践的理解不应过于狭窄，仅仅局限于翻译出版世界名著，翻译一些诗歌散文等。据统计，文学翻译仅占全部翻译实践内容的3%左右，更多的翻译与文学无关或关系不大，包括口译实践，你不能说那不是翻译实践，对吧？何况，翻译教师在教学实践中也要做一些翻译实践，如自己翻译范文，编教材，等等。他们对翻译实践的理解，不仅仅停留在研究层面。他们要指导学生做翻译，讲评翻译练习，不会总是"眼高手低"，一般都会自己也动手翻译。我们一般谈及翻译家，总是停留在文学翻译家，似乎只有文学翻译家才是翻译家。不错，文学翻译家确实给我们带来了宝贵的文学翻译作品和精神食粮，但我们还要看到，更多的人从事的是默默无闻的翻译实践。那些翻译作品无法或不宜出版发行，但我们不应因此而否认或忽视他们的工作与奉献。他们的翻译实践也给人类带来了福祉，也促进了社会政治经济文化的发展，也应该得到理解，受到重视。同时，他们的翻译实践也为翻译研究提供了丰富多样的素材与范例。我们不要把翻译实践片面地理解为文学翻译实践，更不要把翻译实践与翻译研究对立起来。

穆雷：您在讲座中提到，为了翻译昆德拉这本20万字的著作，您在动笔翻译之前阅读了60多万字的材料，在充分研究的基础上，在自己"以信为本，求真求美"翻译原则的指导下，一边翻译，一边统计、记录翻译中发现的问题，并从理论上加以阐释。这种做法说明您有非常明确、清晰的理论意识。您觉得这一点对翻译实践和翻译理论研究有什么重要意义？

许钧：确实，在翻译之前，我花了很多时间对比英文本和法文本，又研读了韩少功先生的翻译，还读了国内哲学界、文学界和比较文化界一些学者和外国学者写的有关这部书的文章和有关资料。后来试着翻译了一些章节，趁去珠海参加译林出版社组织的世界文学名著翻译研讨会的机会，向译界名家讨教，受到了施康强等大家的鼓励。之后，又在《南方周末》夏辰君的帮助下，有机会向韩少功讨教，就翻译的观念、障碍、方法等重要问题与韩少功先生作了一次很有意义的笔谈，觉得文学翻译绝不仅仅是一种语言的变异，而是原作生命时间上的延续和空间上的拓展，是原作的再生。在这个意义上，文学翻译不可能有定本，在前人的基础上，在文学接受环境大大改变的今天，推出一个新的译本，会有其价值。应该说，我在整个翻译过程中，都有明确的理论追求。理论意识对于实际的翻译工作者来说非常重要。理论意识可以提醒并促使译者在选择原作、研究原作、确定翻译策略、解决具体问题等方面都有很大的帮助。对原作不做充分的阅读、理解、钻研的功夫,是很难翻译好的。翻译之后的经验总结、理论升华,更能对今后和他人的翻译实践有所启迪,有所助益。

穆雷:您从自己一本书的翻译中提出了一些文学翻译研究的方向,如读者、译者和作者之间的互动关系,新旧译作的继承与对话,阐释活动中读者的参与,名著复译的空间,翻译的接受过程,强调自我与忠实原著,"重复"的文体价值或叙事功能,如何理解文学翻译的"文采",如何向读者提供新的阐释的可能性,等等。在我看来,只有对翻译理论深有研究,也就是说有理论准备的译者,才有可能提出这些问题。这说明,翻译理论对翻译实践不仅有指导作用,而且还有十分重要的认识作用,请您就此谈谈您的体会好吗?

许钧:这个例子生动有力地说明翻译理论与翻译实践的互动作用,实践给理论研究提供实际、丰富、生动的素材,理论研究反过来从翻译实践与翻译经验中获得研究的灵感、源泉和动力。它们之间互为依存,而非互相排斥。比如关于新旧译作的继承与对话问题,我的观点是很明确的。我认为文学复译是一种文化积累,前译与后译不应该是一种对立的关系,而应该是一种互补的关系,是一种继承与拓展的关系。我坚持认为,韩少功先生的译本为国人了解昆德拉起到了重要作用,而我的重译只是为广大读者进一步了解昆德拉提供新的可能性。由于有这样的认识,所以比较好地处理了我与韩少功先生的关系,为国人理解昆德拉做出了各自的努力与贡献。

穆雷:对于翻译理论与翻译实践的关系问题,翻译界一直在争论。国外翻译界讨论的不是翻译理论有用没用,而是怎样发挥理论的作用。我们的"邻居"文学界和文艺理论界也是"相安无事",各行其是,为什么翻译界始终纠缠不清?

许钧:这里有几个原因。国内真正把翻译学作为一门学科来研究、来建设,还是20世纪80年代以后的事情,大家对于新生事物的认识要有一个过程,这是可以理解的。理论与实践的关系本身在国内与在国际学术界就有区别。我们多年受传统文化中实用主义倾向的影响,做什么事情都要先看它"有用无用",对于"无用之用"或者表面上暂时看不出用途的东西,就认为它没有价值。这个认识本身的偏差一直没有得到纠正,大家对于理论本身的全部价值并没有充分认识,对理论一直存有偏见。加上刚才所说的,一些翻译实践工作者对于什么叫作实践也有认识上的偏见与误区,因此对于理论更加抵触。无论国际国内，文学家与文艺理论家都是各司其职，当然也有客串一把的，如文学家从事文学批评或文学研究，文艺理论家偶尔也创作出一些文学作品，但没有人要求把另外一种职业作为从事本专业工作的先决条件，例如不会要求只有创作出大量的文学作品才有资格从事文艺理论研究或反之。翻译家也并没有把从事过翻译理论研究作为入门的必要条件，那还有什么理由要求只有文学翻译家才能从事翻译理论研究呢？更何况自己的“文学翻译家”身份是自己认定的吗？固然，翻译的实践性很强，从事翻译理论研究者如果自己有能力从事翻译实践，眼高手也高，就能更加切身体会到翻译家的酸甜苦辣，又能有更多的、有说服力的译例来帮助理论研究，使之更具针对性和说服力。

穆雷：从您的切身经历来看，翻译理论真的十分重要。翻译家如果具备一定的理论素养，不仅可以为读者奉献出精美的译品，而且可以有意识地为翻译批评、翻译理论研究以及翻译教学提供丰富的例证、研究的问题与方向。就拿《不能承受的生命之轻》来说，短短两年间，就已经出版发行了近50万册，说明这个译本受到了广大读者的欢迎。您在翻译的同时，还关注相关的理论问题，提出问题，也自己解决问题，从翻译实践和翻译理论两个方面做出自己的贡献。您可以根据自己的体会，谈谈翻译实践与翻译理论的关系吗？

许钧：简单地说，就个人的经历而言，翻译理论有助于克服翻译活动的盲目性，而翻译实践有助于更为全面地理解翻译，研究翻译。这两者之间的关系应该是互为促进的。你知道，在我发表的许多翻译研究论文中，有不少是通过总结自己具体的翻译实践经验，进行理论的思考后完成的。像《文学翻译批评研究》，如果自己没有参加《追忆似水年华》的翻译，就不可能那么深切地体会到翻译普鲁斯特的困难，也不可能发现在翻译中出现的有关翻译原则、翻译方法的重大问题，自然也就没有了进一步加以研究的可能。反过来，由于自己对翻译问题有过比较全面、深入的思考和研究，在翻译实践中，翻译的原则就比较明确，遇到了翻译障碍就知道如何处理。

穆雷：您已出版过700余万字的译著，而且还出版了多部翻译论著，请问您目前正在从事的翻译实践有什么选题？理论研究方面有什么课题？

许钧：关于翻译实践，我目前除了与南京大学的周宪教授继续为商务印书馆主持“现代性研究译丛”与“文化与传播译丛”之外，还主持两套有关西方文明与日常生活的大型译丛。此外，我在翻译一部理论性很强的哲学著作，叫《现代性的五个悖论》。通过翻译这部著作，我想对现代性这个问题有个比较清楚的认识，也想就哲学著作的翻译积累一些经验，探讨有关的翻译问题。关于理论研究，我还在做教育部的一个课题，叫“20世纪法国文学在中国的译介和接受”，想在充分收集研究材料的基础上，从文化交流的高度考察20世纪法国文学在中国翻译、选择、接受、交流和互动的情况，特别注意以发展的眼光，对20世纪法国文学在中国译介和接受的得与失、经验与教训进行客观的分析和评价，为法国文学在我国的进一步译介、传播和研究，拓展一个新的思考空间。

穆雷：湖北教育出版社刚刚出版了您的新著《翻译论》，七章的内容包括了翻译研究的主要方面。我想知道，您的翻译实践对这本理论专著的写作有什么具体作用？从这本书的选题、准备到最后形成文字，您一定做了长时间的准备，是吗？

许钧：《翻译论》确实是我二三十年来从事翻译活动，包括翻译实践与理论研究的心血结晶。为了这项研究工作，我做了许多学术上的准备和积累。比如，我当年申请了国家教委人文社会科学研究博士点基金重点项目“文学翻译基本问题研究”，又主持了教育部资助优秀青年教师基金支持的“外国翻译理论研究”这一课题，通过这两个方面的努力，无论是对国内传统的翻译理论，还是对国外近几十年来的译学探索成果，都有了进一步的了解，为“翻译论”这一课题的研究打下了基础。随着研究的深入，我还认真阅读了哲学、美学、语言学、社会学等学科的有关经典著作和代表作，吸取最新的研究成果，以开阔自己的研究视野。应该说，研究的过程，是一个不断学习、不断思考、不断探索的过程。

穆雷：您觉得《翻译论》能为翻译实践者和翻译研究者提供一些什么？

许钧：写这部书，我是有所期待的。我当然希望能为翻译实践者和翻译研究者提供一点什么。首先在思想的层面，我希望通过自己对翻译的思考，有助于人们尽可能全面、深刻地理解翻译活动，为翻译活动正确定位，明白翻译所肩负的历史使命。在研究层面，我希望通过自己的探索，为人们从宏观上把握翻译活动的本质，在微观上认识翻译活动的转换机制和方法提供新的可能，同时廓清翻译活动所涉及的种种要素，了解翻译活动的动态过程，特别是揭示翻译活动的基本矛盾，为人们探索解决翻译矛盾的方法与原则提供理论参照。在学术层面，我还希望为年轻的翻译研究者提供翻译研究的丰富的学术线索，给他们以方法论的启迪。更重要的，是想通过自己的独立思考和研究，为翻译学的理论建设做出一点贡献。

穆雷：从翻译教学的角度来看，正确认识翻译实践与翻译理论的关系非常重要，特别是教师，自己认识清楚了，才能正确引导学生。您在翻译教学，尤其是硕士生、博士生的指导中，采用什么办法引导学生提高对翻译实践和翻译理论关系的认识？

许钧：我指导的都是翻译方向的硕士生和博士生。我开设了不少翻译课程，有理论性的，也有实践探讨性的。学生最多的，是面向本校和南京有关高校研究生开设的“翻译通论”，已经开了几年，听课的不仅仅是学翻译的研究生，有学历史的、学中国文学的，还有学哲学、学建筑、学法律的。比较理论性的有给博士研究生开设的“翻译基本理论”和给硕士研究生开设的“翻译理论”。此外还开了“翻译评论”“法汉翻译实践与技巧”等。应该说，我带研究生，特别注重对他们的理论素养和实践能力的培养。一般先让学生修“翻译通论”课，帮助他们对翻译活动有个比较全面的了解。然后通过理论性与实践探讨型课程的互动，一方面扩大他们的视野，了解翻译研究的范畴，掌握翻译研究的基本学术资源和基本方法，一方面利用自己与出版社有密切合作的优势，让每个学生都有机会完整地翻译一部文学著作或社科著作，通过翻译实践让他们进一步了解翻译活动的障碍，掌握翻译处理的方法，提高翻译的实践能力，进而反过来加深他们对翻译活动的理解，提高他们研究的兴趣。这两个方面的互动是非常积极的，有过一些成功的经验，以后有机会我们再进一步探讨。

穆雷：谢谢您。谢谢您为读者翻译了精美的文学作品和社科著作，也谢谢您所做的翻译理论研究，更谢谢您为译界培养后备力量。希望我们的对谈对广大翻译实践者、翻译研究者、翻译爱好者以及翻译学的师生有所助益，也希望起到抛砖引玉的作用，引起大家对此问题的深入思考，进一步加深对翻译实践、翻译经验、翻译理论等几方面关系的认识。

《外语与外语教学》2006年第1期

生命之“轻”与翻译之“重”

——许钧教授访谈录

/朱 竞 许 钧

理解与翻译

朱竞：许教授，我一直认为，翻译促进了文化的跨语际旅行，因此学界不应该简单地把翻译定位在一种语际转换的方法论上。从本体论上来讲，翻译应该是跨语际背后两种文化互译的深层理解。我在您的诸篇文章中，经常读到“‘理解’是‘翻译’的第一步”这样一种表述。关于这一点，能请您给出自己的解释吗？

许钧：这是一个很复杂的理论问题。我还是以比较通俗的说法，先简单地谈一下翻译。

我认为，一部书、一个国家的文化，应该是有赖于翻译来进一步传播的，可“翻译”究竟是什么呢？简单地说，我们每个人总要发表自己的看法，要表述对世界的看法，表述对社会的看法，表述对他人的看法。若一个人只有理解而没有表达，他便会非常地痛苦。人们需要交流，在这个交流的过程当中，实际上也就是把我们自己的认识、想法传达出来，而这个传达的过程就是“翻译”。小孩一出生，与母亲的交流始终就是在翻译之中，孩子总是会问:"妈妈,这是什么意思呀?"孩子听不懂母亲的话时,总会要求妈妈再说一遍,而在这个过程中,母亲要是重复原话,就无法达到翻译的目的,于是母亲就会用另一种话语来解释。因此,翻译绝对不是同义反复,不是一个字一个字的完全对应,而应该是以自己的理解为基础,对他人所说和自己所要表达的内容,用另一种方式恰当地表述出来,从而进行沟通理解。

朱竞: 我认为您所谈及的"理解",不是在翻译过程中滞留在语言表层的纯粹技术性转换。这种"理解"作为一种翻译行为的展开,与译者生存的时代背景与伦理政治制度有着密切的限定性契约。也就是说,每一个时代的译者有着自己生存的限定性语境,不同的西文原典在不同的汉语时代因译者不同的文化语境,有着不同的译入结果。能否谈谈您与韩少功在"翻译"与"理解"过程中的差异性在哪里?

许钧: 时代会提供给翻译家一些可能性。以《不能承受的生命之轻》为例,时代所提供给韩少功的翻译的可能性跟我现在翻译的可能性不同。他当时翻译的时候,确实有很多忌讳的词需要避免使用,如有关反"共产主义制度""共产主义"等的词语,因为那是在1987年。而我们现在的时代,这样的词完全可以如实地反映出来,因为那是出自有自己看法和思想的小说家的笔下。正是因为这种时代的不同,翻译出来的作品也会有所不同。翻译与人们当下的语境也有很大的关系。

每一个翻译家对原著的理解是有可能存在差异的,表达也会有不同的风格。比如《不能承受的生命之轻》在原著中的"轻""重"这两个字,韩少功有时就翻译成"轻松""沉重"。我认为这两组词语之间有时候意思是不一样的。试问"轻如鸿毛"能说成"轻松如鸿毛"吗?"重于泰山"能说成"沉重于泰山"吗?在这个意义上,对于翻译中理解与表达的问题,我持如下的观点:当原作基于哲理进行讨论时,我一定要赋予其哲理的色彩,而不仅仅赋予一种文学色彩。

朱竞: 不错,正如一个时代有一个时代的学问那样,一个时代也有一个时代的翻译,因此翻译必然会在时代的品质上呈现出差异性,并且也会在译者知识结构及个性方面呈现出差异性,这也是合理的差异性,即韩少功的翻译偏于诗意的地方,而您在自己的理解范围之内,可能更注重于哲理。在这个过程中,彼此的翻译显然就有所不同了。您能举例说说吗?

许钧: 比如,小说中特蕾莎是因为六个偶然,使她必然地来到了托马斯的身边。我认为是六个偶然构成了一个必然，法文用的是一个词，即hasard（偶然），最后一个才是“必然”。这是一个从“偶然”自然而然到“必然”的过程，就是一个非如此不可的过程，具有很强的哲理性。韩少功先生是一个文学家，他用的是“碰巧”“机缘”这样的表达，非常具有文学性。同一个字有不同的变化，讲究不同的色彩，读起来就很过瘾。若从哲理与原著接近性的角度而言，我想可能就存在一个对原著忠实性的问题。就像钱锺书先生所说的那样：翻译是一个“脱胎换骨，转世还魂”的过程，在这个过程当中，在不同的翻译家的笔下会出现不同的结果。

朱竞：您能走出韩少功与您自己的翻译读本，在放大的译介语境中更清楚地说明这个问题吗？

许钧：举一个《红与黑》当中的例子，让你感受一下对于同一部作品，不同的翻译家在理解与翻译中有多大的不同。两个都是著名的翻译家，一个是八十多岁的许渊冲老先生，他翻译了《红与黑》《约翰·克里斯托夫》等；另一个翻译家是罗新璋先生，他可是傅雷的捍卫者。在“文化大革命”的时候，他把傅雷译本抄在原文本上（150余万字），进行对照性的研习，后来，成了一个著名翻译家。就是在如此高超的翻译家笔下，出现了对同一个人物的两种不同译法，而这个人物就是《红与黑》中德瑞那市长的夫人。小说中有一段描写德瑞那市长的夫人的话，请比较两位翻译家的译文：

> ——她长得亭亭玉立，秾纤得衷，用山里人的说法，也曾是当地的美人儿。她有那么一种纯朴的情致，步履还像少女般轻盈；那种天然风韵，满蕴着无邪，满蕴着活力，看在巴黎人眼中，甚至会陡兴绮思。（罗新璋）
>
> ——她个子高，长得好，山区的人都说：她是本地的美人。她显得很单纯，动作还像少女；在一个巴黎人看来，这种天真活泼的自然风韵，甚至会使男人想入非非，引起情欲冲动。（许渊冲）

朱竞：的确是不一样。同一个人物形象在不同的译者笔下，呈现出完全不同的风貌，其情致、情趣与外貌都有着译介者理解的差异性。

许钧：翻译是以忠实为原则的。翻译必定涉及两个方面：一个就是“真”，另一个就是“美”。我的翻译原则是：以信为本，求真求美。

翻译与文化传承

朱竞：许教授，我认为翻译不单纯是一种语言的技术换转问题，翻译在世界诸民族文化的交流中起到了不可或缺的文化传承作用。关于这个问题您可以谈谈自己的观点吗？

许钧：对一个国家的文明的发展而言，文化的积累是需要翻译的。试想"四书五经"若没有不同版本的翻译，没有不断地一代又一代地阐释，它就不可能传承至今。正是由于不断地阐释与翻译，有不同时代人的不同理解，"四书五经"的内容才逐渐地丰满、丰富。

朱竞：随着历史向纵深的延伸，人们在理解方面也有着因时代变化而产生的调整。比如当代人对"四书五经"的理解已不能满足于知识上的渴求。在这个意义上，"翻译"就成为一个民族文化在世界文化交流时代得以不断地传承、开拓、继续下去的保证。

许钧：是的。作为各种不同的语言和文化之间的翻译也同样如此，如"歌德"要到达中国，我们的"鲁迅""曹雪芹"要到达法国，均要通过翻译。《红楼梦》的生命通过翻译家在法兰西、美利坚、德意志的土地上重新开花结果，歌德的《浮士德》在中国也有了新的生命。正是由于翻译家们对一部部著作的呕心沥血，国外的文化才在疆界上不断地得以拓展，在时间上不断地得以延伸。所以，翻译也是异域文明在时间和空间上不断地拓展与延续的一个过程。

在这个过程当中，翻译家做了纽带，拉近了读者心中时间与空间的距离，更拉近了东西方文化相互了解的距离。一部好的作品，必然要召唤翻译，而好的翻译就像是两个恋人的相遇，是一种历史的奇遇。昆德拉是应该感谢韩少功的。这就好似罗曼·罗兰的《约翰·克利斯朵夫》要感谢傅雷一样，多亏傅雷开篇翻译的第一句："江声浩荡，自屋后升起……"这前四个字犹如一声震雷，预示着一个英雄的横空出世。因此，罗曼·罗兰就特别感谢傅雷，感叹自己遇到了一个好的翻译。所以我说："翻译是历史的奇遇，是人类灵魂的共鸣！"

朱竞：您说得非常好。联合国前秘书长加利先生对语言与文化的多样性问题有着更深刻的思考。我看到他为您的《翻译论》一书写下的一句话："翻译有助于发展文化多样性，而文化多样性则有助于加强世界和平文化的建设。”从某一个层面讲，全球化时代文化多元化借助于翻译才可能呈现出当下的互动形态。

许钧：确实，翻译是一项跨文化的交流活动。季羡林先生认为：“不同的国家或民族之间，如果有往来，有交流的需要，就会需要翻译。否则，思想就无法沟通，文化就难以交流，人类社会就难以前进。”基于对翻译的这一认识，我们可以说，翻译是因人类相互交流的需要而生。从这个意义上说，寻求思想沟通，促进文化交流，便是翻译的目的或任务之所在。如果说翻译以克服语言的障碍、变更语言的形式为手段，以传达意义、达到理解、促进交流为目的，那么把翻译理解为一种人类跨文化的交流活动，应该说是一个正确的定位。从这一定位出发，我们便不难理解翻译在人类文化发展进程中所起的作用了。

朱竞：最近，《光明日报》从构建中西方文明通道的高度对翻译问题进行讨论，在理论层面与实践层面提出了许多重要问题，值得我们认真思考。

许钧：如何对待外国文化，如何吸收与借鉴外国文化的先进成分，应该成为目前翻译研究界关注的重点。翻译研究者应该对选择怎样的文本进行翻译，在翻译过程中应采取怎样的文化立场等重要问题进行探索，对目前中国翻译界出现的“盲目引进文本”“误译错译严重”等问题出现的深层原因进行探究、分析，为翻译事业的健康发展指出正确的方向。

在经济全球化、一体化进程不断加快的情况下，要充分注意到维护文化多样性的重要性。为此，要特别警惕在中外文化交流中出现的某种“文化霸权主义”的倾向。德里达认为，翻译就是“那在多种文化、多种民族之间，因此也是在边界处发生的东西”，他对欧洲中心主义权威、国家-民族权威进行质疑与解构时，首先遭遇的就是“翻译的问题”。没有在多种文化的接触、碰撞中起沟通作用的翻译，就无法保证世界各民族文化的共存、交融与发展。而目前，某些国家以强大的经济势力为基础，以经济利益为诱饵，在推动经济一体化的过程中，谋求强势文化的地位，甚至表现出十足的“文化霸权主义”。

朱竞：在这一方面，“英语”的日益国际化看似为全球的文化经济交流提供了某种可能性，但实际上是以一个民族语言的国际性在削弱着处在弱势地位的一些民族文化。一个民族语言的丧失，便意味着其文化的消亡。

许钧：的确是这样。在全球化的进程中，我们不能以牺牲民族语言为代价,"用英语"去谋求与外部世界的交流。相反,在对外文化交流中,我们要坚持使用与发扬中国语言,同时,培养更多的翻译人才来满足日益频繁的国际交往。在这一方面,欧盟的做法有借鉴意义。经济可以一体化,货币也可以一体化,但为了维护文化的多样性,在各种交流中,欧盟鼓励各国使用自己的民族语言,其意义是深远的。多年来一直呼吁维护多元文化价值的欧盟诸国的翻译界,特别强调要充分发挥翻译在维护文化多样性方面所起的作用,是非常值得我们重视的。

朱竞: 阿弗雷德·波拉德在论述《圣经》翻译的重要意义时说过一段不乏诗意而又极为深刻的话:"翻译如同打开窗户,让阳光照射进来;翻译如同砸碎硬壳,让我们享用果仁;翻译如同拉开帷幕,让我们能窥见最神圣的殿堂;翻译如同揭开井盖,让我们能汲取甘泉。"翻译给人类社会带来的,既有精神之光芒,又有物质之果实。借助翻译,人类社会不断交流其创造的文明成果,互通有无,彼此促进。

和昆德拉有关

朱竞: 和《不能承受的生命之轻》有关的话题,相信您回答了很多。近20年来,读者对这部小说百读不厌,是因为小说的主题讨论的是"存在"与"生存"的问题。这是困扰着世上所有人的一个问题,与生命有关。于是,就出现了——"轻"与"重"两个字。

许钧: 这是对立两元的问题。这一"轻"一"重"实际上在我们的生活和传统当中是经常谈及的,但是,我们不像昆德拉那样去谈生命的轻与重。生命的轻与重我们讨论得并不多,但是我们对生存状态会持有一种态度,比如说"举重若轻""避重就轻"等。实际上,在我们的生活当中,"轻"与"重"时刻与我们关联着。然而,对于此种对立,昆德拉又说:

"巴门尼德早在公元前6世纪就给自己提出过这个问题。在他看来,宇宙是被分割成一个个对立的二元:明与暗,厚与薄,热与冷,在与非在。他把对立的一极视为正极(明、热、薄、在),另一极视为负极。这种正负之极的区分在我们看来可能显得幼稚简单。

"除了在这个问题上:何为正,是重,还是轻?"

朱竞: 在阅读《不能承受的生命之轻》这部书的时候,常想这样一个问题:我们的世界到底是两元对立的,还是一个多元的语言文化载体?因为在我看来，世界是人类文化的多元载体。

许钧： 应该说，我们的世界是一个多元的世界。然而，其中又生发了一个重大的问题：在《不能承受的生命之轻》这部书中又出现了很多的对立，如生与死的对立，轻与重的对立，背叛与忠诚的对立，灵与肉的对立，崇高与卑下的对立，高雅与粗俗的对立，美丽与丑陋的对立，爱情与色情的对立，最有趣的对立无非是《圣经》与粪便的对立，另外还有政治与性的对立。我们如果仔细地阅读它，可以发现所有的情节都是围绕着两条主线展开的：一条就是特蕾莎与托马斯；另一条就是萨比娜与弗兰茨，这两条线又常常交织在一起。整部小说就是在这两条主线当中形成了一个个对立的两元。至今，我认为最重要的一条，就是昆德拉揭示了对立两元所产生的必然境遇。我们要走出对立的两元，去寻找、去开拓每个人生活中的可能性。由于对立两元的观念使然，我们往往把“生”与“死”对立起来，但是换另外一个角度看，正是由于存在着死亡以及“生”的有限，我们的生命才出现了无限的价值。若人类的生命是无限的，人不会死，那么大家还会去珍惜生命吗？就是因为有“死”，所以我们才特别珍视“生”，才特别地重视在有限的生命里让我们的生命放射出无限的光辉。要是生死对立，那么，当我们知道人一出生必须面临另一个极端“死”的时候，当我们总是在这种对立之中去理解这个世界的时候，自然就会感叹：“又何必生呢？”

在这部书中，我们就可以读出这样一个道理：我们的生命不应该处在生死对立当中，而应该在对立的两极当中寻找每一个人的可能。爱情如此，生活如此，与他人之间的关系也是如此，所以今天大家都在提倡一个多元的世界，这是很有道理的。

朱竞： 您重新翻译了昆德拉的作品《不能承受的生命之轻》，还翻译了他的《无知》，这在翻译界、文学界、出版界都曾引起不小的轰动。我想，对您来说，这也是一次挑战。在“理解”上就会是一次自我挑战的过程。

许钧： 可以这样说。

在翻译《不能承受的生命之轻》的过程当中，我与不少作家有过交流；而在小说出版了之后，我也同样与许多朋友进行了交流。在我接触到的阅读《不能承受的生命之轻》的人群中，年龄最大的88岁，最小的13岁（都是我认识的人）。在南京有一位初一的学生，她爷爷是中国写作学会的会长。有一次我在她爷爷家做一个访谈（关于学英语与母语之间的关系），她拿出一本《不能承受的生命之轻》，并要求我题几个字。我就在她的书上写了一句话，我说：“翻译就是爱！”我还对她说：“当你去理解一件事情的时候，你要怀着一种热爱的态度，对你的生活你要带着热爱的态度；当你去翻译一位作家作品的时候，你也要带着一种热爱的态度。”她告诉我已经读过这部书，身边的几个同学也都买了这部书。于是我就问她：“你读了这本书有什么想法？”她回答：“世界怎么如此复杂啊！”阅读了这部书，居然让她对世界的复杂性有了理解，其实这也是对于世界的一种理解，因此我觉得很好。他们对昆德拉的不同理解开拓了我对《不能承受的生命之轻》的理解。或许我所理解的东西，他们还不曾理解，但是他们所能理解的那一部分被我忽视了。

朱竞：理解需要一个漫长的过程。每个人的阅历、经历不同，理解问题的视点也不会相同。作家和翻译家，同时翻译一部作品，在“理解”上会出现很大的差异。您重新翻译《不能承受的生命之轻》，对原文的文本是如何理解的？您又是如何在文本原初意义的追问上“走近”这部书，从而理解并翻译它的呢？

许钧：关于《不能承受的生命之轻》这部书的理解，大家可以发现一个发展的过程。在1987年小说刚问世的时候，普通的读者发出的“声音”并不多。有关对昆德拉的理解，发出的都是专家学者的声音，而不同的专家从不同角度去阅读去理解。例如，哲学家感觉它是哲理化的小说；小说家又感觉它是小说化的哲理；文学家认为它是小说的革命；政治家又认为它是革命的小说。普通读者往往在这些看法的影响下看这部小说，而与自己的经历联系甚少，最多的是联系我们民族的命运（“文化大革命”）。对那个时候的一个解读过程，我把它称为“外部的阅读”，很少结合自己的生存。可是，现时的人们再来阅读昆德拉，就出现了新的情况：普通读者真正从各自的生存状态出发去理解作品。于是，就出现了不同的人对于昆德拉有着各不相同的理解的现象。

朱竞：在中国人习惯的阅读期待上，是否存在着与昆德拉的看法不一致的地方？

许钧：中国传统的阅读方式是：一定要了解作家，然后再了解作品。即先看创作作品的是一个什么样的人，接着再从此人的品性当中来理解这部作品的品位。如果这个作家是一个品位不高的人（指在我们的道德评判标准里），自然其小说品位也不会高。我们在小学学习阶段开始，读一篇文章，总要强调一部作品的“历史背景”。可是，昆德拉就比较反对这种读法。在他看来，作品是第一位的。你们不要去追究我是谁，你只要去读我的作品就可以了！我认为，这点确实是我们在阅读一部名著的过程之中值得思考的问题。即我们到底是要弄清作家其人，再来理解其作品，还是要通过对其作品充分的理解之后，再来定位此位作家呢？因此，在这里面就出现了一些矛盾。昆德拉认为：自己在作品当中是表达了真正写作思想的昆德拉。我感到这是一个非常有趣的问题，因为在我们阅读昆德拉作品的时候，可以发现，几乎所有书中都没有对作者详细的介绍。他的书上只介绍出生年月，除此之外就是告诉读者他用捷克文写了哪些作品，又用法文写了哪些作品。而生平经历的介绍，似乎对他而言都不重要，因为他说这与其作家身份无关。

朱竞：听说您答应要翻译《不能承受的生命之轻》的时候，上海译文出版社提出了一个非常重要的条件：要求您不要加任何自己的文字，不要写序，也不要写译后记。为什么？

许钧：我当时感觉无法接受，这实在是很不平等。我作为一个翻译，为何就没有权利发表一点自己的看法呢？出版社又强调：你可以独立发表你的意见与看法，但请不要与他的书“同行”，因为他是一个独立体，你也是一个独立体，不要把你自己的理解作为理解他的书的先导。法国的结构主义文学批评流派当中非常重要的一条就是：文本批评，即不问作家是谁，只分析作品本身。昆德拉显然是受到了结构主义、文本分析流派的影响。

朱竞：您同意这种说法吗？

许钧：在这一点上，我持有不同的看法。

朱竞：说说您的想法。

许钧：我们如果不对昆德拉的出身、经历有所了解，也许对他的作品的理解就不可能真正有效地展开。

关于昆德拉，不少人这样对我说：“昆德拉原来在捷克的时候没有名气，后来他流亡到了法国才开始有了名。”可我查询了一些资料，发现实际上并不完全是这样。1975年，在离开捷克之前，昆德拉就已经是捷克作家协会主席团成员了。后来他在法国出名了（1977年），其自身的某些经历与我们社会的某些阶段所经历的有些相似。1977年，在中国，“四人帮”刚被打倒了一年多，那个时候改革开放还没有开始。就在那一年，有76名人民艺术家、

360名功勋艺术家、7 000多名艺术工作者签名发表了捷克斯洛伐克文艺界《宣言书》，其中曾这样写道："……我们极端鄙视这么一帮子人，他们狂妄自大，虚荣心重，优越感强，自私自利，无耻之尤，甚至为了几个臭钱，不惜出卖自己祖国的利益，参加了叛徒集团，脱离了人民，离开了人民的生活，背弃了人民真正的利益而投入帝国主义怀抱，成了反人道主义的工具，堕落为那些颠覆和制造各国间不和的人的传声筒。"其实，这个宣言就是针对昆德拉等一些流亡作家所写的。在这样的声讨中，昆德拉的作品在捷克当然不可能流传，他的作品绝对不可能在捷克的土地上发出自己的声音。但是，历史总是在不断地发展，这种情况一定会有改变，历史会说话的。昆德拉离开捷克到了法国之后，很多人认为理解其作品要围绕两点：一个就是他的故乡；另一个就是他的寓国（指接纳他的那个国家）。在他的小说中，总有许多的梦，梦也可以分为两种：一种就是害怕没有离开自己出生的地方，比如在《无知》中，主人翁到了法国后天天做梦，等到梦醒时分就感觉自己怎么还没有离开布拉格，显得忧心忡忡。另一种梦就是在寓国，他担心自己遭到别人的不理解。对于这么一种矛盾的过程，我们如果从其特殊的流亡者的身份切入，对他那种灵魂漂泊的经历加以理解，就会对他的作品有一些新的认识。所以，在这个意义上，我认为了解一点昆德拉的历史以及其特殊的身份，是有利于我们对他的理解的。

朱竞：您认为，从哪几个方面理解昆德拉更准确呢？

许钧：我认为有这么几点需要指出：第一，我们理解昆德拉，如果只注重外部因素，从政治的角度切入，有可能会产生"误读"。有时候我们会读出他的反动，我们对"共产主义"这样的字眼会特别敏感，在翻译中对有些过于敏感的词语就会采取软化或删节的处理办法。第二，昆德拉的作品的开头非常有意思，如《不能承受的生命之轻》的开篇。法国的作家对于小说的开头，不同的流派大相径庭，如巴尔扎克的小说《贝姨》《高老头》等，作品开头总是："在一八四几年的一天，在法国某城市某某街出现了某某人……"小说家对于所发生的每一个事件及其人物、时间、地点均交代得一清二楚，叙述者对于小说中所发生的一切似乎都了如指掌。可是，到了存在主义小说家的时候就发生了变化，如大家都不陌生的阿尔贝·加缪，他有一部小说叫《局外人》，开始便写道："今天，妈妈死了。也许是在昨天，我不知道。"这简直让人难以想象，一开始就把这个"不知道"带入叙事当中，以至于后来主人翁默尔索杀了人，连自己是怎么杀的都不知道，由此而兆示了荒诞。昆德拉的这部小说非常有意思，小说的一开篇就是："永恒轮回是一种神秘的想法，尼采曾用它让不少哲学家陷入窘境……"这样的开篇似乎没有小说的影子，更像是一本哲学书。而小说的结尾又是另外一种方式："一只巨大的蝴蝶被光线一惊，飞离灯罩，在房间里盘旋。下面，传来钢琴和小提琴微弱的声音……"一个富有哲理的开始，却在一种凄凉的诗意中结束，这样的开篇与结尾就形成了这部小说特有的一种格调和张力。第三，我们在阅读《不能承受的生命之轻》的时候，总能够发现极其有趣的方面，尤其是处于一种二元对立当中所出现的境况。在小说的第二章，有这样的表述：

> 最沉重的负担压迫着我们，让我们屈服于它，把我们压到地上。但在历代的爱情诗中，女人总渴望承受一个男性身体的重量。于是，最沉重的负担同时也成了最强盛的生命力的影像。负担越重，我们的生命越贴近大地，它就越真切实在。
>
> 相反，当负担完全缺失，人就会变得比空气还轻，就会飘起来，就会远离大地和地上的生命，人也就只是一个半真的存在，其运动也会变得自由而没有意义。
>
> 那么，到底选择什么？是重还是轻？

朱竞：您对书名的译法作了重大的调整，原来的译名是《生命中不能承受之轻》，现在改为了《不能承受的生命之轻》。为此，我就听到了来自媒体、网络的不同声音，有的说："南京大学的许钧教授居然把书名都改了，就凭这一点我肯定不喜欢。"您如何看这个问题？

许钧：这就说明了一个非常重要的问题：一部外国作品传入了国内，一旦我们的读者接受了它，不管是误读，还是另一种阅读的可能性，这种习惯力量是很难打破的。我认为《生命中不能承受之轻》与《不能承受的生命之轻》是有很大区别的。举例说明："校园的美丽"与"校园中的美丽"，前者是仅指校园的建筑和自然，而后者包括美丽的校园、美丽的学生、美丽的思想等，其范围是非常之广的。再谈《不能承受的生命之轻》，它直指的就是"生命"这两个字，其主题就是要讨论"存在"，要直面"生命"。如果昆德拉说"生命之轻是不能承受的"，那他就是已经下了一个结论，做出了一个判断，成为一种真理，就像“人总是要死的”一样。但是，“不能承受的生命之轻”并不是一个判断，这只是一种可能性。所以，他这样来命题恰好暗合了他自己对于生存的可能性的一种追求。

警惕“翻译的危机”

朱竞：早在1994年，季羡林先生就对“翻译的危机”提出警告。现在，翻译质量的下降已成为出版界及广大读者广泛议论的话题。您认为目前中国翻译界存在的主要问题是什么？

许钧：第一，关于重复。现在的翻译家往往喜欢改掉原作的重复词语。其实，有些词汇并不是说作家本身不会让其多彩，而是有着自己的用意，有时候重复是想赋予其力量。这就好比一个主旋律在不断地重复当中会得到增强、升华一样。一般的翻译家有一个通病，即喜欢把原作当中重复的字眼变得多彩，这是一定要避免的。第二，关于原作的简洁。很多翻译家就担心别人认为其文字不好，就想方设法要把简洁变得美丽、灿烂。第三，关于比喻。原作中有好多比喻。比喻是一个作者的生命。一个新的比喻，给人惊喜；两个人用了，感觉还行；可到第三个人再用同一比喻的时候，就已经不产生任何力量了。例如，今天当我再说“你是我心中的玫瑰”的时候，大家肯定觉得我的比喻很平庸。所以，我们在翻译过程当中，必须重视原作的个性，特别是用词的色彩和节奏。对于原作的引喻和比喻，不能随意“归化”，大而化之，失去原来独特的生命。在我的翻译工作中，我始终把“真”摆在第一位。

朱竞：出现翻译危机的主要原因是什么？您如何看待这个问题？又如何解决呢？

许钧：翻译人才短缺。甚至有些出版社为了抢占市场，让不懂外文的人去抄译、剽窃名著。这里的问题出在图书出版的整个管理机制上。翻译报酬低。受到市场影响，文学翻译的报酬很低，整个社会对翻译人才的重视程度也不够。

要解决这个问题，就要有真正高水平的编辑队伍。编辑本身要精通外语，要有懂外文的领导，要有大众媒介刊登翻译文学批评文章，有一些翻译批评家，这样才能有健康的机制保证。在未来几年，出版社推出的外国文学作品能否成功，在很大程度上要取决于翻译本身的质量。出版社要解决这个问题，一是搞签约制，去帮助树立品牌；二是通过各种奖项和比赛，发现一批有文学翻译天才和功底的年轻人，给他们一些机会，让老翻译家给他们指导；第三是定期召开一些文学翻译研讨会，大家切磋翻译经验；第四，加强文学翻译的比较、欣赏和批评工作；第五，出版社领导要重视翻译质量问题。

我认为，中国在文学翻译方面剽窃、抄译的时代也慢慢过去了，就像大浪淘沙一样，到最后它总会回到正轨上来的。当然这最后还是要依赖整个社会对于翻译的重视。

朱竞：最后一个问题与以上的问题无关。您能预测一下，下一位诺贝尔文学奖得主将会产生在哪个国家？您希望哪位作家得奖？谢谢。

许钧：我没法预测。我曾应瑞典皇家科学院邀请，先后两次推荐过诺贝尔文学奖人选，每次限一人，一次推荐的是位翻译家，还有一次推荐的是位法国作家。按瑞典皇家科学院的规矩，我不便公开我推荐的人选。很多人说，中国作家没有得诺贝尔文学奖，在很大程度上与翻译有关。我的看法不同。那与翻译是有关系，但主要是与我国近半个世纪来的文学创作有关。前30年，意识形态左右了文学创作。后来西方现代派文学进入中国，在十几年的时间里，模仿西方又主宰了中国文学创作。这几年，情况发生了变化，有些优秀的作家，走出了模仿阶段，有自己的追求了。我想再过十来年，随着创作环境的一步步宽松和一批优秀作家的进一步成熟，中国作家得诺贝尔文学奖的日子不会太远了。

《文艺研究》2006年第3期

翻译是爱，是理解，是历史的奇遇

——许钧教授谈傅雷与翻译

/刘　琨　孙世杰　杨　秀

“30岁的时候，傅雷对于我而言是一部书，一部普通的书。因为那时我只知道傅雷是个做翻译的，他翻译的《约翰·克利斯朵夫》《高老头》等外国文学作品很好读，很有意思。”

“在我40岁的时候，傅雷对于我而言，是一棵树，一棵常青树。因为研究翻译，我知道了翻译是一种历史的奇遇，是翻译使原作的生命在异国的文化土壤上得到了延伸与传承。”

“到了50岁，傅雷于我而言，已经不仅仅意味着《约翰·克利斯朵夫》《贝姨》《高隆巴》等数百万字的经典译作，也不仅仅是使原作生命在中国得以延伸的译界常青树，而是一个人，一个大写的人。”

这是许钧教授在《阅读傅雷，理解傅雷》一文中对傅雷先生表达的深切怀念以及对翻译事业的一往情深。关于傅雷其人，其著述我们都耳熟能详，然而要加以评论却又无从说起。许钧教授与傅雷先生，皆为著名的法国文学翻译家。他们虽生活在不同的年代，但许钧教授对傅雷先生理解得如此深刻，不也是一种跨越时空的精神的契合吗？

理解傅雷，首先要理解他毕生的事业——翻译。说到翻译，尤其是法国文学翻译，许钧教授是一个绕不开的人物。一直以来，许钧教授承先生翻译之余绪，把优秀的法国文学作品翻译到了国内，建构着中法文化交流的桥梁。今天，我们有幸走近我国著名的法国文学翻译家、翻译理论家，南京大学研究生院副院长许钧教授，聆听他谈傅雷与翻译。

翻译肩负着民族文化发展的历史使命

人类的翻译活动久已有之。罗马人从公元前3世纪开始，就大规模地翻译古希腊的文学著作；中国的《礼记》记载了公元前五六世纪的口译（不排除笔译）活动；有文字记载的笔译佛经活动则开始于公元2世纪中叶，翻译的历史可谓久矣！

如何理解傅雷先生呢？许教授说："纪念傅雷先生，首先要对翻译有所了解。只有真正理解了翻译活动，才能明白翻译与民族文化传承发展的关系，才能真正认识到傅雷先生翻译的意义与价值。"

有人认为，翻译只是一种文字的转化的技术。是不是这样呢？许教授向我们解释了翻译活动，使我们感受到翻译在人类文化交流中的巨大力量。"无论从广义还是狭义上讲，翻译都是人类文化存在的一种方式。所谓翻译，就是用语言符号来传达我们所认识的客观世界和情感世界。认识世界需要符号，我们的语言符号是记录人类文化最重要的载体。如果没有语言符号，我们就无法面向世界、理解世界，就不能形成概念、进行推理，更无法进行交流。在这个意义上，翻译是一种创造。每个民族都有自己不同的创造，因为他们有不同的语言。"许教授说，"语言不是被动地对世界的描摹和反映，而是对世界一种符号化的创造。在这个立场上，如果一个民族失去其语言，那么其语言背后所蕴藏的一切文化就将失去。基于此，我们需要维护语言的多样性。有了语言的多样性，文化的多样性才成为可能；而多元文化之间的交流与繁荣，则需要翻译。"

许教授告诉大家，翻译首先是一种媒介，是思维的创造。汉字是中华民族文化的载体，一旦没有了汉字，我们的民族文化就失去了根基。其次，翻译是国家间沟通交流、彼此丰富的一个过程。翻译带人们走出自己封闭的疆域，从时间上推延，空间上扩展。它打开了各个民族之间互相封闭的心灵，丰富了他们的视界，促进了他们之间的交流。我们的这个时代，更需要国与国、民族与民族之间的交流，更应弘扬这种翻译精神。在全球经济一体化过程中，我们更要提倡文化的多样性；反对文化霸权主义，也离不开这种翻译的精神、学习的精神、交流的精神和丰富的精神。

说到此，许教授告诉我们一个好消息。今年是傅雷先生诞辰一百周年，作为对这位享有国际声誉的翻译大家的纪念，5月份在南京大学将举办傅雷诞辰一百周年纪念暨傅雷与翻译国际学术研讨会。这次国际学术研讨会，顺应了全球化时代的发展要求，有利于民族文化的交流和文化多元化的发展。文化与经济的交流发展与人类的和平事业息息相关，这是此次国际学术研讨会的重要主题之一。他说："2002年联合国前秘书长布托·加利来访南京大学，为我行将出版的《翻译论》一书题词：'翻译有助于发展文化多样性，而文化多样性则有助于加强世界和平文化的建设。'我们纪念傅雷先生的意义不是翻译本身，而是为了时代的和平。此次国际学术研讨会的举办，同样是顺应了中国历史发展的要求。以一种历史精神、历史眼光来看，中国在19世纪末到20世纪初闭关锁国，民族精神委顿，经济文化的发展落后于欧美诸国。一些有识之士提出要借鉴国外先进的文化和技术，在这个过程中，翻译起到了重要的作用。从严复的《天演论》到梁启超对翻译的呼唤，以及后来的新文化运动、改革开放等等，是翻译架起了民族之间沟通交流的桥梁。在这个过程中，翻译忠实地记录了中国走向世界、融入世界、与世界进行对话、与其他民族共同提高的过程。这也是该国际学术研讨会的主题之一。"

许教授由衷地说："傅雷先生是中国20世纪杰出的翻译家。他毕生致力于翻译事业，留下了皇皇巨著。他的翻译具有开放的眼光和时代精神。他求真、求美、求艺术的翻译精神深深影响着后来的译者。"

翻译——傅雷生命的另一种展示

对于傅雷先生而言，翻译意味着什么呢？即使在生活最艰辛的时刻，他也没有放弃翻译事业。他为何如此执着于翻译事业呢？对傅雷的翻译活动，许教授有自己的理解："读其文集可以发现，傅雷先生想通过翻译寻找光明。他从罗曼·罗兰的'长河小说'《约翰·克利斯朵夫》中发现了人类生存最基本的元素——爱和当时的中华民族所需要的英雄主义。于是，他投入了更大的热情，翻译了罗曼·罗兰的这部巨著。傅雷先生就是要借助翻译来改变国人当时委顿的状态，要带给国人光明与力量。"

“傅雷先生欲通过翻译寻找光明的强烈动机在他重新翻译的《贝多芬传》的序言中表现得更为明显。他认为：‘现在阴霾遮掩了整个天空，我们比任何时候更需要精神的支持，比任何时候更需要坚忍、奋斗、敢于向神明挑战的大勇主义。’他是要借伟人的力量，拓展国人的精神视野，启迪民心民智，帮助中华民族正视眼前的黑暗，使其重新振作起来，勇往直前。”

许教授感慨地说：“解放后，傅雷先生主要致力于翻译巴尔扎克的小说。他说，每个中篇如巴尔扎克所有的作品一样，都有善与恶、是与非、美与丑的强烈对比……唯其如此，我们才体会到‘人间戏剧’的深刻意义。不难发现，傅雷先生要通过自己的译作，使人们能够明辨这个世界中的善与恶、是与非、美与丑，他希望以人道主义精神激发起人们对世界、对人生、对一切美好事物的爱。”

“关于翻译对象，傅雷先生永远是精心选择的。对文本仔细品读后，他选择与自己精神和心灵最为契合的作品翻译。在翻译中，他融入了自己深沉的爱，有了爱就有了理解，有了理解就会产生共鸣。而共鸣的产生，就意味着和谐与统一。所以，读傅雷先生的译作，你没有丝毫的生硬间离之感，其中的作者和译者完全合而为一。余光中先生说，翻译不是简单的附和，最害怕一是一，二是二的翻译。而傅雷先生则使原著在中文这一新的语言环境中显得气韵生动，达到了形似与神似的有机统一。”

翻译是爱，是理解，是历史的奇遇

许教授认为，翻译是爱，是理解，是历史的奇遇。

在他看来，一本好书遇到好的译者，犹如人生得一知己。罗曼·罗兰遇到傅雷，托尔斯泰遇到草婴，莎士比亚遇到朱生豪，乔伊斯遇到萧乾，纪德遇到卞之琳，安徒生遇到叶君健，等等，这些都可谓历史的奇遇。一个好的作家，他的作品势必会呼唤、吸引其他民族的阅读，其他民族的翻译。而每一个好的作者与好的译者相遇，其原著都会在异域产生新的活力，继而延续作品的生命。在这个意义上，真正的翻译，需要有爱的投入，要有激情，要有真正的理解，而不是草率的翻译。

“在对光明的渴望与找寻中，傅雷先生与罗曼·罗兰、巴尔扎克等法国文学巨匠产生了强烈的情感共鸣，达成了精神上的契合。他的翻译，都是建立在对作家、作品的理解与爱的基础上的。虽然，在那黯淡的岁月里，傅雷先生安静而勇敢地离去了，但是他留下了不灭的火种，烛照在历史的天空，指引着后来者的道路。”许教授的一番话，对傅雷、对翻译理解和热爱之情跃然纸上。

傅雷研究方兴未艾

在先生百年诞辰这样一个特殊的日子里，国内文化界、学术界用各种方式来纪念先生对文化、艺术执着追求的精神。4月7日，在国家图书馆展览厅举行了“洁白的丰碑——纪念傅雷百年诞辰展览”。中共中央政治局委员刘延东、文化部长蔡武参加了开幕式。4月8日，在北京的人民大会堂举办了傅雷先生诞辰百年纪念座谈会。这两次活动许钧教授都参加了，并做了发言。4月9日，许钧教授应邀在国家图书馆做了题为“阅读傅雷，理解傅雷”的报告，为传播傅雷精神不懈努力。

5月16—18日，南京大学将举办傅雷诞辰一百周年纪念暨傅雷与翻译国际学术研讨会，届时将有来自日本、德国、澳大利亚等地，以及中国台湾、中国香港和中国大陆的学术界人士150人左右与会。

最后，许教授和我们谈起目前傅雷的研究现状。他说：“为了加深对傅雷先生的认识，文学界、美术界、音乐界都在对其思想及论著进行更广泛深入的探讨研究。他对中国学术文化的影响，其意义远远超出了其论著本身。时下学术界对傅雷先生的研究还有待拓展和深入。我们要把他放在历史的时空中去考察其思想，理解其精神，特别是要通过文字、文学、文化三个层面的互动来理解其精髓。关于傅雷先生的研究方兴未艾，傅雷精神在不同的时代亦会有不同的内涵。傅雷精神的丰富和发展，有待后来者的进一步拓展和完善。”许教授对青年人研究傅雷寄予厚望。

《文汇读书周报》2008年5月9日
(发表时有删节)

阅读勒克莱齐奥，理解勒克莱齐奥

——答《楚天都市报》

/许　钧　周　洁

周洁：法国作家勒克莱齐奥获得诺贝尔文学奖，大家都感佩您有一双慧眼。您是中国第一个翻译勒克莱齐奥的翻译家，以及其成名作《诉讼笔录》的翻译者，衷心祝贺您。想必最近和您谈诺贝尔文学奖的特别多？

许钧：谈不上慧眼，真的不敢说有什么慧眼。我想，只要认真读过勒克莱齐奥著作的人，都会慢慢喜欢上他的作品。因为喜欢，所以对他就有了更深的了解和理解。再加上我作为特殊的读者，翻译了他的一些作品，也校译了他的两部小说，所以应该说对他的作品越来越喜欢。跟我一样，漓江出版社的金龙格先生也很喜欢勒克莱齐奥。他是复旦大学毕业。林秀清教授是他的老师，跟他提起过勒克莱齐奥。金龙格后来翻译了勒克莱齐奥的短篇小说集，合集译名《少年心事》。他也多次跟同行说过，勒克莱齐奥是一位非常优秀的作家，有可能会获得诺贝尔文学奖。在我看来，喜欢与理解应该是互动的。因为喜欢，而有了进一步理解的愿望，而因为有了理解，就会加深对作家喜爱的程度。这次勒克莱齐奥获得诺贝尔文学奖，对于我们译者来说，这也是对我们理解勒克莱齐奥的一种肯定和回应吧。

周洁：据说，三年前，您向瑞典学院郑重推荐、提名勒克莱齐奥为诺贝尔文学奖候选人。您和勒克莱齐奥谈论过诺贝尔文学奖这个话题吗？他的态度是什么？

许钧：三年前，有机会向瑞典学院推荐诺贝尔文学奖的候选人，我推荐了勒克莱齐奥。我的推荐书勒克莱齐奥是读过的。今年年初，他到北京接受21世纪年度最佳外国小说奖，我跟他通过话，跟他谈起过诺贝尔文学奖的事。他是很坦然的，强调最重要的是写作，是写好的作品。对于这次获奖，他还是很高兴的。他获奖后我们有过通信。在我的帮助下，《新京报》的记者金煜还对他做了独家采访。有关内容，我想大家有可能已经读过了。关于获得诺贝尔奖，我认为，他最看重的，是世界上会有越来越多的读者去阅读他的作品，去了解他对世界、对文明的看法，去分享他写作的快乐。

周洁：无论是名气还是在世界文坛上的影响，我们感觉勒克莱齐奥可比您翻译过的马塞尔·普鲁斯特、米兰·昆德拉小很多。勒克莱齐奥最打动您的地方在哪里？勒克莱齐奥是怎么走进您的视野的？

许钧：我翻译过不少作家的作品，如现实主义的巴尔扎克、浪漫主义的雨果、开意识流之先河的普鲁斯特，还有当代的波伏瓦、图尼埃、昆德拉等，每个作家确实都有自己独特的地方。与他们相比，勒克莱齐奥的特色也是非常明显的。我关注他已经近30年了，在这30年里，我对他的理解也是不断加深的。开始是因为他作品的形式吸引了我，后来对他作品所蕴涵的深刻思想有了更多的了解。我非常认同他对世界、对人的存在、对非主流的文明的那份人文主义的关怀。最打动我的，是他对弱小生命的关注，是他在字里行间透出的那份执着，是他在思考中表现出的那份冷静和预见性。

周洁：瑞典学院给勒克莱齐奥的颁奖词："一个集背叛、诗意冒险和感性迷狂于一身的作家，探寻文明支配下的边缘人性。"这怎么解读？勒克莱齐奥的小说给人们一个怎样的图景？

许钧：瑞典学院的这段颁奖词有各种各样的译法。有的译法已经有些离谱，离原文太远了，成了过分主观的自由阐释。我对照了法文，对这段话有过解读，在这里，我不妨再重复一下。这段颁奖词包括四个方面的意思：一是"决裂"(rupture)，二是"诗意冒险"(aventure poétique)，三是"醉心写作"(extase sensuelle)，四是"对处于主流文明之外和之下的人性的探索"。

这四点非常重要：有决裂才会有创造与创新；诗意冒险说的是他对美的探索与追求；extase sensuelle有各种译法。有一种说法叫“感官狂喜”，就我的理解应该是指作家创作时全身心投入的迷醉状态，一种忘我的状态，有人译为“感官迷醉”，指的就是这个意思，但我想，译为“醉心写作”比较符合原意。勒克莱齐奥写过一本书，叫*L'Extase matérielle*，指的是一种“物我相忘”的境界，extase的评价，恐怕与此有关。最重要的，我认为是第四点，这是勒克莱齐奥创作的根本所在。所谓“主流文明”，我想是有所指的，指的是一种强势的文明，一种以经济强势为基点的文明，一种过分物质化的文明。关注强势的、过度物质化的现代文明之外和之下的人性，关注弱小的生命，关注失落的原初文明，关注被主流文明所扭曲的灵魂，正是勒克莱齐奥多年来坚持不懈地进行探索所在。

周洁：勒克莱齐奥说，在法国，我总认为自己是一个“舶来品”。为什么有这样的身份认同的疑问？

许钧：“舶来品”这三个字我看并不确切。他用过一个词叫“étranger”，中文翻译过来叫“局外人”。显然这个是从加缪那里借来的，加缪的代表作之一就叫《局外人》。他也说过加缪和萨特对他都有过影响。他说自己是局外人，是相对于主流文明而言，是相对于过分物质化的现代文明而言，是与他在作品中所表现出的一贯思想相符的。这里，就我的理解，并不涉及他个人的身份认同问题，表明的是他的一种文化立场和思考。

周洁：以您对勒克莱齐奥的了解，他说的“在长大时我对自己说有另外一个地方代表着我的真正祖国”，这个地方在哪里？

许钧：要理解这句话，需要对他的出身和经历有所了解。他祖上很早就从欧洲移居毛里求斯岛国。他有双重国籍。他虽然出生在法国，并在法国接受了教育，但毛里求斯文化在他身上打下了深深的烙印。这次获奖后，他在接受法国媒体采访时说：“法国是接纳我的文化与语言之乡，而毛里求斯是我小小的故国。”这种文化烙印，对于他看待世界，选择写作的对象，是起了潜移默化的作用的。在我看来，毛里求斯已经不是一个狭义的岛国了，在他的视野里，它代表了一种被主流文明所忽视的文化。毛里求斯已经带有一种象征性了，可以是他笔下的非洲、拉丁美洲和任何一个被主流文明所忽略的地方。

周洁：有朋友告诉我，勒克莱齐奥喜欢“标新立异”。比如他今年在北京接受人民文学出版社颁发的21世纪年度最佳外国小说奖时，大冷天，上身穿正装，脚上却穿拖鞋。您与勒克莱齐奥打交道二十多年，感受到的勒克莱齐奥的“标新立异”有哪些？

许钧：我觉得中国媒体很有意思。授奖那天他穿了双拖鞋，这不是标新立异吧，恐怕是一种习惯，透出的是他的那份随性。跟他在一起，或跟他交流，可以感觉到他优雅的一面，也有随意的一面，非常真诚。从他的创作看，他一开始确实受到“新小说”的影响。他的成名作《诉讼笔录》就很明显，表达形式很怪诞，结构上也有标新立异之处。好在，他选择的主人公与作品的形式融为一体，以其看似怪诞的言行发人深省。他后期的作品有很大变化，越来越注重内容，写法也慢慢回归古典，语言变得明练简洁，词语富有力量。

周洁：勒克莱齐奥首次来中国，就专程拜访了您。那是一段怎样的时光？您和他交流过中国小说吗？给他做了怎样的介绍？

许钧：他在1993年来过中国。记得是在四五月间，法国大使陪同他夫妇一起来的。我们没有谈过中国小说。也许是我太自私吧，我跟他谈的主要是翻译问题，谈对他作品的理解。我当时刚刚翻译过《诉讼笔录》，我问他作品主人公为什么叫亚当。他回答说，亚当是人类的始祖，他借用这个名字是为了突出基本的人性与现代文明有相抵触的地方，有不适应的地方。他说他写这部书，看似对主人公的诉讼，实际上是对现代文明所隐含的某种疯狂性的诉讼。在他来访期间，我们还去了中山陵和明孝陵。他对中国的古代文明是非常热爱的。

周洁：勒克莱齐奥看过《红楼梦》，《红楼梦》中大观园的生活和他流浪的生活相差甚远。写“骑着摩托车，戴着墨镜，一声不响地在高楼林立、充满符号的城市间游走的新童话”的勒克莱齐奥，怎样评价《红楼梦》？

许钧：我不知道他是不是看过《红楼梦》，所以这个问题我无法回答。

周洁：听说在南京见面后，勒克莱齐奥只要一写完新作就给您寄来？现在手头有他的文字吗？

许钧：自1993年在南京见面后，勒克莱齐奥只要有新的重要作品问世，一定会给我寄来。像《流浪的星星》、《金鱼》、《奥尼查》、《革命》、《非洲人》和《乌拉尼亚》等。今年他还出版了新著《饥饿的前奏》，我还没收到。他在诺贝尔奖揭晓前一天曾接受法国电台采访，介绍自己这部新著。这部著作值得中国读者期待。

周洁：中国古话讲文如其人。看照片，勒克莱齐奥很帅，他的文字也是这样帅吗？

许钧：法国作家布封讲过同样的话："文如其人。"勒克莱齐奥确实很帅，这是给人的第一感觉。跟他接触，他的帅很快被他的沉默所取代。他说话不多，交谈时常常沉默，要想一想才能再说。说他的文字帅，我不敢说，但他的文字，确实跟他的人一样，很冷静，是他冷静思考的结果。作为译者，我们对文字是很敏感的。他前后期作品的文字变化，我们也是可以明显感觉到的。他前期的文字讲究新奇，用词有时让人出其不意；后期的作品文字很洗练，很有力量。

周洁：翻译有翻译家的再创造，勒克莱齐奥怎么评价您的翻译？他怎么看待您的再创造？

许钧：文学翻译确实是一种再创作，但要注意那个再字。作为译者，理解原文是基础，理解错了，越创造越离谱。我翻译勒克莱齐奥的作品，无论在理解方面，还是在表达方面，都遇到一些困难。好在他是当代作家，遇到困难可以向他请教。比如我和钱林森在25年前翻译他第一部作品《沙漠》时，就向他请教过。他很细致地回答了我们的问题。不过有些句子，即使理解了，要想把原文中的意象和内涵都翻译出来，还是很困难。尤其是文化的差异，给我们的翻译提出了挑战。勒克莱齐奥从西班牙语翻译过神话作品，而他的写作从某种意义上也是一种跨文化、跨语言的实践，我想也是某种程度上的一种跨文化翻译。他对翻译一定有自己的理解，有体会，所以当我跟他谈起关于他作品翻译的问题时，他跟我说过："你翻译我的作品，就等于参与我的创作，我给你一定的自由。"我在翻译中，感谢他给我一定的自由，但我深知这是有限制的，我首先要尊重他的作品，理解他的作品，忠实于他的作品。

周洁：您翻译的《追忆似水年华》《不能承受的生命之轻》等，文笔都很优美，对于勒克莱齐奥笔下的流浪汉、小偷之类的"边缘人"，怎么表现优美？

许钧：拿严复的话，翻译有三难，即"信""达""雅"。对"雅"的理解，我想不仅是文笔的优美。普鲁斯特、昆德拉和勒克莱齐奥的文笔是有区别的，我翻译过他们的作品，感觉最难译的是普鲁斯特，其次是勒克莱齐奥，然后是昆德拉。他们的作品的文字具有很强的文学性和个性，个性越强，越难表达。对于译者来说，首先要体会他们作品文字的表达特色和价值，然后要寻求相应的方法来表达。仅仅追求文字的美是不够的，关键是要表现他们不同文字所体现的文学性。现在有些翻译片面追求文字美，以所谓文字的美来掩盖理解的偏差，这不是应该提倡的。

周洁：关于中国作家什么时候能获得诺贝尔文学奖一直是热门话题。其中争论之一就是翻译不够好，不够多，诺奖评委有阅读障碍。您怎么看待这个问题？

许钧：翻译是个问题，但一定不是最关键的问题。好的作品总是会有翻译的。像中国古典作品《红楼梦》，还有现代文学的经典作品，如鲁迅的《阿Q正传》、老舍的《四世同堂》等。好的作品一定会被翻译的，尤其是当今世界交流越来越多，直接的接触也越来越多。我们当代的一些作家，作品被译成法语的就不少，像莫言、苏童、毕飞宇、余华、池莉等。关键是要有好的作品。我有一个观点，中国改革开放30年，前期的作品主要是借鉴西方的，后来借鉴中又有了创造。现在中国文学创造越来越成熟，受到的限制也越来越少了，应该是西方人读读中国作品的时候了。

周洁：您的翻译这么好，可有翻译中国作家的作品给国外？

许钧：我确实翻译过一些法国文学作品，但翻译是有分工的。我们中国人要走向世界，特别强调把中国作家的作品向国外翻译。我们也有过针对外国读者的翻译丛书，如“熊猫丛书”。我觉得，中国作家的作品的翻译，应该是外国人来承担。他们最知道自己的需要，况且翻译作品最好要用自己的母语。我本人没有用法语翻译过中国作家的作品，但我有这样的意识，觉得应该为中国作家走向世界做点工作。几年前，我就做了一些努力，向法国出版社介绍了江苏作家的几部作品，像黄蓓佳的《我要做个好孩子》、毕飞宇的《青衣》等。这项工作还在继续。

周洁：您推举的勒克莱齐奥获得了诺贝尔文学奖。在您看来，中国的哪位作家离诺贝尔文学奖最近？为什么？

许钧：我推荐不推荐并不重要。这些年，我一直认为勒克莱齐奥获诺贝尔文学奖是迟早的事。就我的理解，获诺贝尔文学奖最起码应该具备以下几个因素：一是作家的创作要有人文主义关怀，有对人性的深层思考；二是作家的作品要有一定的超越性，超越时代、国别和民族的局限，同时要对社会、对人类的发展有一定的预见性；三是作家的创作要严肃，对作品的美要有追求，有不断的探索与创新。拿这几个因素去衡量，我想，对中国现当代文学，每个读者都会有自己的看法。我的观点与德国人顾彬不同。我认为20世纪的中国文学还是有优秀的作家和作品的。我不好去猜测中国作家何时会得诺贝尔文学奖，但我相信中国作家会越来越被世界关注。

2008年11月10日初稿

理解让-马利·勒克莱齐奥

——答《中国新闻周刊》

/许　钧　丁尘馨

丁尘馨：早在1998年，您就介绍让-马利·勒克莱齐奥的作品到中国，选中他的原因是什么？

许钧：实际上，我早在1977年在法国留学时就接触过勒克莱齐奥的作品，那部作品就是他的成名作《诉讼笔录》。1978年留学回国后，我对法国当代作家特别关注。从1980年开始，我就与南京大学的钱林森先生一起译介法国当代作家的优秀代表作。有人说勒克莱齐奥于1991年才被介绍到中国。实际上，在1980年，勒克莱齐奥的《沙漠》(*Désert*) 问世，获得了法兰西学院设立的首届保尔·莫朗奖。我和钱林森先生得到此书后，就推荐给了湖南文艺出版社，1983年6月我们的中译本就问世了，书名译为《沙漠的女儿》。这部书，我开始读的时候，发现写作手法与传统的不一样，两条主线分别展开，语言既简练又优雅，故事不是特别吸引人，但仔细品味，越来越喜欢。在翻译过程中，我遇到了一些问题，通过法国出版社与勒克莱齐奥取得了联系。他不仅细致地回答了我提出的问题，还为我们的中译本写了序，为他的作品在中国的出版与传播表示感谢，并在序中就小说的主题作了精要的解说。我们选择翻译这部书，当时的评判标准比较传统，一是认为小说主题很进步，对当代资本主义有批判；二是语言表达独特，很美；三是书中的那个主人公拉拉让人无法释怀，尤其是小说的结尾，读了一遍，永远忘不了。

丁尘馨：您认为他作品与众不同的地方是什么？让-马利·勒克莱齐奥的作品与法国其他作家的思考有哪些不同之处？

许钧：要说勒克莱齐奥的作品的与众不同处，我想这种比较可以是多方面的。一是与先于他存在的那些作家比；二是与跟他同代的作家比；还可以与西方其他国家的作家比。自从我翻译了勒克莱齐奥的《沙漠》之后，我对他的创作一直比较关注。我还是把他放在他同时代的那些作家中加以比较吧。法国的作家，都有对形式创新的追求，如20世纪的超现实主义、荒诞派戏剧、新小说等。勒克莱齐奥的初期创作显然受到过在20世纪60年代法国兴盛的新小说的影响。他的成名作《诉讼笔录》在形式上就有着类似的追求和革新，但不同的是，他没有在对形式的过分追求中忽视其思想的表达。这部小说是他在23岁时发表的，那是在1963年，当时在法国文坛引起了很大的反响，差一点获得龚古尔奖，也许是他太年轻的缘故吧，最后没有获得该奖，但还是得到了法国文坛很有影响的勒诺多奖。勒克莱齐奥的创作从一开始起，就表现出了一种强烈的人文主义关怀的倾向和对现代社会的过度物质化的激烈批评。尤其是第二点，他的批评是具有预见性和寓言性的。我们的中国发展到今日，已经开始感受到了社会过分物质化、精神日趋贫困而造成的影响，相信中国读者在阅读《沙漠》、《诉讼笔录》和《战争》这些作品时，会有越来越多的认同与共鸣。

丁尘馨：瑞典学院在公报中形容他的作品为“新的旅程、诗意的冒险和感官的狂喜”，称赞作者探索了“主流文明之外的人类和为文明隐匿的人性”。以您对他的认识，您是否认同这样的评价？可否请您更通俗地谈谈让-马利·勒克莱齐奥的作品风格？

许钧：瑞典学院在分析中对他的创作评价，我基本是认同的。我对比了法文的说法和你刚才引用的汉语的说法，其中有一点点出入。“新的旅程”这一说法，法文用的是“rupture”，是“断裂”的意思。对此，我有一点不同的看法。从精神追求上看，我认为勒克莱齐奥实际上是继承了拉伯雷以来法兰西作家所体现出的人文主义传统。读勒克莱齐奥的作品，我们发现他对底层的人，对弱小的生命，对社会边缘的人，有着深刻的关怀。他的关怀不是昆德拉所说的带有宗教意义的“怜悯”，而是本着一种人文主义的立场,以了解为基点,去感受他们,去理解他们,去揭示他们的命运。他的目光是冷静而又温暖的,他的笔触深刻而富有力量。

丁尘馨: 您在三年前就预测他将拿诺贝尔奖,何以做此判断? 瑞典学院常务秘书恩达尔称他为"伟大的作家"。其"伟大"之处可作何解?

许钧: 说不上预测,但作为一个热爱法国当代文学的读者、研究者和翻译者,我很幸运,能够比较及时地接触到一些优秀作家的作品,甚至还有机会与他们一起交流与探讨写作和人生。法国当代小说家中,我特别喜欢的两位作家,一位是勒克莱齐奥,一位是图尼埃,他们的作品我都翻译过。相比较之下,我对勒克莱齐奥更了解,也更亲切一些。一是对他的创作过程,我一直在跟踪,在学习,在研究,还指导过学生做勒克莱齐奥的研究论文;二是我们多次通过信,也见过面。1993年,法国大使陪同勒克莱齐奥夫妇来南京与我见面,我们有机会在一起谈他的作品,谈翻译。他对我非常支持,不仅认真解答我提出的问题,还予以我极大的信任,说:"你翻译我的作品,就等于参与我的创作,我给你一定的自由。"后来,他每有新的作品问世,都会第一时间寄给我,如我指导的研究生袁筱一、访问学者李焰明翻译的《战争》《流浪的星星》,都是他寄给我的。因为我读了很喜欢,所以就希望有人分享,让学生译出来。在三年前,我有机会向瑞典学院推荐诺贝尔文学奖候选人,我就推荐了勒克莱齐奥,推荐的理由主要有三条:一是勒克莱齐奥继承了法兰西的人文主义传统,关注弱小的生命,关注他们的灵魂与命运;二是对现代文明有着清醒的认识和强烈的批判;三是对文学有着独特的追求,远离商业,在纯文学创作中体现了对美的向往和真的揭示。如今看来,我还想加上一条,那就是他以清醒的意识,关注他者,关注失落的文明,关注人的存在。这几点,如果说不上伟大,至少可以说他是一个清醒的作家,一个严肃的作家,是一个对人类命运有着独特理解的作家,一个在冷静中不断思考与探索的作家。

丁尘馨: 美联社评论说,1994年日本作家大江健三郎获奖之后,诺贝尔文学奖就变得具有浓厚的欧洲味。瑞典学院常务秘书恩达尔当然否认了这样的"规律"。他的理由是:"勒克莱齐奥完全是个世界公民。他每年都在新墨西哥州住一段时间……"

您是更早就预料到让-马利·勒克莱齐奥即将获奖的专家。您认为"欧洲文学"在这几年是否比"美国文学"更兼具了世界性? 还是别的什么原因使“欧洲文学”更多地受到了关注？

许钧：我觉得这个问题提得非常有意思。改革开放30年来，美国在我们国人心目中的形象在不断变化。美国的影响是多方面的、巨大的，仿佛美国经济强，什么都应该强似的。我们中国一个世纪以来没有获诺贝尔文学奖，我们没有指责过诺贝尔奖。美国几年没有获奖，就有人受不了，有话要说了。诺贝尔奖设在西方，自然对西方有偏爱，或者说对西方的作家有更多的了解，更多的理解。但有一点，我想说，像英国、法国、德国、西班牙这些国家，自文艺复兴以来，其文学是不断发展的，历史底蕴很丰富，加上其人文主义的传统，文学作品求真求美，是可以抵达人的灵魂的。美国的历史不长，文学传统没有那么源远，几年没有获奖没有什么可大惊小怪的。看看这几年，诺贝尔文学奖授予的那些作家，我们从中仿佛可以悟出几条。我想最重要的，是随着经济全球化进程的不断加快，维护文化多样性的问题更为突出，任务更为沉重。对他者的文化的关注，对非强势文化的关注，对非主流意识形态的关注，对弱小民族的关注，似乎显得越来越重要。能应对历史的挑战、勇敢地面对人类文化延续与发展之命运的作家，自然应该得到承认与尊重，这顺应了历史的发展。诺贝尔文学奖的努力也就体现在其对时代脉搏的把握中，体现在对人类命运的担忧中，体现在对人类语言与文化的维护与发展中。面对强势的经济一体化，用语言和文学，我们还能做些什么呢？

丁尘馨：从2003年南非作家约翰·马克斯维尔·库切，到耶利内克，从土耳其作家奥罕·帕慕克到多丽丝·莱辛，以及今年的让–马利·勒克莱齐奥，您觉得，这项最为引人关注的世界文学大奖最看重的最优秀文学作品的特质是哪些？

许钧：关于诺贝尔文学奖所重视的文学作品的特质，是个很有意思的问题。如果从近几年来获奖的作家情况看，我想实际上有一个重大的问题，那就是文学到底有何价值。我想，作为文学作品，它有四个层面是永远不能忘的。一个是文字，也就是说文学作为文字的艺术，必然会关注文学作品的美学特征。比如耶利内克小说中表现的音乐感和超凡的语言，比如库切小说语言的精准，比如勒克莱齐奥小说词语的力量。第二个层面就是它的文学性。这不仅仅是一种美学的追求，我想主要是文学的一种品格，一种文学的独特性。它强调的不是重复，而是一种创新。19世纪所谓的一流作家，他们当时的创作风格是新鲜的，但今天看来也许已经陈旧了。所以文学的独创性和创新性是非常重要的。第三，一部优秀的文学作品必须要有一种文化的自觉意识，有一种人文主义的思想贯穿其中。第四，它要有思想，对人的存在和命运要有独特的思考。如此看来，实际上近年来诺贝尔文学奖所看重的这些作家，都可以从我所说的以上四个层面找到某种答案。

《中国新闻周刊》2008年10月20日

(发表时有删节)

后　记

因为喜欢翻译，二十多年来一直也有机会做翻译，教翻译，研究翻译，渐渐地对翻译的问题变得比较敏感，喜欢琢磨、思考。最初，主要精力集中在如何翻译上面，对一些名翻译家的精彩翻译段落与原文进行仔细的比较，想从中悟到一点翻译的技巧。后来，视野变得相对开阔一些，对翻译的思考，也不再局限于技的层面，逐渐把目光扩大到了翻译的道的层面，不仅想领悟如何译的诀窍，也想探明老一辈翻译家们为何要这么译的道理。于是，便有了“文学翻译基本问题研究”的设想，有了向老一辈翻译家当面请教的愿望。多亏国家教委人文社会科学基金的资助，使我有机会多次赴北京、上海等地，就文学翻译的一些基本问题，向老一辈翻译家们求教，请他们结合自己的丰富的翻译实践，从理论的高度进行阐述。三年来，我们得到了《译林》杂志编辑部的大力支持，在王理行先生的直接参与下，利用“翻译漫谈”栏目，把通过各种形式进行的对话忠实地展现给广大读者，使更多的人来思考翻译问题，关心翻译事业，关心中外文化交流和中国文化建设事业。

我们给这部对话录定名为《文学翻译的理论与实践》，是基于以下几点考虑：一是老一辈翻译家们既有丰富的文学翻译实践，又有深刻的理论思考，这部对话录是他们的文学翻译实践与理论思考的记录，只要读一读他们的谈话，有谁还能说“文学翻译没有理论”呢？二是文学翻译不应该是一种盲目的实践活动，理论的研究和思考，有助于加深对文学翻译活动的认识，有助于探讨翻译的可能性，提高翻译质量。三是对翻译的理论探讨是十分需要的，但不能不以实践为基础，不能不以文学翻译中提出的基本问题为主要研究课题，这种有针对性的研究，应该说是有价值的。

近几年来，我有机会就翻译和翻译学科建设的问题与国内外的同行进行了交流与探讨，也结合国内的翻译实践，发表了自己的一些看法。我们选择了有关的几篇谈话收入本书，给关心翻译事业和翻译学科建设的朋友、同行提供一点参考资料，欢迎大家发表不同的观点。

最后，需要作两点说明。第一，老一辈翻译家的谈话涉及不同时代的不少作家和作品，为保持历史的原貌和翻译家对有关人名、地名、作品名称翻译，甚至某些汉语字、词用法的独特处理，我们没有强求完全统一，但愿有关编辑和审校人员理解我们的初衷。第二，本书中的篇目都已在国内有关刊物公开发表过，这次根据研究课题的原先设想，作为系统、完整的研究成果结集出版前，每一篇都或多或少作了修订。

许 钧

2000年6月27日

于南京大学

又记：

翻译似乎有说不完的话题，我想这是因为翻译跟人类的生活、文明的进程、文化的交流关系太紧密的缘故吧。与老一辈翻译家就翻译问题的探讨，给了我很多启示。我觉得翻译本身就是一种对话，它应该建立的是文明与文明之间的对话，是人与人之间的对话，是人类心灵之间的对话。这些年来，我常常就翻译问题，与学界和新闻界的朋友，与学生交谈。这里记下的文字，在某种意义上见证了我对翻译不断深入的思考，也见证了社会各界对翻译的关心。在此，我要感谢所有关心翻译事业和热爱翻译事业的人。

许 钧

2009年9月9日

于南京大学研究生院

第三版后记

《文学翻译的理论与实践——翻译对话录》由译林出版社于2001年4月出版，问世就要整整20年了。感谢译林出版社的厚爱，该书于2010年1月出了增订本，现在又要推出第三版。打开书，心头涌起一种复杂的感觉，交织着感动与怀念。20多年前与我一起就文学翻译进行对谈的老翻译家，虽然大都已经走了，但重读他们留下的有关文学翻译的文字，感觉他们永远都在，他们留给我们的，是一笔具有恒久价值的精神遗产。

三年前，我在浙江大学发起成立了中华译学馆。在中华译学馆成立仪式上，我决定把我与这些老翻译家就翻译问题展开讨论留下的珍贵资料捐献给中华译学馆，为日后研究这些翻译家提供第一手的资料。其中有叶君健先生在弥留之际修改的对话原件，有萧乾先生在医院回答我的提问陆续寄出的四封信，有李文俊先生手写的长达20余页的对话原稿，还有草婴先生就我提出的有关问题撰写的长篇谈话的手迹，等等。那一个个字，记载着老一辈翻译家的心路历程，凝结着他们丰富的文学翻译经验，更是展现了他们独特的精神世界和理想追求。

我欣喜地发现，在离开我们的老一辈翻译家的文集或论述翻译的著作中，大都收录了他们在《译林》杂志发表的有关文学翻译的谈话，这些谈话成为他们总结翻译经验、探索翻译艺术的珍贵文献。

在国内高校的研究生教育中，《文学翻译的理论与实践——翻译对话录》成了众多高校翻译方向研究生的必读书，为他们进行文学翻译研究提供了丰富的学术资源。

在当下的翻译研究中，翻译家研究成为焦点，如参加了《译林》杂志组织的文学翻译对谈的季羡林、叶君健、草婴、方平等老一辈翻译家，被收入了中华译学馆推出的“中华译学馆·中华翻译家代表性译文库”。

在国内外的翻译学界，《文学翻译的理论与实践——翻译对话录》受到了普遍关注，产生了重要的学术影响。国际顶级学术刊物*META*曾发表题为《文学翻译的经验总结与理论升华》的长篇论文，全面评价该书所收录的老一辈翻译家的文学翻译实践探索与理论贡献。国内十余家报刊发表了该书的评论文章。两年前，该书被列入中华学术外译项目，今年一月，其英文版由久负盛名的英国劳特里奇 (Routledge) 出版社出版。

我想，我们翻译界应该感谢译林出版社为繁荣中国文学翻译事业所做的有目共睹的贡献，更要感谢译林出版社为弘扬老一辈翻译家的翻译精神、支持翻译学术探索所做的可贵努力。

我坚信，随着时间的推移，老一辈翻译家留下的这些有关文学翻译的珍贵谈话将显示出越来越重要的价值，产生越来越深远的影响。

许　钧

2020年10月22日

于南京黄埔花园